中国现代文学制度研究

（增订本）

中国现当代文学
制度研究丛书

王本朝 著

九州出版社 JIUZHOUPRESS | 全国百佳图书出版单位

图书在版编目（CIP）数据

中国现代文学制度研究：增订本／王本朝著 . --

北京：九州出版社，2023. 11

ISBN 978-7-5225-1480-2

Ⅰ.①中… Ⅱ.①王… Ⅲ.①中国文学—现代文学—
文学研究 Ⅳ.①I206.6

中国版本图书馆 CIP 数据核字（2022）第 224682 号

中国现代文学制度研究（增订本）

作　　者	王本朝　著
责任编辑	姬登杰
装帧设计	海　凝
出版发行	九州出版社
地　　址	北京市西城区阜外大街甲 35 号（100037）
发行电话	（010）68992190/3/5/6
网　　址	www.jiuzhoupress.com
印　　刷	鑫艺佳利（天津）印刷有限公司
开　　本	710 毫米×1000 毫米　　16 开
印　　张	29.25
字　　数	300 千字
版　　次	2023 年 11 月第 1 版
印　　次	2023 年 12 月第 1 次印刷
书　　号	ISBN 978-7-5225-1480-2
定　　价	98.00 元

作者 王本朝

西南大学文学院院长，博士生导师。教育部"长江学者"特聘教授。国家社科基金重大项目首席专家，教育部教学指导委员会委员。中国老舍研究会会长，中国现代文学研究会常务理事，中国鲁迅研究会副会长，中国郭沫若研究会副会长，重庆市现当代文学研究会会长，重庆市作家协会副主席。主要从事中国现当代文学制度史、文学思想史研究。出版著作《20世纪中国文学与基督教文化》《中国当代文学制度研究（1949—1976）》《回到语言：重读经典》等10余种。

目录

第一章 |

文学制度与中国现代文学

一、文学的制度化形态

从晚清文学至五四文学,中国文学发生了文学观念、美学思想、文学形式等多方面的革新,中国现代文学制度的建立与运作,也是中国文学追求现代化的重要标志。中国现代文学制度与自晚清以来导入中国的新式学堂、船政、邮电、印刷、铁路、银行、矿务等制度形式一样,都是中国在追求现代化的过程中所建立的制度形态,文学制度与新式学制、印刷、传播、出版和邮政制度的建立都有相当紧密的联系。就文学生产方式而言,在文学与社会,文学的生产、流通和接受之间形成了一套文学制度,如职业作家、社团文学、报刊出版、文学论争与接受机制等,它约束、控制、引导文学的观念、形式和审美的发生与生成,因此,中国现代文学制度的建立和完善,推动了中国文学的社会化和现代化,并成为其重要内容。

19世纪,英国的斯宾塞首次把"制度"作为学术概念引入社会学研究,他在《第一原理》中对制度问题进行了社会学分析;法国社会学家涂尔干以及德国社会学家马克斯·韦伯对资本主义与科层制,马克思对生产关系与社会制度变迁等都有独特而深入的分析,制度问题已成为社会学研究的重要内容。"制度"是人在追求自由过程中所建立和遵循的秩序规则、活动空间和活动范围,是一套规则化、理性化和系统化的行为规范和体制架构,同时,它也渗透着人类非理性、非正式的道德观念和风俗习惯。制度功能是多方面的,它可以帮助人们有效而合理地配置资源,协调社会关系,组织社会力量,整合社会矛盾。人们在不断积累物质文明、创造精神文明的同时,也在创造与物质文明和精神文明相一致的制度文明。并且,从古典社会到现代社会,社会制度问题日益成为社会的中心问题,并逐渐取代传统的政治伦理和道德宗教问题,社会规范与德性欲求的融合与冲突,成为现代社会学的主要内容。

由此可见,制度问题常是社会学和政治学研究的重心,经济学领域也有制度经济学。从文学社会学角度看,文学不仅拥有作家丰富的审美想象和情感体验,有独特的语言表现形式,还是一种社会实践活动,存在物质性和社会性因素。文学在其不断社会化过程中建立了一套制度形式,文学的审美意识和语言符号只有在文学制度背景中才能充分彰显其价值意义,成为被社会所接纳和承认的审美意识。文学制度是文学的生产体制和社会结构,它是文学生产的条件,也是文学生产的结果;既对文学产生制约和引导作用,也给予文学以自由和主动性。彼得·比格尔认为:"文学体制在一个完整的社会系统中具有一些特殊的目标;它发展形成了一种审美的符号,起到反对其他文学实践的边界功能;它宣称某种无限的有效性(这就是一种体制,它决定了在特定时期什么才被视为文学)。这种规范的水平正是这里所限定的体制概念的核心,因为它既决定了生产者的行为模式,又规定了接受者行为模式。"①他强调了文学体制对文学所产生的规范作用。美国社会学家彼德·布劳把制度化理解为"合法化的价值和形式化的秩序"以及"权力结构"②。他根据制度所产生的作用,把制度分为整合型制度、分配型制度和组织型制度三类,同时提出了"反制度的价值观"。在制度背后隐含有人类的价值观差异。哈贝马斯用"体制"概念来表达人类的理性化及其对人类行为的控制方式,认为体制作为社会制度或组织既影响人类的生活,调节人类行为的取向和生活方式,同时,体制

① (德)彼得·比格尔:《文学体制与现代化》,《国外社会科学》1998年第4期。
② (美)彼德·布劳:《社会生活中的交换与权力》,华夏出版社,1998年,第315页。

还作为阐释社会世界的分析架构,把社会当作一个结构和功能系统。而现代社会的困境,却是体制控制了人的生活世界,带来生活世界的"殖民化",原本属于私人领域和公共空间的非市场和非商品活动,也被市场机制和科层化的权力所侵蚀。体制主要体现为市场、金钱和科层化的权力,由此导致现代社会的人际疏离,人类自由和生命意义的失落①。

哈贝马斯提出了"公共领域"概念,从公共领域与私人领域的关系论述了西方市民社会的结构转型,市民社会和公共领域都被作为现代性批判的功能和内容。公共领域又分为文学公共领域和政治公共领域。就文学公共领域而言,"一般的阅读公众主要由学者群以及城市居民和市民阶级构成,他们的阅读范围已超出了为数不多的经典著作,他们的阅读兴趣主要集中在当时的最新出版物上。随着这样一个阅读公众的产生,一个相对密切的公共交往网络从私人领域内部形成了。读者数量急剧上升,与之相应,书籍、杂志和报纸的产量猛增,作家、出版社和书店的数量与日俱增,借书铺、阅览室,尤其是作为新阅读文化之社会枢纽的读书会也建立了起来。与此同时,德国启蒙运动后期产生的社团组织的重要性也得到了承认。社团组织之所以具有进步意义,与其说是因为其组织形式,不如说是由于其显著功能"②。他所说的是 18 世纪德国文学公共领域的形成情况。资

---

① 谢立中:《西方社会学名著提要》,江西人民出版社,1998 年,第 562—576 页。
② (德)哈贝马斯:《公共领域的结构转型》,学林出版社,1999 年,第 3 页。

产阶级公共领域作为一种特殊的历史形态,主要是指由报刊以及博物馆、音乐厅、茶室、沙龙等场所,形成的一个松散、开放而自由的交往空间。公共领域是国家和社会之间的中间地带,对二者的利益和关系起到一定的调节作用,可以说,公共领域在本质上属于市民社会,具有讨论性、批判性、开放性、舆论性以及理性化等特征。公共领域对市民社会和人性具有解放功能,可为民主、法律、政治统治提供合法性依据。由此,他还提出"合法性"问题,"合法性意味着,对于某种要求作为正确的和公正的存在物而被认可的政治秩序来说,有着一些好的根据。一个合法的秩序应该得到承认。合法性意味着某种政治秩序被认可的价值"。合法性是社会政治诉求,是对"公正"秩序的获取和认可,"只有政治秩序才拥有着或丧失着合法性,只有它们才需要合法化"[①]。文学可消解政治合法性,也可为其合法性提供支持。从这个意义上,文学也就与政治制度及其意识形态保持着密切关系,甚至在被政治同化或异化的过程中而被制度化。

布尔迪厄提出了文学场概念,它主要描述文学各种关系,"根据场域概念进行思考就是从关系的角度进行思考","只有在关系系统中,这些概念才获得了它们的意蕴"[②]。"一个场域可以被定义为在各种位置之间存在的客观关系的一个网络,或

---

① (德)哈贝马斯:《交往与社会进化》,重庆出版社,1993年,第184页。
② (法)布尔迪厄、(美)华康德:《反思社会学导引》,商务印书馆,2015年,第121页。

一个构型。"①在他看来,教育和社会制度、文化制度的合谋,文化产品转化为符号权力,掩盖政治经济的不平等,使社会相信其必然性与合法性,文化虽有独立逻辑,但也难以摆脱社会权力的控制。文学场是不同资本和习性争夺的场所,那么,场域分析主要是确立关系和位置,在于分析行动者如何将社会经济和文化条件内化为文学习性,占有场域博弈的有利机会。文学场的位置是由作者、作品、读者等内部因素以及出版、检查、组织等外部因素共同作用和影响的结果。在他看来,"场的概念有助于超越内部阅读和外部分析之间的对立,丝毫不会丧失传统上被认为是不可调和的两种方法的成果和要求"②。"文学场和权力场或社会场在整体上的同源性规则,大部分文学策略是由多种条件决定的,很多'选择'都是双重行为,既是美学的又是政治的,既是内部的又是外部的。"③他还细致地描述了参与艺术生产的体制性力量,认为:"作品科学不仅应考虑作品在物质方面的直接生产者(艺术家、作家等等),还要考虑一整套因素和制度,后者通过生产对一般意义上的艺术品价值和艺术品彼此之间差别价值的信仰,参加艺术品的生产,这个整体包括批评家、艺术史学家、出版商、画廊经理、商人、博物馆馆长、赞助人、收藏家、至尊地位的认可机构、学院、沙龙、评判委员会,等等。此外,还要考

① (法)布尔迪厄、(美)华康德:《反思社会学导引》,商务印书馆,2015年,第122页。

② (法)皮埃尔·布迪厄:《艺术的法则》,中央编译出版社,2001年,第247页。

③ 同上书,第248页。

虑所有主管艺术的政治和行政机构(各种不同的部门,随时代而变化,如国家博物馆管理处、美术管理处,等等),它们能对艺术市场发生影响:或通过不管有无经济利益(收购、补助金、奖金、助学金,等等)的至尊至圣地位的裁决,或通过调节措施(在纳税方面给赞助人或收藏家好处)。还不能忘记一些机构的成员,他们促进生产者(美术学校等)生产和消费者生产,通过负责消费者艺术趣味启蒙教育的教授和父母,帮助他们辨认艺术品,也就是艺术品的价值。"①这也是对文学制度力量的完整描述。那么,文学研究如同建构纸上的建筑群,必须将其语境化和历史化,置于特定的历史场域。"一个场域的动力学原则,就在于它的结构形式,同时还特别根源于场域中相互面对的各种特殊力量之间的距离、鸿沟和不对称关系。"②"各种特殊力量"在特定关系中发挥作用,形成了特定的资本。"作为包含各种隐而未发的力量和在活动的力量的空间,场域同时也是一个争夺的空间,这些争夺旨在继续或变更场域中这些力量的构型。"③"场域""权力"和"惯习"也成为布尔迪厄描述文学社会运作的关键词。

中国现代文学是现代社会的产物,瞿秋白说:"不是因为我们要改造社会而创造新文学,而是因为社会使我们不得不创造

---

① (法)皮埃尔·布迪厄:《艺术的法则》,中央编译出版社,2001 年,第 277—278 页。

② (法)布尔迪厄、(美)华康德:《反思社会学导引》,商务印书馆,2015 年,第 127 页。

③ 同上书,第 128 页。

新文学"①,中国社会是现代文学面临的最大现实。现代中国文学的出现与创造有赖于现代社会力量的参与和配合,如教育与出版的创建、传播与流通渠道的形成,以及文学理论的倡导、文学论争的开展和文学创作的推动,等等。文学不完全是纯粹的意识观念和语言形式,它有社会历史的共同参与过程。艾布拉姆斯在《镜与灯》中把文学分为作品、宇宙、作家和读者四大系统,宇宙和读者就更多地属于文学社会性因素。一般意义上的社会再生产,包括生产、交换、分配和消费四个环节。生产是起点,消费是终点。生产居于主导地位,起支配作用。生产决定消费的方式和动力,消费对生产也起到一定的反作用。一定程度的消费反映出一定程度的生产力状况,折射出不同时代的发展状况和社会风貌。消费不仅有经济上的依据,而且还有社会学上的意义,马克思把消费资料分为三类:(1)生存资料,指用于维持人类生存,满足人们基本生活需要的消费品;(2)享受资料,指用于满足人们享受(包括物质和精神方面)需要的消费品;(3)发展资料,指用于满足人们发展德育、智育、体育等方面需要的消费品。通过对三类消费品的划分,马克思揭示了人本质上的三大需要,并以对人的需要的满足程度衡量社会的发展水平和民主状况。文学生产也主要有四个方面,文学生产的社会条件,如媒介传播、出版发行;文学生产主体,即文学的创造

① 瞿秋白:《〈俄罗斯短篇小说集〉序》,《瞿秋白文集》第 2 卷,人民文学出版社,1985 年,第 249 页。

者;被生产的文学产品,包括小说、散文、诗歌和戏剧等;文学的消费者和接受者等。文学制度既包括文学的社会性因素,如文学的出版与传播,文学的组织与社团、批评与论争、审查与监督,也包括文学的接受、消费以及作家的身份特征。

作为文学生产者的作家与制度的关系,是一种寄生共存的关系,或者说是相互合法化的过程。制度化使作家获得了文化的资本和话语的权威,反过来,他们在履行自己的角色行为时又强化了文学的制度力量,使之更趋合法化。作家以个人的写作实现公共的欣赏。文学作品与物质产品有诸多相似之处,也有它的流通渠道与消费方式。传统文学的言志和载道,或多或少有不少局限,如教育的不普及,以及文学写作者和载体的局限,它只能在一个相当狭小的范围内流通和消费。随着社会知识的多样化与平衡发展,文学知识和能力不但是个人的基本素养,更是社会发展和文明进步的重要指标。比如,中国现代文学因教育的普及提高了人们的读写能力,教育本身的制度化和规模化,也使文学教育成为当代教育的重要内容。在这样的条件下,现代文学生产不同于传统文学生产方式,而拥有更为广阔的社会空间和快速的生产方式,显现出中国文学生产的普及化、大众化和综合性特征。尤其是由于社会发展带来的文化产业化、文学职业化以及文学大众化趋势,使文学既日趋独立性,走向专门化,又被政治化和经济化,走向大众化。教育普及与媒介传播,政治要求与经济驱动,文学生产规模、生产方式、生产效应都大不同于中国传统文学,并生成了中国现代文学制度形态。

文学生产与消费的关系是一个不能忽略的问题。马克思曾论述生产与消费的辩证关系是,生产生产出消费,消费消费着生产。所谓生产生产出消费,是指文学创造出对它的需求,形成了消费者和消费市场,也就是文学读者。所谓消费消费着生产,是指文学需求其实就是对文学生产的要求。文学消费有别于物质商品的消费,也并不体现为使用价值的消耗。文学消费的特点在于它有"再生产性",它总是在消费过程中寻找和培育对它的认可和赞赏,进而潜移默化地培养它的继承者,我们常常称之为"文学传统"。文学有它的消费者和消费行为,不断生产新的文学作品和文学观念,以满足文学的社会读者。在后现代主义看来,在高度制度化的社会系统中,文学就是一种商品。一个作家社会文化资本的多寡、名声的大小、收入的高低,其实都和他"出售"的文学商品有多少消费者相关,与有无文学市场的需求密切相关。所以,适应和培养文学消费者的消费口味便是文学生产的目标。从文学生产与消费的关系看,当我们把文学读者界定为社会大众时,实际上已经触及消费者问题了。当把文学从内省体验的智慧转变为一种可操作可传递的创作时,实际上就是文学由精神体验向社会知识的转变。文学制度推进了这种转变,并深刻地改变着传统文学的格局和功能。文学的制度化生产也就降低了文学的精神关联,甚至摆脱了文学的人格束缚,将文学从对"道"的追求转变为对"技"的模仿,文学成为可传递和可替代的技艺。

这样,文学制度造就了特定的生产者和生产方式,也造就了特定的消费者。换言之,文学消费者的培育,本质上就是文学的再生产,它生产出消费者,消费促进着生产。这种互动关系保证了文学的演进及其合法性。制度化的文学生产和传播,也导致了生产者(作家)和消费者(读者)之间的工具性关系。作家作品对读者产生吸引和依赖,作为消费者的读者也在文学制度中,也养成了对作家的依赖,将消费者的读者转变为另一种生产者。正是由于这种制度化功能,也必然会带来文学生产的危机和困境。

陈思和曾把社会非常时期没有公开出版、发表的文学称为"潜在写作",即"被剥夺了正常写作权力的作家在哑声的时代里,依然保持着对文学的挚爱和创作的热情,他们写作了许多在当时客观环境下不能公开发表的文学作品"①。"潜在写作"说明文学制度对文学构成了强大的控制和约束力量。我们把在文学制度中的写作称为文学的"制度写作",它不是一般意义上人们所说的为制度而写作的"载道文学",而是经过文学制度的默许、认同或参与下的文学写作。文学制度有显性的政策规定和组织原则,也是"一只看不见的手",它在一定层面上规定着文学"只能是这样,必须是这样",成为人们的思维心理。

---

① 陈思和:《〈中国当代文学史〉前言》,《中国当代文学史》,复旦大学出版社,1999 年,第 12 页。

二、文学制度的现代性

20 世纪中叶的布罗代尔曾预告"人文学科正经历着一个全面的危机"①,在他看来,问题主要出在了人文学科的封闭性和时间维度的单一性。今天,我们的人文学科也面临着种种问题,问题主要出在价值的缺失、方法的失范,以及学术体制、学术成果和学术队伍不断膨胀,但解决学术问题的传世之作却并没有达到人们的预期。

现代性本身有意义的限度,中国文学也有意义的限度和可能。回望走过的路迹,我们发现从思想启蒙到现代性,几乎可以说是 20 世纪 80 年代以来中国文学研究的内在理路。"启蒙与现代性"本来是西方 18 世纪以来的社会、文化发展的两大主题,思想启蒙是使"人类脱离自己所加之于自己的不成熟状态"②,启蒙是开愚昧之蒙,启发人的智慧和理性。西方的思想启蒙主要经历了两个阶段,表现为两种方式:一是启神性之蒙,实现人的理性;二是启理性之蒙,实现人的个人性。前者开创了现代性,后者生成了后现代性。现代性是启蒙思想的结果,也是被启蒙的对象。启蒙现代性追求理性、进步、真理、同一性和整体性,启现代性之蒙的后现代性追求差异、多元、流动、相对和非连续

---

① (法)布罗代尔:《历史学科和社会科学:长时段》,《历史理论与史学理论》,商务印书馆,1999 年,第 799 页。

② (德)康德:《历史理性批判文集》,商务印书馆,1996 年,第 22 页。

性。启蒙的精神不死,现代性的意义就不断向当下和未来生成,现代性反思、批判神性,后现代性又重新审视现代性的合理性。现代性主要又表现为社会现代性和审美现代性两种形式,社会现代性追求个人主义、市场经济和民主政治,反对神本主义、神权专制,它解放了社会,也解放了人,同时也带来了社会和人的物化和异化;审美现代性对社会现代性所产生的弊端和危害保持了清醒的反思和批判,揭示其非人性和物化的一面,这既是由文学审美形式本身的精神特性所决定,也是现代性的反思、批判理性逻辑自然产生的结果。现代性有反思的意义性质,体现了一种思维态度、一种精神气质和一种当下的此在意义。它不仅是一种分析、判断的价值理念,更是拯救自我、反思现实的一种思维方式,现代性总是把自我、当下问题放入对象一起思考和创造。审美文化的现代性并不是反现代性,而是反思现代性。西方 20 世纪后半叶出现的后现代性思潮也对现代性进行了彻底的反思和批判,揭示了现代性所带来的整体主义、本质主义的非个人化倾向,利奥塔对现代性进行了审查和质疑;哈贝马斯和罗尔斯以"后设思维"审查了现代性的合理性和可能限度。现代性的精神并没有终结,现代性的意义不断向当下和个人生成和创造。

但是,现代性与中国思想和文学的讨论却存在问题。显然,现代性有它的社会、时代和个人意义背景,这是个老话题,但必须重提且需要作为我们讨论现代性意义限度的逻辑前提。西方社会从启蒙到现代性和后现代性的发展理路,隐含着它们自身的社会历史和思想文化逻辑,可以说,没有神本主义就没有现代性,没有资本主义也就没有现代主义。现代性是西方社会历史条件下的产物,中国自晚清以来就不断引入西方社会文化中的"科学"、"民主"和"个性"观念进行现代的思想启蒙和社会改造,由此也带来了现代性与文化传统,思想启蒙与本土文化的种种矛盾和文化悖论,出现了价值认同的危机。西方现代性也充满了种种矛盾和冲突,如神性与理性、专制与自由等,但似乎没有民族性夹在它们里面,需要解决的是更多的当下问题。中国常被历史缠住,无法绕开问题的历史性,因为问题本身最开始是在西方的社会文化背景中发生的,就必须注意现代性社会意义的历史背景。无论怎样,西方问题也有意无意地进入中国现代社会和思想文化的解释和建设之中,我们相处同一个空间,也面对着相似的意义处境。现代性问题就是其中的一个重要问题,它也是 20 世纪 90 年代发生在中国的最有意义的一次思想学术讨论。它表达和触及了我们这个时代生存的境遇和意义,表面上看它是对全球化趋势的思想对话和回应,骨子里还是我们自身内部的问题。遗憾的是,它并没有产生多少创造性的思想,没有实现现代性的中国化和个人化,显然没有五四时期思想启蒙所产生的巨大的思想效果和影响力,甚至还没有 80 年代思想启蒙讨论的影响大。无论是它的理论建设,还是解决的中国问题都似乎缺乏一些创造性和目的性,"忽略了理论本身的复杂性和差异"①。任何一种思想文化的理论和方法都是为了更准确、更真实地描述和解释现实问题而创设,理论的意义在于它能说明和解决问题。西方社会无论是用现代性还是后现代性都是为了说明和解释他们所感受和面临的种种问题,正面肯定也好,反面否定也罢,能把历史的、现实的和个人的问题说清楚、解释明白,就足以证明现代性理论的存在价值,哪怕是主张语言游戏和理论游戏的思想者也有他隐含的意图,后现代性的意义无深度、语言游戏、话语碎片也有它的寓意和深意。正如老子的"道可道非常道,名可名非常名",实际上也是另一种"道"和"名"。中国的历史与现实、文化与个人都需要现代性的介入和反思,如何实现西方理论与中国问题的对接和碰撞,这本身就是一个大问题。厘定西方理论的背景、内涵和边界,熟悉、洞察中国问题的实质和特殊性是需要首先进行的工作,同时还需要对自我存在的个人真实性有清醒的体认和感受,破除悬置在主体或客体之外的形而上学理念,回到对象,回到自我,在坚持个人真实性的基础上深入对象的独特性和复杂性,在自我与对象之间建立当下的反思的真实意义。

现代性讨论在中国则出现了双重的遮蔽和虚幻的唯理论倾向,一是它忽略了西方现代性的精神的历史语境,二是忽略了中国现代性的意义限度和可能。西方现代性是思想启蒙的孪生体,由社会现代性与审美文化的现代性相伴而生。现代性本身

---

① 赵景来:《关于"现代性"若干问题研究综述》,《中国社会科学》2001 年第 4 期。

就是反思传统、生成当下意义的一种意义追求,对中国文学而言,现代性首先是西方的价值尺度,无论把它作为相对的还是绝对的尺度,当它成为中国问题时,自然就有意义的限度,也有意义的可能。不能把它绝对化和本质化,它可以成为考察、反思中国文学意义的参照,但不能作为裁减中国文学的独特性和丰富性的唯一的、中心的价值尺度,简单地把中国问题划为非现代性的存在,而厘定出价值的高下,或者是依其标准而在中国文学里寻找现代性的存在。现代性隐含的是对历史和现实的反思、批判精神,拥有现代性,并不等于拥有存在论意义的真实性,而是可以因此接近或激活被掩盖的存在真实性和个人真实性。现代性与中国文学问题的设置和考察,并不是去纠缠和解决中国与西方、传统与现代的历史问题,而是要凸显和生成新的意义,重释中国文学的意义限度及其真实性和丰富性。对待现代性与中国文学问题,主要有四种态度和方法:一是完全忽略或取消问题本身的存在,而生活在一个自足自满的世界里;二是将现代性看作本体同一性,以本质主义、整体主义遮蔽、挤压中国文学的意义真实性;三是认同现代性的价值目标,同时又试图发现和重构中国文学的相对现代性;四是超越现代性的中/西、自我/他者的思维限定,超越价值的普遍主义和相对主义,借助现代性的反思与自我反思首先确立解释者个人的真实性,并在此基础上直观、体认中国文学的意义限度和可能。现代性中有死去的也有活着的,对待现代性的方法和态度也有僵化的和鲜活的,我们应该解释和发现中国文学里活着的现代性,而不是去排列组合那冰冷的僵化的异己的概念游戏,哪怕是冠上了美丽的现代性,也不会带来多少新的意义。现代性不是一种形而上学,中国文学里的现代性常被错误地理解为一种形而上学,被现代性所异化了,可以看作学术的理论异化现象。中国文学与现代性具有更内在的、流动的、鲜活的联系,有更复杂的个人性和多样性意义。

可以说,五四思想启蒙和 20 世纪 80 年代的反思启蒙,以科学、民主、理性和个性反传统伦理和社会专制实现了理论与社会、时代和自我的融合,尽管它们还留下了许多问题,但却开创了中国新文学发展的新局面和新气象。不得不承认,那是一个需要思想也有了社会和个人思想的时代,中国文学也在这样的社会思想背景中走出了自己的路,在中国的社会历史语境中有了真实的体验和文学的创造,出现了鲁迅、郭沫若、茅盾、巴金、老舍、曹禺、沈从文、张爱玲、钱锺书、穆旦等作家的现代性体验和个人言说,他们的文学并不是依靠理论去生活和创作,哪怕是多么富有现代性的科学、民主和个性解放,到了文学那里也不是铁板钉钉,丁是丁,卯是卯的。真正的文学创造建立在自我的真实体验和个人的丰富想象上,有胡风所说的精神"搏斗",不但与现实战斗,而且要与理论搏斗,让创作逃避先验的理论,进入真实的人生体验和心理感受。可以说,现代作家完成了西方思想的中国化、现实化转化和个人化创造,坚守了文学的个人真实性和丰富性。

用现代性重审中国文学的意义问题,应该回到中国文学的意义本身。呆板、僵化的现代性无法拯救中国文学,更无法拯救我们自己。我们应该在现代性的反思里发现和建立中国文学自身的问题意识，应该重构中国文学的意义形象，去掉一切覆盖在文学身上的显在的或隐藏的遮蔽物，哪怕是多么华丽的绫罗绸缎，也是应该把它放在该放的地方。现代性理论的存在价值是为了更准确、完整而独特地揭示中国文学的意义，而不是遮蔽、掩盖中国文学，否则，再完美的价值尺度也成为鲁迅所说的棺材钉，把事物钉死掉。唯物主义虽是一种科学的哲学方法，用它来审视或评价与之相应的思想对象，会取得意想不到的效果，但是，如果用它来判断庄子或孔子思想，得出了他们都不是唯物主义的结论，这显然遮蔽了他们思想的丰富性和独特性。我们使用"现代性"的价值尺度阐释中国文学，也应该持这样的思维眼光和态度，不然，什么问题也揭示不了，连中国文学的身份也变得模糊不清，与西方文学走近了，与中国文学却走远了。"现代性"可以激活我们的研究思维，揭示其他思维或价值观念无法发现的甚至造成了遮蔽现象的中国文学意义，不是用它来否定中国文学，或把以前说过了的进行重新包装，换一种说法，做概念的游戏，结果还是在老地方转圈。中国文学拥有自己的意义世界，一个使用简单的概念和判断无法描述和切割的文学世界。现代性可以让我们重构中国文学的意义限度和可能性。

中国文学拥有自己的社会历史和个人语境，它是在中国社会背景中，个人自由创造的精神形式，现代社会的政治、经济和日常生活都潜在地进入了文学意义和形式。文学阐释就需要参照中国的社会历史文化背景，要有一定的文学史眼光和社会历史感,应把中国文学放在特定的历史环境、历史氛围和历史条件里去分析和理解,设身处地揣摩它丰富的历史情境,并以合乎历史事实的审慎眼光做出准确而合理的评价。如同王瑶先生所主张的把问题"置于一定的历史范围内加以考察","研究问题要有历史感"①。历史不可重复,但历史情境可以想象和还原。这仿佛是老调子没有唱完,但人类的思想、文化和学术都与人的生存历史和时间大有关联,新历史主义主张"历史是一种本文",它也重视文学的历史性和文化性。中国文学的历史性拒绝先验主观的价值判断,一切价值判断要有文学的事实依据,要考察文学的历史复杂性。今天重提"回到文学本身"和"走向中国文学本体研究"的思路非常有意义。解释学强调"回到对象本身"要以"回到自我"为前提,以此避免客观解释的虚妄性,但中国文学有文学史的意义,历史情景的描述和历史意义的还原,则是理解意义真实性的必要前提,没有对它的历史意义的解释,其他意义也是虚妄的。中国文学的历史性决定了它的独特性,这里的"历史性"应包括社会、时代和个人时间的多重性和多元性,主流与边缘、意识形态与民间、家族与个人的历史景况都是文学存在的意义背景。它也表明现代性是中国文学的现代性,是历史性中的现代性。

现代性是中国文学所表现的现代思想、现代情感、现代心

---

① 王瑶:《研究问题要有历史感:在〈文艺报〉座谈会上的发言》,《文艺报》1983年第8期。

理、现代语言以及所建构的制度形式。"现代"不是以前所指的客观时间,而是具有价值意义的时间和空间,是中国文学向当下生成的意义独特性和丰富性。"现代性"已变成一个意义模糊不明的语词,有很大的弹性和伸缩性,具有完全相反的意义也可能都被称为有现代性,如理性被看作思想启蒙的现代性,感性也被理解为审美现代性,文学制度所依赖的文学间性也有现代性,感性、理性和间性都有现代性的意义,于是,现代性就充满了悖论、矛盾和张力。当我们开始谈论现代性的时候,它已经成了中国文学的意义问题,成为中国文学与现代社会的关系问题。

在我看来,现代性应包括生成现代性的文学制度。文学意义生成于文学制度,文学制度也是文学现代性的重要组成部分。现代文学品格和意义在很大程度上取决于文学的生产方式和生产体制,以报纸杂志、印刷出版等大众媒介和图书流通等文学生产机制,构成了文学意义生产的有机组成部分,它同时也生产和决定着文学的意义。在审美意识和语言形式现代性的基础上,中国现代文学创造了文学制度的现代性。舍勒认为,现代社会正发生着一场总体转变,包括社会制度和精神气质的结构转变。"现代性不仅是一场社会文化的转变,环境、制度、艺术的基本概念及形式的转变,不仅是所有知识事物的转变,而根本上是人本身的转变,是人的身体、欲动、心灵和精神的内在构造本身的转变。"[1]现代性是多层面、多向度的,卢曼也认为现代化表现为制

---

① 刘小枫:《现代性社会理论绪论》,上海三联书店,1998 年,第 19 页。

度的分化和意义共识的丧失。社会日益被制度所分化和控制，人们的精神意识越来越受制于制度的约束和规定，获得的共识却越来越少，越来越缺少意义的共通性。就中国文学而言，中国现代文学的发生不仅是一场文学思想和表现形式的革命，如一般文学史所描述的"文学革命"，主要指文学思想和语言形式的变迁，事实上，文学思想的变革也依赖于文学制度的建构和支持。中国现代社会变革不同于西方，韦伯曾考察西方现代制度的发生建立在它的基督教背景下，中国的现代化则有自己的历史场景。传统中国是一个宗法一体化的社会，道德伦理与专制政治结成了强大的权力联盟。在大一统的宗法体制背景之中，中国传统文学的生产、流通和传播也体现出个人性和内在性，常常体现在人际交流和手工作业方式，其外在文学制度并不十分完善。中国现代文学的发生既有思想文化的革命，也有生产方式的制度基础。在文学审美意识和语言形式的背后，实有文学制度的运作。这样，文学制度就是审美现代性生成的机制和网络，如同河水之于河床，文件之于运行程序一样，制度就成了河床和程序。可以说，中国现代作家的职业创作，报纸杂志的传播，社会读者的接受以及文学社团的组织，文学批评的论争以及文学与现代社会的互动，等等，构成了中国现代文学的制度形态及其力量，参与并生产了中国现代文学。

三、作为方法的文学制度

汉语之"制度"是"制"和"度"的复合词,"制"为制造、制作、制裁、限制之意,"度"为量物之器,有量度、限度、法度之意。二者合一,即规范、规定、章法之谓。制度是有组织的社会关系或形式。政治经济和法律意义上的"制度",多指通过权利与义务来规范主体行为和调整主体间关系的规则体系,它是对主体行为或主体间关系的权利义务的规定。主体是明确的,规则也是成文的。文化上的"制度"多指社会国家对意识形态管理过程中的政策性规定、原则和要求。本书所命名的"文学制度",主要体现为文学生产关系,即文学行为与社会,文学作者、作品、批评和读者间的相互关系。

在这里,还想说明为什么使用文学制度概念,而不是文学体制或文学机制。文学制度主要指在社会历史条件下由文学创作、流通、消费、评价以及再生产等所形成的一套有机体系,以及渗入其间的种种"隐形规则"。它有多层次性,如社会文化和文学的政策规定,文学生产机制以及规范文学关系、约束文学行为、可见或不可见的各种规定。文学体制既指与文学相关的管理机构、实行办法、运行方式等,又指文学体式、文学范畴等。前者属于文学制度内容,后者在文学制度层面缺乏独立性,文学制度或影响到文学体式,但文学体式不完全是文学制度内容,所以,文学体制与文学制度有重合也有分隔。文学机制主要指文学生产各个环节相互协调而构成的运作体系,它主要是文学生产过程中各种力量相互作用的机理,不能涵盖文学生产过程之外的外部力量和社会要素。这样,文学体制所指文学体式显然不属于文学制度,文学机制又缺乏对文学生产外部力量和要素的关注,三者之间虽有交集和重叠,但也有差异和分歧。为了使研究对象更为丰富、包容,以及概念内涵更为完备,我认为,采用中国现代文学制度概念比较适合和准确。

文学制度不是独立的自在物,而是调节文学行为与社会以及文学行为内部之间关系的生产场域或中介。文学制度因文学行为、文学生产而存在,也因文学行为、文学生产而具有意义。文学制度对文学行为和文学生产而言,它一般不具备强制性,而是规约性、关联性和整合性,发挥确立关联、形成秩序、满足需要、营造氛围的作用。文学制度研究是一种反思性研究,它是对文学内容和形式进行研究,特别是对文学性、文学形式、文学技艺的反思和超越,是对作家作品、文学批评、文学思潮和社会历史、社会环境、社会条件的整合与重建。文学制度研究是观念转换,也是理解文学的方法论。一方面,在文学制度功能中阐释文学的意义;另一方面,从文学生产中分析制度的形成。过去的文学史研究,过多地局限于作家作品中心论,而将生产过程及相关背景作为装饰和点缀。文学制度研究则超越作家精神个体,超越文本形式和语言形式,而进入社会文化领域,文学成为公共空间和文学场域,拥有强烈的社会意识和文化意识的审美对象。

文学制度使中国文学超越了个人心灵的想象和独语状态,

走向生活化和社会化的价值取向,形成面向时代、介入生活、干预社会的新传统。文学制度研究主要追问文学是如何被创造和形成的。文学制度有一个逐渐形成的过程,它参与了文学意义的生产与消费。以前的文学史研究,多注意甚至是只注意作家和作品本体,忽略了文学意义的生产机制。蒙文通曾认为,历史研究须与制度有关,"史,必须于制度上求其通,知其一脉相承者何在,先明其制度,则知其通矣!"制度研究才能知其所以然,才能整合打通相关背景,因此,它也是通史治学之方向和条件,"《明夷待访录》虽只一册,然其于历史制度,脉络相承,分明如画。为之疏证,亦非成数卷之书不能为功。此即所谓通史之学也。故不专制度,不足以为通史。今日之治史者,必须先以制度入手"①。

阿尔都塞和福柯都认为,任何一个主体和意义都是由他们所不能控制的过程所"建构"的,文学也一样,它的意义并不完全是作家的情感想象和作品的语言意义,而与整个社会环境、文学生产和传播方式、文学的阅读和评论机制等都有诸多联系。所以,文学制度研究可以称为文学"过程研究"和文学"生态研究",或者用马克思的话说,是文学意义生产的"关系研究"。马克思认为:"人们在自己生活的社会生产中发生一定的、必然的、不以他们的意志为转移的关系,即同他们的物质生产力的一定发展阶段相适应的生产关系。这些生产关系的总和构成社会的

---

① 蒙文通:《治学杂语 理学札记》,四川文艺出版社,2020年,第116页。

经济结构,即法律的和政治的上层建筑竖立于其上并有一定的社会意识形态与之相适应的现实基础。物质生活的生产方式制约着整个社会生活、政治生活和精神生活的过程。不是人们的意识决定人们的存在,相反,是人们的社会存在决定人们的意识。"①文学的生产方式制约着文学的意义过程,从作家到作品,从传播到评论和读者的接受,形成了多重文学关系和文学结构,它们都参与了文学意义的创造和建构。

中国现代文学制度牵涉到文学社会化过程中的文学资源的配置、文学读者的分层以及文学传播与流通的媒介,等等。文学制度的意义与局限都是非常明显的,值得深入思考。文学制度推动了文学权力或霸权的形成。像葛兰西所言,文化霸权是通过一种消费者对某种文化的"默认"而实现的,或像福柯所说,权力的对象同时也是权力的传播者和强化者。文学与文学制度的关系,一是制约关系,制度形塑文学,文学是文学制度创造的产物;二是认知建构关系,文学制度建构了文学的意义世界,一个被赋予了价值、权力、情感和欲望的世界,值得去投入、去创造的世界。文学制度与文学不是主体与客体的关系,而是属于和包含的关系。可以说,文学在文学制度之中,对文学而言,文学制度是一种关系、一种结构、一种过程、一种价值。作家个人与文学制度形成某种合谋或对抗的关系。文章作家始终处于社会

---

① 马克思:《〈政治经济学〉序言》,《马克思恩格斯选集》第 2 卷,人民出版社,1972年,第 82 页。

现实之中,不可避免地拥有各种社会关系属性,如政治角色、经济利益、文化资本等。与任何其他的社会个体一样,作家也是特定社会情境中的个体,他们也必须面对这些错综复杂的社会属性,并决定自己的文学选择。文学制度对文学创作具有驱动力和限制力。罗布尔·埃斯卡皮将其称为"社会性插入文学性之中",从生产方式而言,社会性是文学性的一个方面;从生产过程而言,文学性是社会性的一个方面。加拿大文学批评家斯蒂文·托托西提出文学整体化研究思路,其中谈到了文学制度,主要是参与研究和评价的文学机构,包括大学、学术圈、刊物、作家协会,他们"在决定文学生活和文学经典中起了一定作用",它将文学生产、传播、接受看作一个社会体系,"文学就看成是一个意识形态组织"①。

布尔迪厄认为,艺术场是一个"相互矛盾的世界",是"反制度化的制度形式","相对于制度的自由就体现在制度本身"②。文学与制度有矛盾,一方面,我们可以说,没有文学制度也就没有现代的文学,文学制度给文学提供了生成空间和生产场所;另一方面,文学制度也不断限制文学的自由与个性,这也是文学制度的悖论。从五四新文学社团组织和文学传播机制的建立,到三四十年代已具相当规模的文学批评、出版和奖励等制度形式,文学生产日益被制度化的同时,文学意义也就逐渐受到规范和

---

① (加)斯蒂文·托托西:《文学研究的合法化》,北京大学出版社,1997年,第34页。

② (法)皮埃尔·布迪厄:《艺术的法则》,中央编译出版社,2001年,第306页。

限制。完善而合理的文学制度既可以为文学发展提供开阔的社会通道,也容易导致文学的日趋僵化与死板,文学的制度化显然有很多弊端,如对文学审美本体的忽视而造成文学经典的缺失,文学制度与政治权力的难分难解也使文学的独立性有所丧失。

凡事总有另一面。所以,在探讨文学制度的形成与意义的同时,也应重视文学制度对文学的限制。尤其是对文学的自由个性的规范。制度如同库恩所说的"范式"一样,它常从自身的知识系统寻求力量的整合,排斥异己的和创造的知识的进入。文学走向社会,扩大影响,需要制度力量的支撑,这对于中国文学而言,更是至关重要的。文学制度以各种各样的方式规范和诱导文学的再生产,同时,那些与规范的文学制度不相符合的异端的、个人的文学也会被"去合法化"。在理论上,文学有了自己的制度形式可以合理地抵御社会政治的干预,反过来,社会政治也可以透过文学制度潜在地作用于文学创作,双方各自谋取最大的利益。

因为文学的制度化,文学有了大批量生产,也有了市场消费的可能性,但也可能出现过度商业化的情形,如凌叔华所说"粗制滥造,拼命生产,只讲量的丰富,不求质的精良"①商业化倾向。文学制度要求文学尽快适应社会需要,这必然导致文学制度的游戏规则与文学审美追求之间的矛盾。文学生产的制度化

①　凌叔华:《〈武汉日报〉副刊〈现代文艺〉发刊词》,《凌叔华文存》,四川文艺出版社,1998年,第812页。

追求,是对文学"社会效应"和"经济效应"的依赖。"社会效应"扮演着筛选和淘汰文学的价值功能角色。被社会认同的文学便获得了合法性,反之,便被拒于门外。"社会效应"可能与文学意义一致,也可能不一致。文学的社会效应便有可能实施某种话语暴力,将"自我意志"强加给文学。社会效应对于增加文学资本的既得利益显然是有利的,于是,一些作家和批评者便不遗余力地倡导文学的社会效应,处于文学边缘的文学作家和批评家则可能做出其他不同的阐释,抵制文学的资本化,而走向分流,倡导文学的自律性和审美性。文学制度是文学活动的规则和契约,文学活动反过来强化制度形式,两者之间共生而互动。

沈从文就反对文学的商业竞卖,主张对"文学有信仰,需要的是一点宗教情绪"①,"用'小说'来代替'经典'"②。事实上,沈从文自己在1928年也随着现代文化的南迁而到了上海,由于文化市场的诱惑与催生,在近一年的时间里,上海的各种杂志和书店都登载或销售过他的作品,现代、新月、北新、中华、华光等书店分别出版了他的10多个作品集。他并没有抵挡文学生产的制度力量。叶圣陶也明确提出:"文学不是商品,性质绝对不相似。决不可以文学为投机事业,迎合社会心理,不顾一切,加工制造,以图利市三倍。"③因此,他提出文学家的非职业化,"凡

---

① 沈从文:《给志在写作者》,《沈从文全集》第17卷,北岳文艺出版社,2002年,第412页。

② 沈从文:《短篇小说》,《沈从文全集》第16卷,北岳文艺出版社,2002年,第494页。

③ 叶圣陶:《文艺谈·32》,《叶圣陶论创作》,上海文艺出版社,1982年,第60页。

为文学家,必须别有一种维持生计的职业,与文学相近的固然最好,即绝不相近的也是必须,如此才得保持文学的独立性,不至因生计的逼迫而把它商品化了"①。事实上,他编《小说月报》,编开明书籍,就以编辑、出版方式参与了文学的创造。

文学制度给文学带来了开阔的发展空间,但文学制度有着明显的局限性。文学制度与文学精神,文学自律与制度权威的干预,如何保持"必要的张力",显然是一个难题。也就是说,完善的文学制度是否可以获得遏制其内在局限性的自我调节功能?这是需要反思和讨论的问题。中国现代文学存在两种力量:文学的自主化和文学的社会化。文学制度使文学与现代社会日益合谋,确立了文学的生产、流通和消费秩序,使文学与社会,文学各要素之间如作者、作品、媒介和读者之间建立起有效的运作机制,文学的审美意识也被社会所承认或接纳,实现文学从传统向现代的意义转变,并使自己也成为文学现代性的构成内容。

文学在其制度化的过程中也逐渐被制度所收编,同时,它又在反抗制度的过程中创造文学的活力。制度是一种约束和规范性的力量,是人的行为规则,有公共性(利益和标准)、秩序性和理性化。文学创作与制度形式之间显然会出现矛盾,文学的精神和形式在其本质上是反规范的,它最大限度地追求着精神的自由和形式的个性。因此,制度研究也应该具有反思性和批判

① 叶圣陶:《文艺谈·33》,《叶圣陶论创作》,上海文艺出版社,1982 年,第 61 页。

性的立场。杰弗里·J.威廉斯将文学制度理解为"职业""惯例"和"传统",指"当代大众社会与文化的规章与管理结构",和"自由"、"个性"或"独立"处于相反方向①,类同"官僚主义"、"规训"和"职业化",制度研究意在反思制度弊端并试图重建其合理性。

文学制度有理性化和工具主义的倾向,有文学与权力合谋的欲望。随着文学体制的建立,在其内部也逐步形成知识的权力关系,这种"关系"常常主宰了文学的走向。鲁迅以抵抗的精神姿态把文学理解为一个开放而自由的精神实体,并以个人的生命体验使文学成为流动而有变化的运行机制。文学制度还可能培养出制度的寄生者,保护制度受益者,成为制度受用者。他们多在"作品宣传上努力","在上海寄生于书店、报馆、官办的杂志,在北京则寄生于大学、中学,以及种种教育机关中"②。能创造伟大作品的作者,也应远离流行习气,自甘寂寞,默默地努力,"他们的努力,也许与'作家''文坛''集会''论战'都仿佛无关,然而作品却将与'真理'和'艺术'更近,成绩将成为历史之一环"③。文学制度也会使文学写作成为职业,而不是事业,斤斤于功利,而忽略人类的良知和正义,只关注读者的阅读趣味,轻视人生的博大和悲悯。文学有双重性,即艺术性和社会

---

① (美)杰弗里·J.威廉斯:《文学制度》,南京大学出版社,2014年,第2页。

② 沈从文:《文学者态度》,《沈从文全集》第17卷,北岳文艺出版社,2002年,第52页。

③ 沈从文:《一封信》,《沈从文全集》第17卷,北岳文艺出版社,2002年,第131页。

性,它们相互依存又相互冲突。如同阿多尔诺所说:"艺术既是自主的又是社会形成的,这种双重性格不断分布到它的自主性的整个区域。"①所以,在强调文学制度的同时,也应对其负面性有清醒的认知,避免出现文学制度中心主义倾向。

---

① (德)阿多尔诺:《美学理论》,《西方马克思主义美学文选》,漓江出版社,1988年,第355页。

第二章 |

文学制度的社会背景

晚清文学变革之所以能够实现,与现代都市的崛起、报刊出版的参与,以及新式教育的创办等社会条件密切相关。中国现代政治经济的流变也体现在文学空间的都市迁徙。报刊出版更影响着中国新文学的传播和发展。在某种意义上,中国新文学也诞生于现代大学,现代文学与现代大学的结盟,构成相互哺育的共生关系①。

---

① 王彬彬:《中国现代大学与现代文学的相互哺育》,《社会科学》2009 年第 4 期。

一、都市的崛起与报刊出版

都市社会人口庞大,结构多样,变化大,为人们的交往和生活提供了多种可能性。城市是孕育现代文化和文学的温床,城市有交通畅达、精英荟萃、商埠林立、心态开放、生活便捷等特点,形成较为完备的公共领域,有助于新文学的诞生。特别是晚清至现代的上海,是中国城市发展中最为成熟的,它的城镇人口数量多、流动大。到 1927 年,上海有 270 万人,北京 136 万人,天津 112 万人,武汉 158 万人。上海是中外贸易的枢纽和集散地,也是外国资本和文化的落脚点,成为现代中国最为开放的魔都。

都市社会为文化和文学提供了社团、学校和报刊等物质条件。哈贝马斯对此有过精彩的分析,他认为国家与社会的彻底分离、社会再生产与政治权力的分离,促使"公共领域"和"市民社会"的出现。生产以交换为中介,生产也从公共权威的职能范围中被解放出来,公共权力也从生产劳动中摆脱出来。"'城市'不仅仅是资产阶级社会的生活中心;在与'宫廷'的文化政治对立之中,城市里最突出的是一种文学公共领域,其机制体现为咖啡馆、沙龙以及宴会等。"①"政治公共领域是从文学公共领域中产生的;它以公共舆论为媒介对国家和社会的需求加以调

---

① (德)哈贝马斯:《公共领域的结构转型》,学林出版社,1999 年,第 34 页。

节。"①报刊离不开都市，都市人口密集，城市居民文化程度相对较高，人们心理意识较为开放，流动性大，具有较为发达的经济基础和产业条件。如果"居住在文化中心地带"，"在那里便是文人学者荟萃之区，出版业也以是为中心，在中国说起来，像上海，北平，广州，南京等大都会，可以算是文化中心地了"，它有助于社会交流和个人发展，"居住于文化中心区域地，就很容易会见许多名人，就很容易插入当地的文学社会中去，也就容易向各方面联络感情，你的出世成功的机会，到处都可以获得。实在社交的能够发生效力，先要你来住在文化中心地的，否则你居于穷乡僻壤，所见的不过乡曲愚夫，纵使你十分努力，也很少希望，一定要到了大都会里，浴受这文化的空气，接触着高人雅士，获益既多，见闻又增，自然各事都会弄得合式起来，社交的功效，也有展布机缘了。"②都市社会的公共空间，成为人们公共生活的舞台，如咖啡馆、茶馆、花园、公园、会馆、步行街、广场等，也是现代报刊媒介生存的物质条件。

中国现代的媒介意识由西方传教士所引入。唐代虽有"邸报"，以刊载辑录朝廷政事为内容，以朝廷官员为阅览对象，是封建王朝的政府机关报，由各地派驻京城的邸务留后史负责传发。宋代也有"朝报"和"小报"，"朝报"除了刊载诏令、朝臣奏章外，还有官吏升迁、外国使臣朝见与辞别的消息、受贬大臣的谢表及

---

① （德）哈贝马斯：《公共领域的结构转型》，学林出版社，1999年，第35页。
② 章克标：《章克标文集》（上），上海社会科学院出版社，2003年，第491页。

上呈的诗文。朝报能公开发售,是宋代士大夫了解政治时事的重要途径。"小报"有类似现代新闻记者的探子,专在大内、尚书省、中书省、门下省等中央一级机关以及寺、监、司等政府衙门打听新闻,称为"内探""省探""衙探",而印刷发行小报的则是书坊、书肆的主人。明清时期有"京报"。但它们都缺乏社会大众和公共空间意义上的媒介意识。传教士为了传播基督教义,采取依靠出版物的手法,创办、出版了大量的报刊媒介。美国传教士玛卡雷·布朗认为:"单纯的传教工作是不会有多大进展的,因为传教士在各方面都受到'无知'的官吏们的阻挠,学校可能消灭这种'无知',但在一个短时期内,这样一个地域宽广,人口众多的国家里,少数基督教学校能干出些什么? 我们还有一个办法,一个更迅速的办法,这就是出版书报的办法。"①英国传教士李提摩太认为,要影响能支配中国普通人民思想的士大夫阶层,"再没有比文字有效的工具了"②。由传教士影响到近代改良主义维新派,他们也都意识到报馆、出版和翻译对启民智、新民主的巨大作用。张之洞认为:"道莫患于塞,莫善于通;互市者通商以济有无,互译者通士以广学问。尝考讲求西学之法,以译书为第一义。"③梁启超也认为:"去塞求通,厥道非一,

---

① 广学会编《没有更迅速的道路》,载宋原放、李白坚:《中国出版史》,中国书籍出版社,1991年,第171页。

② 许牧:《广学会的简史及其贡献》,载宋原放、李白坚:《中国出版史》,中国书籍出版社,1991年,第171页。

③ 张之洞:《上海强学会分会序》(1895),载宋原放、李白坚:《中国出版史》,中国书籍出版社,1991年,第171页。

而报馆其导端也。"①于是,积极倡导建立具体的传播制度,如翻译书院、报馆和书局。到20世纪初,中国已是"学生日多,书局日多,报馆日多"②。给人的感觉是"二十世纪以前,枪炮之世界也;二十世纪以后,报馆之世界也"③。知识分子积极介入报刊创办,看重报刊的社会功能。1912年,梁启超归国后在一次演讲中,感触良多:"今国中报馆之发达,一日千里,即以京师论,已逾百家,回想十八年前《中外日报》沿门丏阅时代,殆如隔世;崇论闳议,家喻户晓,岂复鄙人所能望其肩背。"④徐宝璜是中国新闻界开山祖师,他也发出感叹:"在民智开通之国的英美,有不看书者,无不看报者。新闻纸之有用于人,几若菽粟水火之不可一日无。其势力实驾乎学校教员、教堂牧师而上之。"⑤

当时的报馆和书局所出版的刊物几乎都是政论和时事,文学刊物则出现在1872年,《申报》出版了以刊载文艺作品为主的附属刊物《瀛寰琐记》,每月一期,开了近代文学期刊之滥觞。出版业的发展带来了传播方式的转变,晚清拥有专业化的组织机构(报社、杂志社和出版社),采用机械印刷,传播速度快、范

---

① 梁启超:《西学书目表序例》,载宋原放、李白坚:《中国出版史》,中国书籍出版社,1991年,第175页。

② 梁启超:《敬告我同业诸君》,《梁启超全集》第3卷,中国人民大学出版社,2018年,第649页。

③ 《论报馆之有益于国》,《东方杂志》第2年第4期,1905年5月28日,第57页。

④ 梁启超:《鄙人对于言论界之过去及将来》,《梁启超全集》第15卷,中国人民大学出版社,2018年,第32页。

⑤ 徐宝璜:《发刊词》,《北京大学日刊》第357号,1919年4月21日。

围广、受众多。机器印刷改变了信息(包括文学)的传播手段和传播方式,正如本雅明所说:"印刷,即文字的可技术复制性,在文学中所引起的巨大变化是众所周知的。"①中国现代文学是印刷时代的文学。报纸和杂志为文学提供了广阔而独特的生存方式。现代文学依赖文学期刊和报纸,"发表与出版"成为实现文学社会化的有效途径。大众媒介促使文学观念、文学形式的转变,文学的新闻性、大众性,杂文、报告文学、短篇小说文体都因大众媒介而生。文学的大众化就自然成为它的价值追求。

文学的传播体制、传播手段、传播时空和传播对象都有了很大的变化。中国古代的出版经历了先秦到西汉的简策帛书、西汉的纸本书以及刻版书,19世纪初引进西方技术的机械印制等几个阶段。古代书籍最开始是写在竹简、木牍上的简书,简策笨重,书写多有不便。后又出现了用缣帛书写,帛质轻且软,易于书写且易于携带。公元105年,东汉蔡伦对造纸原料和制纸技术加以改良和提高,使纸的质量大大改善,并逐渐推广到各地。纸发明以后,简策和帛书逐渐被纸写书所代替,纸张逐渐取代了竹简和缣帛的用途,书籍的出版也有了大发展,书籍开始成为商品,出现了以售书为业的书肆②。公元7世纪,唐贞观年间出现的雕版印刷术,使书籍出版进入一个新阶段,但隋唐两代的书籍

---

① (德)本雅明:《经验与贫乏》,百花文艺出版社,1999年,第261页。

② 西汉的扬雄在《法言·吾子》里说:"好书而不要诸仲尼,书肆也。"可见2000年前的中国就已有了书籍贸易。比《法言》更具体的记载是《后汉书·王充传》,说王充"家贫无书,常游洛阳市肆,阅所卖书,一见辄能诵记,遂博通众流百家之言"。王充生活于公元27—96年,由此可知,当时书肆已较为普遍。

出版主要还是手工抄写。雕版印刷的使用范围有限,主要集中在经咒、佛像、历书、纸牌、报纸等。后唐时期,经宰相冯道、李愚等奏请,由政府主持,开始雕版印刷儒家经典著作,这是中国出版史上的一件大事,印刷方式代替了过去的手抄、刻石。北宋的毕昇发明了活字印刷术。晚清又引入西方的印刷技术,推动了现代出版业的发展。变法维新者为了宣传的需要,积极创办杂志、报纸和出版社。如1897年,由夏瑞芳、鲍咸恩、鲍咸昌、高凤池等创办的商务印书馆,它以提倡西学、反对旧学,拥护新式学校、赞成科学,反对封建迷信为思想指导,对中国新文化建设功不可没。沈雁冰称它"维新大业,数出版前驱,堪称巨擘。世事白云苍狗,风涛荡激,顺潮流左右应付,稳度过,滩陡浪急。曾开风气,影印善本,移译西哲"①,高度评价了商务印书馆为中国出版事业作出的贡献。从1897年到1949年的70年间,商务印书馆共出书1.5116万种。

书籍的出版方式也影响到文学的创作与阅读方式。随着工业化和城市化的不断发展,以及相对低廉的纸张和不断改变的文学生产和传播方式,文学读物比以往任何时候更廉价,也更容易获取。有阅读能力的读者越来越多,社会市民、青年学生、妇女儿童逐渐成为文学阅读群体。手工操作速度慢、成本高,"一书之板,动至千百;一书之成,动逾数载。雕版印刷,手续繁而费

---

① 茅盾:《桂香枝·为商务印书馆建馆八十周年纪念作》,《茅盾全集》第10卷,人民文学出版社,1985年,第516页。

用多,虽有可传之书,人犹惮于印行"①。这样的文学作品难以产生直接而广泛的社会影响,文学被局限在应酬、游燕、赠答、赋物、题词、书信和自娱自乐,成了个人的私事,用来言志抒怀、怡养性情、应唱附和,或取悦亲朋,或成为"颂祝主人、感怀前贤"的庙堂文学,或落入"心应虫鸣、情感林泉"的山林文学。晚清印刷业的发达扩大了文学的影响,解弢曾说,过去小说作者"披阅十载","闭门著书","加以出版社不易","今则不然,朝甫脱稿,夕即排印,十日之内,遍天下矣"②,说的是印刷的速度之快!梁启超主编《时务报》,"一时风靡海内,数月之间,销行至万余份,为中国有报以来所未有。举国趣之,如饮狂泉"③。出现这样的情况也只有依靠发达的现代出版业才能实现。黄遵宪也有这样的感叹:"从古至今文字之力之大,无过乎此者也。"④现代出版和大众媒介的传播速度快,读者数量多,影响面广,为文学与社会、作家与读者架设了快捷的中介和通道。文学与报刊出版构成相互促进和推动的关系,报刊出版促进了文学的社会化和大众化,报刊出版也推动了文学内容和语言形式变化,拉近了文学与社会的距离。从此,中国文学变成了报刊文学和社会文

---

① 戈公振:《中国报学史》,中国新闻出版社,1985 年,第 189 页。

② 解弢:《小说话》,《中国历代小说论著选》(修订本)(下),江西人民出版社,2000 年,第 479 页。

③ 梁启超:《本馆第一百册祝辞并论报馆之责任及本馆之经历》,《梁启超全集》第 2 集,中国人民大学出版社,2018 年,第 354 页。

④ 黄遵宪:《致饮冰主人书》,载《梁启超年谱长编》,上海人民出版社,1983 年,第 274 页。

学,文学语言日益口语化、大众化和通俗化,由报刊而出现了报刊文体。

大众传媒所形成的公共空间促使传统社会走向多元化,对政治体制和知识传播都有巨大的冲击。自 1865 年到 1895 年,全国新办中文报刊 86 种、外文报刊 91 种。其间影响最大的是《申报》和《万国公报》。《申报》认为报刊言论对于民族国家具有重大意义,"本馆尝言,泰西各国振兴之所由,大半由于准民间多设新闻纸馆。盖新闻纸之所述,上则国政之是非得失,皆准其论列;下则民间之善法美器,亦准其胪陈,故能互相采用,互相匡救,以成其振兴之道焉。中国昔日不知此事之有益于国家也","近来少知此事之有益"。"新报之设,非能上达九重也,惟求其能邀各当道之青盼耳。若录有上益于国,下益于民之事,各当道有以采择而行之,而后新报方为有益之物也。""吾谓中国不欲取用西法则已,若欲取用西法,必先自阅报始。"① 康有为在组织强学会之后,1895 年 8 月 17 日创办了一份维新报纸,直接命名为《万国公报》。《万国公报》着重改变中国人的思维方式,积极支持维新,将阅读对象确定为各级官员和中上层人士。创办于1896 年 8 月,作为晚清知识阶层鼓吹改革的《时务报》,其主要管理人员汪康年和主笔梁启超,他们的西学知识也主要来自《万国公报》,从内容到风格都有《万国公报》的承传。1895 年,中国

① 《书同治十三年申报总录后》,《申报》1875 年 2 月 4 日,上海书店影印本,1983年。

民间媒体开始兴起,自1895至1911年的短短十几年,各类中文报刊达七八百种之多,虽然商办的报纸逐年增加,并占据统治地位,但就内容而言,政论性的报刊一直是晚清媒介的主流。

1896年6月8日,出版界元老张元济致信汪康年称:"书局之开,是吾华一大喜事。"①戈公振也在《中国报学史》中说:"自报章之文体行,遇事畅言,意无不尽。因印刷之进化,而传布愈易,因批判之风开,而真理乃愈见。所谓自由平等博爱之学说,乃一一输入我国,而国人始知有所谓自由、博爱、平等。故能于十余年间,颠覆清社,宏我汉京,文学之盛衰,系乎国运之隆替,不其然欤!"②传统社会通过科举制度建立知识权力结构,知识传播受到权力的控制,同时还设立各种正式或非正式的制度阻止不利于自身知识的生产和传播。《大清律例》中就有禁止"造妖书妖言"的条款,并被使用在"《苏报》案"的审理中。

1914年制定了民国《出版法》和《报纸条例》,也有"淆乱政体者""妨碍治安者""败坏风俗者"等禁止条例。事实上,因为近代国门的开放和租界的治外法权,清政府根本无法对报纸和出版实施严密控制,《苏报》案发之后,兴起到国外留学的热潮,在境外创办了大量的报纸杂志。对中国社会产生过较大影响的《民报》和《新民丛报》就是在日本出版的。大众媒介对于儒家制度构成了强大的解构力量,近代的新式教育体制和教育内容

_____

① 张元济:《致汪康年信》,《张元济书札》,商务印书馆,1981年,第9页。
② 戈公振:《中国报学史》,上海古籍出版社,2003年,第207页。

对传统经典有巨大的冲击，但在新旧教育体制还处于交替中的转折时代，大众媒体则成为一种相当重要而特殊的新知识传播渠道，使近代中国了解了世界，了解到了新知识、新文化。蒋梦麟在传记里有这样的回忆："梁启超在东京出版的《新民丛报》是份综合性的刊物，内容从短篇小说到形而上学，无所不包。其中有基本科学常识、有历史、有政治论著，有自传、有文学作品。梁氏简洁的文笔深入浅出，能使人了解任何新颖或困难的问题。当时正需要介绍西方观念到中国，梁氏深入浅出的才能尤其显得重要。梁启超的文笔简明、有力、流畅，学生们读来裨益非浅，我就是千千万万受其影响的学生之一。我认为这位伟大的学者，在介绍现代知识给年轻一代的工作上，其贡献较同时代的任何人为大。他的《新民丛报》是当时每一位渴求新知识的青年的智慧源泉。"[1]就现代中国的知识播散而言，媒介与教育是两条最为重要的途径和手段。它们使知识分子接受了新知识，在传统经典之外，熟悉了其他信息，包括文学知识，一批具有开放视野的新知识阶层开始成长，新作家将诞生在他们里面。

由于经济发展的不平衡，近代以来中国发展较为成熟的都市主要是上海和北京。晚清文学以上海为中心，它拥有都市经济的消费条件，有与文学相关的印刷出版的兴盛，有市民文学的繁荣基础。后来，因与大学的合谋，北京成了20世纪20年代新文学运动中心，到了30年代，上海再次成为文学中心。整个现

---

[1] 蒋梦麟:《西潮》,辽宁教育出版社,1997年,第45页。

代文学运动的组织、文学潮流和时尚的酝酿基本上都围绕北京和上海这两个城市展开。沈从文就认为："五四运动在年青人方面所起的动摇,是全国的一切青年的心,然而那做人的新的态度,文学的新的态度,是仅仅只限于活动中心的北京的。其波动,渐远渐弱,取了物理公律,所以中国其余省份,如广西,如云南,是不受影响的。"[①]据张静庐主编的《中国现代出版史料》统计,从晚清到 1949 年出版的文学期刊,有明确的创刊日期的有 988 种,没有明确创刊日期的有 99 种。就有明确创刊日期的 988 种文学期刊来做比较分析,创刊于上海的有 455 种,创刊于北京的有 106 种[②],共 561 种,占了总数的一半多,并且上海是北平的 4 倍多。上海和北平文学刊物的分布情况如下图:

城市	1872—1901	1902—1916	1917—1927	1928—1937	1938—1949	合计
上海	3	51	59	237	105	455
北平	0	2	22	64	18	106

如果略作分析,可以看到,从 1917 到 1949 年的上海,几乎每一年都有文学刊物的创办,30 年代是上海刊物创办的高峰,1928 年有 33 种,1929 年 23 种,1930 年 18 种,1931 年 20 种,1932 年 10 种,1933 年 22 种,1934 年 20 种,1935 年 28 种,1936

① 沈从文:《郁达夫张资平及其影响》,《沈从文全集》第 16 卷,北岳文艺出版社,2002 年,第 190 页。

② 鲁深:《晚清以来文学期刊目录简编》(初稿),载张静庐:《中国现代出版史料》丁编(上、下),中华书局,1959 年,第 510—580 页。

年达到最高峰有 39 种, 1937 年 23 种。抗战期间, 略有减少, 最少的 1942 年也有 5 种, 1941 年有 20 种, 抗战胜利后的 1946 年也有 18 种。上海是近现代中国最大的都市和通商口岸, 拥有丰富的市民读者资源, 有最具规模的城市生活, 阅读报刊和出版物成为市民生活的一种消费方式。同时, 它也是近现代具有资本主义特性的文化中心, 维新思潮和新文化成为上海的文化标志。这样, 拥有现代特征的经济空间、生活空间和文化空间, 就"造成新的力量和新的观念, 造成新的交往方式, 新的需要和新的语言"①。它也为文学期刊的创办, 为作家的生活, 为文学语言的创新都提供了相对充分的生产、生活和消费条件。北平却没有这样优厚的经济物质条件, 它的文学刊物, 最多的 1936 年也只有 20 种, 并且, 30、40 年代是上海创办文学刊物的高峰时期, 但在 1938、1940、1941、1942、1943、1944、1945 年的 7 年间的北平, 却没有文学刊物的记录。但是, 从钱理群主编的《中国沦陷区文学大系》之"史料卷"看, 这几年整个华北地区(包含北平)也有部分文学刊物的创刊和出版, 相对 1920—1930 年代是北平文学刊物的高峰期, 其数量已大大地减少了②。20 世纪 50 年代以后, 它因政治更替再次成为中国文学的中心。

另外, 1924 年以后, 在上海、北平(北京)以外的宁波、南通、西安、长沙、武昌、昆明也开始出现文学刊物, 1937 年抗战爆发

---

① 《马克思恩格斯全集》第 46 卷, 人民出版社, 1975 年, 第 494 页。
② 钱理群主编《中国沦陷区文学大系》, 广西教育出版社, 1998 年, 第 581—583 页。

以后的成都、重庆、西安、桂林和昆明，出现了大量的文学刊物。如1937年的成都有7种，1938年的武汉有10种，1942年的桂林有10种。重庆在抗战以前很少有文学刊物，1925年有1种，1938年2种，1942年6种，1944年7种，1945年7种，1946年6种。文学刊物的发展与分布同现代中国的经济和政治关系密切，因为文化与政治、经济三者之间始终存在着制约与促进的互动关系，现代中国的政治和经济与现代文学拥有渗透、牵制与剥离的多重关系和作用。现代出版与都市的形成都可看作是近代中国的带有资本主义性质的产物。用茅盾那句非常形象的话说，就是"老处女的中国受了帝国主义经济侵略的强奸以后，肚子里便渐渐孕育着半殖民地的资本主义的胎儿了"①。现代出版也算是资本主义在中国怀上的文化胎儿。

报刊媒介以培养作家、争取读者为目标，与传统经典的传播方式和目的都不相同。它作为一种公共传播形式，形成了自由讨论的话语空间，打破了国家意识形态借助权力和利益的配置对知识进行的垄断。现代报刊出版不仅使知识分子拥有相当的经济地位，他们可不依附于官，也不依附于商，而且拥有相对独立的社会空间，还获得了社会的尊重。如沈从文所说："新出版业的稳定与发展，更与小说的发展有不可分开的关系。一个有成就的小说作家，在他生前所能取得读者的敬重和爱重，从过去

---

① 茅盾：《关于"创作"》，《茅盾文艺杂论集》上集，上海文艺出版社，1981年，第297页。

史追溯,竟可说是空前的。即用来与社会上一般事业成功者比较,也可说是无与比肩的。"①

二、现代大学与知识分子群体

中国传统教育的核心是学而优则仕和内圣外王,是"学"与"政"的密不可分。1898 年,严复提出治学与治事不能相兼,"名位必分二途:有学问之名位,有政治之名位","惟其或不相侵,故能彼此相助"②。1902 年,梁启超也提出:"天地间独一无二之大势力,何在乎?曰智慧而已矣,学术而已矣。"③他们已开始重构学与政的关系,阐发新教育的理念,超越传统德性教育,而走向学术化、实用化、大众化的现代教育。1905 年,废除科举,兴办学堂、出洋留学就成为晚清十年新政各项改革中进行得最广泛、最深入,影响也最为深刻、最持久的运动。真正为现代教育揭开序幕的是蔡元培执掌北京大学。五四新文学的发生也与此有关。新文学发生阶段的作者和读者,大都是北京大学的老师和学生。继北京大学之后,燕京大学和清华大学的师生,也成为新文学创作的主力军。可以说,20 世纪 20 年代的中国现代文学

① 沈从文:《新书业和作家》,《沈从文全集·补遗卷》第 2 卷,北岳文艺出版社,2020 年,第 82—83 页。

② 严复:《论治学治事宜分二途》,《严复全集》第 7 卷,福建教育出版社,2014 年,第 86 页。

③ 梁启超:《论学术之势力左右世界》,《梁启超全集》第 2 卷,中国人民大学出版社,2018 年,第 465 页。

是以中国现代大学为依托的。30 年代的京派文学仍以北京大学、清华大学、燕京大学等作为创作空间和文化场域。抗战爆发以后，新文学与大学出现分离，但西南联合大学等仍是新文学的重要基地。

现代大学是现代文学的文化空间。新文学作家进入现代教育体制，是推动新文学发展的重要动力。新式教育体制容纳了一大批新文学家①，正是这批新文学人物的推动，才使得新文学课程一步步在大学中确立自身的地位。1916 年 12 月 26 日，蔡元培被任命为北京大学校长之后，北大文科人事发生巨大变动，引进了许多新文学家。1916 年 12 月 26 日，也就是在被正式任命为北大校长的当天，蔡元培即到旅馆拜访时来北京为《新青年》杂志募款的陈独秀，并邀请陈独秀担任北大文科学长。1917 年 1 月 11 日，蔡元培以学校名义致函北京政府教育部，要求批准陈独秀为北大文科学长；13 日，教育部复函北大，批准陈独秀为文科学长，15 日，陈独秀到任。其后，一大批后来成为新文化运动风云人物的教授相继走上北大讲坛：1917 年 4 月，周作人来到北大；1917 年 9 月，胡适、刘半农来到北大；1918 年，李大钊（图书馆主任）、宋春舫来校；1920 年 8 月，鲁迅到北大上课。加上前此已在北大任教的沈尹默、沈兼士、钱玄同，于是整个北大文科的教员面貌焕然一新：所谓五四新文化运动、新文学运动的核心人物，这时候齐集北大，为新文化运动和新文学运动的展开

---

① 张传敏：《民国时期的大学新文学课程研究》，人民出版社，2010 年，第 38 页。

汇聚了基本的核心力量，做好了人员与思想的准备。

除了新文学的作家进入现代教育体制对新文学发展有推动作用，新文学"反对者"对新文学发展的反向促进作用也不容忽视。事实上，20年代这批在文学主张上不那么"新"的"旧派"也得以进入新教育体制。除了引进在文化上的"新派"人物，蔡元培在"兼容并包、思想自由"的主张之下也注意引进诸如刘师培、章太炎等所谓的"旧派"传统文人，利用正面支持与反面刺激的方式促使"新派"文人能在北大站稳脚跟，从而真正进入大学体制，从而促使新文学革命、新文化运动成功①。

在文学史上，曾是新文学"反对者"的学衡派文人，也生存于大学体制。"学衡派"文人与东南大学的兴起息息相关。1921年，南京高师改建为东南大学，由一个地方性大学扩建为一个全国性大学。在此过程中由于急需大量师资、人才，梅光迪、吴宓1921年受聘于东南大学，再加上之前便已在该校任教的胡先骕、柳诒徵，学衡派的重要人员皆集结于此。可以说，东南大学的兴起，才使这些反对五四新文化运动的散兵游勇得以迅速集结，并形成了一个中国现代文化文学团体——学衡派②。

另外，一批新文学家进入现代大学接受文学教育，他们的校园学习经历和文化艺术活动，既有助于他们创作风格的形成，也对他们的审美追求和艺术标准产生影响。比如闻一多，1912

---

① 张传敏：《民国时期的大学新文学课程研究》，人民出版社，2010年，第47—56页。

② 高恒文：《东南大学与"学衡派"》，广西师范大学出版社，2002年，第48—49页。

年,他以复试鄂籍第一名成绩,考入北京清华留美预备学校(清华大学前身),在清华度过了10年学子生涯。闻一多在校期间,一直是校园新文学活动的主将,主要从事新诗创作,同时也做新诗评论。1921年3月3日,他在《敬告落伍的诗家》一文中"诚诚恳恳地奉劝那些落伍的诗家""作真诗",并认为"只有新诗这条道"才是今后中国诗歌发展的唯一道路。① 1921年5月28日,又发表《评本学年周刊里的新诗》,对过去一学年发表在《清华周刊》上的17首新诗做出评价,认为"诗的真价值,在内的原素,不在外的原素",认为"'言之无物'、'无病呻吟'的诗固不应作",同时他还主张作新诗可以取材于旧诗,认为"旧诗里可取材的多得很"②。在校期间,闻一多对新诗的诸多问题,如音节问题、个性问题、用典问题、用韵问题等,都形成了自己的见解和观念。与此同时,他还对自己的诗、湖畔诗人和郭沫若等人的诗作出评论,认为湖畔诗人的诗歌"甚有价值","修人、雪峰、漠华三君皆有佳作"③,认为"若讲新诗,郭沫若君的诗才配称新",同时评价郭沫若的诗歌"不独艺术上""与旧诗词相去最远",而且"精神完全是时代的精神——二十世纪的时代精神"④。

20世纪20年代的凌叔华,在天津女师读书时就开始写作实践,后来在燕京大学外文系时选听了周作人的新文学课程。

---

① 闻一多:《敬告落伍的诗家》,《清华周刊》,1921年3月第211期。
② 闻一多:《评本学年周刊里的新诗》,《清华周刊·第七次临时增刊》,1921年5月28日。
③ 闻黎明、侯菊坤:《闻一多年谱长编》,湖北人民出版社,1994年,第191—192页。
④ 闻一多:《女神之时代精神与地方色彩》,《创造周报》第4号,1922年12月4日。

1923 年 9 月 1 日,凌叔华给周作人写信,希望周作人能在课外牺牲一些时间收下自己,因为学习新文学的学生特别是女作家实在太少了,中国女子思想及生活从来没有叫世界知道的,对人类贡献也太少,所以,她立定主意将要做一个女作家。读完凌叔华的来信,周作人觉得她是一个颇有才气的女子,便复信答应了,给她批改文章。6 日,凌叔华再次致信周作人,并附寄近作一小册。周作人从中选出了一篇《女儿身世太凄凉》送给了当时的《晨报副刊》编辑孙伏园,后刊于 1924 年 1 月 13 日的《晨报副刊》上。从此,凌叔华的大名渐为世人所知晓。周作人作为燕京大学的新文学教师,对学生凌叔华的指导和帮助,让她走上新文坛,功不可没①。

现代大学还通过课程设置、课堂传授和教材编订以及语言教育等方式,将新文学发生、发展以来的实践成果和具体经验转化为一套具体的、可授的、系统的"知识",加以确认和传承,从而规范和形塑人们对于新文学的接受、欣赏和想象。文学教育本身就是一种文学制度,关乎文学接受、文学史叙述、文学话语秩序和文学经典的确立。

五四新文化运动推动了中小学国文教育的改革,与此同时,中小学国文教育的改革也反过来推动着新文学的发展,为新文学培养了大量的文学读者,为新文学的发展打下了坚实的基础。新文学作为课程走入大学讲台,以知识形式得到传播,或作为研

---

① 张传敏:《民国时期的大学新文学课程研究》,人民出版社,2010 年,第 68—69 页。

究对象被研究,这对推动新文学发展具有重要意义。1921 年 10 月,北京大学中国文学系课程指导书中"本系待设及暂缺各科要目"中列有"本学年若有机会,拟即随时增设"的科目九种,其中就有"新诗歌之研究""新戏剧之研究""新小说之研究"三种①。实际上,它却并没有得到落实。周作人很可能是民国时期在大学里讲授新文学课程的第一人。1922 年 7 月,周作人在燕京大学开设了与新文学有关的课程②。1921 年 2 月 14 日,胡适给周作人写信说,燕京大学校长 Dr. Stuart 和教务长 Porter 等要大大整顿他们"中国门"一门,需要一位懂得外国文学的中国学者去做国文门的主任并给予其全权进行改革③。周作人 3 月 4 日访问胡适,并答应下学年到燕京大学担任国文系的"现代国文"的一部分,学校还派了许地山做他的助教,他所讲的课程主要有"国语文学"四小时,他和许地山各任一半,另外又设立了三门功课,"仿佛是文学通论、习作和讨论等类"④。在现在看来,周作人所讲内容与新文学关联并不大,除胡适的《建设的文学革命论》,俞平伯的《西湖六月十八夜》,以及一些白话翻译的《圣经旧约》,《儒林外史》的楔子、李渔的《闲情偶寄》等作品之外,就没有什么新文学作品了。

1924 年,复旦大学就以"中国语体文学史"的形式开始了新

① 《北京大学日刊》1921 年 10 月 13 日第四版。
② 张传敏:《民国时期的大学新文学课程研究》,人民出版社,2010 年,第 65—66 页。
③ 胡适:《胡适全集》第 23 卷,安徽教育出版社,2003 年,第 303—304 页。
④ 张菊香、张铁荣编《周作人年谱》,天津人民出版社,2002 年,第 198 页。

文学的课程。由于具体情况不可考,也只能从名称上看出这门课程与新文学的关联,但无法认定课程内容究竟在多大程度上与新文学有关。这可以看作新文学课程设置的先声。复旦大学之所以能在 1924 年便开设新文学课程,与其教师队伍有关。刘大白、邵力子、陈望道等人起了重要作用。尤其是刘大白,他在 1924 年到复旦大学任教,并担任国文部主任,在其推动下,复旦大学改国文部为中国文学科,并围绕"整理旧文学、创造新文学"的教学目标,设立了"中国语体文学史"这样的课程①。

20 世纪 20 年代,大学校园的文学活动丰富多彩,对新文学的发生和发展都有重要的影响。大学存在着众多的文学社团,它们参与并引导着现代文学生产,这些文学社团的成立几乎都与大学师生和大学中的文学活动脱不了关系。1921 年 11 月 20 日,清华文学社成立。清华文学社的前身是 1920 年 12 月 11 日由 1923 级的梁实秋、顾毓琇、翟桓、张忠绂、李迪俊、吴文藻、齐学启等七人成立的小说研究社。他们曾编辑出版过一本《短篇小说作法》。这时,他们认识了闻一多,闻一多提议把该社改为文学研究社。文学社共分三组:诗组、小说组和戏剧组。选举职员结果是干事梁治华(实秋),书记闻一多,小说组的领袖是翟桓,戏剧组的领袖是李迪俊。它的活动宗旨就是四个字——研究文学;进行的方针有两种,一种是读书报告,一种是请人讲演。

---

① 王彬彬主编《中国现代大学与中国现代文学》,上海人民出版社,2011 年,第 155—156 页。

最初的成员共 14 人：闻一多、时昭瀛、陈华寅、谢文炳、李迪俊、翟桓、吴景超、梁治华、顾毓琇、王绳祖、张忠绂、杨世恩、董凤鸣、史国刚①。文学社陆续召开一系列的研究会、讨论会，1921 年 11 月 25 日，召开第一次常会，专门讨论诗歌问题。具体议题是：诗是什么。先由谢文炳报告，后由大家讨论，反复辩难，极有兴趣。12 月 2 日，召开第二次常会，议题仍是诗歌问题。这次讨论的题目是"诗的音节问题"，由闻一多报告研究结果（已见前节）；12 月 10 日，文学社诗组讨论"英国诗之历史的发展"；12 日，戏剧组讨论"近代西洋戏剧之发展"；14 日，小说组讨论"小说发达史"；16 日，文学社开第四次常会，讨论题目为"文学与人生"，翟桓、王绳祖、张忠绂、顾毓琇报告，大家讨论，在讨论此题之先，并由顾毓琇报告海外文坛消息，他的题目是"汉姆生（K. Hamsun）之生平及作品"；17 日，文学社诗组又讨论"英国诗人莎士比亚、斯宾塞、弥尔顿"；19 日，戏剧组讨论"近代西洋戏曲发展史"；21 日，小说组讨论"斯康底那维亚与德国、英国之小说史略"；23 日，召开第五次常会，讨论"文学可以职业化吗？"报告者有陈怀因、梁治华、董凤鸣、杨世恩、史国刚。"全体意见多不赞成职业化，惟对于'除学文学外，是否当另选一种职业，以敷衍假生活问题'，颇有争论"。24 日，诗组继续讨论"斯宾塞、莎士比亚、弥尔顿的诗"；27 日，戏剧组开讨论会；28 日，小说组报告《英国小说史略》和《德国小说史略》；30 日，文学社开第六次常会，讨论"文

---

① 《清华周刊》第 227 期，1921 年 11 月。

学与文人"；次日，诗组讨论" Wordsworth, Coleridge, Scott 的诗"①。由此，可以看到文学社与新文学的紧密联系。

与复旦大学有关的浅草社，创立于1922年，由在上海中法通惠工商学院就读的林如稷，联络他的复旦同学陈翔鹤、北京大学的陈炜谟等发起。为了使自己的创作有发表的园地，他们于1923年3月自费印刷出版了《浅草》季刊。不久，经过与上海《民国日报》交涉，浅草社又于同年7月开始负责编辑作为该报副刊的《文学旬刊》，附于该报印行。因此，《浅草》季刊和《文学旬刊》都是浅草社的主要阵地。浅草社的成员大都是复旦、北大的同学，以北大学生为主。据已掌握的材料，当时就读复旦者，有陈翔鹤、胡絮若、王怡庵、陈承荫、周乐山诸人；而就读于北大者，则有冯至、陈炜谟、高世华、李开先、汤懋芳、游国恩等人。1923年，林如稷赴法国读书。此年底，陈翔鹤因"嘤嘤求友"之故，离开了复旦赴北京后，王怡庵和陈承荫先后负责《文学旬刊》在上海的编辑与发行，直到1924年二人都离开上海以后，《文学旬刊》的编辑工作才转到北京。因此，浅草社与复旦的关系不可谓不"亲密"②。

① 《清华周刊》第 228 期，1921 年 12 月 2 日；《清华周刊》第 231 期，1921 年 12 月 23 日；《清华周刊》第 232 期，1921 年 12 月 30 日。
② 王彬彬主编《中国现代大学与中国现代文学》，上海人民出版社，2011 年，第 195—196 页。

三、稿酬版税制度的建立

自 1901 年颁布"变法自强"上谕开始,到 1911 年清王朝倾覆止,清政府先后推行一系列改革,除旧布新,涉及军制、政治和法制,建立实业和教育改革,"晚清新政中最富积极意义而有极大社会影响的内容当属教育改革,而教育改革又是从废除科举开始的"①。伴随科举制度的废除,出现了一个复杂的社会群体,即由新式学堂培养的近代知识分子或从西方回来的留学生,他们成为社会新阶层,拥有社会变革的强烈愿望,结社、办报、建学校成为他们参与社会的主要方式。

传统社会结构的解体,带来了社会结构阶层的变化。中国古代社会是家、国、天下和乡民、士绅、皇权形成的交错结构关系。晚清社会发生转型,从士绅社会转向知识人社会,传统社会中的士、农、工、商四大阶层发生了明显分化,他们不同程度受到城市近代化的影响,其身份地位发生了不同程度的转变,特别是士绅阶层变化最大。他们淡漠了传统身份地位,更注重社会生活中的实际利益,开始流向自由职业,如报馆、学会、学校都是他们的用武之地。他们创办学校,组织社团,出版报刊,不再局限于阶层定位,而走向多元化,也促进了城市社会的分层和流动,

---

① 陈旭麓:《近代中国社会的新陈代谢》,上海社会科学院出版社,2006 年,第263 页。

有助于城市社会的发展和进步。

　　1898 年 6 月,清朝政府将科举考试的四书五经改为策论,1905 年 9 月,清廷诏准停止科举考试,推广学堂教育。历时 1300 年的科举制度遂告废除,由士而仕的晋升之路被截断。社会知识也发生了重大变迁,经世致用的知识范式得到重视,传统学科出现分化,文学知识脱离经史范畴而走向独立。王国维在《汗德之哲学说》和《释理》中把知识划分为知、情、意三大领域,在《国学丛刊序》里,又把知识学科分为科学、史学和文学三门,在《论教育之宗旨》中把教育分为智育、德育和美育三部分,文学知识获得了独立地位。科举制度瓦解之后,新知识与新式教育相伴而生。传统之"士"可以借助科举制度进入权力阶层,知识被权力化,现代知识分子通过现代传媒可以实现对社会的影响,知识则被社会化。知识的社会化,是知识被社会所接受与同化的过程,也是知识价值本身在社会中得以实现的过程,包括知识的生产、分配、交换与消费,等等。知识成为知识分子的无形资产,知识生产成为一种生产和生活方式。所以,晚清报刊对西学知识的介绍,现代大学对知识传授的维护,都是知识被社会建制的产物。传统的"经、史、子、集"为古代社会提供合法性,现代知识(包括文学)也为现代社会变革提供观念和技术支持。

　　大学成为现代知识分子的容身之地。它以汇聚人才、知识播散、学术传承、参与社会为目标,成为社会变革的发动机和鼓风机。并且,相对于其他社会阶层,大学教师的待遇及生活方式,让他们可以生活闲适,独立做事,还可保持一定的人格尊严。

就以薪酬为例,据 1917 年 5 月,北洋政府教育部规定,本科教授分六级,最高薪俸 280 元,最低 180 元;预科教授最高 240 元,最低 140 元。学长等四级,最高 450 元,最低 300 元。据 1918 年北京大学教职员履历表所载,当时陈独秀任文科学长的月薪 300 元,文科本科教授胡适、刘师培、黄侃、朱希祖月薪 280 元,钱玄同 240 元,预科教授刘半农、刘文典各 200 元。1917 年 9 月 10 日,胡适到北京任文科教授,10 月 25 日,他给他母亲写信说,他的薪俸已加至 280 元,"适初入大学便得此数,不为不多矣。他日能兼任他处之事,所得或尚可增加。即仅有此数亦尽够养吾兄弟全家",并说,家中大嫂、三嫂乃至侄辈的生活日用都"可由适担承"①,言辞之间颇为自得。1917 年 9 月,周作人任北京大学教授,月薪 240 元。鲁迅供职教育部,月薪 300 元。从 1920 年起,他还在多所大学兼课,讲授中国小说史。据 1924 年 4 月《鲁迅日记》记载,共收到几所高校兼课薪酬 243 元,另有稿酬 55元。不菲的薪酬,吸引了最优秀的社会知识分子进入大学教育领域,发挥其知识和思想优势,也影响到一代又一代青年学生。

新式教育培养了大量的文学作家和文学读者,形成了职业作家群。职业作家以稿酬制度为基础。1910 年 11 月 17 日,清政府颁布了《大清著作权律》,它为中国近代第一部著作权法,确认作家作品获取利润的合法性。该法规共 5 章 22 条,主要内容有"凡成著作物而专有重制之利益者,称为著作权";"著作物

---

① 胡适:《致母亲》,《胡适书信集》(上),北京大学出版社,1996 年,第 111—112 页。

经注册给照者,受本律保护";"著作权为著作人终身所有";"凡经呈报注册的著作,他人不得翻印仿制,或者以各种假冒方法侵犯制作人权利,假冒他人著作者与知情代为出售者,根据情节轻重,科以 40 元至 400 元罚银。此外,还应赔偿受损者所失的利益,并由官署没收印本、刻板以及专供假冒使用之器具。侵损著作权案,如审明并非有心假冒,应将被告所已得之利偿还原告,免其利罚"①。《大清著作权律》以法律形式保障了著作者的权利和利益,为文人卖文为生,知识分子以写作为职业,报刊出版须支付著作稿酬等都有了依据和渠道。古代有"润笔"之说,文人墨客刊登诗词文稿,如登广告,要付钱给报刊。士大夫把自己的作品收集起来,还要自己掏钱请出版商刻成文集,但并不销售,而是用来送人。诗人有了名,出版商也会自己主动出版他们的作品,但并不给作者稿酬。传统诗文主要是给士大夫们阅读和欣赏,它们并不针对社会读者。他们的经验、情感和语言方式都有许多相互因袭、重复的地方。随着新闻报纸影响的日益扩大,报纸增加了内容,改变了版面,得到了广大民众的欢迎,并且收到了实际利益之后,开始实行不收费刊登诗文的制度。不少报纸为专求稿件,还发布告白。后来办报的越来越多,为了抢到好新闻,组到好稿子,以扩大本报影响,渐渐变为收买稿子,按字计酬,这就成为现代意义上的稿酬了。

稿酬制度的建立直接刺激了作家的创作欲望,作家直接依

① 陈铁健等:《中国全鉴(1900—1949 年)》第 2 卷,团结出版社,1998 年,第 845 页。

靠文学为生活方式,文学成为作家生活的一部分,这在一定程度上又诱发人们不断进入文学队伍,带来作家群体的扩大与繁荣。近代传媒变革,对文学影响大。它催生了一批依靠稿费和版税为生的知识分子,也培养了成千上万的文学读者。文学稿酬制度的确立,不仅刺激了小说创作和翻译,而且也促进了作家职业化的进程。1892 年,韩邦庆创办了中国第一份小说期刊《海上奇书》,刊载他的作品《海上花列传》,由《申报》馆代售。近代中国出现了韩邦庆、李伯元、吴趼人、徐枕亚等第一批职业作家。他们脱离官场,不需入仕,以办报撰稿为业。吴趼人拒绝官场诱惑,"吾生有涯,姑舍之以图自适","不就征"[1],一心办刊做主笔。吴趼人用 10 天时间创作了小说《恨海》,交给广智书局,小说 10 万字,得稿费 150 元[2]。李伯元拒绝推举,"自是肆力于小说,而以开智谲谏为宗旨"[3]。林纾声称"幸自少至老,不曾为官,自谓无益于民国,而亦未尝有害。屏居穷巷,日以卖文为生"[4]。林纾翻译小说,商务印书馆付给每千字 6 元,林纾每天译 4 个小时,1 小时译 1500 字,共 6000 字,可得稿费 36 元。如按一个月工作 20 天计算,林纾月收入可达 720 元。若 1/3 给口译

---

① 李葭荣:《卧佛山人传》,载魏绍昌编《吴趼人研究资料》,上海古籍出版社,1980年,第 13 页。

② 郭延礼:《近代西学与中国文学》,百花洲文艺出版社,2000 年,第 432—433 页。

③ 吴趼人:《李伯元传》,载魏绍昌编《李伯元研究资料》,上海古籍出版社,1980年,第 10 页。

④ 林纾:《践卓翁小说·自序》,载《二十世纪中国小说理论资料》第 1 卷,北京大学出版社,1997 年,第 414 页。

者,仍可得480元。当时的一位中学校长每月薪金50元,林纾的稿酬接近10位校长的薪金总和。1899年,严复写信给任南洋公学译书院院长的张元济,要求获得被南洋公学购印《原富》的版税。严复的正当要求,得到了张元济的认可,并给予严复二成版税,这大约是我们近代实行版税的初例。在中国出版史上,抽版税订合同者,也以严复最早。如1903年,他翻译甄克思《社会通诠》,与商务印书馆曾订立合同,内容共10条。版税率为40%,每部收净利墨洋(即银圆)5角。

1901年7月创刊的《小说月报》,卷首"征文通告"第4款说:来稿"中选者当分四等酬谢,甲等每千字酬银五元,乙等每千字酬银四元,丙等每千字酬银三元,丁等每千字酬银二元"①。1902年11月,梁启超在日本横滨创办了《新小说》杂志,他在《新民丛报》上刊登了一则消息——《新小说征文启》,公布了《新小说》的付稿酬和标准,规定自著和翻译都付稿酬,稿酬范围只限于十数回以上的小说和传奇(即中长篇小说和戏剧),付费标准是:自著本甲等,每千字4元;自著本乙等,每千字3元;自著本丙等,每千字2元;自著本丁等,每千字1.5元。译本甲等,每千字2.5元;译本乙等,每千字1.6元;译本丙等,每千字1.2元。1906年创刊《月月小说》,在它的"征文启事"里,也有若文章被刊登"润资从丰"的说明。1907年创刊的《小说林》明确规定,凡小说入选者,甲等每千字5元,乙等每千字3元,丙等每

---

① 宋原放、李白坚:《中国出版史》,中国书籍出版社,1991年,第244—245页。

千字 2 元。

沈雁冰 1916 年进入商务印书馆,每月 24 元[1],从 1919 年开始,增加到 50 元。他还为《时事新报》《解放与改造》《学生杂志》写稿,平均每月收入 40 元[2]。1920 年,月薪升至 60 元,迈向中等阶层生活。为了接母亲和妻子来上海共同生活,他租赁房屋的条件就是,要在商务印书馆编译所附近,除灶间、亭子间外,须有三间正房[3]。1921 年,当全家迁入新居,沈雁冰已主事《小说月报》,月薪百元。他还雇了年轻能干、眉目俊俏的女仆,专管洗衣买菜,母亲下厨房,妻子进女校,生活十分惬意。

1920 年 1 月,《小说月报》第 11 卷第 1 号开始,改良体例,设"小说新潮""编辑余谈""说丛"栏,刊征文广告,欢迎投稿,凡采用之稿,分为三等稿酬,甲等千字 3 元,乙等千字 2 元,丙等千字 1 元。10 月,第 11 卷第 10 号,再刊发"启事",删除"说丛",增设"社说"栏,稿酬千字自 1 元至 3~4 元。1921 年 5 月,第 12 卷第 5 号,刊"特别征文",征对冰心《超人》、许地山《命命鸟》、叶圣陶《低能儿》的评论文章,报酬甲等千字 15 元,乙等 10 元,丙等 5 元。刊物不断提高稿酬,也是为了获得优秀作者和优质作品,扩大刊物的社会影响力。

---

① 茅盾:《商务印书馆编译所》,《茅盾全集》第 34 卷,人民文学出版社,1997 年,第 119 页。

② 茅盾:《革新〈小说月报〉前后》,《茅盾全集》第 34 卷,人民文学出版社,1997 年,第 166 页。

③ 茅盾:《复杂而紧张的生活、学习与斗争》,《茅盾全集》第 34 卷,人民文学出版社,1997 年,第 192 页。

1921年,商务印书馆邀请胡适担任编译所所长,胡适婉辞,但接受暑假为其主持相关事宜,他也获得相应报酬。据胡适日记记载,"商务送我一千元,我不愿受,力劝梦旦收回,我只消五百元便可供这一个半月的费用了。我并不想做短工得钱。我不过一时高兴来看看,使我知道商务的内容,增长一点见识,那就是我的酬报了。我这一次并不把自己当作商务雇佣的人看待,故可以来去自由。我若居心拿钱,便应该守他们的规矩了"①。梁启超在商务印书馆稿酬也很高,"他的文字在商务刊物上发表按千字二十元付酬。商务从来没有付过这么高的稿酬。当时一般稿费是千字四元;林纾译的小说卖稿是千字六元;胡适的稿子在商务也只给六元。当然梁启超那时的声望很高,对硕学之士优给是理所当然的。但真正原因是同业竞争"②。

当小说创作、小说翻译和编辑出版都可作为职业的时候,作家和文化人在生活和人格上都有了独立性,原则上可以不再仰人鼻息、寄人篱下,可以依靠写作稿酬和报刊利润谋生了,说话、做事、想问题、写文章、编报刊,就拥有了一定的自由度,至少不会有吃了上顿没下顿的担心。鲁迅身在教育部的屋檐下,但敢于向顶头上司叫板,除了具有独立的思想和人格支撑以外,还有文学职业化的生活保障,这无形中给了他足够的斗争勇气。没有生活的保障,要斗争也只能是为了生活而斗争,而不会是为了

---

① 胡适:《胡适的日记》(上),中华书局,1985年,第205—206页。
② 陈原等:《商务印书馆九十年》,商务印书馆,1987年,第502页。

精神和信念而抗争。他后半生选择离开官僚体制，进入文学市场和文学体制，这也是其中的一个原因。鲁迅的《呐喊》从 1923 年到 1930 年共发行 43000 册，《彷徨》从 1926 年到 1930 年共发行 30000 册；郁达夫的小说集《沉沦》在 1921 年出版后的两三年里就销售了 20000 余册。有人做过这样的计算："鲁迅以他的脑力劳动所得，总收入相当于近 408 万以上，成为名副其实的'中间阶层'即社会中坚。他受之无愧。从'而立之年'以后的 24 年间，平均每年 17 万元、每月 9000～20000 元的收入，保障了他在北京四合院和上海石库门楼房的写作环境。在残酷无情的法西斯文化'围剿'之中，鲁迅能够自食其力、自行其是、自得其乐，坚持了他的自由思考和独立人格。""从公务员到自由撰稿人，他完全依靠自己挣来足够的钱，超越了'官'的威势，摆脱了'商'的羁绊。"①

---

① 陈明远：《鲁迅生活的经济背景》（上），《社会科学论坛》2001 年 2 期。

第三章

文学制度的历史进程

一、从晚清到五四文学制度的形成

世纪之初,梁启超把近代发生的洋务运动、戊戌变法和新文化运动概括为"从器物上感觉不足""从制度上感觉不足""从文化根本上感觉不足"[①],认为近代中国有一个递次"进化"的过程。殷海光受梁启超的启发,把中国的现代化历程概括为器用

---

① 梁启超:《五十年中国进化概论》,《梁启超选集》,上海人民出版社,1984年,第833—834页。

现代化、制度现代化和思想现代化①，从器物到制度到文化的变革，构成相互递进的超越关系，事实上，在递进的背后，它们也有齐头并进的共生性。就文学制度而言，它的建立则出现于晚清，形成于五四时期。

有学者认为，"当中国传统文学进入近代时，它面临的一个重要改变就是把文学从传统士大夫的专利状态下解放出来，使它面对更多更广泛的读者。用机器复制的中国近代报刊和平装书的发展，改变了传统的文学运行机制，从而也改变了文学的作者、文本和读者"②。从文学生成的过程看，它有四个基本要素：社会、作者、文本和读者，它们与社会条件、物质技术、社会组织、主体创造与选择形成紧密联系，这就形成了文学制度。从晚清到五四，中国社会从外到内发生变化，新文学的发生是内外相交、主客观结合的产物。它之所以能够在短时间产生影响，获得优势，确立自己的合法地位，不仅仅是由于文学史上所描述的新旧对抗与变迁，也有文学制度的支撑，包括公共意识领域的形成，如报纸杂志、新式学校、学会组织的出现，还包括新兴知识阶层，新文学作家和读者的出现。

从晚清到五四，中国社会结构发生剧变，知识的意义和传播方式有了大变化，报纸杂志、新式学校等大量涌现，新兴的知识阶层也开始形成。1895 年以前，作为"近代中国改革之先驱者"

---

① 殷海光：《中国文化的展望》，中国和平出版社，1988 年，第 440 页。
② 袁进：《近代文学的突围》，上海人民出版社，2001 年，第 43 页。

的报纸①,已经出现,但数量相对较少,多半由传教士或商人所办。1895 年以后,由于政治改革的带动,报纸杂志数量激增。1895 年,中国报刊有 15 家,1895—1898 三年间,数目增加到 60家,1913 年 487 家,五四时期约 840 家。新型报纸杂志的主持人多出身于士绅阶层,他们的言论容易受到社会的尊重,影响较大。除了报纸杂志外,还有书局的纷纷成立,如商务印书馆、中华书局和世界书局三大书局。它们广泛传播新知识和新思想,为新式学校印制各种新知识教科书。新式学校的建立也为新文学培养了生力军。晚清的书院已日薄西山,戊戌维新要求设立新学科,介绍新思想。1900 年后,教育制度发生了大改革,奠定了现代学校制度的基础。1905 年废除传统考试制度,新式学堂普遍建立,成为新知识、新思想的传播中心。从 1895 年至 1920年,有 87 所大专院校,几乎包括了 20 世纪中国所有著名的大学及学术重镇,如北大、清华、燕京、东南大学等。截至 1949 年,约有 110 所大专院校。

并且,报刊媒介、新式学校和学会社团的出现和成立,为现代中国的思想文化和文学提供了坚实的社会基础,创造了舆论与知识的公共空间。现代知识分子区别于传统之士,他们或创办报纸杂志,或在学校求学、任教,或自由结社,借助知识和思想而不是政治势力发挥影响作用,实现了大学、刊物和社会的相互

---

① 张季鸾:《大公报一万号纪念辞》,载《1949 以前的大公报》,山东画报出版社,2002 年,第 1 页。

支持与共享。1915年,陈独秀创办《青年杂志》,它的影响起初还很有限,在陈独秀进入北京大学之后,它才声名鹊起。据张国焘说,尽管《新青年》1915年已创刊,但"北大同学知道这刊物的非常少",直到1917年春,陈独秀担任了北大文科学长,《青年杂志》才能在学校和书摊上买到①。周作人也曾提到一件事,"初来北京,鲁迅曾以《新青年》数册见示,并且述许季茀的话道,'这里边颇有些谬论,可以一驳。'"他"觉得没有什么谬,虽然也并不怎么对"。不过是一个普通刊物,"看不出什么特色来"。陈独秀当了北大文科学长,胡适、刘半农等人都进了北大,《新青年》才有了新的发展,"这与北大也就发生不可分的关系了"②。陈独秀进入北京大学这件事,汪原放也深有感触,"陈仲翁任国立北京大学文科学长好得多了,比搞一个大书店,实在好得多","学堂、报馆、书店都要紧,我看,学堂更要紧"③。以前的《新青年》汇聚的主要是皖籍读书人,卷首作者几乎都是安徽籍或与安徽有关系者,陈独秀到北大后,发行的《新青年》第3卷,撰稿人几乎都是北大教员和学生,《新青年》迅即成为北大革新力量的言论阵地④。从第4卷第1号起,改为同人刊物;第6卷第1号

① 张国焘:《我的回忆》上册,东方出版社,2004年,第37页。
② 周作人:《知堂回想录》,香港三育图书公司,1980年,第333—334、355页。
③ 汪原放:《亚东图书馆与陈独秀》,上海学林出版社,2006年,第37页。
④ 陈万雄:《五四新文化的源流》,生活·读书·新知三联书店,1997年,第1—23页。

又公布了轮流编辑的办法①。胡适、钱玄同、高一涵、李大钊、刘半农、沈尹默、陶孟和以及周氏兄弟,都是刊物主角。大学与刊物结合,五四思想界不同于晚清,它的思想传播和创新就拥有了更大的文化场域。

对现代中国文学影响最大的应是报刊出版。随着报刊公共空间的急剧扩大,维新知识分子对文学维新的鼓吹,社会对文学创作和阅读热情高涨,"一个以报刊为中心的文学时代悄然到来"②。报刊与文学联姻,催生了近代小说的繁荣。阿英就认为"晚清小说,在中国小说史上,是一个最繁荣的时代",造成这空前繁荣局面,原因有三,"第一,当然是由于印刷事业的发达,没有前此那样刻书的困难;由于新闻事业的发达,在应用上需要多量生产。第二,是当时智识阶级受了西洋文化影响,从社会意义上,认识了小说的重要性。第三,就是清室屡挫于外敌,政治又极腐败,大家知道不足与有为,遂写作小说,以事抨击,并提倡维新与革命"③。当时出现的四大文学期刊——梁启超创办的《新小说》(1902),李伯元主编的《绣像小说》(1003),吴趼人、周桂笙编辑的《月月小说》(1906)和黄人编辑的《小说林》(1907 年)发表了大量小说。《新小说》发表了梁启超的《新中国未来记》,吴趼人的《痛史》《二十年目睹之怪现状》《九命奇冤》《电述奇

---

① 《本志编辑部启事》,《新青年》第 4 卷第 3 号,1918 年 3 月 15 日,扉页;《本杂志第六卷分期编辑表》,《新青年》第 6 卷第 1 号,1919 年 1 月 15 日,扉页。
② 关爱和:《晚清:以报刊为中心的文学时代的开启》,《复旦学报》2020 年第 3 期。
③ 阿英:《晚清小说史》,作家出版社,1955 年,第 1 页。

谈》等;《绣像小说》发表了李伯元的《文明小史》、刘鹗的《老残游记》;《月月小说》发表了李伯元的《两晋演义》;《小说林》发表了曾朴的《孽海花》等小说。沈从文就认为:"新章回小说的兴起,是与报纸杂志大有关系的。如《九尾龟》、《官场现形记》、《海上繁华梦》、《孽海花》、《留东外史》、《玉梨魂》……这些作品多因附于报纸上刊载,得到广大读者的注意。……北京的腐败,上海的时髦,以及新式人物的生活和白面书生的恋爱观,都是由这类小说介绍深印于国内读者脑中的。"①

晚清文学也拥有了自己的读者群。办刊的报人、书局老板和作者都关注报纸、杂志的销路,密切注视读者口味的变化,及时调整主张和策略,如小说家既利用报刊开启民智、传播思想,又注重娱乐、追求消遣,以满足不同需求的读者,促进销售,获得更大利益。他们为了迎合读者需要,特别关注时人感兴趣的官界、商界、学界、妓界等"笑料"、"话柄"和"故事",所以,当时的政治小说、言情小说和侦探小说就特别畅销。并且,还出现了由读者反馈带来的创作模仿现象,如同人们所说的流行时尚。《官场现形记》自出版以后,非常畅销,还引起人们的相互模仿,相继出现了《后官场现形记》《续官场现形记》《特别新官场现形记》等仿作,社会其他行业界别也写作自己的"现形记",如学界、商界、医界、女界、宗教界等"现形记",都是因为读者喜欢,读者开

---

① 沈从文:《小说与社会》,《沈从文全集》第 17 卷,北岳文艺出版社,2002 年,第 302 页。

始影响刊物传播,影响文学主题、体裁、语言形式的选择和变化。从传统到现代,中国文学文体有一个大转变,从以诗词为中心转变为以小说为中心,小说成为现代文学的主流文体。现代文学要求更大可能地走向社会和生活,相对而言,小说文体形式更能承载丰富的社会容量,更能表达现代社会的变迁和人生经历的丰富,现代社会成为作家必须面对的第一"现实",个人情感不得不让位于社会现实的书写,或融入社会现实之中。

　　20世纪20年代,报刊和出版更是新文化和新文学传播的主要手段,以文学期刊和报纸为中心形成了众多的文学社团,文学社团显示了文学的整体力量,策划出一次又一次的文学论争,并形成现代社会思潮和文学思潮。文学思潮总是与社会思潮相关。中国现代文学的根本性质就是中国现代的社会文学,它在与现代社会的普遍联系中发生和发展,尽管市民社会还没有完全形成,它的实际影响也不具有西方文学在西方社会的影响,甚至还没有中国古代文学在传统社会的影响,特别是在士大夫阶层拥有的地位。中国新文学主要是由少数留学生开创的,还没有广泛的社会文化基础。对社会大众而言,影响他们的还是民间文艺和传统诗文。现代中国的政治、经济、文学拥有不同的价值取向,报刊出版就体现了它们之间的利益诉求。报刊出版的根本属性应属于社会文化,它的生存基础却是经济利益,它的生存空间却是政治势力,政治力量决定着报刊出版的生死存亡。这也会带来报刊出版的价值取向,或文学,或政治,或经济,不断寻找其中的平衡点。《新青年》的成功之处在于它坚守了现代思想立场，新文学也借助《新青年》走向社会舞台。五四时期的陈独秀自己并不是文学家，他对纯粹的文学不可能比政治和社会更感兴趣，他把文学革命纳入了思想革命中去思考和运作。林立伟曾对白话文运动做过分析，他通过对《新青年》杂志翻译的计量统计，发现文学类翻译在第4卷以后开始下滑，在9卷以后达到低谷，而政治、社会类则不断上扬，同时，第3卷是翻译的低谷，创作中15篇是反儒反孔，伦理比重较大。第4卷翻译加重，全是文艺类，同时使用白话，可见白话文运动发展在伦理革命之后，"白话文运动是由伦理革命引发的……继伦理革命后的第三卷后出版的第四卷，译文字数比第三卷增加一倍，其中文艺作品接近九成，从此白话文学席卷全国。分析其内容，更可看到白话文学涌现的内在动力，知识分子用他来支持伦理革命"①。文学革命由思想伦理革命所推动，并为其服务，文学显然有着明显的非自主性，文学与社会思想文化具有相当紧密的联系。

众所周知，五四时期的"四大副刊"对新文学运动起到了推动作用，即北京的《晨报副镌》《京报副刊》，上海的《时事新报》副刊《学灯》和《民国日报》副刊《觉悟》。《晨报副镌》发表了鲁迅、许钦文、黎锦明的小说，周作人、冰心、康白情、徐玉诺、汪静之、胡适的诗和散文。鲁迅的《阿Q正传》从1921年12月至1922年2月就连载于《晨报副镌》。《京报副刊》发表了鲁迅的

---

① 林立伟：《从文学革命到政治革命：〈新青年〉翻译的价值趋向》，《二十一世纪》（香港）1999年第56期。

一些杂文,闻一多、朱湘的诗,余上沅的戏剧,高长虹的散文诗。《学灯》副刊刊载了郁达夫、许地山、冰心的小说,郭沫若、俞平伯、宗白华的诗。《觉悟》副刊辟有"评论""讲演""译述""诗""小说""剧本""通信""随感录"等栏目,"随感录"与《新青年》"随感录"遥相呼应。

现代知识分子为了更有力地传播新思想、新知识,评论时政而选择自由结社,组织学会,学会的建立也为新文学提供了组织基础。传统中国也有结社情形,如晚明东林、复社和几社,到了清朝一直禁止论政结社,1895 年以后,学会大兴,从 1895 至 1898 年的三年间,出现了 76 个学会组织。结社自由属于西方人权内容,宗教是其结社的原动力,"把宗教复原为它的真正要素和精髓之后,宗教就不再作为一种纯粹的个人的事而是作为人们结社的一种强大而有成果的原动力而出现"[1],中国传统士人的结社有家族血缘、地方宗派和人际关系背景,出自情与义。近代以降,知识分子纷纷结社,显然受了西方社群理念和知识社会的影响,意在获取更为广阔的社会空间,占领公共意识,发挥更大的社会作用。周策纵认为,新知识分子的活动主要向两个方向发展,"一方面是新思想出版物的增加和伴随而来的新观念的流行;另一方面则是各种社会团体和社会服务的建立和扩张"[2]。由此可见,出版物和社会组织是中国现代化的重要标

---

[1]　(法)基佐:《欧洲文明史》,商务印书馆,1998 年,第 82 页。
[2]　周策纵:《五四运动史》,岳麓书社,1999 年,第 259 页。

志,也是建立现代文学体制的重要组成部分。文学制度的建构更多倾向于文学的秩序化、文学参与社会现实的功利化,面对传统文化的压力,新文学的匆匆结社也是完全可以理解的。

二、20 世纪 30 年代文学制度的发展

从 20 世纪 20 年代末到 30 年代,中国现代文学中心从北方转移到了南方。20 年代,北平是新文学的中心,汇聚了大量的大中小学、报刊、社团、作家和出版社,形成了丰富而复杂的文化场域,为新文学活动和创作提供了较为充足的社会文化资源。北伐之后,文化中心南移,上海成了新的文学文化中心。它拥有相对自由的政治空间,成熟的商业化、开放的世界性,都有助于推动文学向新潮、消费、政治和现代性的转换。同时,文学的组织性更为显著。1928 年,李初梨就在倡导革命文学中提出重新定义文学的要求,认为:"从新来定义'文学',不惟是可能,而且是必要。""文学为意德沃罗基的一种,所以文学的社会任务,在它的组织能力","文学,有它的组织机能,——一个阶级的武器。"[1]30 年代,文学论争之风迭起,各种文学理论和观念纷纷出场,但在文学创造性上并不如人意。3 月 2 日,在上海成立中国左翼作家联盟,直接引发了 30 年代一系列文学论争,带来文学

---

① 李初梨:《怎样地建设革命文学》,载《"革命文学"论争资料选编》(上),知识产权出版社,2010 年,第 115—117 页。

创作新潮流和新趋势。30年代文坛，"左翼""京派""海派"三足鼎立，左联不是一个纯粹的文学社团或流派，它的活动牵涉政治、文化、社会和文学等诸多领域，它所介绍的马克思主义文艺理论，提倡的"社会主义现实主义"创作方法，推动的文艺大众化运动，以及对自由主义文艺思想的批评斗争等，都是影响深远的大手笔。文学论争受制于特殊的政治文化语境和政治化思维，参与论争的也表现出巨大的政治热情和兴趣，各派政治势力为了争夺话语权，借助文学论争表达政治意愿和政治想象。

文学刊物也发生了转向。沈从文有这样的描述："新文学运动发生以后，办杂志和出小刊物，北平本是最理想的地方。因为北平是全国首都，是文化中心地，不特有很多基本作者，而且也有很多基本读者。所以新文学运动基础在北方，新书业发轫也在北方。但这种事到后却有了变迁。从民国十五年起，中国新兴出版业在上海方面打下一个商业基础后，北平这个地方就不大宜于办文学杂志了。"①文学刊物等出版业的南移自然带来了文学创作中心的迁移。上海成为30年代文学的中心，它有无产阶级的左联，还有民主主义作家群体，也有现代主义的新感觉派小说，以鸳鸯蝴蝶派为代表的通俗文学创作群依然势头很健。文学的现实欲望更为强烈，文学的形式创新也一浪接一浪，文学的市场功能不断增强和完善。

----

① 沈从文：《对于这新刊诞生的颂辞》，《沈从文全集》第17卷，北岳文艺出版社，2002年，第120—121页。

文学带有强烈的商业化和政治气息。这几乎是难免的事，文学进入了社会大市场，也就不可能做旁观者，必然受到它的约束。以文学写作为生计，已经变得非常普遍了，鲁迅20年代末来到上海，从此，他就成了一位地地道道的依靠写作为生的职业作家。在1922年的《〈呐喊〉自序》里，他叙述从事写作的理由，没有提到"钱"这个字眼，写作成为拯救"铁屋子"里昏睡者的民族寓言。几年以后的1926年，他在《写在〈坟〉后面》，两次提到"为卖钱而作"和"因为能赚钱"的写作动机和理由。由此可见，现代文学从20年代把文学当作人生事业的神圣设计，逐渐转变为依靠写作来谋生。当然，并不完全都是"著书皆为稻粱谋"的市侩气，但不能忽略文学的生计问题。反过来，如果文学不能解决人们的生计问题，参与文学的人就成了个人爱好和兴趣，自然也会影响到作家的写作动力。

沈从文认为："新文学同商业发生密切关系，可以说是一件幸事，也可以说极其不幸。如从小说看，二十年来作者特别多，成就也特别好，它的原因是文学彻底商品化后，作者能在'专业'情形下努力的结果。至于诗，在文学商品化意义下实碰了头。""在出版业方面可算得最不受欢迎的书籍。"[1]"从民国十六后，中国新文学由北平转到上海以后，一个不可免避的变迁，是

---

① 沈从文：《新诗的旧帐》，《沈从文全集》第17卷，北岳文艺出版社，2002年，第97页。

在出版业中,为新出版物掀起了一种商业竞卖。"①商业化和政治化对新文学的影响大。为了生存和发展,文学杂志如春天般的植物一样疯长,为了争夺读者和地盘,刊物间常出现相互打斗和竞争,如《太白》、《文学》、《论语》和《人间世》。刊物间的打斗,也是刊物的自我推销,通过骂架来吸引读者,《新青年》的"双簧戏"就使用过,意图正大,效果明显。当然,如果不是为了思想理念的声张和文学创作的出版,纯粹是为了读者而争斗,就会"把读者养成欢喜看'戏'不欢喜看'书'的习气,'文坛消息'的多少,成为刊物销路多少的主要原因。争斗的延长,无结果的延长,实在可说是中国读者的大不幸"。沈从文直接反问道:"我们是不是还有什么方法可以使这种'私骂'占篇幅少一些?一个时代的代表作,结起帐来若只是这些精巧的对骂,这文坛,未免太可怜了。"②这也是现代文学日益市场化和商品化的结果。

文学刊物的当务之急,也是一要生存,二要温饱,三要发展。文学杂志需要读者市场,没有读者,刊物会办不下去,除非是官办刊物,中国现代文学的官办文学刊物很少,国民党政府办的几家也没有多大影响,大部分是同人刊物和民办刊物。文学刊物要获得"温饱",更要有相对稳定的作者和读者群。现代文学一

---

① 沈从文:《论中国创作小说》,《沈从文全集》第16卷,北岳文艺出版社,2002年,第196页。

② 沈从文:《谈谈上海的刊物》,《沈从文全集》第17卷,北岳文艺出版社,2002年,第92页。

些刊物寿命不长,一年两年的都有,甚至是几个月。文学刊物变化快,说明读者口味变化大,刊物社会环境恶劣。现代文学,包括文学刊物的生存与壮大,的确需要众多社会力量的参与,还要形成合力才行。

20世纪30年代依然还有同人刊物,比如《现代》杂志。它在发刊词中说:"本志是文学杂志,凡文学的领域,即本志的领域。本志是普通的文学杂志,由上海现代书局请人负责编辑,故不是狭义的同人杂志。因为不是同人杂志,故本志并不预备造成任何一种文学上的思潮、主义或党派。因为不是同人杂志,故本志希望得到中国全体作家的协助,给全体的文学嗜好者一些适合的贡献。因为不是同人杂志,故本志所刊载的文章,只依照着编者个人的主观为标准。至于这个标准,当然是属于文学作品的本身价值方面的。"后来,施蛰存在《〈现代〉杂忆》里说:"因为本志在创刊之始,就由我主编,故觉得有写这样一个宣言的必要,虽然很简单,我以为已经尽够了。但当本志由别人继我而主编的时候,或许这个宣言将要不适用的。所以,这虽然说是本志的《创刊宣言》,但或许还要加上'我的'两字为更适当些。"①《现代》有同人刊物性质,也有个人特征,与五四时期《新青年》带有陈独秀个人性特点相似,他也有施蛰存的个人趣味。如果一个刊物既能适应社会市场需求,又有鲜明的个人或同人色彩,

① 施蛰存:《创刊宣言》,《北山散文集》,华东师范大学出版社,2001年,第246—247页。

那是最为理想的状态。

三、20 世纪 40 年代文学制度的分化

20 世纪 40 年代,文学活动、文学创作、文学出版、文学社团以及作家生活也在发生变化,文学出现了区域化和空间性的生存状态。如国统区文学、沦陷区文学、解放区文学等,重庆、延安、上海、昆明、香港等成为新的文学区域空间。有学者勾勒它们的特点是,由进步的政治主导力量与作家的创作追求相一致而构筑形成的文化中心,如延安地区;在另外的政治力量与作家创作追求抗衡性中形成的文化中心,如重庆、成都等;依靠内迁学院文化、学术力量而形成的中心,如昆明、桂林等地;还有就是在原先文化积累上重建的文化中心,如北平、上海等①。茅盾曾总结抗战以来文艺运动的情形,"抗战以前,北平和上海在全中国的文坛上,是形成了南北两个中心的。重要的全国性的文艺刊物,在这两地出版,而且集中了大批的作家,拥有最多(和中国其他的城市比较)的读者。北平和上海相继沦陷以后,武汉和广州代而为文艺的中心点;及至武汉与广州也沦陷了,代替起来的,是重庆和其他比较大的城市"。"事实上,今天的中国文坛已经形成了好几个重心点,重庆是一个,而桂林、延安、昆明、金

---

① 黄万华:《40 年代:文学开放性体系的形成》,《理论学刊》2002 年第 2 期。

华乃至上海,也都是其中之一。"①

抗战时期,大批文人、作家聚集重庆、昆明和桂林,不少报刊出版机构也迁移于此,"文协""剧协""青协"等文化机构和文学社团在重庆、成都、昆明、桂林开展活动。中央大学、复旦大学、国立戏剧专科学校、西南联大等高校也在艰难困苦中开始了新的征程。"诗人节"、雾季戏剧节,连续开展,汇聚力量投入民族战争,团结作家和读者、观众支持抗战,组织作家慰问,发挥文学艺术的作用。文学论争参与文学秩序的调整和文学观念的统合,如与抗战无关论、民族形式中心源泉论、现实主义主观论,都一一铺开,将问题向深处和广度推进,也挤兑着不同声音,新与旧、个人与群体、功利与艺术、文学与政治、传统与现代等问题再次发生纠缠,虽然是一团乱麻,但热闹背后也不乏沉静和理性。总体上,20世纪40年代文学的大众性、政治性和动员性更为突出。文艺被作为大众化形式,突破狭窄的知识分子生活圈和个人情趣,被要求深入广大的抗战生活中去,并被定位于"活动"形态和"动员"功能。1939年,在重庆成立诗歌朗诵总队,1941年端午节,创设"诗人节",文学活动轰轰烈烈。1940年11月,成立由郭沫若领导的文化工作委员会,次年成立以张道藩为主任的国民党中央文化运动委员会,出版《文化先锋》月刊,倡导三民主义文艺思想。兵分几路,活动中心任务是文艺抗战和战

---

① 茅盾:《抗战期间中国文艺运动的发展》,《茅盾全集》第22卷,人民文学出版社,1993年,第194—195页。

争动员。民族战争也使作家生活、文学刊物和文学创作更加艰难。侵略者的炸弹和炮火也在一夜之间毁坏了文学的生存环境。作家们的生活和精神均受到了严重影响，有的作家因贫穷致病而死，有的长期带病生活。由战争而生的是不同政治集团和政治观念之间的传统和斗争，战争不仅是军事冲突，也是政治矛盾和文化选择。文化审查、战乱、贫穷、饥饿和流浪对文学创作造成了相当大的压力。

抗战时期的文学刊物特别活跃，有一股精神力量在里面。茅盾出版并主编的《文艺阵地》，是抗战时期影响最大、历时最长的文学杂志之一，最初为半月刊，后转为月刊、新辑，编辑地点辗转于香港、广州、上海和重庆，从 1938 年 4 月 16 日创刊到1943 年 3 月，历时 5 年，共出 63 期。它以"阵地"为名，意在建立文艺的战斗单位，将流离失所的作家们集中组织起来，形成文学的战斗力。《文艺阵地》的"发刊词"声称："朋友们都有这样的意见：我们现阶段的文艺运动，一方面须要在各地多多建立战斗的单位，另一方面也需要一个比较集中的研究理论，讨论问题，切磋，观摩，——而同时也是战斗的刊物。《文艺阵地》便是企图来适应这需要的。这阵地上，立一面大旗，大书'拥护抗战到底，巩固抗战的统一战线'！这阵地上，将有各种各类的'文艺兵'，在献出他们的心血；这阵地上，将有各式各样的兵器，——只要是为了抗战，兵器的新式或旧式是不应该成为问题的。"[1]

---

[1]《发刊词》，《文艺阵地》第 1 卷第 1 期，1938 年 4 月 16 日。

紧接着《发刊词》的，是周行的文章《我们需要展开一个抗战文艺运动》，他说："到目前为止，我们的文艺活动还是远落后于抗战现实的发展"，主要是"由于我们还没有展开一个抗战文艺运动，不，岂但没有展开，我们其实连发动的工作也没有有目的地做过。到目前为止，我们有的只是一些零零星星的文艺活动，我们各自为战，没有计划，没有组织，甚至没有一个明确的工作目标；一句话，我们的抗战文艺活动还处在一种自然发生的状态中，还不曾转化为一个抗战文艺运动"，"这就是我们当前最现实最严重的一个问题。"①战争将文学的所有注意力转向了民族的生死存亡，转向了民主与专制的斗争。文学形式也发生了变化，短平快、旧形式、集体制作等也不断涌现出来。

文学传播形式也灵活多样，也更接近社会读者，有纯文学期刊，也有综合性期刊，有全国发行的大刊物，也有地方性报刊。抗战爆发以后，文学读者从城市扩展到乡村，从知识分子、小市民扩展到农民、工人、士兵。从文学与社会关系的密切角度，应该说，20世纪40年代文学所发挥的社会作用更为显著，它在社会各个领域里所占的空间也非常突出、显眼。如同布尔迪厄所说："占位空间的根本改变（文学或艺术革命）只能来自于组成位置空间的力量关系的转变，转变之所以可能，取决于一部分生产者的颠覆欲望和一部分（内部和外部的）公众的期待之间的

① 周行：《我们需要展开一个抗战文艺运动》，《文艺阵地》第1卷第1期，1938年4月16日。

契合,因而取决于知识场和权力场之间的关系变化。当一个新的文学或艺术集团在场中推行开来,整个位置空间及相应的可能性空间,乃至整个未定性,都发生了转变:由于新集团开始存在,也就是开始变化,可能选择的空间就发生了变化,至此占统治地位的产品则被推到了次等或经典产品的地位。"①现代中国文学是以文学参与社会的改造和思想的启蒙为利益,五四时期的新文学形成了集体的力量而作用于大学和青年,但它的影响面过于狭窄,甚至出现作者就是读者的现象。到了20世纪40年代,新文学读者群已经形成,各种性质的文学杂志纷纷创刊,传播渠道基本上还是畅通的。

巴金在《写给读者》里写到,在敌人的隆隆炮火声里,作者带着《文丛》的稿子东奔西走,最终印成。"这本刊物是在敌机接连的狂炸中编排、制型、印刷的。倘使它能够送到读者诸君的眼前,那么请你们相信我们还活着。而且我们还不曾忘记你们。"②并向敌人证明了"我们的文化是任何暴力所不能摧毁的","我们的文化与我们的土地和人民永远存在"③。办刊物是为了传递人还活着、文化还活着的信息。

20世纪40年代文学刊物出现多样化。胡风创办《七月》和《希望》杂志,他有自己的编刊思想,冲破陈腐的束缚,追求个性

---

① (法)布迪厄:《艺术的法则》,中央编译出版社,2001年,第281页。
② 巴金:《写给读者(二)》,《巴金选集》第8卷,四川人民出版社,1982年,第234页。
③ 同上书,第233页。

和新鲜。《七月》和《希望》有五四时期的"同人杂志"特点,胡风曾在一次座谈会上有过解释:"我所说的'同人杂志',是指编辑上有一定的态度,基本撰稿人在大体上倾向一致说的,这和网罗各方面作家的指导机关杂志不同。第一,我认为,用一个文艺态度号召作者读者,由这求发展的杂志,对于文学运动是有用的。第二,《七月》的工作如果不是采取这个方向,恐怕很难得开始。第三,《七月》也并不是少数人占领的杂志,相反地,他倒是尽量地团结而且号召倾向上能够共鸣的作家,例如,开始没有写稿的作家现在写得很多,如东平、艾青等;许多新作家的出现更不必说了。这是一个方针或方向问题,我平常谈话的时候,是使用'半同人杂志'这个说法的。"①因为拥有这样的刊物,它才形成了一个既有个性又有时代精神特征的诗歌流派。

20 世纪 40 年代文学还有以延安为中心的解放区文学。一些文学社团相继成立,如新诗歌会、山脉诗歌社、怀安诗社、湖海诗文社、战地社等。并且,它继承并发展五四新文学传统,以文学"运动"方式开展文学活动、文学创作,实现文学组织者意图。1940 年 2 月 15 日,延安陕甘宁边区文化协会"中国文化社"创办了《中国文化》综合性文化月刊,主编吴玉章,内容包括政治、经济、哲学、历史和文化等方面的论述、创作和译作。1941 年 8 月 20 日终刊。创刊号登载了毛泽东的《新民主主义论》,当时题名《新民主主义的政治与新民主主义文化》,茅盾也在第 1 卷

---

① 晓风:《胡风创办〈七月〉和〈希望〉》,《新文学史料》1993 年第 3 期。

第 5 期上发表《论如何学习文学的民族形式》，第 2 卷第 2 期还发表社评《鲁迅的方向，就是中华民族新文化的方向》，由此，完成"对延安文学的规划"①。

1942 年，延安开展思想整风运动，毛泽东发表《在延安文艺座谈会上的讲话》（下文简称《讲话》），公开版刊于 1943 年 10 月 19 日的《解放日报》。从此之后，在解放区和共和国时期，《讲话》指导了文艺政策、文艺运动的制定，影响了文学社团、文艺批评、文艺论争和文学读者的发展取向。1944 年，晋绥边区举办"七七七文艺奖"活动。提出赵树理方向，召开文艺座谈会讨论赵树理文学创作；主持编纂《中国人民文艺丛书》全面总结和检阅解放区文学作品；《太阳照在桑干河上》《暴风骤雨》分别获斯大林文学奖二等奖和三等奖。

解放区文学的政治意识突出，它在作家与社会、文学与读者之间建立了一种新型的文学体制。它在一定程度上，对文学的规范性显得更为突出，它在文学的传播与流通过程、文学的生产与再生产方式等方面，表现得更为直接和通达。可以说，20 世纪 40 年代的解放区文学真正实现了文学与社会、作家与读者的相互改造功能。社会不断改变着文学，改造着作家，反过来，文学、作家和作品也在政治意识的推动之下，实现对社会大众的影响。文学远离经济市场，而走入社会民间；文学团体、文学刊物被文化体制统管起来，作家不再担心生活，文学刊物不再担心市

---

① 杨义等：《中国新文学图志》（下），人民文学出版社，1997 年，第 619 页。

场竞争,文学作品不再担心出版与发行。但文学独立性被打破以后,对体制上的依附也带来文学创作的束缚,"所有到来延安的新知识分子,都先由延安交际处负责安排免费食宿,然后再根据各人的具体情况将他们分配到单位工作或者进学校学习。延安的各类学校都按照军事化、半军事化的模式来进行组织与管理"①,"单位里的'公家人',都按照一定的行政级别,在他们各自的机关、学校享受基本生活用品依赖于平均分配的供给制生活待遇。1940 年前后,在延安的三万多'公家人'已完全依靠党在思想、行动和生活上的全面管理","衣食无忧(固然清苦但却不用自己筹划)的作家们除了看书、学习马列书籍和听时事报告之外,就是安心地从事写作"②。另外,叶澜在《文艺活动在延安》中也提到,"许多爱好文艺的青年被组织在八十五个文艺小组中,成为六百六十七个组员,文艺小组的成立,普遍在包括了机关、学校、团体、工厂和部队等五十四个单位中,因之,文艺小组的组员就有了工人、战士、学生和公务员这些各样的人们"③。延安文艺确实活跃,如此庞大的宣传队伍必然对延安文学的传播大有帮助。

因民族战争而沦陷的北平、上海也在文化废墟上开出文学的花朵。虽然大部分作家已迁徙到内地,但留守的作家和新生作者依然是一股强大的文学力量,如通俗作家阵营强大,有秦瘦

① 江震龙:《解放区散文研究》,上海三联书店,2005 年,第 36—37 页。
② 同上书,第 37 页。
③ 叶澜:《文艺活动在延安》,《新华日报》1941 年 9 月 12 日。

鸥、周瘦鹃、郑逸梅、陈蝶衣、包天笑、王小逸、范烟桥、程小青、予且、孙了红、徐桌呆、顾明道、苏青、张爱玲、丁谛、施济美等。一些新文学也依然在挣扎,如《烽火》《文学集林》《新中国文艺丛刊》《奔流文艺丛刊》《奔流新集》《文艺新潮》《鲁迅风》《杂文丛刊》《文艺》等。通俗文学刊物更是一枝独秀,如陈蝶衣、柯灵主编的《万象》,钱须弥主编的《大众》等,《万象》设置过"通俗文学运动"专号。

日本投降,侵华战争结束后,沈从文回到北平,主编北京《大公报·文艺》、天津《益世报·文学周刊》和上海《平明日报》文艺副刊。朱光潜主持的《文学杂志》复刊。萧乾主持的上海《大公报·文艺》,郑振铎、李健吾主编的《文艺复兴》,傅雷主编的《新语》,熊佛西主编的《人民世纪》也相继创刊。一个个文学同人群体再次出现。特别是以《文艺复兴》和《文学杂志》为中心形成了20世纪40年代后期的自由主义文学思潮。《文艺复兴》的作者有沈从文、朱光潜、巴金、师陀、曹禺、李广田、钱锺书、杨绛、艾芜、靳以、王统照、臧克家、卞之琳、杨刚、辛笛、陈敬容、唐湜、唐祈等;《文学杂志》的作者有朱自清、杨振声、废名、林庚、梁宗岱、孙毓棠、林徽因、陆志韦、沈从文、穆旦等。他们的成绩在文学创作,在所坚守的自由主义文学立场。

至此,中国现代文学制度在自由和整肃、群体与政党、多向与单纯中走向了完善和成熟,也为新的文学制度的建立提供了参照和记忆。

第四章 |

文学社团与组织制度

一般文学史对文学社团的考察，多把它放入文学流派或者是文学思潮的研究视野，忽略了它作为文学制度的意义。王晓明曾在《一份杂志和一个"社团"——重评五四文学传统》一文中，认为文学研究忽略掉"文本以外的现象"。对一个文学社团，文学史较多关注的只是社团的创作取向以及社团成员创作了哪些作品，至于社团本身，它是"如何出现，又如何发展，它们对文学文本的产生和流传，对整个现代文学的历史进程，究竟又有些什么样的影响"，则很少涉及讨论①。他通过对"文本以外的现象"的杂志《新青年》和社团文学研究会的研究，发现《新青年》有功利主义思想、绝对主义思维和救世主心态，文学研究会有设计文学，担当文学主流和中心的文学意识。

一、文学社团：理念与势力

随着传统士绅结构的解体，新兴知识阶层兴起，积极创建学会与社团，参与社会改造。最能集中显示新文学倡导者的意图和策略的则是他们对文学社团的构思与运作。文学社团是现代文学有别于传统文学的一个新传统，中国现代文学作家和作品都被媒介编织进了或紧密或松散的文学社团，文学已不再是独立的语言世界和作家个人的私事，它有了被计划、被组织的规范性，因时因地因人而不同，因媒介因社团而不同。"作家很少以个人身份而更多以社团身份与出版社交际。"现代文学的"集体性"活动，"作家、编辑、出版商的行为（也许还要包括读者）部分地依赖于他们参加的团体和那些团体的名称"②。文学首先在媒介上流行，在社团里获得共识，于是，文学就有了组织性、人为性和群体性特征，少了"纯粹"与"纯洁"。但是，文学社团的声

① 王晓明：《一份杂志和一个"社团"：重评五四文学传统》，《上海文学》1993年第4期。

② 贺麦晓：《二十年代中国"文学场"》，《学人》第13辑，江苏文艺出版社，1998年，第314页。

势和力量始终是文学个体无法比拟的,尤其在面对传统社会文化压力和社会现实的混乱时,文学社团的组织性和凝聚力显而易见。如五四新文化运动中的《新青年》,"到了五四运动以后,《新青年》俨然成为中国文化运动的主要壁垒,他们领导着一个新文化运动。这运动之中,包括思想革命,社会革命,文学革命种种倾向,蔚为时代潮流,连着每一种意识形态都有着深浅强弱不同的反应。正如一树烟火,时机成熟了,引信一燃,轰然一声,光芒四射,一连串的爆炸,继之以起,满眼都是绚烂的场面"①。

蒋梦麟认为传统社会是区域结构,维系该结构的是家庭制度、行业和传统思想,外国商品的输入松散了行业,"现代思想经由书籍、报纸和学校制度等输入中国,又松散了传统这一条绳索"②。但他又认为,现代社团像蜂巢,"聚集"在一起"喧嚷不休"③。传统社会群体主要依靠成员间的感情纽带来维系,"一是异姓结拜关系;二是血缘关系;三是姻缘关系;四是师生关系;五是地缘关系"④。现代文学社团则主要依靠媒介联系,拥有社会意识。西方社会的结社、集会和表达是市民社会的自由和权利,受制于法律政治、大众文化、消费文明的影响。而新文学社团的成立更多来自媒介场域的共享与互助,是一种社会化的生产空间。传统文学是名士个人的文学,新文学则是社会化的文

---

① 曹聚仁:《文坛五十年》,东方出版中心,2006 年,第 109 页。
② 蒋梦麟:《西潮与新潮:蒋梦麟回忆录》,浙江大学出版社,2019 年,第 167 页。
③ 同上书,第 169 页。
④ 陈宝良:《中国的社与会》(增订本),中国人民大学出版社,2011 年,第 491 页。

学。茅盾认为中国文学观念不外乎"载道"和"游戏"两种,文以载道极严肃,游戏又散漫无羁,构成了中国传统文学两个极端。载道将文学纳入道德伦理,游戏文学陷入个人情趣。新文学与名士派文学的区别在于,新文学是社会的、积极的和"精密"的写实,"新文学作品,重在读者所受的影响,对于社会的影响,不将个人意见显出自己文才"①。名士文学则是个人的、消极的和抒情的。而"中国智识阶级所以缺乏组织力,就中了这些名士思想的毒"②。茅盾反对名士文学,提倡"激励民气的文艺","能够担当唤醒民众而给他们力量的重大责任",而不是"闭了眼睛冥想他们梦中的七宝楼台,而忘记了自身实在是住在猪圈里"③。可以说,文学社团是新文学理念的产物,是文学为社会、为人生、为民族国家的结果。在冯雪峰看来,文学社团还有民主斗争的要求和形式。"争取言论自由,思想,结社,出版等自由,是民主斗争的最起码的要求之一,也是我们文艺运动的现实任务之一","文艺上的组织,当然不能不带着民主斗争的政治的性质,它不仅和一般的自由结社一样,是一种社会运动,具有社会的性质,并且因为我们文艺运动是民主主义的革命思想运动,它当然还要在组织的方式和性质上也赋有这样的战斗任务",但它不同于政治组织,"一切文艺上的团体,绝不能代替政治的结社,也不

① 茅盾:《什么是文学》,《茅盾文艺杂论集》上集,上海文艺出版社,1981年,第151页。
② 茅盾:《"大转变时期"何时来呢?》,《茅盾文艺杂论集》上集,上海文艺出版社,1981年,第159页。
③ 同上书,第160页。

能适用于作为直接的政治上的斗争和团结的武器"①。文艺结社和文学社团，被看作民主主义运动的组织形式，它带有政治性，但又不同于政党组织，或者可称为政治的外围组织。完全属于这样的组织和社团，在中国现代文学史上并不多。

新文学社团不同于传统文人结社的地缘、血缘和感情，而多基于思想理念的相近，或思想的觉悟，报刊是文学社团的中心。"一个集团或若干私人，有了一本出版的杂志，便同武人有了军队一样，什么都可以横行不法了"，杂志有一种"号召力"，"同人杂志一出版，必有若干仰慕的人们来仰赞，来附和的"②。叶圣陶也说："文学研究会就因为要办一种文学杂志而组织起来的。"③《新潮》杂志是继《新青年》之后最具影响力的启蒙刊物，傅斯年在《新潮》创办八个月后说，他们刚进大学就觉得学生须有自动的生活，办有组织的事件，"办杂志是最有趣味、最于学业有补助的事，最有益的自动生活"④。创办时，"我们同人结合之先，多没有什么交情。若颉刚、子俊和我的关系，原是例外。我们当时集合同志的时候，只凭知识上的一致；虽是我们极好的朋友，在觉悟上有不同时，我们并不为感情而请他。一旦结合之

---

① 冯雪峰：《论民主革命的文艺运动》，《冯雪峰全集》第 4 卷，人民文学出版社，2016 年，第 64 页。

② 章克标：《章克标文集》（上），上海社会科学院出版社，2003 年，第 525 页。

③ 叶圣陶：《略叙文学研究会》，《文学研究会资料》（中），河南人民出版社，1985 年，第 788 页。

④ 傅斯年：《〈新潮〉之回顾与前瞻》，《傅斯年全集》第 1 卷，中华书局，2017 年，第 343 页。

后,大家相敬相谅,团结的很牢,做起事来很有勇气。""所以,我敢大胆着说,新潮社是最纯洁的结合,因为感情基于知识,同道由于觉悟。既不以私交为第一层,更没有相共同的个身利害关系。"①

文学社团还有几位核心人物,他们是社团的骨干力量。郑振铎是文学研究会核心人物。"郑振铎是最初的发起人,各方面联络接洽,他费力最多,成立会上,他当选为书记干事,以后一直由他经管会务。"②他编辑文学研究会会刊《文学旬刊》和1923年后文学研究会的代用刊物《小说月报》,还编辑"文学研究会丛书"。

有的文学社团组织严密,也有的非常松散。松散者如新月社,梁实秋回忆说:"新月一伙人,除了共同愿意办一个刊物之外,并没有多少相同的地方,相反的,各有各的思想路数,各有各的研究范围,各有各的生活方式,各有各的职业技能。彼此不需标榜,更没有依赖,办刊物不为谋利,更没有别的用心,只是一时兴之所至。"③新月社有它自己的特点,从社员构成看,他们有留学英美的文化背景,有深厚的情感和友谊,有自由主义知识分子的趣味和思想追求。紧密者如"左联",它是一个带有鲜明的政治意识形态的文学社团。文学社团为作家增添了文化资本,对

---

① 傅斯年:《〈新潮〉之回顾与前瞻》,《傅斯年全集》第1卷,中华书局,2017年,第347页。

② 叶圣陶:《略叙文学研究会》,《文学研究会资料》(中),河南人民出版社,1985年,第790页。

③ 梁实秋:《梁实秋自传》,江苏文艺出版社,1996年,第144页。

文学创作也有规范、组织和引导作用。沈从文很有感触地认为："好作品不一定能从团体产生"，"一个作家支持他地位的，是他个人的作品，不是团体"，"把一群年青作家放在一个团体里，受一二人领导指挥，他的好处我们得承认，可是他的坏处或许会更多"①。他自己却是 30 年代京派文学的中心人物。

文学社团依理念而聚集，"作为过程的文学带有一种设想、一种中介物和一种活动的特性，这三者通过语言联系在一起"②。"一个会的结成，决不是只集合了许多人就算完事，一定有其主要的使命和中心思想，那是在集会当时的人心中是很明白的。不过这种思想和使命，在团结会众的意思上，有极大的效用和价值，好像电气总开关一样，一破坏就要出毛病的。你在把捉住这个中心思想时，你是中心人物，万一你摸不着了，你就有被大众所遗弃的危险。"③它又因势力而发生作用，它也就成了文学的圈子。团体"党同伐异"，"在一个团体里，一个会集里的人有什么主张，说话，那很容易被公认为是这一个团体会集里的公共的说话，所以这种说话，在这团体中的每一个人，都看成是他自己的说话一样，倘使有人不同意，便出来说明，倘使有人反对，便出来拥护，倘使有人主张异样的话，便起来打倒了"④。以报刊为中心的新文学，引发文学革命的发生，标志新文学时代的

---

① 沈从文：《新废邮存底·12》，《沈从文文集》第 12 卷，花城出版社，1992 年，第 40 页。

② （法）罗布尔·埃斯卡皮：《文学社会学》，浙江文艺出版社，1987 年，第 125 页。

③ 章克标：《章克标文集》（上），上海社会科学院出版社，2003 年，第 483 页。

④ 同上书，第 485 页。

到来,报刊与文体的相互改造和促进,形成了文学圈子和文学流派,也带来文坛的垄断与反垄断,引发一场场文学论战。

在章克标看来,"现代是集团的时代,个人主义已经没落了,一百只狗实在胜于一只老虎,一群蚁虫的确比之一头鹞鹰更有势力。无论什么事情,都要利用团体的力量,一个人的力量,结果终免不出最后的惨败"。集体大于个人的力量,势大于人,这说的倒是事实。"在文艺上一向都以为只是个人的行动,现在也非有集团的力量不可,个人的意识要打倒,而集团的意识要提倡起来,个人不是独立的个人,而只能作为全集团中一个分子的存在。这是顶时髦的文学理论之一段。""有了团体的名目,各人都有了个归宿的样子,势力便集中了,一切努力也有了目标了。"①这也是有感而发。可以说,中国现代文学是社团文学,是组织化的文学。因此,中国现代作家很难做到一枝独秀,就是五四时期的陈独秀,也有胡适、钱玄同、刘半农、鲁迅、周作人的加盟和声援,他在高擎文学革命大旗、为之奋不顾身之时,才敢明目张胆与十八妖魔宣战,并"愿拖四十二生的大炮,为之前驱"②。如果没有社团组织的文学力量,新文学很难在传统文学的重围之中那么快速地冲杀出来。

---

① 章克标:《章克标文集》(上),上海社会科学院出版社,2003 年,第 481 页。

② 陈独秀:《文学革命论》,《陈独秀著作选编》第 1 卷,上海人民出版社,2009 年,第 291 页。

二、社团崛起：文学与社会

下面以创造社为例，探讨文学社团的运作方式、文学社团与作家的复杂联系。

创造社的成立，事后他们有这样的说明，"没有固定的组织"，"没有章程，没有机关，也没有划一的主义"，只是各自"本着我们内心的要求，从事于文艺的活动"①。这是创造社主将郭沫若的解释，他把创造社的成立描述为一个自然而然、水到渠成的过程，把创造社定位为一个纯文学社团形象。在没有人为因素的前提下，创造社成立了，在它背后却有制度性力量的制约。郭沫若还谈到过创造社的成立，起因于他与张资平的一次邂逅谈话。1918 年的中国正发生着一场文化思想启蒙运动，《新青年》作为思想启蒙刊物吸引了社会各界的注意力。郭沫若却认为，当时国内为数不多的几份大杂志里面的文章，"不是庸俗的杂谈，便是连篇累牍的翻译，而且是不值一读的翻译。小说也是一样，就偶尔有些创作，也不外是旧式的所谓才子佳人派的章回体"②。这显然包括当时很有影响的杂志《新青年》。如果对《青年杂志》和《新青年》加以检索，可以看到《青年杂志》的 1～6 号，讨论的多是青年教育、教育方针、人生目的和国体问题；《新

---

① 郭沫若：《编辑余谈》，《创造》季刊第 1 卷第 2 期，1922 年 8 月 25 日。
② 郭沫若：《创造十年》，《郭沫若全集》（文学编）第 12 卷，人民文学出版社，1992 年，第 46 页。

青年》第 2 卷第 6 号以前,集中于反孔反儒、宪法与孔教、政治伦理等问题;文学问题并不显得特别突出,在数量上就一目了然。并且,即使与文学有关的,也多是翻译,《新青年》翻译了屠格涅夫、王尔德等人的小说戏剧,在创作和理论方面几乎还没有出现①。根据阿英的统计,1875—1919 年间的翻译小说多达 600 多种,翻译小说在开启民智方面起到了明显的作用。可以肯定地说,反传统的思想启蒙的确是这一阶段的中心任务,郭沫若的判断有一定的道理。

张资平也认为当时的"国内没有一部可读的杂志"。《新青年》虽然"还差强人意",但"我看中国现在所缺乏的是一种浅近的科学杂志和纯粹的文学杂志"②。因此,他和郭沫若主张"找几个人来出一种纯粹的文学杂志,采取同人杂志的形式,专门收集文学上的作品。不用文言,用白话"③。郭、张的会晤便成了创造社发起的前奏。从他们的说法看,创造社的成立起因于文学杂志的运作,因为国内缺乏纯文学刊物,他们的初衷是成立一个从事纯文学创作的同人社团。他们的意图和打算与事实之间是否存在一定的距离?这值得进一步探索。

文学社团的崛起,有适应社会时代的需要和文学自身发展的原因,当然也包括作家们自身的个人原因。创造社的成立虽

① 唐沅等:《中国现代文学期刊目录汇编》(上),天津人民出版社,1988 年,第 1—37 页。
② 郭沫若:《创造十年》,《郭沫若全集》(文学编)第 12 卷,人民文学出版社,1992 年,第 46 页。
③ 同上书,第 47 页。

然是郭沫若、成仿吾、郁达夫、张资平等几个志趣投合的文学青年，出于创办一份纯文学杂志的愿望，宣泄"自我"内心欲求而发起成立的，但它本身也同样有着深刻的社会时代背景。"'五四'运动使我们集合起来"，这是成仿吾回顾在日本酝酿创造社时说的一句话。1920年，成仿吾在给郭沫若的信中这样写道："新文化运动已经闹了这么久，现在国内杂志界的文艺，几乎把鼓吹的力都消尽了。我们若不急挽狂澜，将不仅那些老顽固和那些观望形势的人要嚣张起来，就是一班新进亦将自己怀疑起来了。"①在这短短数语中，可以看出成仿吾的"野心"，他把郭沫若和张资平两人商量的带有同人性质的文学刊物，理解为天降大任于斯人的"急挽狂澜"。当时的文学现状也表明，新文坛企盼着一种新生力量的加入和诞生，相对说来，它更需要用文学创作的实绩来证明新文学的合理性。当然，创造社的成立也加强了新文学阵营的力量，扩大了新文学地盘，占有和吸引了青年读者进入新文学。它对新文学的发展壮大显然有举足轻重的作用，从此，五四时期的新文学就被两分天下，文学研究会与创造社成了领头羊，在它们背后分别聚集了一批有着近似文学主张的文学社团。创造社有瓜分文学地盘的意图，与文学研究会逐渐形成两壁对垒的局面。文学社团的创建有出于文学的原因，也有属于非文学方面的其他原因。

---

① 郭沫若：《创造十年》，《郭沫若全集》(文学编)第12卷，人民文学出版社，1992年，第47页。

在创造社开始文学活动的时候,文学研究会在新文学领域已经取得了相当稳固的地位。文学研究会主要还是一个文学社团,但它采取了社会运动的步骤和形式,如在北京设有总会,在各地设立分会;创办了《文学旬刊》,改编《小说月报》作为自己的文学阵地;主观地提出文学"为人生"和写实主义的基本主张。在会员的组成上,实现最大可能的包容性,包括学者、军界要人及风格各异的作家,都吸收进入文学研究会。郭沫若等创造社成员,也曾收到过入会的邀请。这说明文学研究会的组织者并不十分看重创作追求或艺术风格的一致性,而是看重文学组织的规模及其社会影响。他们并不是把文学只看作文学领域的事,而是作为社会活动中的文学。通过创办文学刊物、吸收会员、宣传文学主张等种种措施,文学研究会确立了在文坛上的正统和主宰地位,成为能够代表和支配整个新文学界的中心团体。在文学研究会成立的时候,他们还积极邀请过郭沫若和田汉等加入文学研究会。当郭沫若刚从日本回到上海,文学研究会的郑振铎、叶圣陶和沈雁冰都相互见过面,郭沫若对郑、叶二人的印象不错。但是,这对极富个人欲望和诗人气质的郭沫若而言,让他屈尊于文学研究会,显然有些一厢情愿。他与在日本留学的一帮年轻人极力想创办一份文学杂志,想独立文学山头。他婉言拒绝文学研究会的好意,是情理之中的事。

对郭沫若、郁达夫、成仿吾而言,他们正是血气方刚,才高气盛,又想在文坛上创造一番事业,他们决不甘心在他人阵地上充当无名小卒,而是想成为新文学的领导者,指点江山、激扬文字,实现他们自己的文化野心。当郭沫若在事隔 10 多年以后，还不无负气地说出"是的，只有文学研究会才是文学的正统，是最革命的团体"①。由此可见，身处当时特定环境中的他们心中有着何等的不满情绪。在他们内心悄悄萌生了挑战文学研究会这一文坛新权威，改变国内文坛状况的冲动和打算。事实上，这一冲动在创造社成立的时候，就已被和盘托出了："自文化运动发生之后，我国新文艺为一二偶像所垄断，以致艺术之新兴气运，渐灭将尽。"因此，"创造社同人奋然兴起打破社会因袭，主张艺术独立，愿与天下之无名作家共兴起而造成中国未来之国民文学"②。在 1922 年 3 月 15 日的《创造》季刊创刊号上，郁达夫和郭沫若还分别发表了《艺文私见》和《海外飞鸿》两篇文章。郁达夫写道："文艺是天才的创造物，不可以规矩来测量的"，"现在那些在新闻杂志上主持文艺的假批评家，都要到清水粪坑里去与蛆虫挣食物去。那些被他们压下的天才，都要从地狱里升到子午白羊宫里去呢！""真的天才和那些假批评家假文学家是冰炭不相容的，真的天才是照夜的明珠，假批评家假文学家是伏在明珠上的木斗。木斗不除去，真的天才总不能释放他的灵光，来照耀世人。除去这木斗的仙手是谁呀！就是真正大批评家的

---

① 郭沫若：《创造十年》，《郭沫若全集》（文学编）第 12 卷，人民文学出版社，1992 年。

② 《纯文学季刊〈创造〉出版预告》，《创造社资料》，福建人民出版社，1985 年，第464 页。

铁笔!"①郁达夫似乎是对国内文学批评家很不满,在当时真正热衷于新文学批评的却并不多。旧式文人,除林纾外,大都瞧不起新文学,创办不久的《学衡》杂志上也刚发表胡先骕的《评〈尝试集〉》,文学研究会则发表了许多文学评论,不知郁达夫到底针对谁而"放矢"?

郭沫若说得比郁达夫更为明确些。1921年11月6日,郭沫若给郁达夫写信,他说:"我们国内的创作界,幼稚到十二万分","我国的批评家——或许可以说是没有——也太无聊,党同伐异的劣等精神,和卑陋的政客者流不相上下。是自家人的做作译品,或出版物,总是极力捧场,简直视文艺批评为广告用具;团体外的作品或与他们偏颇的先入见不相契合的作品,便一概加以冷遇而不理。他们爱以死板的主义规范活体的人心,甚么自然主义啦,甚么人道主义啦,要拿一个主义来整齐天下的作家,简直可以说是狂妄了。我们可以各人自己表张一种主义,我们更可以批评某某作家的态度是属于何种主义,但是不能以某种主义来绳人,这太蔑视作家的个性,简直是专擅君主的态度了。"②在他的字里行间存在着一股极强的挑战性,所指也非常明确,就是"那些在新闻杂志上主持文艺的假批评家","那些被他们压下的天才",那些用"自然主义"和"人道主义""拿一个主义来整齐天下的作家"等,话说得非常明白了,矛头显然指向了

---

① 郁达夫:《艺文私见》,《郁达夫文集》第4卷,花城出版社,1991年,第117—119页。

② 郭沫若:《海外归鸿(二)》,《创造》季刊第1卷第1期,1922年3月15日。

当时的文学研究会。

在创造社咄咄逼人的气势之下，文学研究会给予了回应。茅盾以笔名"损"发表了《〈创造〉给我的印象》一文，由此引发了一场持续长达几年的文学论争。创造社杀出了一条血路，但损失也不小。两个文学社团之间所展开的论争，与其说是出于文学观念上的差异，不如说是为了争夺文学话语的领导权。自从传统知识通向权力之路断裂之后，现代知识分子转向了重新占有新知识，借助知识本身获得话语权力。知识资源被重新分配，知识走向了话语权力。

创造社想改变文坛既定格局，实现自己领导文坛潮流的雄心，这就必须要在文学研究会所开创的新文学传统之外，开辟一片新的属于自己的文学领地。他们以"创造"为标语，文学主张上，在文学研究会'为人生'的写实主义之外，倡导个人主义和浪漫主义；在作品内容和题材上，他们避开文学研究会关注社会问题的视角，而关心物质生活的"食"问题和情感生活的"性"问题，表现既有个人体验的，也带有时代普遍性的"生的苦闷"和"性的苦闷"。他们"本着内心的要求"，"大胆表现自我"，不仅体现了创造社成员内心冲动的真实渴求，而且也应和了时代对文学的普遍需求，尤其契合了当时的广大青年人的心声。一种愤激而忧郁的情绪，一种创新的个性，使创造社与文学研究会有了迥然相异的文学气息，有如"异军苍头突起"①。

---

① 郭沫若：《论郁达夫》，《人物杂志》第 3 期，1946 年 4 月。

对此，作为旁观者的沈从文也看得非常清楚："文学研究会的文坛独占，有它的贡献，也有它的缺点，最大弱点即倾向一致性，使文坛受限制束缚，不易作更多方面试验与发展。无名作家在此种独占趋势中，欲抬头更不容易。民十一左右，'创造社'因之以'破藩扶篱'为目的，自张一军，且纯粹用文学研究会作攻击对象，建设一种新的作风。"①显然，沈从文站在了创造社立场，他还从读者转向角度肯定了创造社的功绩，认为"在当时'人生文学'能拘束作者的方向，却无从概括读者的兴味"，"与上列诸作者作品，取不同方向，从微温的、细腻的、惑疑的、淡淡寂寞的憧憬里离开，以夸大的、英雄的、粗率的、无忌无畏的气势，为中国文学拓一新地，是创造社几个作者的作品。郭沫若、郁达夫、张资平，使创作无道德要求，为坦白自白，这几个作者，在作品方向上，影响较后的中国作者写作的兴味实在极大。同时，解放了读者的兴味，也是这几个人"②。他用一句"解放了读者的兴味"，就非常精当地表明，在五四那个狂飙突进的时代，创造社的浪漫主义和个人主义，更能反映或代表着那个时代青年人的精神和心理。正因为如此，"创造社丛书"一经问世，便征服了文坛。创造社编辑在广告中不无狂气地宣称："本丛书自发行以来，一时如狂潮突起，颇为南北文人所推重，新文学史上因

① 沈从文:《湘人对于新文学运动的贡献》,《沈从文全集》第17卷,北岳文艺出版社,2002年,第161—162页。

② 沈从文:《论中国创作小说》,《沈从文全集》第16卷,北岳文艺出版社,2002年,第204页。

此而不得不划一新时代。"①在狂妄的背后是创造社成员为其创作所取得的出乎意料的社会效果而有的狂喜之情。他们更有了与文学研究会抗衡的读者市场和资本。当新文学还处在左冲右突的时候，文学资本并没有被垄断，新文学格局和体制也没有完全被确定下来，这反而为新文学留下了许多可以自由生长的文学空间。文学研究会以反传统文学的"载道"而皈依人生的"哲理"，创造社则反传统之"理性"而转向生命的"情绪"。于是，创造社也拥有了自己独特的文学资本，占据了一个相当有利的话语地位。从此，创造社争得了与文学研究会的平等地位，得到社会的公正而平等的评价，包括文学研究会的郑振铎也有这样的评价："新文学的建设时代，也便是文学研究会和创造社的时代。"②在新文学的建设时期，创造社与文学研究会共同建立了新文学的平等而竞争的社团机制。

创造社成立之初，曾主张"艺术独立"，反对文学的功利目的。成仿吾认为艺术的价值应放在"除去一切功利的打算，专求文学的全与美"③上，郭沫若认为"艺术本身无所谓目的"④，郁达夫则主张"美的追求是艺术的核心"⑤。但是，他们一方面致力

① 《创造》季刊第1卷第4期，1923年2月1日。
② 郑振铎：《五四以来文学上的论争》，载《中国新文学大系导论集》，上海书店出版社，1982年，第77页。
③ 成仿吾：《新文学之使命》，《创造周报》第2号，1923年5月20日。
④ 郭沫若：《文艺之社会的使命》，《郭沫若全集》（文学编）第15卷，人民文学出版社，1992年，第200页。
⑤ 郁达夫：《艺术与国家》，《郁达夫文集》第5卷，花城出版社，1991年，第152页。

于文学的独立价值,另一方面又无法舍弃文学的功利价值。郭沫若在《儿童文学之管见》中认为:"文学是人生的表现,它本身就具有功利性质,即是超现实的或带些神秘意味的作品,对于社会改革和人生的提高上,有时也有很大的效果。"①成仿吾在《新文学之使命》中也认为:"文学是时代的良心,文学家便当是良心的战士。"②对文学功利价值的追求使创造社的"艺术独立"主张、"唯美主义"的价值追求显得不再那么纯粹。事实上,创造社作家从未抹杀过文学与人生的密切联系。郭沫若在《论国内评坛及我对于创作上的态度》中说:"艺术与人生,只是一个晶球的两面,和人生无关系的艺术不是艺术,和艺术无关系的人生是徒然的人生。"③郁达夫在《文学上的阶级斗争》中也认为:"艺术就是人生,人生就是艺术,又何必把两者分开来瞎闹呢? 试问无艺术的人生可算得人生么? 又试问古今来哪一种艺术是和人生没有关系的?"④这些都说明创造社从它成立那天起,就与他们自己所倡导的纯文学同人社团的初衷有违背。在文学本质上,文学研究会与创造社并没有什么根本的不同,所谓人生派与艺术派都只是斗争上使用的幌子。郭沫若后来把文学研究会与

---

① 郭沫若:《儿童文学之管见》,《郭沫若全集》(文学编)第 15 卷,人民文学出版社,1992 年,第 275 页。

② 成仿吾:《新文学之使命》,《创造周报》第 2 号,1923 年 5 月 20 日。

③ 郭沫若:《论国内的评坛及我对于创作上的态度》,《郭沫若全集》(文学编)第 15 卷,人民文学出版社,1992 年,第 227 页。

④ 郁达夫:《文学上的阶级斗争》,《郁达夫文集》第 5 卷,花城出版社,1991 年,第 135 页。

创造社的论战解释为"无聊的对立",是"文人相轻"的"行帮意识的表现"①。李欧梵也认为:"(文学研究会与创造社)在实际上的对立并不像在理论上的对立那样明显。"②创造社不过是为了在文学研究会创立的新文学传统之外另辟一片新世界。事实上,他们都共同属于新文学传统,正如有研究者所指出的那样:"'五四'新文化运动和文学研究会所奠定的新文学传统像如来佛的掌心一样,他们无论怎样翻腾,都难以逃出这一文学传统的内在活力,他们的作品,也成为这一文学传统的组成部分。"③从这个层面来说,创造社自成立的时候起就埋伏着后来转变的内在驱动力。

三、作家与社团的分分合合

郁达夫是创造社的元老,他深受外来文艺的影响,有西方唯美主义思想。但在他身上也隐藏着"名士才子"气质,这使他很容易与传统文化发生精神和情感的默契与沟通,传统文人的忧患和历史使命感,也不可避免地深藏于他那充满幻美色彩的心灵里。他积极地从事新文学运动,当郭沫若同他谈及筹办《创造》季刊事宜,在短短的不到两个礼拜的时间里,他便写出了出

---

① 郭沫若:《创造十年》,《郭沫若全集》(文学编)第12卷,人民文学出版社,1992年,第140页。

② 李欧梵:《现代性的追求》,生活·读书·新知三联书店,2000年,第205页。

③ 张全之:《论创造社向五四文学的两次挑战:创造社与五四文学关系新论》,《山东社会科学》1999年第2期。

版预告。前期创造社以"本着内心的要求"、大胆的"自我表现"为创作宗旨,郁达夫不仅积极响应,还以小说《沉沦》和《南迁》等给予最有力的支持。1923 年,创造社的事业蒸蒸日上,但在"高潮"背后也潜伏着严重的价值分歧。在创造社的社会声誉日益高涨之时,郁达夫却在新开辟的《创造日》的发刊《宣言》中说:"我们想以纯粹的学理和严正的言论来批评文艺、政治、经济,我们更想以唯真唯美的精神来创作文学和介绍文学。"①这表明郁达夫依然是以知识分子身份说话的,他追求艺术的"唯真唯美",以学理为根据,对文艺、社会、政治做出严正的批评。这样的理想与残酷的社会现实有一定的差距,与创造社的其他成员的认知也有相当的距离。于是,1924 年,创造社开始发生变化,他们有意识放弃"文学是天才的创造物"等"唯美主义"观点,转向了文学的"功利主义",文学观也由表现自我情绪向文学的时代性和社会性方向转变。随着文学激情的冷却,创造社开始向文学研究会"为人生"的文学传统靠拢。也许是为了感应这一转变的气息,郁达夫在《创造季刊》最末一期上发表了带有某种"社会阶级"情调的《春风沉醉的晚上》。但是,郁达夫并不是很适应这种转变,像他这样有着自己独特生命体验的作家,文学的写作更多来自生命深层的冲动,不可能受制于外在理念的约束。在 1924 年及其以后的很长一段时间,郁达夫的创作落

---

① 郁达夫:《〈创造日〉宣言》,《郁达夫文集》第 7 卷,花城出版社,1991 年,第288 页。

入低潮。

1926年以后，创造社转变的步伐加快了。在1926年5月1日出版的《洪水》第2卷第16期上，郭沫若发表了《文学家的觉悟》，接着，又在《创造月刊》第1卷第3期上发表了《革命与文学》，成仿吾也发表了《革命文学与他的永远性》。这些文章使《洪水》《创造月刊》两大刊物举起了无产阶级文学大旗，使创造社的方向转换成为现实。面对昔日同人的纷纷转向，郁达夫也确实想努力跟上时代步伐，改变自己的文学面貌，想随着整个创造社群体实现方向的大转换。他在《创造月刊》的"卷头语"中曾明确提出："我们的志不在大，消极的就想以我们无力的同情，来安慰那些正直的惨败的人生战士，积极的就想以我们的微弱的呼声，来促进改革这不合理的目下的社会的组成。"[①]在这短短的几句话里，依然是五四文学的调子。郁达夫习惯凭借个人的情绪感受去把握社会问题，虽然他也曾提出过无产阶级文学，但他并没有完全弄清楚无产阶级文学的含义，他还说过，"真正无产阶级的文学，必须由无产阶级者自己来创造，而这创造成功之日，必在无产阶级专政的时候"[②]。这无形中就否认了知识分子创造无产阶级文学的可能性，也与创造社的几个正热火朝天地提倡无产阶级文学的郭沫若、成仿吾有些背道而驰，至少没有给予理论上的最大支持。以后受到他们的批评，也就在所难免了。

---

① 郁达夫:《卷头语》,《创造社资料》,福建人民出版社,1985年,第519页。

② 郁达夫:《无产阶级专政和无产阶级的文学》,《创造社资料》,福建人民出版社,1985年,第148页。

郁达夫注重个人性情而忽略了革命纪律,他在《洪水》上用化名发表了有关"广州事情",揭露当时革命队伍中存在的种种不良倾向和问题,感到"这一次的革命,仍复是去我们的理想很远"①。这更引起了郭沫若和成仿吾的指责,连王独清也说,"郁达夫这人根本就是不懂政治的"②。他只是凭自己敏锐的直觉和感受写下那篇文字,但在有郭沫若参加的北伐战争才刚刚开始、创造社正积极向革命文学实现大转变这样的氛围里,他的文章显得是多么不合时宜!当时的文学界流行着许多文学概念,他不反对,还试着做出自己的解释,但这些概念并没有完全溶解进他的生活,没能融入他的情感和心理,他的解释也依照自己的理解。在某种程度上,它不但没有为理论创造者呐喊助威,还使他们的理论增加了歧义,帮了不少倒忙。对郁达夫来说,重要的不仅在于他想怎么表达,还在于他只能那么表达,他不能不那么说!在创造社发生转变的过程中,郁达夫陷入了情感与理智的矛盾,而当思想与体验再发生矛盾时,郁达夫更多地服从于个人的真实体验。于是,郁达夫成了创造社的"多余人",他脱离创造社或者说是创造社抛弃他,也就势在必然。一般文学史所描述的是他同胡适的交往以及创造社出版部的清理,这些都不过是解释他脱离创造社的两点理由而已。

文学社团不是豆荚,包的都是豆,但豆荚总想包着的都是

---

① 郁达夫:《广州事情》,《郁达夫全集》第 8 卷,浙江大学出版社,2007 年,第 20 页。

② 王独清:《创造社:我和他的始终与他底总账》,《创造社资料》,福建人民出版社,1985 年,第 675 页。

豆。创造社为了争夺文学地盘,创办纯文学杂志而成立。为了继续抢夺文学话语权,不得不变更自新,一路狂奔。于是,就有了创造社的前后期两个阶段。前期创造社依靠对艺术的执着、对生活的审美追求而聚集在一起,如同郭沫若所说:"我们所同的,只是本着我们内心的要求,从事于文艺的活动罢了。"[①]尽管事实并不完全如此,但创造社是以一个追求纯文学的同人社团而崛起于新文坛,并以表现自我、追求个性、崇尚唯美主义而成为新文学的一道美丽的风景。但是,当创造社发展到高潮时,却出现了深重的危机感,一方面,《新青年》和文学研究会开创的新文学传统作为一个巨大的历史存在,已成为新文学生生不息的源头;另一方面,创造社这群在日本遭受歧视、精神苦闷的年青人,回到国内后,面对"国破山河碎"的社会现实,加上五卅运动的刺激,他们对民族灾难的关注明显超过了对个人内心悲苦的诉说,社会性和现实性成为创造社变化的方向。在 1924 年 8 月,郭沫若致信成仿吾,明确宣称:由于翻译了河上肇的《社会组织与社会革命》一书,自己"现在成了个彻底的马克思主义的信徒了";自称把"从前深带个人主义色彩的想念全盘改变了",对于文艺的见解也全盘变化了,进而认为:"现在而谈纯文艺是只有在年青人的春梦里,有钱人的饱暖里,吗啡中毒者的迷魂阵里,酒精中毒者的酩酊里。"[②]一个人总是不断变化的,今日之我

---

① 郭沫若:《编辑余谈》,《创造社资料》,福建人民出版社,1985 年,第 469 页。

② 郭沫若:《孤鸿:致成仿吾的一封信》,《郭沫若全集》(文学编)第 16 卷,人民文学出版社,1989 年,第 20 页。

非昨日之我,但事物之变化也有一定的延续,变中有不变因素。郭沫若对自己过去的完全否定,并不完全令人信服,事实上也受到了鲁迅的质疑。自此,郭沫若把文学看作"被压迫者的呼号,是生命穷促的喊叫,是斗士的咒文"的"革命文学"①。接着,创造社创办了一个小型周刊《洪水》,但仅出版了一期,便停刊。直到 1925 年 9 月《洪水》由周刊改为半月刊才在上海复刊。《洪水》创刊后立即展开了关于社会革命问题的讨论。

郭沫若连续发表了《盲肠炎与资本主义》《穷汉与穷谈》《共产与共管》《新国家的创造》《社会革命的时机》《马克思进文庙》等系列文章。在郭沫若的带动下,《洪水》还发表了蒋光赤、漆树芬等人的文章。这不仅为《洪水》、为创造社的转向营造了巨大的社会声势,而且还让创造社同人从中体会到了崭新的革命情绪,领略到了无产阶级和社会主义意识的精神洗礼。周全平曾说,《洪水》虽没有一个标准的主义,但有一贯的地方,那就是"倾向社会主义和尊重青年的热情"②。这表明创造社转向的步伐大大加快。创造社的转变,在根本上也是基于创造社作家的"内在要求",成仿吾在《创造月刊》第 1 卷第 3 期《编辑后话》中有过这样的说明:"我们的使命是二重的:一方面我们须从多于以永恒的人性为基调的表现之创造,他方面我们须努力于同

① 郭沫若:《孤鸿:致成仿吾的一封信》,《郭沫若全集》(文学编)第 16 卷,人民文学出版社,1989 年,第 19 页。
② 周全平:《关于这一周年的〈洪水〉》,《创造社资料》,福建人民出版社,1985 年,第 519 页。

以永恒的人性为基础的生活之创造。假使我们不是甘愿被时间丢在道旁的青年，我们是不能不把这二重的使命打成一片。"①这表明成仿吾企图在"二重"使命中弥补前期创造社的某种局限，即在文学和革命的关系中发展"创造"精神。这也十分清楚地传达了创造社"内在要求"的演变和发展轨迹。

1925年11月，郭沫若在《文艺论集·序》中率先否定了自我个性发展的合理性，而以发展大众个性为文学目标。郭沫若"觉得在大多数人完全不自主地失掉了自由，失掉了个性的时代，有少数的人要来主张个性、主张自由，未免出于僭妄"。因此，他认为："新文艺的生命"应该建立在文艺家"牺牲自己的个性，牺牲自己的自由，以为大众人请命，以争回大众人的个性与自由"的基点上②。随后，他又发表了《文学家的觉悟》《革命与文学》等文章，成仿吾发表了《革命文学与他的永远性》《完成我们的文学革命》《文艺战的认识》《文学革命与趣味》《文学家与个人主义》。蒋光慈的《十月革命与俄罗斯文学》，郁达夫的《无产阶级专政与无产阶级文学》，何畏的《个人主义艺术的灭亡》，穆木天的《写实文学论》等文章相继发表，他们对革命文学发表自己的看法和认识，"革命文学"走向了前台，自我表现则淡出了创造社的视野。1926年前后，当创造社切实感受到一场巨大的社会革命迫在眉睫之际，他们开始用革命取代破坏与创造，并

① 成仿吾：《编辑后话》，《创造月刊》第1卷第3期，1926年5月16日。
② 郭沫若：《〈文学论集〉序》，《郭沫若全集》（文学编）第15卷，人民文学出版社，1990年，第146页。

成为把握时代动向、理解人生要义的钥匙。前期创造社信奉艺术就是人生，人生就是艺术;后期创造社则把它演绎为文学就是革命，革命就是文学的伟大命题。

在组织形式上，创造社也发生了显著变化。前期创造社是一个"没有固定的组织"，"没有章程，没有机关，也没有划一的主义"，只是"本着我们内心的要求，从事于文艺活动"的同人团体。到了1926年的9月，却出现了令人惊异的转变，它不仅通过了《创造社章程》和《创造社出版部章程》，而且还在总社之外设立了分社，选举产生了创造社第一届执行委员会和出版部的理事会、监察委员会。显然，同前期创造社相比，此时的创造社不但有了固定的组织、固定的机关，有了明确的章程，而且，章程中还有这样的规定:"本社领有文化的使命而奋斗，凡社员入社后须严守本社社章，社内各问题各得自由讨论，但一经决议后即须一致进行。"①这与后来的左联非常相似。创造社的社团意识，尤其是组织意识得到了进一步的强化和突出。它还在组织上打破了文艺上的"主义"和派别的界限，不以原来的小团体立场来限制自己，而是采取广泛地与社会各界，主要是文化艺术界的朋友交往，文学刊物也容纳各方面的稿件。在这一时期创造社的两份主要刊物《洪水》和《创造月刊》上，竟然出现了在创造社刊物上从没有出现过，甚至根本不可能出现的作者名字，诸如秦邦宪、陆定一、钱杏邨、汪静之、钱蔚华、焦尹孚、许杰、柯仲平、

---

① 《创造社社章》,《〈洪水〉周年增刊》1926年12月1日。

袁家骅、翟秀峰、裘柱常、李剑华、楼建南、顾仁铸、黎锦明、谷凤田、梁实秋、陈南耀、赵伯颜等人。这些人分属各界、各种不同的政治文化倾向和派别。在1926年5月1日出版的《洪水》第2卷第16期上，郭沫若发表了《文艺家的觉悟》，他宣称："我们现在所需要的文艺是站在第四阶级说话的文艺"，这种文艺"在形式上是写实主义的，在内容上是社会主义的"。这让我们看到，创造社正从前期"纯文学"的同人社团走出来，走向一个无论在社团组织，还是社团意识上，都更接近于文学研究会、接近左联的组织形式。

　　1927年，创造社的元老们曾经想联合鲁迅一起"复活"《创造周报》，有"重做一番新的工作"的设想，但由于冯乃超、李初梨、朱镜我、彭康等新锐成员的加入，这一计划被搁浅了。一个新的刊物《文化批判》却于1928年1月创刊。这是一个以理论批判为主的综合性刊物，在《出版预告》中，他们这样宣告："本志为一部分信仰真理的青年学者，在鬼气沉沉浊气横流的时代不甘沉默而激发出来的一种表现。"成仿吾在《祝辞》中根据"没有革命的理论，没有革命的行动"，提出了"《文化批判》将贡献全部的革命的理论，将给予革命的全战线以朗朗的火光"。鲜明的政治倾向和理论批判色彩构成了《文化批判》的主要特色。1927年底，以创造社和太阳社为主，逐渐形成了一场无产阶级革命文学运动，这一场运动以郭沫若、成仿吾相继在《创造月刊》发表的《英雄树》和《从文学革命到革命文学》为先导，以革新后的《创造月刊》和新出版的《文化批判》为主要阵地而轰轰烈烈地开展起来,几乎席卷了整个 20 年代末的中国文坛乃至文化界。创造社由此实现"从文学革命到革命文学"的大转变,其社团性质也由一个文学组织发展成为一个进行革命斗争的文化阵地。

创造社进入革命文学的倡导后,把革命文学理论的建设放在了中心位置,忽略了对创作实践的要求。事实上,自成仿吾在《文化批判》创刊号上发表的《祝辞》中援引列宁的"没有革命的理论,没有革命的行动"开始,此时的创造社就表现出了习惯于对无产阶级文学长于理性把握的倾向。这实际上也是整个中国现代文学社团运作的一个基本策略,以理论指导创作,理论先在,创作后行。当然,文学策略与文学创作之间还是存在距离的,如同沈从文所说:"有些作家拿手好戏不是写作,只是策略。策略虽能造就一个作家的地位,并不能造就一个作品的价值。"①五四文学革命的《新青年》如此,文学研究会有这个特点,早期创造社似乎在这点上还不十分明显,到了后期也自觉走向这条思路。照理说,一个文学社团最重要的成绩是推出有艺术风格的作家作品,而不是文学主张多么高妙,但文学社团的社会影响,反而是文学理论和文学主张更为引人注目。文学社团用理论和主张来包装自己,反而容易获得社会的通行证。

---

① 沈从文:《再谈差不多》,《沈从文全集》第 17 卷,北岳文艺出版社,2002 年,第 152 页。

第五章 |

文学论争与批评制度

文学批评与文学创作有共生关系,文学批评促进文学的创作,如同布尔迪厄所说:"评论家通过他们对一种艺术的思考直接促进了作品的生产,这种艺术本身常常也加入了对艺术的思考;评论家同时也通过对一种劳动的思考促进了作品的生产,这种劳动总是包含了艺术家针对其自身的一种劳动。"[①]他又认为:"文化生产场每时每刻都是等级化的两条原则之间斗争的场

---

① (法)布迪厄:《艺术的法则》,中央编译出版社,2001年,第207页。

所,两条原则分别是不能自主的原则和自主的原则。"①"自主原则"即文学独立的纯艺术原则,"不能自主"原则也就是文学功利的社会原则。彼得·比格尔也认为,文学体制具有一些特殊目标,"起到反对其他文学实践的边界功能",它"所提出的有效性要求反过来不是被认可就是被拒绝。因此,文学论争是相当重要的,它们被视为确立文学体制和规范的斗争。这些论争也揭示了力图确立一种对抗体制(counter-institution)的努力" ②。

1921年,《小说月报》进行改革,茅盾在"改革宣言"里为刊物设置了六个专栏,并做了说明,它们分别是"论评"、"研究"、"译丛"、"创作"、"特载"和"杂载"。他把新文学"批评"、"创作"和"翻译"看作三驾马车,三者并驾齐驱,共同发展。他特别强调文学翻译和文学批评对文学创作的作用,提出"批评主义"的说法,认为"我国素无所谓批评主义",而西洋文学的"批评主义在文艺上有极大之威权,能左右一时代之文艺思想。新进文学家初发表其创作,老批评家持批评主义相绳,初无丝毫之容情,一言之毁誉,舆论翕然从之;如是,故能互相激励而至于至善" ③。文学批评不但是文学创作之"绳",而且与文学创作"互相激励"。

可以说,文学批评和文学论争都参与了文学的生产,参与文

---

① (法)布迪厄:《艺术的法则》,中央编译出版社,2001年,第265页。

② (德)彼得·比格尔:《文学体制与现代化》,《国外社会科学》1998年第4期。

③ 茅盾:《〈小说月报〉改革宣言》,《茅盾文艺杂论集》上集,上海文艺出版社,1981年,第20页。

学的创造,并对文学的价值给予阐释,确立文学的合法性意义和文学的体制和规范。现代文学与传统文学不同,它的影响总要借助于一定的文学批评,需要文学批评的介入,使它尽快地走向社会和读者。"艺术品要作为有价值的象征物存在,只有被人熟悉或得到承认,也就是在社会意义上被有审美素养或能力的公众作为艺术品加以制度化,审美素养和能力对于了解和认可艺术品是必不可少的,作品科学不仅以作品的物质生产而且以作品价值也就是对作品价值信仰的生产为目标。"①文学因批评而生成意义,文学批评也就构成了文学意义的制度因素。文学生产不但生产作家作品,而且还生产文学的价值体系。当然,如果文学论战变成打架,变成嘲讽和辱骂,通过争斗来吸引读者,其性质就完全变味了。沈从文就反感这样的争夺,他说:"说到这种争斗,使我们记起《太白》《文学》《论语》《人间世》几年来的争斗成绩。这成绩就是凡骂人的与被骂的一古脑儿变成丑角,等于木偶戏的互相揪打或以头互碰,除了读者养成一种'看热闹'的情趣以外,别无所有。把读者养成看'戏'不欢喜看'书'的习气,'文坛消息'的多少,成为刊物销路多少的主要原因。争斗的延长,无结果的延长,实在可说是中国读者的大不幸。""一个时代的代表作,结起帐来若只是这些精巧的对骂,这文坛,未免太可怜了。"②

① (法)布迪厄:《艺术的法则》,中央编译出版社,2001年,第276页。
② 沈从文:《谈谈上海的刊物》,《沈从文全集》第17卷,北岳文艺出版社,2002年,第92页。

有时，文学论争表面上是"骂架""打架"，实际上受制于"共同利益"和"力量平衡"的牵引。"共同利益"包括文学力量、社会地位、文学影响等，应对"共同威胁"也是共同利益的一种表现形式；"力量平衡"，即文学势力的相对均衡，文学力量的旗鼓相当，或者说差距不大，从而达到文学势力的稳定。这样看来，"骂架"也是不得不发生的事。杨振声曾描述五四时期北京大学新旧对立的情形："新事物的生长是必然要经过与旧事物的斗争而后壮大起来的。五四运动前夕的北大，一面是新思想、新文学的苗圃，一面也是旧思想、旧文学的荒园。当时不独校内与校外有斗争，校内自身也有斗争；不独先生之间有斗争，学生之间也有斗争，先生与学生之间也还是有斗争。比较表示的最幼稚而露骨的倒是学生之间的斗争。有人在灯窗下把鼻子贴在《文选》上看李善的小字注，同时就有人在窗外高歌拜伦的诗。在屋子的一角上，有人在摇头晃脑，抑扬顿挫地念着桐城派古文，在另一角上是几个人在讨论着娜拉走出'傀儡之家'以后，她的生活怎么办？念古文的人对讨论者表示憎恶的神色，讨论者对念古文的人投以鄙视的眼光。""大家除了唇舌相讥，笔锋相对外，上班时冤家相见，分外眼明，大有不能两立之势。甚至有的怀里还揣着小刀子。"①这是比较极端化的情况了，将观念、思想的不同带进了生活，严格说起来，已不算文学论争的范畴了。

　　讨论文学批评和文学论争，往往容易流于空泛。下面以一

---

　　① 杨振声：《回忆五四》，《杨振声选集》，人民文学出版社，1987年，第247页。

个作品为例,具体分析文学批评和文学论争的意义。

一、文学批评与文学意义

张天翼的《华威先生》曾引起过一场关于"暴露与讽刺"、关于现实主义的论争,不失为一个恰当的例证。

1938 年 4 月,张天翼的讽刺小说《华威先生》在《文艺阵地》的创刊号上发表。小说描述了一个在抗战时期只知道到处开会、接受宴请和发表讲话,实际上却"包而不办"的"官僚"政客形象。它显然隐含有讽刺抗战工作中出现的缺点的寓意,于是,引起了一场争论,乃至演变为一场关于"暴露与讽刺"的创作态度和方法的论争。尘埃早已落定,但论争本身却有文学批评如何参与设计文学价值、确立文学秩序的意义。

现在回过头来看抗战初期的文学期刊,随处可以看到加强文学批评的呼吁。情辞恳切,不无焦虑和希冀。中玉在《论我们时代的文学批评》中说:"……然而不幸因为我们批评者的怠工和不努力,文学的活动是始终在散漫的带着自发性的情状之下盲目地迟钝地进行着。文学的功效迄今还没有呈现出非常的增高,它还没有对于目前抗战贡献出它应有力量的十分之一。批评家都悄悄地躲开了他们神圣使命的结果,使文学没有能够充分地发挥出它伟大的效果以服务于抗战,没有再比这个事实更叫人痛心的了。"①这是对文学批评不力发出的痛心。周行也说:"文艺创作活动是落后于抗战的现实的。但文艺上的批评,理论活动,更落后于创作活动。这正是当前整个文艺活动上的一大危机。为了保证上述的几种工作能够顺利地展开,我们必须赶快在这一方面努力补救,使批评、理论活动旺盛起来,并真正成为一种指导的力量。"②他所说的近于一个数学公式,现实大于创作,创作大于批评,他内心的真实想法则是需要倒过来。他既强调文学活动对抗战的功利作用,又强调文学批评服务于"抗战"的任务目标。在他看来,文学批评具有巨大无比的力量,没有批评的参与,仅仅让文学创作发挥力量,那还不及"它应有力量的十分之一"。这样,文学批评就不仅仅是批评文学,而且更主要的是借助文学批评现实。如果说是文学和文学批评的作用得到了凸显和强化,还不如说是社会现实的力量得到了强化和提高,文学批评所具有的发现文学的美和艺术的功能反而被抑制和忽略了。文学批评成为文学参与现实的一种手段、一种途径,以文学的名义,实现对社会的批评功能。"以文学的名义"就成了文学批评的策略和手段,包括对《华威先生》的论争和批评,都明确地体现了这个特点。

综观这场关于《华威先生》的评论,可以发现,几乎所有批评者都不是从纯文学立场进行批评的。它包含着太多现实的、

---

① 中玉:《论我们时代的文学批评》,《文艺月刊》"战时特刊"第 12 期, 1939 年 12 月 1 日。

② 《文艺阵地》创刊号,1938 年 4 月 16 日。

时代的和政治的动机。乃至在多年以后，当年的参加者在回忆这场论争时，无意中说到了问题的实质，"这场论争，实际包含着两个重要问题，即怎样看待抗战的现实，以及怎样看待文学作品的社会效果"①。真可谓一箭中的。文学批评已从文学性层面转入对社会现实的发言。林林在《谈〈华威先生〉到日本》一文里，有过这样的描述："这作品，姑不论他写得善美与否，但它作为文学作品，对于救亡工作的病症的指摘，是有不可磨灭的意义，对本国的知识层，绝对是像药一般有益的。"②我们姑且不论他到底说了些什么，在这段话背后所流露的思维逻辑却很是奇特。照一般常理，文学之所以为文学，就在于它能以艺术的形式创造美的意义。如果"善美与否"不纳入文学批评考虑的范围，文学的文学性和艺术性自然就变得不重要了，重要的是它"对于救亡工作的指摘"的意义，以及"对本国的知识层"的教育意义。这意味着在剔除文学的艺术性之后，纳入文学批评的则是社会和现实的意义。在当时，像这样的思维逻辑则是屡见不鲜，如《枪毙了的华威先生》的说法与林林的主张虽然相反，但其立论的依据依然基于这样一个自设的事实："华威先生已在我们抗战中枪毙了"，作品的意义是"暴露自己的弱点，使我们认识了自

---

① 王西彦：《当〈华威先生〉发表的时候》，《张天翼研究资料》，中国社会科学出版社，1982年，第109页。

② 林林：《谈〈华威先生〉到日本》，《中国抗日战争时期大后方文学书系》（第二编），重庆出版社，1989年，第106页。

己的弱点而把它改正过来"①。得出的结论不同,但立论的逻辑却是一致的,都着眼于文学的社会功用而非艺术的审美意义。

张天翼为自己做辩护,他认为"日本人的发现'华威先生',想要拿这一个人物来证明我们全民族都是这样泄气的家伙,而向他们本国人宣传,那只是白费力,因为效果适得其反"。"我认为我们的自我批判,被敌人听见了也不要紧。为要我们自身更健康,故不讳自身上的疾病。这一点,日本人民会拿去与他们本国的情形对照一下的。(如不把'华威先生'之类带到日本,也许还要慢一点才想起这个对比来。)"②这很让人生疑,张天翼凭什么就那么肯定在日本"效果适得其反","日本人民会拿去与他们本国的情形对照一下"?实际上就文本而言,接受者更多的是感到华威先生的可笑,而很少上升到作者虚拟的高度。人们之所以牵强地设想作品的各种阅读效果,也无非是想从现实层面肯定作品。即使论争涉及文学的创作手法问题,所强调的仍是作品的社会效应与作家的主观世界,要求作家应有抗战必胜的信心和对于光明的热爱。总而言之,这一场看似热闹的文学批评,讨论各方的立足点都不在文学上,都是借文学酒杯来浇社会现实的块垒。

何以如此呢? 还是茅盾点出了个中缘由。他认为,"目前我们的文艺工作万般趋向于一个总目的,就是加强人民大众对于

---

① 林林:《谈〈华威先生〉到日本》,《中国抗日战争时期大后方文学书系》(第二编),重庆出版社,1989年,第109页。

② 同上书,第112页。

抗战意义之认识,对于最后胜利之确信,这是我们今日文艺批评之政治的,同时也是思想的标尺"。文艺必须加入到"消灭这些荒淫无耻自私卑劣"的力量中去①。在实际的文学批评中,批评者往往借助对作品的讨论发表对于现实的看法,甚至对政治体制发表看法和批评。关于《华威先生》的讨论,"问题倒不在于讽刺黑暗,而是不让你讽刺黑暗",文学批评转变为现实斗争——"文艺上的自由是要争取的,如何争取自由就是今天文艺工作者的一桩重大的工作"②。文学批评是一座桥梁,走过去是社会现实,而不是文学作品。具有个性化和艺术化的《华威先生》,经过批评和论争,其意义被完全纳入社会现实的运作之中,它真实的美学意义也被逐渐剥蚀、损耗,文学的社会意义则在批评过程中得到了承认并被无限地放大。文学批评成了一面放大镜,照出的不是事物原形,而是照镜子者的原形和希冀。

文学批评的意义,一方面在作者与读者之间起到"桥梁"作用,另一方面上升为文学理论,给文学现象以指导作用;文学批评对作品的阐释,可以帮助社会认识作品的意义,由批评的感性上升到理性的认知,创造文学理论。文学批评对作品有误读不可避免,批评者眼中的作品与作者的意图并不完全相等同。张天翼创作《华威先生》的初衷,"企图是提醒一般在抗战中做工作的朋友们,在我们的进步之中还留下了些许缺点。我们一定

---

① 茅盾:《论加强批评工作》,《抗战文艺》第 2 卷第 1 期,1938 年 7 月 16 日。
② 《从三年来的文艺作品看抗战胜利的前途》,《新蜀报》1940 年 10 月 10 日。

要勇于承认我们自身上这些缺点，而努力克服它，要是我们中间有华威先生这种作风的，那就得指出来，好生批评他，说服他，使他健全起来。要是发现自己也有那种毛病，就得反省一下，切实加以改正"①。这明显带有文学教育的目的。张天翼不想把华威先生塑造成一个面目可憎的恶徒，在他看来，"在我这爱管闲事的人看来，他们那种作风——在抗战之中实在是个缺点。我感到痛心，而痛心之外又有几分觉得他们可笑，但这只是一种苦笑……"。"痛心"和"苦笑"表明张天翼把华威先生看作抗战阵营中有缺点的一员，他的缺点在从事抗战工作的朋友中，"也有那种毛病"，基于讽刺对象属于"我们"从事抗战工作的阵营，因此，作者的叙述口吻较为亲切，在苦笑中鞭挞，在讽刺里流露温情，并非站在局外人的立场，做脸谱化的描写，或以嘲笑的态度进行叙述。批评者眼中的华威先生与创作者的初衷基本上相符合，也有理解上的偏差，尤其对华威先生政治态度的认识。周行就认为华威先生是"救亡饭桶"，与"一九二五——二七年大革命后一部分知识分子的转向"有关，"现在，他们又为惊天动地的炮火叫醒了'睡着的良心'了"②，因而应对华威先生之类的人物"尽情鞭挞"，让它原形毕露。在这严厉的眼光背后显露出批评者的政治觉悟，在有了大革命之后的转向，华威先生之流也

① 张天翼:《论缺点》,《张天翼研究资料》,中国社会科学出版社,1982年,第172页。

② 周行:《关于〈华威先生〉出国及创作方向问题》,《张天翼研究资料》,中国社会科学出版社,1982年,第318页。

就失去了"我们中的一员"的资格,对异己者"尽情鞭挞"也就顺理成章。

批评者的政治立场和政治趋向,也不断改写华威先生的形象。这样的情形也发生在茅盾身上。他指出华威先生是一个"旧时代的渣滓而尚不甘沉滓自安的脚色"①。从张天翼的"缺点"到茅盾的"渣滓",其间的变化一目了然。张天翼的"缺点"说把华威先生当作一面镜子,他所有的缺点很可能在我们身上也存在着,他是我们中间的一员,同属一个阵营;而茅盾的"渣滓"说,则有更多的厌恶和憎恨心理,无意识中把华威先生排除了"我们"的阵营,这也只能归结为茅盾的政治取向影响到了他的判断。

如果说,20世纪30年代末关于《华威先生》的批评存在着不同程度的误读,这种误读又是由批评者自身的现实政治趋向所造成,而出现与作者的原意有所偏离的话,那么到了50年代,张天翼对《华威先生》的意义进行了重新解释。1952年,张天翼在《中国语文》上发表了一封公开信,对华威先生进行了重新界定:"华威先生是那时国民党反动集团里的家伙。他们力图打进一切群众团体中去'领导',以便一面探听和监视;一面设法阻碍群众运动。"既然如此,那么就"决不能教现在的学生拿'华威先生'这号人做'一面镜子'来检查自己的什么'性格、作风和毛

---

① 茅盾:《八月的感想》,《新文学运动史料选》第4册,上海教育出版社,1979年,第65页。

病'之类。"①由于众所周知的政治气氛的变化，社会语境不同了，张天翼对华威先生有不同的阐释，也是让人可以理解的。他的解释有一个契机，那就是"伊凡同志的信"，他在信里把华威先生看作是反动的。虽然这个时候对《华威先生》已经没有大规模的批评文章和批评者了，但"伊凡同志的意见"也是一篇批评文章。由于新政体的建立需要多种力量的支持，叙述历史达到为社会现实提供合法性意义是一条重要思路。文学作为意识形态，理所当然地也肩负着这样的责任和义务。批评者从现实的政治立场及社会氛围出发，提出符合新社会逻辑的意义叙述，为华威先生的意义进行重新界说，这是一项重要工作。

所以，张天翼认为"伊凡同志的意见是对的"。华威先生从属于自己阵营中的缺点一变而为处于对立面的敌人，成为有意识地破坏抗战的反动分子。社会意识就这样不断通过批评的介入而渗透作品，文学批评不是对文学作品说出了什么，而是显露了批评者的意图和社会意识，社会权力借助文学批评而对文学创作和作家加以有效的控制和规范，社会意识成为衡量和裁定作品价值和形象意义的权力话语。作家作品的精神个性和艺术风格则常常被排斥和遮盖。对作品意义的解释使社会意识以批评为中介不断渗透进入文学，作品意义也被纳入社会的规范，并最终在个人与社会、可说与被说之间达成某种妥协，并以这种

---

① 《关于〈华威先生〉》，《张天翼研究资料》，中国社会科学出版社，1982年，第207页。

"平衡"面目流传于文学史,成为一个世纪的公共意义。对于那些出于美学体验和个人感受的文学批评,让我们保持深深的敬意,比如刘西渭、沈从文和李长之的文学批评。

二、文学论争与文学秩序

在20世纪30年代发生过一场重要的文学论争,那就是"国防文学"与"民族革命战争的大众文学"的论争,文学史称之为"两个口号"之争。通常,我们只要翻开现代文学史,就看见充满着文学论争的文学史例证。从五四时期的文言与白话、新文学与学衡派和甲寅派、"问题与主义"论争,到30年代的左联与新月派、与民族主义文艺、与"自由人"和"第三种人"的论争,再到40年代的"暴露与讽刺"、"与抗战无关论"和"真伪现实主义"等文学论争。一部现代文学史成了一部文学论争史,甚至可说是文学的"战争史"。出现这样的结果,问题出在文学的叙述方式,还是文学的事实本身?无论原因如何,文学在论争中走向中心化,不断吸引了社会的注意力。"两个口号"之争是其中的一次论争,在时过境迁之后,我们从中能发现许多超乎文本和文学之外的意义。让我们感兴趣的是,它们为何而争?在论争的背后隐含着什么样的意图?是理论的预谋,还是争夺话语的权力?

当回过头来看"两个口号"论争,论争的发生有一个"期待视野"。无论是"国防文学",还是"民族革命战争的大众文学",

它们与现代文学史上的其他论争一样，都不是为了纯粹的文学创作，或是基于创作而提出的文学理论。它们无一例外是社会形势对文学的要求。着眼点不在文学，多是社会现实中的其他问题，因此，这也可以解释"国防文学"为什么只有囫囵的"反帝反封反汉奸"这样笼而统之的含义，说明它原本就是为了造成一种"文学势力"，并服从现实，并不真正落实在文学的创造上。同时，也相应可以解释"民族革命战争的大众文学"，虽然拥有民族救亡的价值目标，但它对文学自身问题的过度关注，如提出了"动的现实主义"和"大众化"问题，反而减少了它的凝聚力和包容力。

因此，借用一句套话，论争的发生有着历史的必然性。现代文学有为了文学的地盘而发生"打架"的传统。郑振铎曾经就"文言与白话"之争中新文学提倡者们的心态做过这样的评论："他们'目桐城为谬种，选学为妖孽'。而所谓'桐城，选学'也者却始终置之不理。因之，有许多见解他们便不能发挥尽致。旧文人们的反抗言论既然竟是寂寂无闻，他们便好象是尽在空中挥拳，不能不有寂寞之感。"①离开具体对象的批评和论争，如在空中挥拳，既打不着对方，也伤不到对方，却创造了不断挥拳的姿势。这就够了。现在说起来，很有些让人琢磨不透之意味，但正是这种带有表演性的文学论争方式才打开了文学局面，如出

---

① 郑振铎：《五四以来文学上的论争》，《〈中国新文学大系〉导论集》，上海书店出版社，1982年影印，第61页。

现在新文学史上的那场著名的"双簧戏",是它造起了新文学的声势,扩大了新文学的影响。这样,文学论争作为一种扩大文学影响的方式和手段,得到了文学界的承认和推广,并逐渐蔓延开来,传染和渗透进新文学肌体。每当一个文学思潮、一个文学社团和文学作家在诞生的时候,他们首先想到的就是掀起一场文学论争。这已多次被文学运动和文学思潮所酝酿和使用。

"国防文学"的提出虽有赞同者,但并没有产生意想的效果。他们有一种被冷落和忽视的愤懑,于是抱怨道:"我们的文坛虽在同一目标之下却形成了两种不同的倾向,一是那些提倡国防文学的人,另一是对国防文学抱冷淡态度,却埋头在从事写作或者在作一些无谓的论争的人。"①"国防文学问题一般青年作家都表示极热心;但是有批作家——特别是资格较老的作家们——却冷淡得很,漠不关心的样子。"②"在我们的文坛上,早就有人提出统一战线这正确的号召,然而提则提了,但直到现在,却还看不到它应有的雄姿。这当然一部分是为着客观残酷的环境和主观力量使然,但文坛上有人对这号召不能清楚地了解而采取了冷淡的态度来作为响应……"③这些抱怨的声音,虽然由不同的批评者发出来,但引起他们抱怨的原因只有一个,那

---

① 周楞伽:《文学上的统一战线问题》,《"两个口号"论争资料选编》(上),人民文学出版社,1982 年,第 168 页。

② 何家槐等:《国防文学问题》,《"两个口号"论争资料选编》(上),人民文学出版社,1982 年,第 118 页。

③ 周楞伽:《文学上的统一战线问题》,《"两个口号"论争资料选编》(上),人民文学出版社,1982 年,第 177 页。

就是一部分作家对"国防文学"取"冷漠"或"冷淡"的态度。倡导者如同掉入荒野,"拳"挥开了,打着的却是沉闷的空气。于是,一位批评者在分析了"现在提倡国防文学的先生们有流入过去的标语口号化的倾向,而另一些切实从事写作的先生们呢,却是很看不起这倾向的。当然不免要站在一旁冷视,这冷视对于充满了热情倡导国防文学的先生们难免引起一种反感",在这样的情势之下,他给出了一个近于预言的结论:"从这里,应该展开一个论争……。"①

于是,"论争"是被期待的结果。就国防文学倡导者而言,只有论争才能让人"清楚地了解"他们的口号,才可以引起社会的关注。论争就被预设,无论是谁再提出一个口号,无论口号的意义如何,有何指谓,都会掉入国防文学倡导者们的"期待视野"。他们正在等候和寻找对手和靶子的出现,张弓以待,等着猎物的出现,见谁就灭谁。论争可以使国防文学在文学界乃至社会上产生广泛反响,改变受冷落、被忽视的局面。

当胡风等人一提出"民族革命战争的大众文学"口号,立即就引起了"国防文学"的批评,从而演变为文学史上的"两个口号"之争。尽管胡风在《人民大众向文学要求什么?》一文中并没有提及"国防文学",他的本意就是针对国防文学而提出的,但还不想直接发生冲突。"国防文学"倡导者则对它进行了批

---

① 周楞伽:《文学上的统一战线问题》,《"两个口号"论争资料选编》(上),人民文学出版社,1982 年,第 170 页。

驳,对胡风的冷漠也大为不满,认为他"不该对已经摆在大家目前的'国防文学'置之不理,这种'冷淡'的态度对敌人亦不应如此,对于同道者更是最刻薄的!"①徐懋庸更是愤怒地质问:"胡风先生是注意口号,自己提出这口号的人,那么为什么对于已有的号召同一运动的口号,不予批评,甚至只字不提呢?'国防文学'这口号,在胡风先生看来,是不是正确的呢?倘是正确的,为什么胡风先生要另提新口号呢?倘若胡风先生以为确有另提新口号的必要,那么定然因为'国防文学'这口号有点缺点,胡风先生就应该予以批评。"②他反复申述的几个假设,几个"应该",起因于受不了胡风"只字不提"国防文学的冷漠。正是这种漠视,加剧了他们"一定要争"并且要争赢的念头,以至于给胡风还扣上一顶"分化整个新文艺路线"的大帽子。为了扩大"国防文学"的影响,他们采取了将另一口号纳入自己话语系统的策略,以图引起更大的论争。关于这一点,胡风也是非常清醒的,"事实上,我的有些挑战者们,确实是只想用我的应战去衬出他们的英雄面貌的"③。可见,他当时就看出了"国防文学"提倡者们欲擒故纵的策略。论争的结果则是一个无法考证的推测:"据说文艺上的口号问题,已经告一段落;'国防文学'已经被大众

---

① 苏林:《关于"国防文学"与"民族革命战争的大众文学"》,《"两个口号"论争资料选编》(上),人民文学出版社,1982年,第492页。

② 徐懋庸:《"人民大众向文学要求什么?"》,《"两个口号"论争资料选编》(上),人民文学出版社,1982年,第277页。

③ 胡风:《密云期风习小记(1935—1938)序》,《胡风全集》第2卷,湖北人民出版社,1999年,第348页。

普遍地理解。"①这样，论争已经达到了国防文学倡导者们的预期目的，通过论争改变了被"冷淡"局面，并占有了理论的主导权。因此，可以说"两个口号"的论争不过是"国防文学"的一种策略而已。

其实，"国防文学"对于论争的期待，也是为了统一文坛。他们在抱怨自身备受冷落之时，将文学界划为楚河汉界。还在"国防文学"倡导的初期，他们就以权威姿态宣告："从今以后，文艺界的各种复杂派别都要消失了，剩下的至多只有两派：一派是国防文艺，一派是汉奸文艺。从今以后，文艺界上的各种繁多的问题，有了一种裁判的法律了，那就是国防文艺的标准。"②将文艺界一切现象都纳入国防文学的话语系统，其争中心、争理论主导权的意图显露无遗。在徐懋庸提倡国防文学的《中国文艺之前途》里，茅盾敏锐地感觉到他的中心意思是"中国的前途无论是灭亡，是抗战，是现状似的下去，中国的文艺都不免于衰亡。而要使文艺继续存在，就只有建立国防文艺运动，国防文艺'就是今后中国文艺所要完成的使命'。这实际是说：你不赞成'国防文学'，你就要担当使中国文艺衰亡的责任，这就很有点'霸气'"③。茅盾所感受到的"霸气"实际上就是话语霸权，它预设

---

① 杨晋豪：《〈现阶段的中国文艺问题〉后记》，《"两个口号"论争资料选编》（下），人民文学出版社，1982 年，第 1045 页。

② 力生：《文艺界的统一国防战线》，《"两个口号"论争资料选编》（上），人民文学出版社，1982 年，第 82—83 页。

③ 茅盾：《"左联"的解散和两个口号的论争：回忆录（十九）》，《新文学史料》1983年第 2 期，第 7 页。

的理论逻辑有些居心险恶,三段论的推理使人哑然一笑。

我们注意到"两个口号"的内涵自始至终都是比较明晰的,有歧义的是口号的外延,即适用范围。"民族革命战争的大众文学"这一口号,最初的企图是代替"国防文学",到后来"大概是一个总的口号罢",到最后成为仅是对左翼前进作家所提出的口号——它的外延在不断缩小。而"国防文学"几乎没有变。显然,有明晰概念的"两个口号"之争,问题并不出在概念上。论争重心已不在概念的阐发上,而在于尽可能划定概念外延所能达到的最大"势力范围"。文学论争成了争"势力"、争"中心"。如林淙所言,这场论争"不是争正统或注册权的问题,而是新文学的规范的问题"①。真乃一针见血之见!所谓新文学的"规范",就是文学秩序与制度的建立、文学标准的设定,不容许繁多芜杂的文学的生长扰乱文学的秩序。它常以宏大、权威的话语出现,将个人话语排斥或整合进自己的话语系统。这种对文学规范的诉求,早在新文学之初期就已露端倪,并不断持续、发展下来,成为一项新文学的内在机制、一种文学制度。新文学的生长空间并不显得多么开阔自由,旧文学的"无物之阵"、新文学的派别之争,都消耗了作家太多的精力,浪费了时间,使他们难以专心于文学创作,不得不走一步看一步,常常需要应付不必要的文学事件。新文学有文学论争的喧嚣,有文学批评的设计和满足,但却少了些沉静和厚实。

---

① 林淙编选《现阶段的文学论战》,光明书局,1936年10月,第2—3页。

文学论争机制的建立不完全是文学的事。而有社会现实的压力、旧文学的潜滋暗长，使新文学不得不时时提防外界的围攻和内部的红杏出墙。文学被作为社会的工具，与社会现实步调一致，获得了强大的现实力量。一个个文学论争，最终通向了文学秩序的建立，社会欲望被内化于文学，在看似不经意间却定下了稳定的文学机制。

事实上，争夺理论主导权的最终目的还是为了"新文学的规范的问题"，即规范新文学。既然要树立文学的规范，只限于口号论争还远远不够。规范需要从理论到创作到批评都有一套具体方案。因此，当"国防文学"的赞同者呼唤"国防文学"作品和批评的时候，固然不排除拿出货色给对方看的心理，在很大层面上还是为了树立"话语优先权"：管它合适不合适，先将理论运用于实践，树立文学"典范"，占有话语领地再往后说。创作与理论是否适合已变得次要了。于是，我们看见了"国防文学"论者把《赛金花》作为典范文本加以宣传和张扬，他们还说出了这样的"大"话，"我们毫不否认的，这剧作是在中国提出建立'国防戏剧'的口号后，第一次收获到的伟大的剧作"[1]，类似的说法还有"这个剧本我们认为是在'国防戏剧'被提出后，第一次收获到一个很成功的作品"[2]，"作为国境以内的国防文学看，这剧

---

① 郑伯奇：《〈赛金花〉的再批评》，《"两个口号"论争资料选编》(下)，人民文学出版社，1982年，第648—649页。
② 同上书。

会有很大的效果"①。且不论这样的评价是否与剧作相符,在树立文学"典范"过程中流露出的急迫心理给人以慌不择路、饥不择食的感觉,以至于剧作者夏衍也不得不亲自站出来发表如下的声明:"关于剧本,我觉得有点惶汗,大概是大家期待国防戏剧太切的原故吧,许多人就加上了这样一个名字,实在,我只打算画一张'汉奸群像'的漫画罢了。用国防戏剧的尺度来看,这是会失望的。"②这很有些喜剧性味道,颁奖给夏衍,他还不领这个情。

树立文学的"规范",仅有作品显然还不够,于是,用"国防文学"尺度去批评其他作品更能显示"国防文学"理论的威力。早在"国防文学"的倡导阶段,周木斋就曾把传统小说《水浒传》说成是"国防文学"。周立波在评论1936年小说创作时,也以"国防文学"为批评尺度,认为:"一九三六年发生了国防文学的空前盛大的论争,却同时又有着创作上的这么精力丰富的活动。而影响力最大的作品,往往是国防文学的作品,国防的题材,在今年有着巨大的优越性……"③这样,从理论到创作,再到文学批评,"国防文学"建立了自己严密的话语系统,文学理论与文学体制结成一对孪生姊妹,新文学的规范就这样一个一个地建

---

① 《〈赛金花〉评》,《"两个口号"论争资料选编》(下),人民文学出版社,1982年,第999页。

② 夏衍:《剧作者言》,《"两个口号"论争资料选编》(下),人民文学出版社,1982年,第988页。

③ 周立波:《一九三六年的小说创作:丰饶的一年间》,《"两个口号"论争资料选编》(下),人民文学出版社,1982年,第1028页。

立起来。

如果就事论事,两个口号中的"民族革命战争的大众文学"似乎更有合理性。在"民族"、"革命"和"大众"三个关键词里,它既继承了五四新文学的发展方向,又指向了现实和未来,有意义和表达的准确和明晰。"国防文学"有更多的包容性,显示出文学与时代的结盟,相对忽略了新文学传统的意义。并且,前者包含了创作手法等文学问题,而后者仅有笼统的"反帝反封建反汉奸",不能见出文学的特性来。从"两个口号"论争的结果看,一方面,"国防文学"最终获得了优势,中国文艺家协会的会员远远多于中国文学工作者协会的会员,文艺家协会共有会员 111人,包括新文学宿将朱自清,注重文学特殊性和审美性的李健吾、邵洵美、谢冰心和芦焚等人;而中国文艺工作者协会只有 63名会员。还要考虑这样一个事实,即冯雪峰曾提议的"我们还可以动员更多的人两边都加入"①。从会员名单看,两边都加入的只有寥寥几个人。可见,当时"国防文学"口号对作家更有号召力。在论争过程中,有许多作家发表文章参与论争,表示赞同"国防文学"。这不能不使人惊奇。如前所述,"国防文学"不及"民族革命战争的大众文学"这一概念有文学性,不注重文学自身特点。然而,它却成为文学主流,并获得了话语优势,"民族革命战争的大众文学"则逐渐退守,最后把自己划定为仅仅是对左翼前进作家的号召。因此,我们可以看到,即使从事具体文学创

---

① 胡风:《回忆参加左联前后》(四),《新文学史料》1985 年第 1 期,第 51 页。

作的作家也更为重视文学的工具和武器作用,重视文学的社会效果,说明他们对社会关注的程度远远大于文学。另一方面,急于树立新文学规范的"国防文学"在获胜之后,却并没有致力于文学的真正建设。胡风批评他们,"中国文艺家协会'成立'了,'少壮派'大多数被关在门外,文艺界的统一战线再也不会发生任何问题了。休息到十月十四日,四个月之久都平静无事,可见这个统一战线完全'巩固'了。于是,这个协会的常务理事召集人茅盾就带着几箱子书回到安静的家乡去,着手长期写辛亥革命的长篇小说,连书名都有了,叫做《先驱者》"①。徐懋庸也夫子自道:"譬如'文艺家协会'罢,虽然我是一个会员,后来也被选为理事,却尽力甚少。发起人并不是我邀集的,章程并不是我起草的,成立以前我既然没有决定一件事,自从当了理事之后,又因两次离沪,只参与过首次理事会,至今丝毫没有做过什么事情……"②

以"国防文学"为号召的文艺家协会成立后却并没有多少文学动作,这似乎让人费解的事,其实一点也不难理解,论争了大半天,目的是让对方退出争论,形成独霸天下的局面。现在目的已经达到了,也就万事大吉,收兵回朝。这让我们常常看见这样一种情况,文学规范被建立起来,但文学生命并没有得到快速

---

① 茅盾:《"左联"的解散和两个口号的论争:回忆录(十九)》,《新文学史料》1983年第2期,第9页。

② 徐懋庸:《还答鲁迅先生》,《徐懋庸选集》第2卷,四川人民出版社,1984年,第119页。

生长,却出现奄奄一息的局面。反而是那些没有参加文学论争而孜孜于文学创作的,取得了丰硕的文学成就。它从一个侧面也说明文学论争是为了建立文学规范,而不是为了文学创作的丰富,如同布尔迪厄所说:"文学竞争的中心焦点是文学合法性的垄断,也就是权威话语的权力的垄断,包括说谁被允许自称'作家'等,甚或说谁是作家和谁有权力说谁是作家;或者随便怎么说,就是生产者或产品的许可权的垄断。"①文学论争是为了实现对文学的垄断,这听起来未免有些残酷,但最终的发展结果确实是如此。当然,那时的国防文学还没有发展到垄断文学的地步,也没有达到可以任意说谁谁是或不是作家的地步,但它可以为作品发放许可证,包括对毫不沾边的《水浒传》和《赛金花》。

三、文学批评家与作家作品

在中国现代文学批评史上,茅盾是一道风景,他的批评与鲁迅的创作具有同样的示范性和指导性意义。所以,当我们在讨论了文学论争和文学批评是如何参与作品和理论的规范的时候,还必须落实到一个批评家身上,看看他是如何以文学批评方式介入文学秩序的。茅盾是一个合适的例证,因为他的批评影响深远,对现代文学某些方面的生长也大有关系。如果没有茅

---

① (法)布迪厄:《艺术的法则》,中央编译出版社,2001 年,第 271 页。

盾对作家作品的批评,没有茅盾对现实主义的倡导和贯彻,中国现代文学还会是这样的吗? 现实主义成为文学主潮,这与茅盾有关。没有他的批评,一些作家要成为文学史上重要的一员,也是难以想象的,至少他们的文学面目会发生一定的改变。直言之,茅盾的文学批评影响了现代文学的主潮形成和文学作家的生长,他对确立现代文学新秩序有过独特的贡献。

茅盾在从事文学批评之前,他把批评称为"批评主义",批评成为"主义",就演变为一种文学思潮,甚至是一种意识形态。他认为:"西洋文艺之兴盖与文学上之批评主义(Criticism)相辅而进;批评主义在文艺上有极大之威权,能左右一时代之文艺思想。新进文学家初发表其创作,老批评家持批评主义相绳,初无丝毫之容情,一言之毁誉,舆论翕然从之;如是,故能相激励而至于至善。我国素无所谓批评主义,月旦既无不易之标准,故好恶多成于一人之私见;'必先有批评家,然后有真文学家'此亦为同人坚信之一端……"①给予茅盾立论依据的是西方文学批评,于是他把批评的地位看得很高、很重,乃至将批评家置于文学家之先,对批评的作用也不无夸大,"能左右一时代之文艺思想",起文学规范作用;对"新进文学家"可以产生"一言之毁誉,舆论翕然从之"的效果。批评犹如"魔法",让文学投在它的石榴裙下。在其他地方,茅盾也表达过相似的意思:"……文学批评的

---

① 茅盾:《〈小说月报〉改革宣言》,《茅盾全集》第18卷,人民文学出版社,1984年,第57页。

责任不但对于‘被批评者’要负责任，而且也要对于全社会负责任了。换句话说：不但对于批评的某某作品不能有误会，而且要含着指导创作家，针砭当时智识界的意思。所以文学批评者不但要对于文学有彻底的研究，广博的知识，还须了解时代思潮。"①这主要是就批评者说的，文学批评的作用和范围进一步扩大，由"左右一时代之文艺思想"演变为"对于全社会负责任"。批评者也需要有广博的知识，既了解文学思潮，又对文学有彻底的研究。

　　茅盾明确提出过对作家（特别是新进作家）作品的批评是批评的两大任务之一。他自己身体力行，批评、扶植了一大批新进作家。田仲济曾回忆说："吴组缃教授，现在是被许多外国的中国现代文学史研究者注意的小说家，他曾亲自对我说过，他的短篇小说在《文学》上刊出，之所以一时引起人们的注意，是由于茅盾同志的评论。那时，一经茅盾同志推荐，真有‘声价十倍’的样子。不少的青年作者就是这样成名的。"②吴组缃得到了茅盾的提携，臧克家对茅盾的奖掖也充满了感激，"我这个一九三三年登上文坛的‘青年诗人’，是由于他的奖掖"，"《烙印》自印版刚出书不久，茅盾先生，老舍先生，在当时影响很大的《文学》月刊同一期上，发表了两篇评介文章，使我这个默默无闻的

----

① 茅盾：《文学批评的效力》，《茅盾全集》第 18 卷，人民文学出版社，1984 年，第 125 页。

② 田仲济：《巨星的陨落：悼茅盾同志》，《忆茅公》，文化艺术出版社，1982 年，第 258 页。

文艺学徒,一下子登上了文艺龙门"。不仅如此,对"'五四'以来老作家、中年作家、青年作家的作品,他都作出过评论,发生了很大的影响,成为定论"①。茅盾的文学批评产生了"权威性"力量,它帮助了文学作家的成长和成熟,有"一言之毁誉,舆论翕然从之"的功效。他所扶植的青年作家,大都与他主张的现实主义相吻合。并且,被茅盾所批评和奖掖过的青年作家,日后都在新文学文坛上占有相当重要的地位,如丁玲、萧红等,他们的创作走向及其社会地位与茅盾的批评都有关系。

茅盾的批评直接带来了文学创作的转向。沙汀曾回忆在他刚刚开始学习写作的时候,"时间是一九三一年夏天。完全出乎意外,我也决心把文艺当作我的终身事业干了,于是我寄了三篇小说给《文学月报》,半月以后,编者答应把《码头上》一篇先刊出来,而且给我看了一方土纸上茅盾先生随意写下的几句评语。大意是说,东西还写得可以,只是他不怎样喜欢那种印象式的写法。…… 不久,我的第一个短篇集出版了。当年的文艺年鉴选了一篇,大家揄扬,若干相识的朋友也非常称赞我,然而,不到一年,也许我在周围响着的喝彩声中逐渐地清醒了,我忽然得到一个反省:茅盾先生说他不喜欢我的印象式的写法,为什么一般人反说它正是我的特点,如何的新,如何的了不得呢? 接着,我更考虑到创作上若干基本问题,于是我丧气了,觉得自己该重新来

① 臧克家:《往事忆来多》,《忆茅公》,文化艺术出版社,1982 年,第 91 页。

过。而《老人》、《丁跛公》这几篇东西，正是我改换作风的起点
……"①沙汀开始并没有感到自己创作中的毛病，是茅盾与"一
般人"不同的批评，促使他在以后的创作中更多"考虑到创作上
若干问题"，做了自我调整，才形成了沙汀独特的创作风格。由
此可见，茅盾的文学批评所具有的权威性力量，它对作家创作的
影响是非常具体而深远的，文学批评改变了作家的创作风格和
方法，也可以说是文学批评规范了文学创作。

　　现实主义是现代文学中一个非常重要的概念。现实主义理
论在中国的传播与发展，茅盾的文学批评起到了相当重要的作
用。从开始他对"文学上的自然主义与写实主义实为一物"②的
认识——"法国的福楼拜、左拉等人和德国的霍普特曼，西班牙
的柴玛萨斯，意大利的塞拉哇，俄国的契诃夫，英国的华滋华斯，
美国的德莱塞等人，究竟还是可以拉在一起的。请他们同住在
'自然主义'——或者称它是写实主义也可以，但只能有一，不
能同时有二——的大厅里，我想他们未必竟不高兴罢"③，到现
实主义成为新文学之主潮，茅盾都尽心尽力地为之努力。现实
主义的合理性与合法性意义的确立，都与茅盾分不开。

　　以茅盾主编《小说月报》为界，前后主张有很大的差别。在
主编《小说月报》之前，对创作手法，他持一种开放而宽容的眼

---

① 沙汀：《感谢》，《沙汀文集》第 7 卷，上海文艺出版社，1992 年，第 63 页。

② 茅盾：《自然主义的怀疑与解答》，《小说月报》第 13 卷第 6 号。

③ 茅盾：《"左拉主义"的危险性》，《时事新报·文学旬刊》第 50 期，1922 年 9 月
21 日。

光。虽然他主张"尽量把写实派自然派的文艺先行介绍"①,"中国现在要介绍新派小说,应该从写实派、自然派介绍起"②,同时他也介绍其他文学思潮。如《我们现在可以提倡表现主义的文学么》,他的回答是"极该提倡"。对自然主义也并不十分看重,"能帮助新思潮的文学该是新浪漫的文学,能引我们到正确人生观的文学该是新浪漫的文学,不是自然主义的文学,所以今后的新文学运动该是新浪漫主义的文学。"③"新浪漫主义之对于写实主义则不然,非反动而为进化。"④即使在《小说月报改革宣言》里,他也主张"写实主义在今日尚有介绍之必要;而同时非写实的文学亦应充其量输入"。可见当时的茅盾虽然看重文学对现实社会的功利作用,但还没有拿自然主义和现实主义一统天下的心思,其他艺术流派也有生长的可能。在主编《小说月报》之后,由于礼拜六、黑幕小说的影响势力,为了使文学远离"游戏",客观上要求有一种与"游戏"观相对立的文学主张的出现,抵消或取代鸳鸯蝴蝶派文学的影响。相对说来,唯美主义、浪漫主义等文学思潮容易流入个人趣味,难以对文学"游戏"观念起到振聋发聩的抑制和抵抗作用。本着"矫枉必过正"的想

---

① 茅盾:《我对于介绍西洋文学的意见》,《时事新报·学灯》1920年1月1日。

② 茅盾:《"小说新潮"栏宣言》,《茅盾全集》第18卷,人民文学出版社,1984年,第13页。

③ 茅盾:《为新文学研究者进一解》,《茅盾全集》第18卷,人民文学出版社,1984年,第44页。

④ 茅盾:《〈欧美新文学最近之趋势〉书后》,《茅盾全集》第18卷,人民文学出版社,1984年,第48页。

法,自然主义的出现适得其时,成为与礼拜六做斗争的工具,对其他艺术流派也贬斥抹杀,有自然主义"统一文坛"之势。当时的《小说月报》读者就曾尖锐地指出:"先生们所提倡的写实主义,我以为这是改革中国文学的矫枉必过正的过渡时代的手段——必需的而又是暂时的手段——却不能永是这样。并且写实主义的提倡,是给中国蹈空的滥调的旧文学界以一种极猛烈的激烈和反动,是破坏旧文学的手段;至于新文学的建设,却不可使文学界以一种情形的发展,凡有文学价值的作品(不论属于那一种主义的)都应该扶养他,培植他,而不能以他非写实主义,就一概抹杀——这是有感而说的。"①真乃在理之言,也可见当时自然主义对非写实主义文学造成大量抹杀的局面。有意思的是,一般情况下,茅盾对读者的疑问有问必答,或表示赞同或表示反驳。这一次则是例外,他没有对上述意见发表自己的看法,也许是不加反驳而又不便公开承认的缘故。自然主义作为针对"游戏"观念而使用的斗争工具,这决定了它只是一个"权宜之计",在完成历史使命之后,便应容纳其他艺术主义。之所以对"其他非写实主义一概抹杀",其中也有规范新文学的企图。实际上,对现实主义的提倡并非茅盾依据文学现状和发展情况而提出来的,他的解释是:"老实说,中国现在提倡自然主义,还嫌早一些;照一般情形看来,中国现在还须得经过小小的浪漫主义

---

① 王晋鑫:《通信》,《小说月报》第 13 卷第 4 号。

的浪头,方配提倡自然主义。"①按照他的理解,西方文学思潮有"浪漫主义—自然主义—现实主义—新浪漫主义"的发展阶段,每一个文学思潮相继出现,步步而行,自然主义之后就该是现实主义了。

茅盾还把周作人的创作看作他的自然主义的理论支撑,也许是为了解除人们对于自然主义所引发的悲观和绝望,他回答说:"……我于此亦常怀疑,几乎不敢自信。周启明先生去年秋给我一信,曾说'专在人间看出兽性来的自然派,中国人看了,容易受病',但周先生亦赞成以自然主义的技术药中国现代创作界的毛病。"②以周作人在文坛上具有的地位,他出来赞同自然主义,自然主义的权威性也就建立起来。

茅盾以自然主义和现实主义为尺度,开展对文学的批评。在《春季创作坛漫评》中,他这样评价自己赞赏的陈大悲:"他对于私产制的攻击用自然主义表现出来,不说一句'宣传'式的话,实是不容易企及的手段","总之,《幽兰女士》总算得是成功的剧本了……大悲君虽然自己很谦抑,说不配讲什么主义,然而依我看来,这篇已经很可以算得是自然主义的剧本了。"③自然主义作为评价作品优劣的尺度,在尺度之下,作品虽然是"为人生",反映了社会现实,但如果不符合自然主义,也会受到他的批

---

① 《小说月报》第 13 卷第 4 号。

② 茅盾:《自然主义的怀疑与解答》,《小说月报》第 13 卷第 6 号。

③ 茅盾:《春季创作坛漫评》,《茅盾全集》第 18 卷,人民文学出版社,1984 年,第 84 页。

评。他坦言："但我倒并没有因为这三月中的恋爱小说太多，而存了'我殊厌闻之矣'的念头，我承认凡是忠实表现人生的作品，总是有价值的，是需要的。我对于现今的恋爱小说不满意的理由却因为这些恋爱小说也都不是自然主义的文学作品。"①自然主义和现实主义成了文学批评的尺度。

---

① 茅盾：《评四、五、六月的创作》，《茅盾全集》第18卷，人民文学出版社，1984年，第146页。

第六章 |

文学报刊出版与传播制度

文学报刊是文学创作的载体，是文学作家作品的园地，是文学运动和流派的指挥所。"在近现代风云变幻、纵横捭阖的政治斗争中，报刊充分发挥了'鼓风机'和'喉舌'的作用；在近现代色彩纷呈、英俊辈出的文化史上，报刊又为培植文化界的奇花异卉提供了土壤和园丁。"①在近代，有数千篇短篇小说最先几乎全部发表于报刊，许多长篇也先在杂志连载，再由出版社出

---

① 陈漱渝：《中国副刊的革新者孙伏园》，《五四文坛鳞爪》，中国文史出版社，1998年，第289—290页。

版。如《海上花列传》《官场现形记》《文明小史》《老残游记》《孽海花》《负曝闲谈》《新中国未来记》等。吴趼人除《恨海》《白话西厢记》外,其他 16 部中长篇和全部短篇都发表在报刊上①。在新文学作家和作品背后,很容易发现文学刊物和出版书店的作用。如《小说月报》之于冰心,《语丝》之于鲁迅的《野草》,人间书屋之于老舍。人间书屋出版了老舍的《樱海集》《牛天赐传》《老牛破车》《骆驼祥子》,可谓"本本成功"②。

报刊和出版推动新文学走向社会大众,实现了新文学的社会化和大众化。但是,吸引社会大众的并非新文学本身,而是新文学表达的新思想和新知识,对此,胡适就有过暧昧的表述,"民国八年的学生运动与新文学运动虽是两件事,但学生运动的影响能使白话的传播便于全国,这是一大关系;况且'五四'运动以后,国内明白的人渐渐觉悟'思想革命'的重要,所以他们对于新潮流,或采取欢迎的态度,或采取研究的态度,或采取容忍的态度,渐渐的把从前那种仇视的态度减小了,文学革命的运动因此得自由发展,这也是一大关系,因此,民国八年以后,白话文的传播真有'一日千里'之势"③。

---

① 郭延礼:《近代西学与中国文学》,百花洲文艺出版社,2000 年,第 24 页。
② 陶亢德:《陶庵回想录》,中华书局,2022 年,第 128 页。
③ 胡适:《五十年来中国之文学》,《胡适全集》第 2 卷,安徽教育出版社,2003 年,第 339 页。

一、报刊与中国现代文学

报刊的出现，是中国社会和文化走向近代化的标志。这里的"报刊"就是报纸和杂志，它们是现代文学的主要传播方式和渠道。人类的传播方式有自我传播、人际传播、组织传播和大众传播，传统文学的传播方式主要依靠作者的手抄和手工刻版印刷，现代文学则以大众媒介作为传播方式，报刊的出现改变了文学传播手段。它的传播时效快、信息量大、影响面广，有平民化和大众化的特点。在某种意义上，现代文学是报刊文学，文学报刊承担着发表、组织和引导文学的生产和传播，文学期刊既是文学传播的载体，也是文学与社会最直接的联系方式，文学成为一种书籍和读物，文学观念和形式也借助于报刊而得到社会的广泛承认。文学期刊直接影响或控制文学内容、题材和风格，文学期刊编制和制造了文学思潮的"时代性"和"社会性"。本雅明认为："日常的文学生活是以期刊为中心开展的。"[1]文学杂志实际上就是文学的生存方式和作家的生存状态。媒介形成文学市场，有助于作家走向职业化，促使文学读者的大众化。所以说，报刊媒介对文学产生了重要影响，形成了文学的传播机制。

1946 年，沈从文为天津《益世报·文学周报》副刊撰写"编

---

① （德）本雅明：《发达资本主义时代的抒情诗人》，生活·读书·新知三联书店，1992 年，第 44 页。

者言",认为一个刊物可"容许人寄托些荒唐的希望,夸张的打算,而还能引起相当作用,为的是这个社会过去一时的腐烂,不继续,能制止,报纸副刊即尽了过消毒作用,对年青人情绪的消毒作用。北伐其所以能成功,与南北报纸副刊在一个较长时期中所形成的空气不无关系。二十年来一个优秀作家在社会上所得的敬爱和信托,远比时下政治上卖空头活动人物为切实具体,他们的基础,即从报纸副刊起始的"①。无论是对社会进行"消毒",还是形成变革的"空气",其作用不可小视。

据统计,从 1922 年到 1925 年,"先后成立的文学社团及刊物,不下一百余"②,从 1919 到 1927 年全国出版有杂志 633 种③,从晚清到 1949 年出版的文学期刊,有明确的创刊日期的有 988 种,没有明确创刊日期的有 99 种④。就有明确创刊日期的 988 种文学期刊分析,1872 年到 1901 年有 5 种,1902 年到 1916 年有 57 种,1917 年到 1927 年有 144 种,1928 年到 1937 年有 418 种,从 1938 年到 1949 年有 364 种。其中有"杂志年"之称的 1934 年就有 47 种。在 988 种刊物中,创刊于上海的有 455 种,创刊于北京的有 106 种。

---

① 沈从文:《编者言》,《沈从文全集》第 16 卷,北岳文艺出版社,2002 年,第 446 页。

② 茅盾:《现代小说导论》,《中国新文学大系导论集》,上海书店出版社,1982 年,第 88 页。

③ 静:《1919—1927 全国杂志目录》,载张静庐:《中国现代出版史料》甲编,中华书局,1954 年,第 86—106 页。

④ 鲁深:《晚清以来文学期刊目录简编》(初稿),载张静庐:《中国现代出版史料》丁编(上、下),中华书局,1959 年,第 510—580 页。

创办刊物是新文学立足和发展的重要手段,因此,还出现了"期刊热"和"期刊年","在发展中国群众舆论和培养新知识分子定型方面,是一种划时代的现象"①。从 1917 到 1921 年的五年间,全国就新出报刊 1000 种以上②。有资料表明,1933 年上海共出版了杂志至少 215 种,按门类划分,人文科学 102 种,文学艺术 40 种,应用技术 32 种,普通杂志 38 种,自然科学 3 种。从版本看,通常是 16 开本或 32 开本,也有个别独标一格的 8 开本。从分量上看,几种主要刊物如《申报月刊》《现代》《文学》等为 16 开本,每期在百页以上,装订最厚的《读书杂志》,达 700 页。杂志内容丰富多彩,定期出版,受到了读者的喜爱和欢迎。在上海还出现了专营杂志的书店——上海杂志公司,常常在一个月内就有近千种杂志,每天平均出版二三十种,形成了一个"杂志市场"③。30 年代上海的杂志虽然多,但纯文艺刊物并不多,当时的杂志多带有商业和娱乐性质,社会读者多,但层次并不高。沈从文对此有过评价,他认为:"读者多,若无一个健全目的,便等于出版人与读者合作,在那里消耗外国纸张铜板那么一件事了。"④他很有些悲观了。在一定程度上,正是报纸杂志把文学的"现代"和"时尚"生产出来,为观念的"流行"推波助澜,并促进社会意识的公共空间的形成。

---

① 周策纵:《五四运动史》,岳麓书社,1999 年,第 263 页。
② 同上书,第 261 页。
③ 旷新年:《一九二八年的文学生产》,《读书》1997 年第 9 期。
④ 沈从文:《谈谈上海的刊物》,《沈从文文集》第 12 卷,花城出版社,1992 年,第 175 页。

众所周知,20 世纪 20 年代的文学杂志带有更多的同人和学院性质,30 年代则转向商业操作。文学期刊的生存压力更大,面临着一个相互竞争的文化环境。一般的社会读者接触报刊的机会非常有限,无论是经济条件,还是地理条件,或者是报刊意识,都有待提升和加强。《新潮》是五四名刊,但它的发行和传播可谓惨淡经营。据李小峰回忆,"《新潮》初刊时,代销处也只限于本校,北京的一些高等学校及书报摊。外埠由于:一则不登广告,只靠同道的几个杂志互相介绍,知道的人不多;再则,《新潮》同《新青年》一样,被一般守旧派视同洪水猛兽,一般书店就是知道也不敢代销;因此只有原来发行《新青年》的几家书店经销,如上海的群益书社、亚东图书馆等"。另外,就靠青年学生之间相传阅、宣传和推销,这样的人际交往传播方式,才让《新潮》的读者"越来越多,遍及全国"①。

期刊的商业化,促使办刊人及其作者和读者群做出调整。就文学而论,五四时期的文学写作多来自作家内在体验的抒发,有一种生命的激情需要表达,需要流露,如创造社的"本着自我的情绪"。20 世纪 30 年代的文学写作则与社会需要有着更为紧密的联系。文学写作并不完全来自个人精神和灵魂的呼叫,它常是被杂志和报纸组织起来的文化生产,带有鲜明的社会性质,因为阅读和消费写作的观念已经深深地进入文学意识。文

---

① 李小峰:《新潮社始末》,《五四运动回忆录》(续),中国社会科学出版社,1979年,第 209 页。

学报刊参与文学思潮的形成和文学理论的设计。报刊的发行与经济利益始终相联系着。为了让刊物生存下去，并获得更大的经济利益，刊物编辑会更重视文学读者，会想方设法提高刊物质量，促使文学市场的形成。

报刊之间还存在竞争，这有利于文学的发展。朱光潜认为："在现代中国，一个有势力的文学刊物比一个大学的影响还要更广大，根更深长。"①沈从文认为："报纸分布面积广，二三年中当可形成一种特别良好空气，有助于现代知识的流注广布，人民自信自尊新的生长，国际关系的认识……这一切都必然因之而加强。在文学方面，则更有助于新作家的培养，与文学上自由竞争传统制度的继续。这个制度在过去，已有过良好贡献。"②但是，报纸杂志一旦创办出来，也就有了自己的运行规律和机制。茅盾就有过一句著名的感叹："开始'人办杂志'的时候，各种计划、建议都很美妙，等到真正办起来了，就变成了'杂志办人'。"③"杂志办人"说明文学报刊拥有自己的传播原则和运行机制，它并不一定受到作家和编辑的完全控制。"人办杂志的时候是有话要说，杂志办人的时候是没有话也得勉强说"，这包括"不准说""难说""不知从哪儿说""没工夫说"的一些话④。梁

---

① 朱光潜：《论小品文》，《朱光潜全集》第 3 卷，安徽教育出版社，1987 年，第 429 页。

② 沈从文：《新废邮存底·22》，《沈从文文集》第 12 卷，花城出版社，1992 年，第 65 页。

③ 茅盾：《我走过的道路》（中），人民文学出版社，1984 年，第 199—200 页。

④ 茅盾：《"杂志办人"》，《茅盾文艺杂论集》上集，上海文艺出版社，1981 年，第 376—377 页。

实秋也在回忆中说到自己编辑《新月》杂志的时候所有过的相同经验和体会，"办杂志是稀松平常的事。哪个喜欢摇摇笔杆的人不想办个杂志？起初是人办杂志，后来是杂志办人，其中甘苦谁都晓得。"①在创办刊物时，编辑常有自己拟定的一套文学办刊宗旨和原则，一旦杂志被创办起来，就由不得几个编辑了，杂志不是一块布，任你裁成什么样就是什么样，它是一个舞台，一旦搭建起来，唱戏的人就是作家和观众了。刊物需要融入社会，适应社会市场变化，于是，刊物就有了自己的"路数"。

文学刊物对文学观念和形式影响很大。报刊成为文学的第一载体，作家创作文学作品一般都会首先想到在报刊上发表，再交由出版社公开出版。因报刊而建立了文学的稿酬制度，也推动了作家的社会化和职业化。因报刊而形成报章文学和文化工业，谢六逸引用日本千叶龟雄的说法，认为："Journalism，是由于造纸工业与印刷技术的进步，始有可能性的文字工业、新闻、杂志的生产方式，与近代工场里的生产方式，并无什么差异。将'纸'跟'文稿'当作原料买进，再将它做成'杂志'或'新闻'一类的制造品，多量地生产，贩卖于市场（也就是读者），这和卫生衣、火柴的生产一点也没有差别。就是说，Journalism 是一种企业，不同处就是它有'每日'、'每周'或'每月'的一定的标准形式在那里制造内容各异的东西，不断地生产。"谢六逸将上面这段话概述为："（一）Journalism 是一种企业，且是一种现代的文

① 梁实秋:《梁实秋自传》，江苏文艺出版社，1996年，第141页。

字工业;(二)它能代表某种社会的状态及其动向;(三)它的领域扩张到社会的全部;(四)为适合需要者的要求起见,在它的领域以内的,一切都通俗化了。"① Journalism 可翻译为"新闻事业"、"新闻学"、"杂志经营"或"报章文学",报刊是一种工业、一种社会舆论、一种通俗文体。现代小说是现代报刊的产物。小说在现代之所以成为主流文体,与现代传媒有着极深的联系。杂文也是现代报刊的产物。

我们不得不提及报纸副刊对文学的作用。萧乾曾说:"我一直认为现代中国文学史应该为五四以来的文艺副刊单辟一章",因为它"具有了育苗的作用",还"影响到东南亚以至全世界各地的华文报纸"②。《申报》最早刊登的文艺稿件与新闻混编杂在一起,没有专门开辟文学版面,这可看作副刊的萌芽。1881年,《字林沪报》创刊,它仿效《申报》也刊载文艺作品,还聘请了辞章学家蔡尔康任主笔。他在报刊中特辟一栏,名为"花团锦簇楼诗辑",编排为书籍的版式,久而久之可以装订成册。这样,文学诗词有了固定栏目,文学副刊就出现了。几年后,文艺性小报异军突起。小报形式小,内容也少,它以趣味为中心,不必刊载国政大事,满纸街谈巷语、隐私秘闻,兼载诗词、小品、乐府、传奇之类带有消闲性的作品,很合一般市民读者的口味。为了与小报竞争,《字林沪报》在 1897 年 11 月增出《消闲报》,以"附张"

---

① 谢六逸:《谢六逸文集》,商务印书馆,1995 年,第 310 页。
② 萧乾:《萧乾回忆录》,中国工人出版社,2005 年,第 348 页。

形式随报送阅,读者买一得二。商业性报纸把设置副刊作为报业竞争的一种手段,而政治性报纸则主要着眼于通过副刊来配合政治宣传。文学副刊就出现蒸蒸日上的发展态势。

报纸杂志带给作家和文学革命性的改变,现代作家几乎都依托报刊发表文章,但也带来了负面因素,如报刊的市场化会带来文学的功利化,也因报刊的自身属性催生出"急就章"。梁启超在晚清"暴得大名",其中有"语言笔札之妙"的因素,但报刊文章的"匆迫草率"也非常明显。1897 年,梁启超在《与严幼陵先生书》中谈到了这个问题。那时,梁启超才刚刚走上办报之路,被严复批评,梁启超解释说:"启超于学,本未尝有所颛心肆力,但凭耳食,稍有积累,性喜论议,信口辄谈,每或操觚,已多窒阂。当《时务报》初出之第一二次也,心犹矜持而笔不欲妄下。数月以后,誉者渐多,而渐忘其本来。又日困于宾客,每为一文,则必匆迫草率,稿尚未脱,已付钞胥,非直无悉心审定之时,并且无再三经目之事。非不自知其不可,而潦草塞责,亦几不免。"梁启超对自己的报刊文字,也不无遗憾,只是考虑到"不过报章信口之谈,并非著述,虽复有失,靡关本原",想到只"在报中为中等人说法",又不免"自恕"了①。章太炎对报刊文章也有非议,说:"文辞之坏,以林纾、梁启超为罪魁。(严复、康有为尚无罪。)厌闻小学,则拼音简字诸家为祸始(王照、劳乃宣皆是)。"

① 梁启超:《与严幼陵先生书》,《饮冰室合集》"文集之一",中华书局,1989 年,第107—108 页。

在章太炎看来，"人学作文，上则高文典册，下则书札文牍而已"。高文典册固非人人所用之事，书札文牍则未有不用者。"然林纾之文，梁启超报章之格，但可用于小说报章，不能用之书札文牍，此人人所稔知也。今学子习作文辞，岂专为作小说、撰报章，而舍书札文牍之恒用邪！"①报刊文章多为文学之文，从应用之文刊，却存在不少问题。

民初时的情形，亦复如此。《晨报副镌》刊登的一篇文字，就颇有意味地讲到古今读书人写作之区别，作者甚至愤愤表示："我国古哲著书，专讲究藏之名山，以待来者。窥其书之内容，不是对于学术有特别发挥，就是对于世道有针砭功用。今日则不然。社会喜讲恋爱，就千篇一律皆在作恋爱小说，并不注意人心世道的转移。社会喜谈社会主义，就报纸杂志皆言社会主义，毫不计较国家社会的经济状况。所以然者，古人著书为传世，今人著书为卖钱。"②

这一状况的造成自有其原因，除了报刊媒介自身属性催生"急就章"，最基本的是读书人所依托的"学术期刊"此时尚处萌芽中，要到20世纪二三十年代才逐渐成形；当时的大学对于教员的成果发表也没有明确要求。不管怎样，民初读书人表达的载体主要还是各种期刊。1918年，张申府在一篇短文中，甚至

---

① 章太炎：《与钱玄同》（1910年10月20日），《章太炎书信集》，河北人民出版社，2003年，第118页。

② 见臧启芳《出版与文化》。此文系连载稿，这里所引出自该文之第三节"我国出版界之现状"，刊于1923年8月9日《晨报副镌》第1版。

指出"中国旧无杂志,与之不相习,故罕能利用之"。在他看来,"西土学者著作之方今古已有不同。古之学者毕一生之力,汇其所学,成一大典,以为不朽之业。今之学者学有所得,常即发为演讲,布诸杂志,以相讨论,以求增益。一二年所得,罕有刊成书册者。治一学,而欲知新,而欲与时偕进,乃非读其学之杂志不可"①。《独秀文存》《胡适文存》、"单行本书及小册子"主要由期刊文字汇集而成。

文学副刊比杂志影响大,它的读者真正是大众化的,对文学的文体形式有着独特的影响。沈从文就认为:"初期社会重造思想与文学运动的建立,是用副刊作工具得到完全成功的。近二十年新作家的初期作品,更无不由副刊介绍给读者。鲁迅的短短杂文,即为适应副刊需要而写成。"②现代报纸的副刊与一般期刊不同,它需要争取读者,培养作家,还培养出许多编辑,因为现代报纸副刊的编辑常是由作家和其他人兼职,有很强的流动性。比如,沈从文和萧乾都曾做过《大公报》文艺副刊的编辑。作家在写作的时候,往往只以自己一个人的眼光去构思和表达,一旦做了编辑,就会更了解社会读者对文学的期待和要求。所以,萧乾就说:"我一进天津《大公报》,就发现这家报纸懂得:读者要看的不仅仅是新闻,还得多方面充实版面,以满足知识界,

---

① 张嵩年(申府):《劝读杂志》,《新青年》第5卷第4号,1918年10月15日,"通信",第433页。
② 沈从文:《怎样办好一张报纸》,《沈从文文集》第12卷,花城出版社,1992年,第204页。

使报纸在报道新闻的同时,还能传播知识。"在他看来,"编副刊也有所谓'导向'。但那绝不意味着告诉作者们该怎样去写。那永远是无从'导'起的。然而编者只要顺着潮流,而不是逆着它,总可以通过版面(例如征稿或预告)鼓励某方面的文稿向你涌来"①。自 1933 年 9 月,沈从文开始接编《大公报》"文艺"副刊,他写作了《新废邮存底》,以一个编辑的身份,以书信的方式发表对文学的真知灼见,刊物、编辑、作者和读者都被紧紧地联系在一起,共同探讨文学创作的艺术问题。

二、出版与中国现代文学

现代出版参与了中国现代文学的生产,出版与文学互动而生。出版利用技术、资金和发行网络将语言符号的文学作品物化为一种纸质媒介形式,实现向社会的传播,成为一种社会存在物。出版对文学有培育、扶持和推动作用,同时,出版的发展壮大还成为一种文化产业。近代出版的出现以机器印刷技术为基础,以书、报、刊为载体,影响深远、广泛、持久。一般情况下,文学作品先由报刊发表,再由出版社出版,文学与出版相互依存,密不可分。出版是一种文化。谢六逸认为由一个地区的出版情况可以测量这个国家和地区的发展状况,"如果每条街上都有一

①　萧乾:《我当过文学保姆:七年报纸文艺副刊编辑的甘与苦》,《新文学史料》1991 年第 3 期。

二家有意义的书店和一所邮政分局,这便是国家富强的预兆了。"①文化出版与学校教育一样,它们为现代中国提供了扎实的知识资源和人才动力,文化出版成了一所无墙的大学。

现代不少作家直接参与编辑和出版。他们或进出版社做编辑,如茅盾、叶圣陶进入商务印书馆,或自己创办出版社和书店,经营一番文化事业。现代知识分子和作家创办的出版社和书店有:大江出版社(陈望道等)、时代图书公司(邵洵美)、大孚出版公司(陶行知)、金屋书店(邵洵美)、上海出版公司(柯灵、唐弢等)、昆仑书店(李达等)、万叶书店(钱君陶等)、笔耕堂书店(李达等)、女子书店(姚名达)、美的书店(张竞生)、天马书店(楼适夷)、神州国光社(黄宾虹等)、沪江书屋(丁景唐)、星群出版社(曹辛之等)、秋星出版社(包天笑)、森林出版社(曹辛之等)、宇宙风社(陶亢德)、日新出版社(胡山源等)、太平书局(陶亢德)、真美善书店(曾朴)、上海书局(孙玉声)、珠林书店(胡仲持)、乐群书店(张资平)、容光书局(萧军)、红黑出版社(胡也频)、北门出版社(李公朴等)、医学书局(丁福保)、鲁迅文化出版社(萧军)、黎明书局(孙寒冰、伍蠡甫)、晨光出版公司(老舍、赵家璧等)、辛垦书店(杨伯恺等)、第一线书店(施蛰存)、明日书店(许杰等)、水沫书店(施蛰存等)、希望社(胡风)、新群出版社(叶以群)、南天出版社(胡风)、诗歌出版社(胡风)、国讯书店(黄炎培)、天地书店(苏青)、古今出版社(冯亦代等)、四海出版社(苏

---

① 谢六逸:《大小书店及其他》,《谢六逸文集》,商务印书馆,1995 年,第 29 页。

青)、人生与文学社(罗念生)、钟山书局(缪凤林等)、美学出版社(徐迟等)、作家书屋(姚蓬子)、清华书局(徐枕亚)、审美图书馆(高剑父等)①。

出版社使用专业作家,也有助于熟悉作家、读者、市场;作家参与编辑,有助于提高作家自己的创作水平,也便于掌控作品生产过程。沈从文认为:"随同五四运动发展,为推行出版物,中间产生了个新书业",《新青年》杂志、《胡适文存》让新书业赚了钱,作家却没有得到多少。北伐以后,创造社郭沫若、郁达夫、成仿吾自办出版,"直接和读者面对面"。鲁迅、钱玄同等创办《语丝》,获意外成功,接着创办北新书局,文学与出版相得益彰,还出版了"乌合丛书""未名丛刊""北新小丛书""文艺小丛书"等。沈从文的第一部集子《鸭子》,冯至的第一部诗集《昨日之歌》等都是由北新书局出版。同时,北京大学教授创办《现代评论》,"当时好像只维持了一个作家职业,或产生了一个职业作家,那即是管发报事务的我。每月固定可以拿三十元钱,不至于再欠公寓伙食账!"胡适、徐志摩创办《新月》和新月书店,北伐成功后,北新、新月迁到上海。光华、现代、新中国、开明、乐群、创造社、生活、良友等书店云集上海,"在一个新的自由竞争环境中生长发展,这才真有了所谓'职业作家',受刺激,争表现,繁

---

① 徐雁平:《文人学者与现代出版业关系概观》,载叶再生主编《出版史研究》(第5辑),中国书籍出版社,1995年,第236—237页。

荣了个新出版业,也稳定了新文学运动"①。北新书局迁入上海后,在"到处都是商人气"的氛围里,"也大为商业化了"②。

现代出版为文学提供了创作动力和生活资源。有了自己的书店和出版社,既方便了文学作品的出版,也使作家更了解了社会市场和读者的需求。王力在1927年留学法国,他的老师李石岑把他翻译的剧本介绍给商务印书馆出版,为他提供了生活经费。钱歌川说:"我在开明书店出版了好几本书,博取虚名事小,对我当时初出茅庐的处境来说,帮助之大,无以复加。"③作家的创作,尤其是无名作家在他们的作品被出版以后也逐渐获得社会的承认,分享社会的文化资本,实现作家的社会价值。在1949年以前,叶圣陶的作品,由商务印书馆出版了16本,开明书店出版了16本。老舍的作品,由辰光出版社出版了11本,良友图书公司出版了4本,商务印书馆出版4本,群益出版社出版4本。郭沫若的作品,由光华书局出版11本,创造社出版19本,泰东书局出版9本,商务印书馆出版10本,海燕出版社出版5本,现代书局出版11本。郑振铎的作品,由商务印书馆出版35本,生活书店出版8本,开明书店出版5本,良友图书公司出版了3本。巴金的作品,由文化生活出版社出版34本,开明书店出版

<hr />

① 沈从文:《新书业和作家》,《沈从文全集·补遗卷》第2卷,北岳文艺出版社,2020年,第69—71页。

② 鲁迅:《290820·致李霁野》,《鲁迅全集》第12卷,人民文学出版社,2005年,第202页。

③ 钱歌川:《回梦六十年》,《出版史料》1988年第1期。

27 本,良友图书公司出版 8 本,新中国书局出版 6 本。

有几家出版社,如商务印书馆、泰东书局、北新书局、开明书店和文化生活出版社等对现代文学的贡献最大。有时候,文学影响的大小主要就依靠出版社力量的大小,有名望的出版社出版的图书影响相对要大一些,五四时期的创造社与文学研究会相比而言,创造社依赖的泰东书局就没法与文学研究会背后的商务印书馆相比,文学研究会的《小说月报》和"文学研究会丛书"都是由商务印书馆出版。商务印书馆对现代文学的帮助和推动,主要是通过出版方式创造了一种现代文化,培养了大量的现代文学作家和读者①。

开明书店则着眼于文学教育读物的编辑与出版,推动了新文学教育的制度化,尤其对现代国语的普及和新文学经典的确立作出了突出贡献,从 1926 年到 1952 年,开明书店所出版的1000 余种图书中,文学类占三分之一。一大批现代文学优秀作品属于开明书店,如巴金的《激流三部曲》《爱情三部曲》《灭亡》《新生》,茅盾的《蚀》三部曲、《子夜》《清明前后》,废名的《桃园》《枣》《桥》《莫须有先生传》,沈从文的《边城》《长河》《月下小景》《湘行散记》,叶圣陶的《倪焕之》《未厌居习作》,端木蕻良的《科尔沁旗草原》,钱锺书的《人·兽·鬼》《写在人生边上》,芦焚的《落日光》《无望村的馆主》《江湖集》《看人集》,俞平伯

---

① 杨扬:《商务印书馆与中国现代文学》,《中国现代文学研究丛刊》1999 年第 1期;王中忱:《五四新文化运动时期的商务印书馆》,《中国现代文学研究丛刊》1999 年第3 期。

的《燕知草》《杂拌儿》《杂拌儿之二》，周作人的《谈龙集》《看云集》《周作人散文钞》，丰子恺的《缘缘堂随笔》《缘缘堂再笔》，朱自清的《背影》《欧游杂记》、《伦敦杂记》，梁遇春的《泪与笑》，臧克家的《烙印》，夏衍的《法西斯细菌》，汪静之的《寂寞的国》，王统照的《欧游散记》，鲁彦的《王鲁彦散文集》，蹇先艾的《城下记》，闻一多的《现代诗钞》，吴祖光的《风雪夜归人》《牛郎织女》《嫦娥奔月》《捉鬼传》等，另外朱光潜的《谈文学》，李广田的《诗的艺术》《文艺书简》，钱锺书的《谈艺录》等文学研究著作，也由开明书店出版①。这些作品在文学界和学术界都产生了独特的影响，日后它们或成为作家代表作，或是文学经典之作。

创建于 1935 年的文化生活出版社，以出版丛书为特色，编辑出版了 8 套丛书，其中的"文学丛刊"共 10 集，每集 16 本，包括 86 位作家的作品，涉及长篇小说、短篇小说、散文、诗歌、戏剧、电影文学、杂文、评论、书信等多种文体。其中新作家处女集就有 36 部，包括周文的《分》，卞之琳的《鱼目集》，艾芜的《南行记》，丽尼的《黄昏之献》，曹禺的《雷雨》，芦焚的《谷》，何其芳的《画梦录》，罗淑的《生人妻》，刘白羽的《草原上》，端木蕻良的《憎恨》，吴伯箫的《羽书》，杜运燮的《大姊》，郑敏的《诗集·1942—1947》，汪曾祺的《邂逅集》等。它还出版了翻译、经济、艺术、史地丛书，创造了文化的综合发展态势。

说到这里，现代出版史中的"文学丛书"现象值得重视，它

---

① 叶㐽:《新文学传播中的开明书店》,《中国现代文学研究丛刊》1999 年第 1 期。

显示了文学的整体力量和气势。如"新潮社文学丛书""创造社丛书""文学研究会丛书""未名丛刊""乌合丛书""狂飙丛书""良友文学丛书""开明文学新刊"、文化生活出版社的"文学丛刊""七月文丛""七月诗丛""每月文库""野草丛书""北方文丛"等①。"丛书"数量不等,种类有多有少,质量也高低不齐,影响也大小不同。现代文学丛书与传统的"丛书集成"有着显著差别,传统"丛书"的收集与出版,是为了文化的积累与承传,起着"图书馆""资料室"的作用,现代的"文学丛书"是文学的创造与播散、出版的经营与策划的结果,是文学大众化、平民化价值追求与现代出版形成社会公共空间和文化的产业化的多重因素相结合的产物。在"文学丛书"的背后,包含着创造与传播、个人与社会、审美与文化、思想与制度的多种关系,它们共同演奏了现代文学和现代文化的"合唱曲"。

在这些"文学丛书"里,要特别提及的是 1935—1936 年由上海良友图书出版公司策划、出版的《中国新文学大系(1917—1927)》。当时年仅 28 岁的赵家璧听取郑振铎、阿英、茅盾、郑伯奇的意见,并得到社会和文学界如蔡元培、胡适、周作人、鲁迅、茅盾、郑伯奇、洪深、朱自清等的支持和帮助,召集了 10 位在政治态度和人事关系不完全一致的名家聚集在一起,遴选新文学作品,撰写"大系"导言。赵家璧是著名新文学出版家,到了晚

---

① 倪墨炎:《现代文学丛书散记》,《新文学史料》1993 年 1 期;《现代文学丛书散记》(续一),《新文学史料》1993 年第 4 期;《现代文学丛书散记》(续二),《新文学史料》1994 年 1 期;《现代文学丛书散记》(续三),《新文学史料》1995 年第 3 期。

年,他还动情地回忆道:"如果先在编辑头脑里酝酿一个出版理想,然后各方请教,奔走联系,发动和组织作家们拿起笔来,为实现这个出版计划而共同努力,从无到有,创造出一套具有特色的丛书来;那么,一旦完成,此中乐处,就别有滋味在心头了。"①作为编辑的他,积极"物色"权威人士,设计选文,作序,作作家附传,提出每一个社团都应有作品入选②,可谓精心之至。

"新文学大系"是现代出版直接介入"现代文学"的典范,它不是发表新文学作品,而是对新文学做"盘存",借助现代出版的制度力量,确立新文学的合法性意义。这就是说,没有出版与文学的结盟,没有文学话语与出版制度的共同发展,"大系"也是不可能编辑出版的,更不可能由一个在"新文学"上几乎没有多少资历的青年编辑担任"大系"主编。但是,赵家璧拥有现代社会的文化资本——出版社,它对文学的创造一直具有强大的控制力量,经历了10多年发展的新文学也需要做总结,需要获得社会的普遍承认,需要确立自己的位置空间。两者不谋而合,完成了中国现代文学史上的一件大事。

由参加者和亲历者来叙述和解释新文学,把新文学观念毫无痕迹地渗透为一种制度形式,这就是"中国新文学大系"的功劳,它对中国现代文学观念的形成影响深远。"中国新文学大系"总结了第一个10年新文学成就,它以作品选和导言的形式

---

① 赵家璧:《编辑忆旧》,生活·读书·新知三联书店,1984年,第19页。
② 同上书,第163—164页。

完整地呈现出新文学的历史和意义。"大系"的作家作品选也是一种文学史的描述形式。古人有"文选",如《古文观止》等,选者自有一套文学眼光。今人有文学史,也有作品选,二者相互协调补充。"中国新文学大系"则介于二者之间,它主要是作品选,也有文学导言代替文学史。它的编撰是新文学成绩的集体展示,标志着中国新文学从文学理论和创作实践的运作发展到文学史的集体写作,他们都是现代知识分子,有新文学的亲身经历,也有独立判断的现代思想,对文学的历史及其相关场景的熟稔,让文学史有了"自述"和"追忆"的特点,学者的史识和理性也使他们的"贴身"叙述并没失去历史的清醒,有自己的文学价值观和方法论。"导论"是新文学的理论宣言,也是文学史知识,它描述了新文学的运动、理论、思潮和各文体的演化和意义。它解释中国现代文学是一场文艺复兴运动,先有文学理论的倡导和斗争、文学社团的出现,后有小说、散文、戏剧和诗歌文体的创作。文学理论和论争三卷,各文体的顺序是小说、散文、戏剧和诗歌;小说三卷;散文两卷;戏剧和诗歌各一卷,这样的顺序和数量安排尽管说明不了多大问题,但它所涉及的文学运动、文学理论、文学社团和作家作品选则有鲜明的文学史结构特点,可称之为"生态型"的文学史。传统中处在边缘和"小道"的小说第一次成为中国文学的主流和中心文体,中国新文学战胜旧文学,小说成绩最为突出、显著;散文次之,也达到了相当高的艺术成就;戏剧和诗文体的变化大,文学现象多,头绪杂,但还没有完成文体的转变和成熟,所选作品数量和排列次序也就紧随其后了。

这与以后文学史或作品选的文体次序有差异,或取诗、散文、小说和戏剧的次序,如北大版的《中国现代文学作品精选》;或取小说、诗歌、散文、戏剧的次序,如钱理群等著的《中国现代文学三十年》。"大系"做出的次序安排显然有他们的用意,次序里有文学成就和文体成熟的意义,它既符合文学事实,也有他们的价值判断。"导言"为新文学勾勒了文学史的知识轮廓,初步建立了中国现代文学的知识结构。他们认为,新文学有西方思想和文学影响的背景和资源,具有现代文化批判的思想立场,追求"活的文学"和"人的文学"价值目标[①],并以白话文为主体,有自己独特的话语空间,成为现代知识分子介入社会人生、表现生命体验的重要手段,是知识分子创造的精神符号,显露了现代知识分子的自由思想和批判精神,这也是中国新文学拥有新思想、创造新形式的精神资源。

三、一个杂志与两个作家

一种媒介如何参与作家和作品的操作和推举,我们就以文学研究会的《小说月报》对冰心的"塑造"和对泰戈尔的介绍为例,分析"媒介与作家"的深层关系。文学研究会作为新文学史上的第一个文学社团,有着统一的理论主张、代表作家和作品。

---

① 胡适:《新文学的建设理论》,《中国新文学大系导论集》,上海书店出版社,1982年影印,第15页。

《文学研究会简章》中明确提出,文学是于人生很切要的一种工作和事业,"将文艺当作高兴时的游戏或失意时的消遣的时候,现在已经过去了。我们相信文学是一种工作,而且又是于人生很切紧的一种工作,治文学的人也当以为这事为他终身的事业,正同劳农一样"①。文学人生化和职业化是文学研究会的美学追求和社会目标。

然而,文学研究会的文学主张并没有产生预期的效果,茅盾对此有过分析。他认为:"'为人生的艺术'当初由文学研究会一部分人所主张,文艺的对象应该是'被侮辱者与被践踏者'的血泪:他们是这样呼号着。但是这个主张并没引起什么影响,却只得到了些冷笑和恶嘲。粗看来,这个现象似乎极奇怪;不过假使我们还记得那时候正是一方面个人主义思潮煽狂了青年们的血,而另一方面'老'青年们则正惴惴然忧虑着'五四'所掀动的巨人(被侮辱与被践踏的民众)将为洪水之横决,那我们便可了然于'人生的艺术'之所以会备受各方面的冷眼了。"除了这一客观原因外,茅盾似乎还透露了文学研究会面临的生存困境,"主观方面,文学研究会提倡'人生艺术'的一部分人却只以批评家的身份呼号而不以创作家的身份来实行,也是失败之一因"②。虽然有了理论主张,但没有人来实践它,这无异于开了空头支票,在他们的理论主张没有得到社会大多数人的认同的

---

① 《文学研究会宣言》,《小说月报》第 12 卷第 1 号,1921 年 1 月 10 日。
② 茅盾:《关于〈创作〉》,《茅盾文艺杂论集》上集,上海文艺出版社,1981 年,第304 页。

前提之下,在其内部也没有完全自觉遵守和实施。文学研究会要占据新文学盟主位置,就必须借助文学媒介有步骤地实施推出有代表性的社团作家并宣传体现了社团文学主张的代表性作家的计划。

他们选中作家冰心。从 1921 年《小说月报》第 12 卷第 1 号发表她的小说《笑》开始,到 1930 年第 21 卷第 1 号的《三年》,冰心在《小说月报》上共发表了 20 多篇小说、散文和杂谈。《小说月报》前期对冰心的大力推介,使她一时声名鹊起,其影响远远超过了同时期的其他作家如许地山、庐隐、王统照、王鲁彦等,成为社会读者,尤其是青年学生喜爱的作家。这是一个非常明智的做法,一方面,在文学研究会的 12 位发起人中,有将近半数没有文学创作,有的是社会名流,但在文学上显山露水,谋事于其他社会职业;另一方面,文学研究会在以后发展、吸收的众多会员,绝大多数也属于文坛新秀,这个时候的冰心还算是一名"资深"作家。1919 年 12 月 1 日《晨报》创刊的周年纪念增刊的排版就可见一斑,冰心作为崭露头角的新人,她的《晨报……学生……劳动者》一文与胡适的《周岁》、鲁迅的《一件小事》、周作人译的《圣处女的花园》刊在同一期,当时冰心尚未满 20 岁。新文学是以"新"为立足点,青年是其主力阵容,让冰心这个"同龄人"作为《小说月报》的代言人,是否潜意识里也隐含有筹划者想利用青年人而产生亲和力、实现争夺青年读者的目的? 我们虽无法找出更确切证据,但也不排除这个因素的存在。由此可见,文学研究会将冰心作为《小说月报》的"形象代言人",相对而言,操作起来比较容易,而且也会取得预期效果。

在推荐和介绍冰心上,《小说月报》可谓费尽心机,采用了种种办法。如第一,发"预告"。在冰心作品发表的前一期《最后一页》上,以"重点篇目"或"值得注意"的文章向读者预先告知,如第 12 卷第 3 号、6 号、10 号《最后一页》对《超人》《爱的实现》《最后的实现》等作品大都有预告;第 14 卷第 7 号《最后一页》上说,"上月出版的文学作品,比较重要的只有冰心女士的小说集《超人》(文学研究会丛书)和她的诗集《春水》(北京大学新潮社)"①等。

第二,登"通信"。《小说月报》上经常有意识地刊载有这样的信:

振铎先生:

  冰心女士作品,有单行本否?又鲁迅《阿 Q 正传》,已刊行专本否?何处出版?上海有代售否?何家代售?在何处?定价若干?乞示!

    南洋邦加港中华学校 W. C. Ching

W. C. Ching 先生:

  冰心女士的著作,已出版有《繁星》一种,出版处为商务印书馆。尚有《超人》(小说集)正在印刷,她的《春水》(诗集)听说北京新潮社也已在排印。鲁迅先生的《阿 Q 正

---

① 《最后一页》,《小说月报》第 14 卷 7 号。

传》,无单行本。闻已编入他的小说集《呐喊》里。亦新潮社文艺丛书之一,尚为未出版。①

在此之前,《小说月报》在《最后一页》里还发表过声明,说明由于人手不够,或因询问书籍出版等属于个人私事,"并非各表一个见解,没有给第三者一看的必要","另行专刊奉答,不再排入通信栏里了"②,但登载有关冰心的"通信",显然有"违背诺言"之嫌,并将对冰心的介绍放在鲁迅之前,足可见出对冰心的重视程度。

第三,就是加"附注"。《超人》是继《笑》之后,冰心在《小说月报》上发表的第二篇作品,刊于第 12 卷第 4 号,在其题目之下,茅盾以"冬芬"的笔名加了一个附注:

> 雁冰把这篇小说给我看,我不禁哭起来了! 谁能看了何彬的信不哭? 如果有不哭的啊,他不是"超人",他是不懂得吧!③

这种自导自演的手法,与刘半农、钱玄同关于"白话文"所演的"双簧戏",与 1921 年《文学旬刊》第 18 期上叶圣陶和刘延陵关于发起《诗》月刊的"双推磨"做法,如出一辙,何其相似!

① 郑振铎:《通信》,《小说月报·通信栏》第 14 卷第 5 号。
② 《小说月报·最后一页》第 13 卷第 8 号。
③ 《小说月报》第 12 卷第 4 号。

其动机如同为白话文和《诗》月刊制造社会舆论一样，它的用意也在为冰心作品制造传播和接受的先导性舆论，确立作品分量和价值，把冰心置于新文坛一个十分显著的位置。隐藏在背后的焦急和期盼心态暴露无遗。

第四，发"征文"。在冰心《超人》发表以后，《小说月报》立即发起对它的批评征文，这是《小说月报》对冰心的第一次也是唯一的一次"特别征文"。

> 题目："对于本刊创作《超人》(本刊第四号)《命命鸟》(本刊第一号)《低能儿》(本刊第二号)的批评。"
>
> 期限："以本年七月十号为收稿截止期。"
>
> 报酬："甲名十五元，乙名十元，丙名五元，丁名酬本馆书券。"

在"征文启事"中，还明确规定字数限为三千，三千以上者"仍极为欢迎"，"惟未满二千五百者，恕不能认为合格"。对于来稿，"在本月刊第十二卷第八号择优登载"①。像这样在作品发表以后就迅速组织人员进行讨论的做法，在《小说月报》历史上也例不多见。

第五，刊"约稿"。在《小说月报》第 12 卷第 4 号上有冰心的"文艺丛谈"，这是编辑的一篇约稿，照规矩，《小说月报》的

---

① 《小说月报》第 12 卷第 5 号。

"文艺丛谈"一般都由编辑自己完成,"外人"只有俞平伯和冰心。因此,可以判定这篇"文艺丛谈"是对冰心的约稿。冰心主张"表现自己"的、创造的、个性的和自然的"真"文学。她认为:

> ……一篇墓志或寿文,满纸虚伪的颂扬,娇柔的叹惋;私塾或自学校里规定的文课,富国强兵,东抄西袭,说得天花乱坠然而丝毫不含有个性,无论他笔法如何谨严,辞藻如何清丽,我们也不敢承认他是文学。
>
> 抄袭的文学,是不表现自己的,勉强造作的文学也是不表现自己的,因为他以别人的脑想为脑想,以别人的论调为论调。就如鹦鹉说话,留音机唱曲一般。纵然是声音极嘹亮,韵调极悠扬,我们听见了,对于鹦鹉和留音机的自身,起了丝毫的感想没有?仿杜诗,抄韩文,就使抄了全段,仿的逼真,也不过只是表现杜甫、韩愈,这其中哪里有自己!
>
> 无论是长篇,是短篇,数千言或几十字,从头至尾,读了一遍,可以使未曾相识的作者,全身涌现于读者之前。他的才情,性质,人生观都可以历历的推知。而且是使人脑中起幻象,这作者和那作者有绝对不同的。这种的作品又绝对不同的。这种的作品,免可以称为文学,这样的作者,免可以称为文学家!"能表现自己"的文学,是创造的,个性的,自然的,是未经人道的,是充满了特别的感情和趣味的。是心灵里的笑语和泪珠,这其中有作者他自己的遗传和环境,自己的地位和经验,自己对于事物的感情和态度,丝毫不可

挪移，不容假借的。总而言之，这其中只是一个字"真"。所以能表现自己的文学，就是"真"的文学。

"真"的文学，是心里有什么，笔下写什么，此时此地只有"我"——或者连"我"都没有——前无古人，后无来者，宇宙呵，美物呵，除了在那一刹那倾融在我脑中的印象以外，无论是过去的，现在的，将来的，都屏绝弃置，付与云烟。只听凭着此时此地的思潮，自由奔放，从脑中流到指上，从指上落到笔尖。微笑也好，深愁也好。丽丽落落自自然然的书在纸上。这时节，纵然所写是童话，是疯言，是无理由，是不思索，然而其中已经充满了"真"。文学家！你要创造"真"的文学么？请努力的"发挥个性，表现自己"。①

这篇"文艺宣言"，有几点值得注意。第一，它没有谈论文学的手法和技巧，也不讲所谓的文学性，而是阐明"真"的文学需要发挥个性，表现自己。可见，冰心的意图不在教导文学青年如何创造文艺，而在于阐发自己的文艺观和价值观——发挥个性，表现自我。第二，它反偶像崇拜，反沿袭古典，如仿杜诗，抄韩文，即使抄了全段，仿得逼真，也不过只是表现杜甫、韩愈，其中哪有自己！第三，反陈规，主张文学"真"的自然观。"听凭此时此地的思潮，自由奔放，从脑中流到指上，从指上落到笔尖。微笑也好，深愁也好。丽丽落落自自然然的书在纸上。这时节，

① 《小说月报》第12卷第4号。

纵然所写是童话，是疯言，是无理由，是不思索。"第四，崇尚个性和自由。心里有什么，笔下写什么，此时此地只有"我"——或者连"我"都没有——前无古人，后无来者。

陈独秀曾在《新青年》上以思想启蒙眼光倡导"偶像破坏论"和"个性自由"，冰心则诗意化地从文学角度对它们加以肯定和强调。当时的冰心才21岁，与陈独秀、胡适等人出现的"青年导师"面貌不同，她更有年龄优势，在青年读者中更具亲和力。

《小说月报》在完成了对冰心的倾力推荐之后，开始了第二步工作——宣传有代表性并实践了社团主张的作家。它主要通过开设"创作批评"栏，对冰心的创作开展了大规模的文学批评。

"创作批评"栏设于《小说月报》的第13卷第8号，终于第13卷第9号，一共刊出了六篇批评性的文章。除去其中一篇批评《商人妇》和《缀网劳蛛》的文章外，其他都是针对冰心作品的批评。这说明冰心受到了《小说月报》的特殊关照。可以说，在媒介还没有被政治权力化的时候，一个刊物关照谁，谁就是最有福的了。事隔一月，在《小说月报》第13卷第11号上，又刊登了三篇批评冰心的文章。如此大规模、连续地对一个作家展开文学评论，冰心实属《小说月报》的唯一。纵观九篇评论文章，它们主要讨论了冰心作品的以下几个方面的问题：

一是冰心创作表达了社会时代和青年的苦闷，契合了青年人的心。有些评论者甚至不惜以自己亲身经历或生活实感来比附冰心的作品，说明它具有的真实性。如潘垂统《对于〈超人〉、

〈命命鸟〉、〈低能儿〉的批评》、张友仁《读了冰心女士的〈离家的一年〉以后》、剑三《论冰心的〈超人〉与〈疯人笔记〉》。冰心作品能"援救一般颓丧的社会青年"①。在"受了作者的同化"之后，能产生"作者笑，读者亦笑；作者哭，读者亦哭；作者烦恼忧思，读者亦烦恼忧思；作者飘逸旷达，读者亦飘逸旷达"的审美效果②；它"拿'爱'来慰藉人们"③；"于人生有刺戟"④。

二是在文学思想上，有新颖而深邃的特点。这里的新颖和深邃多指她的"爱"的人生观、宇宙观以及生死观。斫崖在《评冰心女士的〈遗书〉》中将其归纳为 13 点，几乎有无所不包的内涵。

三是在艺术上，有纯洁诚挚的心灵，诗意灵巧的描写，清丽优美的文句，安闲华贵的气度。

可以设想，当时给《小说月报》所投稿件应当还不止这九篇，经过编辑有意"择优"的这几篇文章，对冰心作品的文学性也不是非常重视，它们看中小说的感染性、干预性和真实性。不仅如此，在检索、阅读期刊以后，我们会发现《小说月报》多次在《卷头语》、《最后一页》和《文艺丛谈》上直接表明自己所持的"非人生""非功利"的文艺观。他们有过下面的表白：

"只要在'质'上有真挚的情感，在'形'上不十分堆饰'伪

---

① 潘垂统：《对于〈超人〉、〈命命鸟〉、〈低能儿〉的批评》，《小说月报》第 12 卷第 11 号。

② 张友仁：《读了冰心女士的〈离家的一年〉以后》，《小说月报》第 13 卷第 8 号。

③ 式岑：《读〈最后的使者〉后之推测》，《小说月报》第 13 卷第 11 号。

④ 敦易：《对于〈寂寞〉的观察》，《小说月报》第 13 卷第 11 号。

美'与'习见'的文句,在'量'上不见十分冗长的,我们都很欢迎的很愿意的把他们刊出的。"①

"文艺的价值,应以文艺本身的价值为评衡,这就是说,我们评衡文艺,应就文艺本身而论,不要牵涉到别的问题上去。如果某篇是动人的,审美的,那便是好的作品,无论她是提倡什么问题,讨论什么主义,我们只能当她是一篇论文,一篇文告,不能算她是文艺作品。文艺作品,第一要有浓挚的情绪,第二要有活泼动人的想象,第三要有特创的风格。徒以美丽字句的堆成一篇,或模拟他人之作者,也都不能算作真的好文艺作品。"②

"真实的作者,都只求知合于自己的情形与嗜好,把自己欲说的话,欲写的东西,欲抒吐的情感,照着自己所最喜欢用的风格,自己所认为最美好的文辞,写了下来。批评者的话与一时的风尚,都难得移动他的心。如此,他的作品才可具有永存的生命……所以作家最要紧的是具有独特的风格与垦殖荒原的勇气。……'要知道你自己',这句话我们的作家必须记住。"③

饶有趣味的是,正当《小说月报》为冰心小说的感染性、干预性和真实性鸣锣开道、摇旗呐喊的时候,创造社的资深评论家成仿吾则挥舞着文学解剖刀将冰心创作的成败做了具体分析,认为:"《超人》的艺术,也仍不免有我前面说过的几层缺点。她写没有爱的生活,也只就客观的现象描写,也错在把何彬写到了

① 《小说月报·最后一页》第 14 卷第 5 号。
② 《小说月报·卷头语》第 16 卷第 11 号。
③ 《小说月报·最后一页》第 17 卷第 2 号。

极端的否定;她写过去的追忆,也很安插的勉强;她写爱的实现,也是热有余而力不足。""冰心女士的诗人的天分是很高的,我在前头说过,不须再说了。不过她的作品,不论诗与小说,都有一个共通的大缺点,就是她的作品,都有几分被抽象的记述膨坏了的模样,一个作品的戏剧的效能,不能靠抽象的记述,动作是顶要紧的,最好是把抽象的记述映(project)在动作里。我们的旧小说多被动作(实事)膨坏了,然而被抽象的记述膨坏,也是过犹不及。这许是冰心偏重想象而不重视观察的结果,我在这里顺便谈谈,也许不无益处。"由此,他"警告我们的青年作家,不要再想在现在的一般人的言论里面,织入高深的思想,我们暂时不能不丢了这条路,我们以后只能在干燥浅薄的言行的全部之中,取曲径把我们的思想徐徐地暗示。既要顾及实情,又要不堕入浅近的自然派的描写"①。

成仿吾所说并不是没有道理,旁观者清,他以艺术眼光分析了冰心小说的缺点,说到了点子上。《小说月报》有着自己的意图。两相比照,可以明显看到,《小说月报》将冰心作品看作"为人生"的问题小说。从"创作批评"栏目设立的初衷也可以得到证实,它说:"有许多作家能感动青年的心,却是不用自讳","看了一篇作品大为感动,觉得非说不可的时候,也毋须自惭形秽,还是老实的说出来。"②他们的选择"只限于一人的作品",恰恰

① 成仿吾:《评冰心女士的〈超人〉》,《创造季刊》第 1 卷第 4 期。
② 《小说月报》第 13 卷第 8 号。

只是冰心的作品。正因如此,他们强调文学要有"感动""宣泄""与青年沟通""于人生有刺戟",而非文学本身的节奏、结构、语言等。

因为文学社团内部的需要,《小说月报》对冰心给予尽心尽力的推介和塑造,外部社会环境也对《小说月报》有压力和希望。种种迹象表明,《小说月报》作为商务印书馆的产业之一,相对创造社自办的刊物而言,它要受制于商业经济利益,它在新文学变革的过程中走着一条稳健之路,但也不无犹豫和观望。在其他文学社团尤其是创造社没有成立之前,文学研究会还缺少强劲的竞争对手,可以独霸天下,做无可争议的文坛盟主。但是,在创造社成立后,种种不利因素就暴露出来。创造社在成立的当年就出版了中国现代第一部白话短篇小说集《沉沦》,出版了第一部长篇小说《冲积期化石》和白话新诗集《女神》等,显示了文学主张与创作实践的扎实成绩。此时的文学研究会却连自己的代表作家也还尚在筹备运作之中,以至于连茅盾都不得不承认"热情奔放的天才的灵感主义的中国浪漫主义文学由创造社发动而且成为'五四'时期的最主要的文学现象"①。虽然有些拗口,表达的意思却是明白的,是创造社发动了中国的浪漫主义文学运动。

这些都给文学研究会和《小说月报》巨大而有形的压力。

---

① 茅盾:《关于〈创作〉》,《茅盾文艺杂论集》上集,上海文艺出版社,1981年,第304页。

《小说月报》必须有所动作，有所谋划。它在推崇冰心作品过程中而出现的对待"为人生艺术"的"言行不一"现象，显然是为了改变文学社团和刊物生存危机的目的，而且还隐含着一种争夺新文学话语主导权的欲望。《小说月报》参与冰心和她的作品的策划、运作方式，后来成为现代文学期刊运作作家的主要手段，它形成了文学与期刊紧密合作的文学传统。文学发展越来越离不开期刊的运作，文学必须借助文学期刊推出自己的代表作家、作品和理论主张，作家必须依附于期刊才能获得生存基础，要为自己所代表的社团流派摇旗呐喊，争夺文学阵地和理论话语权；反过来，作家也成了这一期刊旋涡中无能为力的生存者，甚而会成为文学旋涡的牺牲品，逃脱了一个旋涡，等待着的又是另一个更大的旋涡。

总而言之，《小说月报》参与了冰心创作的出道和成长。我们还可以从《小说月报》(1921—1932 年)如何参与泰戈尔的"中国之旅"，来看看现代期刊如何介入西方作家在中国的传播过程。《小说月报》对泰戈尔的引入介绍，大致可以分为三个阶段：1915—1922 年，1923—1924 年，1925 年以后[1]。作为新文学媒体重镇的《小说月报》通过有意识的舆论导向，直接塑造了不同时期的泰戈尔形象，影响了社会对泰戈尔接受层面的意义约定，实现了对泰戈尔"中国形象"的塑造。

1922 年以前的《小说月报》与泰戈尔。这一时期是新文学

---

① 侯传文：《论我国五四时期对泰戈尔的接受》，《东方论坛》1995 年第 1 期。

从诞生到高潮的重要阶段,《小说月报》对泰戈尔的译介主要侧重于他的文学成就,目的在于为新文学树立一些可资参考的典范。其中,郑振铎可谓是最为卖力的一个,他先后在《小说月报》的第 12 卷第 1 号、4 号、6 号、7 号,第 13 卷第 1 号,第 14 卷第 7 号上选译了泰戈尔的诗歌,内容几乎涉及泰戈尔的全部诗著。另外,有许地山译的《在加尔各答途中》(《小说月报》第 12 卷第 4 号)、瞿世英译的《齐德拉》(《小说月报》第 12 卷第 5 号)等泰戈尔作品。在这个时期,介绍泰戈尔的论文和评述,也多从文学层面上讨论,如郑振铎《太戈尔的艺术观》(《小说月报》第 13 卷第 2 号)、《太戈尔传》(《小说月报》第 13 卷第 2 号),张闻天的《太戈尔之诗与哲学观》(《小说月报》第 13 卷第 2 号),瞿世英的《太戈尔的人生观与世界观》(《小说月报》第 13 卷第 2 号)等。他们为了使读者对泰戈尔的艺术和艺术观有一个较全面的了解而做了介绍。

与此同时,其他刊物对泰戈尔也有介绍。早在 1913 年,钱智修就在《东方杂志》第 10 卷第 4 号上发表了《台峨尔氏之人生观》,1915 年的陈独秀也在创刊不久的《青年杂志》上发表了译自《吉檀迦利》的四首短诗,题为《赞歌》。在《赞歌》之后,他又写了一个附言,在附言里,他流露了对泰戈尔文化观的不满,但在其诗意上却多有赞赏。在《敬告青年》中,他也表示了相同的看法:"吾愿青年之为托尔斯泰与达噶尔(R. Tagore 印度隐遁诗人),不若其为哥伦布与安重根！"①这说明以陈独秀为代表的《新青年》和以郑振铎为代表的《小说月报》在对待泰戈尔的观念上有不同,也许是他们个人见解的不同。作为现代思想文化刊物,《新青年》在思想文化上追慕西方文化,它介绍了泰戈尔,但在文化价值观上却多有相悖之处,同属于东方文化背景,所以,对泰戈尔多持否定态度。作为新文学刊物的《小说月报》,更为关心的是文学,尤其在新文学建设初期,它需要多为新文学创作提供文学范本,泰戈尔成为文学代表之一。几年后,郑振铎道出了个中深意,他说:"重视'创作'而轻视'翻译'的结果,容易使出版界泛滥了无数的平庸、无聊的幼稚作品,且容易使读者社会养成了喜欢'易读'的记账式的下等作品,而不喜欢高尚的纯文艺作品的习惯。"他进而呼吁,"我们现在应该分些创作的工夫,去注意到世界名著的介绍,不能视'创造'为过高,而以'介绍'为不足注意"②。文学研究会一直重视译介西方文学作品,它用大量篇幅宣传泰戈尔,也属意料之中的事。

事实上,东方的泰戈尔深受五四时期中国作家的喜爱。郭沫若在接触泰戈尔的诗后,感到"真好像探得了我'生命的生命',探得了我'生命的泉水'一样","时而流着感激的眼泪而暗记,一种恬静的悲调荡漾在我的身之内外。我享受着涅槃的快乐"③。他解释自己诗歌创作历程的第一阶段是泰戈尔式的,崇

---

① 陈独秀:《敬告青年》,《青年杂志》第 1 卷第 1 号。
② 西谛:《小说月报·卷头语》第 16 卷第 4 号。
③ 郭沫若:《泰戈尔来华的我见》,《创造周刊》1923 年 10 月。

尚清淡简短，"和泰戈尔的诗结了不解缘"。他早期的诗作，"旧式的格调还没十分脱离，但在研究过泰戈尔的人，他可以知道那儿所表示着的泰戈尔的影响是怎样的深刻"①。冰心也深受泰戈尔的影响，她有过这样的回忆和感叹："你的极端信仰——你的'宇宙和个人的心灵中间有一大调和'的信仰；你的存蓄'天然的美感'，发挥'天然美感'的诗词，都渗入我的脑海中，和我原来的'不能言说'的思想，一缕缕的合成琴弦，奏出缥缈神奇无调无声的音乐。"②冰心是受泰戈尔影响比较大的中国作家。

1923—1924 年的《小说月报》与泰戈尔。1923 年，泰戈尔接受中国讲学社邀请，预备来华，但由于身体原因，推迟至 1924 年 4 月方抵达上海。围绕泰戈尔的来华，《小说月报》在 1923 年 9 月和 10 月连出两期"泰戈尔专号"（《小说月报》第 14 卷第 9、10 号），对泰戈尔进行了大量的宣传、报道。纵观这一时期《小说月报》对泰戈尔的评介文章（包括翻译的国外学者对泰戈尔的研究文章），可以发现几乎无一贬词。颂扬之处主要集中在以下几个方面。

一是泰戈尔的"人格的真理"。泰戈尔的来华，人们最感兴趣的是他那"人格的真理"。郑振铎在《欢迎太戈尔》中说："我们不欢迎残民以逞，以红血白骨筑凯旋门的凯萨，这是应该让愚

---

① 郭沫若：《我的作诗的经过》，《郭沫若论创作》，上海文艺出版社，1983 年，第202 页。

② 冰心：《遥寄印度哲人泰戈尔》，《冰心全集》第 1 卷，海峡文艺出版社，1994 年，第 115 页。

妄的人去欢迎的;我们不欢迎终日以计算金钱为游戏的富豪,不欢迎食祖先的余赐的帝王或皇子,这是应该卑鄙的人去欢迎的;我们不欢迎庸碌的乘机会而获享大名的外交家及其他的人,这是应该让无知的,或狡猾而有作用的人去欢迎的。我们所欢迎的乃是给爱与光与安慰与幸福于我们的人,乃是我们的亲爱的兄弟,我们的知识上与灵魂上的同路的旅伴。"[1]王统照称泰戈尔是"虚空世界里一个黎明的高歌者"[2]。徐志摩撰文对泰戈尔的人格倍加推许,把泰戈尔比作"泰山日出",并以华美热烈的语言赞美这位人格高大的"散发着祷祝的巨人"[3]。作为一名诗人,徐志摩不赞美泰戈尔的诗歌,反而极力推崇"他一生热奋的生涯所养成的人格",说明他对泰戈尔有着非文学的需求——试图用泰戈尔"人格的真理"来塑造自我人格的尊严,消除暴力、黑暗和专制,建立一个博爱和平的世界。

二是泰戈尔的东西文化观。《小说月报》对泰戈尔中西文化观的集中论述主要有两篇文章,都是以记者名义采写的。两篇文章都类似于今天的"评论员文章",有很高的权威性和倾向性。两篇文章表达一个共识:泰戈尔固守东方的传统文化,极力批驳西方的物质文明。"他的理想是东方的理想,能使我们超出于现代的物质的以及其他种种的束缚。他勇敢的发扬东方的文明,东方的精神,以反抗西方的物质的、现实的、商贾的文明与精

---

① 郑振铎:《欢迎太戈尔》,《小说月报》第14卷第9号,1923年9月10日。
② 王统照:《太戈尔的思想及其诗歌的表象》,《小说月报》第14卷第9号。
③ 徐志摩:《太戈尔来华》,《小说月报》第14卷第9号。

神;他预言一个静默的美丽的夜天,将覆盖于现在的扰乱的世界的白昼,他预言国家的自私的心将死去,而东方的文明将于忍耐的黑暗之中,显出她的清晨,乳白而且静寂。"①"要晓得幸福便是灵魂的势力的伸张,要晓得把一切精神的美牺牲了去换得西方的所谓物质文明,是万万犯不着的!""西方的物质文明,几年前已曾触过造物主的震怒,而受了极巨的教训了,我们东方为什么也似乎一定非走这条路不可呢?""我们应当竭力为人道说话,与惨厉的物质的魔鬼相抗。不要为他的势力所降服,要使世界入于理想主义,人道主义,而打破物质主义!"②事实上,泰戈尔并非如记者所描述的那样完全固守传统和毅然排外,他反对物质主义,但并不反对物质,反对科学主义,但并不反对科学,反对工业主义,但不反对工业,在他看来,传统的存在赖于对其实行现代转化,西方文明的优点在于"有规则""有秩序",缺点在于"重物质""重政治""重权力"③。有意味的是,持这种全面观点的文章主要出现在《小说月报》前期对泰戈尔的介绍,其他报刊也有这方面的介绍。在 1923—1924 年期间的《小说月报》,对泰戈尔的看法却出现了某种倒退和"偏颇",前后观点有一定的偏差,这是否表明《小说月报》采用"偏颇"的言辞,起到强化舆论导向的作用? 在泰戈尔来华之前,正值东西文化大论战,面对

---

① 记者:《欢迎太戈尔先生》,《小说月报》第 15 卷第 4 号,1924 年。

② 记者:《太戈尔到华的第一次记事》,《小说月报》第 15 卷第 4 号,1924 年。

③ 参见瞿世英《太戈尔的人生观和世界观》,张闻天《太戈尔对于印度和世界的使命》,《小说月报》第 13 卷第 2 号,1922 年 2 月 10 日;瞿菊农《太谷儿的思想及其诗》,《晨报》副刊,1923 年 9 月 1 日。

西方文化的冲击,东方文化何去何从,成为现代知识分子关心的焦点问题。泰戈尔的来华,再次激发了人们对东西方文化价值的讨论。

三是泰戈尔的"爱与自由"。由于文化观的相似,梁启超对泰戈尔的感受与众不同。他为泰戈尔的访华而做了讲演《印度与中国文化之亲属关系》,他认为,泰戈尔给了我们两份贵重礼物:"一、教给我们知道有绝对的自由——脱离一切遗传习惯及时代思想所束缚的根本心灵自由,不为物质生活奴隶的精神自由。总括一句:不是对他人的压制束缚而得解放的自由,乃是自己解放自己'得大解脱'、'得大自在'、'得大无畏'的绝对自由。二、教给我们知道有绝对的爱——对于一切众生不妒不恚不厌不憎不净的纯爱,对于愚人或蛮人悲悯同情的挚爱,体认出众生和我不可分离'冤亲平等'、'物我如一'的绝对爱。"①无独有偶,王统照在其长篇论文《太戈尔的思想与其诗歌的表象》中,也将泰戈尔的思想概括为三句话:"自我的实现与宇宙相调和","精神的不朽与'生'之赞美","创造的'爱'与人生之'动'的价值",并在文中特辟一节"'爱'之光的普照"来论述泰戈尔的"爱"的哲学和自由精神②。徐志摩也借机发挥"精神的自由,决不有待于政治或经济或社会制度之妥协"③主张。徐志摩由泰戈尔的自由和美反观中国的社会现实,他不得不发出这样的感

---

① 梁启超:《印度与中国文化之亲属关系》,《晨报》副刊 1924 年 5 月 3 日。
② 王统照:《太戈尔的思想与其诗歌的表象》,《小说月报》第 14 卷第 59 号。
③ 徐志摩:《泰戈尔来华》,《小说月报》第 14 卷第 9 号。

叹："他(指泰戈尔)说我们爱我们的生活,我们能把美的原则应用到日常生活上去。有这回事吗? 我个人老大的怀疑。……现在目前看得见的除了龌龊与误会与苟且与懦怯与猥琐与庸俗与荒伧与懒惰与诞妄与草率与残忍与一切的黑暗之外,我不知道还有什么? 我们不合时宜的还是做我们的梦去!"①

这个时期的《小说月报》对泰戈尔的介绍,总有现实因素跟随其后。中国作家从中国自身的社会现实出发,打扮出心目中理想的泰戈尔,泰戈尔逐渐被中国化,具有中国思想家和哲学家的形象特点。但是,泰戈尔在华的讲演,却反复称自己只是个诗人,在《告别辞》里还悻悻地说自己好在"不曾缴我的白卷"②。来华之前,他对自己"是作为诗人去呢? 还是要带去好的忠告和健全的常识?"而犹豫不决,甚至因此延迟了来华的行程。鲁迅对媒体的任意炒作有过尖锐的批评,在他看来,"如果我们的诗人诸公不将他制成一个活神仙,青年们对于他是不至于如此隔膜的"③。《晨报》副刊也有人对《小说月报》靠几篇文章和译文就办专刊的现象提出过严厉的批评。然而《小说月报》似乎并不在意当事人的申辩和社会外界的批评,只按自己的意图和思路一路走来。何以如此? 实际上,在它背后还有故事,这需要从头说起。

1915 年,陈独秀和杜亚泉拉开了东西文化论战的帷幕。

---

① 徐志摩:《泰戈尔清华讲演·附述》,《小说月报》第 15 卷第 10 号。
② 泰戈尔:《告别辞》,《小说月报》第 15 卷第 8 号。
③ 鲁迅:《骂杀与捧杀》,《鲁迅全集》第 5 卷,人民文学出版社,2005 年,第 616 页。

"1919 年以后转为新旧文化之争,由比较东西发展到探讨新旧。进入 20 年代,出现了更为复杂的局面。世界大战的惨状打破了西方文化无比优越的神话,中国应走什么道路的问题重新成为热门话题,东西文化之争再度兴起。"①正是在这样的社会语境下,西方的杜威和罗素接受了中国讲学社的邀请,纷纷来华讲学,并以哲学家和思想家的身份传经授道,大大满足了邀请者的意图——为中国社会和文化的前途和现状出谋划策。泰戈尔以诗作闻名,因此,泰戈尔以什么身份来华则成为各大媒体关注的焦点。与此紧密相关的是,媒体对泰戈尔的身份定位不仅关系着刊物本身对这一事件的介入程度和倾向,甚至也关系到刊物日后的生存环境,因为此时的刊物已受制于文化生产制度。不仅要有自己的兴奋点与卖点,而且还要维护社团组织利益。正是在这一形势下,《小说月报》声明,介绍西方文学的目的,"一半是欲介绍他们的文学艺术来,一半也为的是欲介绍世界的现代思想",并强调后者"应是更注意些的目的"②。于是,泰戈尔自然便从前期的文学家摇身一变,成了一个解决中国现实问题的思想家和哲学家——尽管"泰戈尔专刊"也有泰戈尔自己的著作和翻译,这些作品都被作为印证泰戈尔文化思想的材料。

1925 年后的《小说月报》与泰戈尔。五四一代思想启蒙者在激情与仓促中做事,他们不可能深思熟虑,也缺乏长远目标,

---

① 侯传文:《论我国五四时期对泰戈尔的接受》,《东方论坛》1995 年第 1 期。

② 茅盾:《新文学研究者的责任与努力》,《小说月报》第 12 卷第 2 号,1921 年 2 月 10 日。

既启蒙又救亡,从思想文化运动很快就转变为一场社会政治运动。泰戈尔的命运也随大转变而被安排,他对政治的远离必然导致《小说月报》对他的遗忘和抛弃,这并不是说《小说月报》变成了一个政治刊物,《小说月报》也需要承担启蒙与救亡任务,它出于刊物的生存需要,不得不"随流"而把眼光又盯在社会的其他兴奋点上,泰戈尔的被遗忘不可避免。这一时期的《小说月报》除了零星发表的译文和研究著述外,如落华生所译的《主人,把我的琵琶拿去罢!》等,泰戈尔如同明日黄花,成为《小说月报》记忆中的人物。

通过对《小说月报》在不同时期对泰戈尔的不同介绍,可以看到,20年代文学期刊越来越受到社会市场的制约,受到社会商业利润、集团利益和轰动效应等因素的钳制而不断改变着自己,包括自己的认识和看法,文学期刊成为一种"随时""随俗""随群"的话语势力不断介入社会思想、运动或流派的形成过程,并通过自己的舆论导向,在无形中控制着文学的生产和接受。

第七章 │

文学编辑审查与奖励

一、文学的编辑功能

文学作品是作者创造的,也有读者和编辑的共同参与。文学编辑主要是对出版物和作品进行组织、收集、整理、纂修、审定和校对。现代编辑除传统选择和组稿之外,还与作者积极互动,制造出新文学舆论,引导新文学创作,培养年轻作者。可以说,编辑工作伴随着文学生产的全过程。

鲁迅担任过文学编辑,他曾亲自编选瞿秋白的《海上述林》,并撰写序言;支持编选《守常全集》,并写《题记》;支持赵家璧编选《中国新文学大系》，并承担小说二集的选稿、组稿和序言撰写；也为自编小说《自选集》撰写《自序》。他的作品也与编辑有关，人们熟知《阿Q正传》与编辑孙伏园的故事。鲁迅说孙伏园，"他正在晨报馆编辑副刊。不知是谁的主意，忽然要添一栏称为'开心话'的了，每周一次。他就来要我写一点东西。阿Q的影像，在我心目中似乎确已有了好几年，但我一向毫无写他出来的意思。经这一提，忽然想起来了，晚上便写了一点，就是第一章：序。因为要切'开心话'这题目，就胡乱加上些不必有的滑稽，其实在全篇里也是不相称的。署名是'巴人'，取'下里巴人'，并不高雅的意思"。可以说，没有孙伏园，就没有《阿Q正传》，小说是编辑"要"出来的。为了符合编辑部开设"开心话"栏目的意图，鲁迅在小说序中加了些"滑稽"。这应是鲁迅与孙伏园的第一次互动，催促动笔。刊出第一章，孙伏园"每星期来一回"，一有机会就提《阿Q正传》，"明天要付排了"，鲁迅只好又写一章，但《阿Q正传》毕竟是极严肃的悲剧，孙伏园觉得不很"开心"，于是从第二章起，便将小说移在"新文艺"栏里连载。这是编辑与作者的第二次互动，改变风格。鲁迅写《阿Q正传》大约两个月便想结束了，但孙伏园为增加刊物的社会影响力，不赞成故事结束，鲁迅便将"大团圆"藏在心里，等孙伏园回家，由别的编辑代庖，鲁迅即把"大团圆"章节送到报社登出来，阿Q被枪毙，《阿Q正传》故事全部结束。鲁迅幽默地说："待到伏园回京，阿Q已经枪毙了一个多月了。纵令伏园怎样善于催稿,如何笑嘻嘻",也没有办法了①。这是编辑孙伏园和作者鲁迅的第三次互动。编辑对人物和故事有控制力,小说人物也有自己的命运逻辑,作者以捉迷藏的方式,获取到一定的主动权。茅盾的《腐蚀》也有这样的命运。它最初在香港《大众生活》上连载。在作者边写边发表过程中,许多读者给《大众生活》编辑部写信,要求给小说主人公国民党特务赵惠明自新之路。作者考虑到1941年的国际国内形势及党的民族统一战线政策,考虑到赵惠明自身性格发展的逻辑,欣然接受了读者建议,编辑部也十分赞成,于是,小说人物开始反省,相信"事在人为","救出一个可爱的可怜的无告者","从老虎的馋吻下抢出一只羔羊,我又打算拔出一个同样的无告者——我自己"②。作者给了赵惠明一个比较"光明"的结局。作者、编辑和读者三者发生良性互动,部分改变小说故事和人物命运。

所以,要全面真实地熟悉中国现代文学,了解文学编辑也是一条不可缺少的路径。了解他们的思想爱好、美学理念,以及人生经历、家庭背景、学习过程、社会交往等,可以帮助我们更加贴切而深入地理解现代文学的历史原貌和过程。编辑欣赏什么,爱好什么,都会或隐或显地影响到他的编辑工作,影响到作家作品的面世和出版。在理论上,应该承认凡是金子都会闪光,一个作家、一部作品即使暂时没有被编辑们、发现或推出,它们最终

① 鲁迅:《〈阿Q正传〉的成因》,《鲁迅全集》第3卷,人民文学出版社,2005年,第396—398页。

② 茅盾:《腐蚀》,《茅盾全集》第5卷,人民文学出版社,1984年,第294页。

也会被发现。但是,他们需要忍受一段没被发现,乃至被歧视、被忽略的尴尬与冷落,这对一个作家的精神和心灵肯定会造成一定的伤害,特别是对文学初学者、文学爱好者,在这个过程中,他们也许会放弃,至少会改变自己。这样,编辑改变着作家,也改变着文学,甚至改变文体风格。1926 年,鲁迅编选杂文集《坟》时却有隔世之感。他回忆起集中几篇文言论文,"那是寄给《河南》的稿子;因为那编辑先生有一种怪脾气,文章要长,愈长,稿费便愈多。所以如《摩罗诗力说》那样,简直是生凑。倘在这几年,大概不至于那么做了。又喜欢做怪句子和写古字,这是受了当时的《民报》的影响"①。鲁迅在东京时期写作的文言论文与《民报》有关,也与《河南》的编辑有关,编辑的喜好和要求自然也会影响到文学选题、文学体裁以及行文风格。

现代文学编辑是一个独特的群体,他们有着非职业编辑身份,但却具有高尚的编辑职业素质。他们既激活了现代作家的创作动力,也规范着文学的发展走向。编辑与作家、编辑与作品、编辑部的内部体制等,也是中国现代文学制度研究的重要内容。编辑本身是作家,现代文学上的编辑大都是兼职的,还没有完全被职业化。这有许多好处,作家身份使他们对其他作家作品有独特而细致的了解,这使他们能够发现职业编辑难以体察到的艺术精微处,感受到创作的甘苦,这样的艺术眼光是其他职业编辑不具备的。鲁迅、茅盾、叶圣陶、巴金、郑振铎、靳以等既

---

① 鲁迅:《题记》,《鲁迅全集》第 1 卷,人民文学出版社,2005 年,第 3 页。

是现代著名作家,也是现代的著名编辑。鲁迅把一生中的许多精力都用来为别人看稿、改稿和校稿,他书信中的很大一部分就是在讨论书稿的编辑工作,包括封面的设计、插图、版式、用纸、字体、装订、目录的位置和版权页的设计等,鲁迅都非常精心细致,不厌其烦地为他人作嫁衣裳。

现代文学编辑具有文学的献身精神和创新意识,善于发现和扶持青年作家。郁达夫关心和帮助沈从文的故事,已是中国现代文学史上的一段文坛佳话。许杰、孟超、周全平等文学青年,一直将郁达夫的提携和帮助铭记在心。1927年,钱杏邨从故乡安徽辗转来到上海,经人介绍才有幸结识郁达夫。当他生活上遇到困难时,郁达夫利用编辑职权,在《洪水》的同一期上发表了他的两篇新作——《劳动者的光明》和《十一月十二夜》,并给他预支稿费。这些不胜枚举的事例都充分表明了郁达夫爱护文学青年的一片拳拳之心。他在编辑《星洲日报·晨星》时写作《编辑者言》,他说:"既然做了一方文艺的编辑,则这一方的责任,自然应先尽到,看稿不草率,去取不偏倚,对人无好恶,投稿者的天才与抱负更不得不尊重,这些当然是编辑应尽的职分。"①叶圣陶曾是《小说月报》编辑。巴金处女作《灭亡》和丁玲小说《梦珂》,都经叶圣陶之手才得以发表。他在商务印书馆担任了11年编辑,负责《小说月报》。丁玲的四篇小说:《梦珂》

---

① 郁达夫:《编辑者言》,《郁达夫全集》第11卷,浙江大学出版社,2007年,第305页。

（《小说月报》第 18 卷第 12 号）、《莎菲女士的日记》（《小说月报》第 19 卷第 2 号）、《暑假中》（《小说月报》第 19 卷第 5 号）、《阿毛姑娘》（《小说月报》第 19 卷第 7 号），都被叶圣陶刊发在《小说月报》的头条。他还主动给丁玲写信，告诉她要将她的四篇小说合成小说集《在黑暗中》，交给他自己兼任编辑的开明书店出版。这对丁玲简直是"鼓励大得很"，她由衷地感叹"真是碰到了一个好编辑"①。巴金对叶圣陶也心存感激，他说："倘使叶老不曾发现我的作品，我可能不会走上文学的道路，做不了作家，也很有可能我早已在贫困中死亡"，"我甚至觉得他不单是我的第一本小说的责任编辑，他是我一生的责任编辑"，"作为编辑，他发表了不少新作者的处女作，鼓励新人怀着勇气和信心进入文坛"，"他以身作则，给我指出为文为人的道路。"②这是初学者对编辑发出的最真诚的声音，也是一个编辑对另一个编辑最知心的对白。如果没有叶圣陶慧眼识珠，没有他不以名分、资历论文学成败的眼光，哪有丁玲和巴金等作家的出现和成长的可能？至少也要曲折艰难得多。巴金自己在做了文化生活出版社的总编辑以后，也十分注重发现新作者，出版文学精品，吸收、包容百家之长，体现了真诚而执着的编辑家风范。萧乾曾称自己的编辑生涯是"文学保姆"，"一个文学刊物的成就，主要不是看它发表过多少资深作家的文章，而是看它登过多少无名的"作

---

① 丁玲：《丁玲自传》，江苏文艺出版社，1996 年，第 65 页。
② 巴金：《致〈十月〉》，《巴金全集》第 16 卷，人民文学出版社，1991 年，第 332—333 页。

家作品,所以,他在担任《大公报》"文艺副刊"编辑的七年间,就"为新人新作提供园地"①。不断扶持文学新人,在编辑方式上大胆创新,不断改革办刊方式,如创办"刊中刊",邀请梁宗岱主编《大公报》"文艺副刊"中的"诗特刊",黄源主编"译文"等。这既保证了刊物质量,力避形式的呆板和枯燥,又培养了文学新编辑。

现代编辑具有开放的现代意识和敏锐的艺术感觉,善于发现具有艺术特点和创新精神的作家作品。现代文学的编辑并没有一个毕业于编辑专业,他们都是知识的杂家,热心于文学事业。现代作家有为了稿费而创作,有成名的欲望,有制造话语权力的目的,现代文学编辑多把文学作为一项文化事业,他们也有制造文学话语的欲望,并创造出一个又一个"流行"和"时尚"的文学思潮。

二、文学的审查制度

菲舍尔·科勒克说:"无一社会制度允许充分的艺术自由。每个社会制度都要求作家严守一定的界限。""社会制度限制自由更主要的是通过以下途径:期待、希望和欢迎某一类创作,排斥、鄙视另一类创作。这样,每个社会制度就——经常无意识、

---

① 萧乾:《萧乾回忆录》,中国工人出版社,2005 年,第 349 页。

无计划地——运用书报检查手段,决定性干预作家的工作。"①
就文学与社会的关系而言,没有绝对自由的文学,它要受制于社
会制度的约定。文学创作的自由追求与社会制度的规定之间存
在着相当大的矛盾,社会制度时常想规范文学,它采用文学批
评、文学奖励等激励制度来引导文学创作,也采取批评(批判)
和检查制度来抑制文学写作,干预作家的工作。书报检查是现
代中国的一项文化制度,它意在控制人们的思想和社会意识形
态,社会的政治和阶级矛盾越突出,意识形态的控制也就越严
密,文学生产也越来越受到文化的审查和查封。现代社会越来
越开放,越来越私人化,但社会权力并没有完全消失,而作为一
种隐形制度渗透在社会的各个领域和意识层面。福柯从知识与
权力角度深入阐释了在现代人的身体和书写背后所隐藏的体制
性力量。

在人的思想文化背后都有着强大的体制力量,出版法就是
一例。早在 1709 年,英国就有了版权法。1794 年,德国版权法
首先出现在普鲁士的《国家通用法》中。中国的版权观念早在
宋代就有了萌芽,到了 1901 年出现了《大清律例》,其中有对
"造妖书妖言"的处理规定,它是中国最初的报纸法律,"《苏报》
案"的处理就引用了该律例。1906 年,清政府颁布了《大清印刷
物专律》。1914 年,袁世凯制定并颁布了《出版法》,它共有 23

---

① (德)菲舍尔·科勒克:《文学社会学》,载张英进、于沛:《现当代西方文艺社会
学探索》,海峡文艺出版社,1987 年,第 38 页。

条,其中第 11 条规定,凡文书图画有下列各款情事之一者,不得出版:(1)淆乱政体者;(2)妨害治安者;(3)败坏风俗者;(4)煽动曲庇犯罪人、刑事被告人,或陷害刑事被告人;(5)轻罪、重罪之预审案件未经公判者;(6)诉讼与会议事件之禁止旁听者;(7)揭露军事、外交及其他官署机密之文书图画者,但得该官署许可时,不在此限;(8)攻讦他人隐私、损害其名誉者。并且还规定,凡违反规定而出版的文书图画,须没收其印本和印牌;属"淆乱政体"和"妨害治安"者,除没收以外,还要处著作人、发行人和印刷人以五年有期徒刑或刑拘。该法律 1926 年 1 月 29 日被废除。淆乱政体、妨害治安还可以与出版沾上边,败坏风俗则纯粹是一个非常道德化的说法。这个《出版法》也是五四新文学的文化背景,当时的《胡适文存》《独秀文存》和周作人的《自己的园地》都曾被禁止销售①。

中华民国自称以宪政立法,宪政即以宪法约束国家权力,保障公民权利。1912 年,中华民国南京临时政府成立,颁布《中华民国临时约法》,确立共和政体和人民的基本权利。1931 年《中华民国训政时期约法》,1936 年《中华民国宪法草案》都认定了公民的基本权利,1946 年,颁布新的《中华民国宪法》。它们在理论上确立了民国的宪政性质,至于在现实中如何实践,那又是另一回事。其中有矛盾和斗争,有落差和分歧。20 世纪 30 年代

---

① 阮无名:《新文学初期的禁书》,载张静庐:《中国现代出版史料》甲编,中华书局,1954 年,第 50—54 页。

左翼文学的兴起虽得益于民国宪政和法制,但也受它的束缚和压制。

20世纪20年代,由于社会结构的解体与更替、政治利益集团的变化与纷争,文学相对获得了一定的自由生长空间。30年代中国的社会文化环境日趋残酷和险恶,文学的政治意识,如阶级意识和政党意识日渐突出,受经济利益的控制和影响也非常突出。1932年11月,国民党中央执行委员会增订1929年国民党中央宣传部制定的《宣传品审查条例》为《宣传品审查标准》,把宣传分为"适当的宣传"、"谬误的宣传"和"反动的宣传"。认为维护国民党的"主义"、"政策"、"决议"和"策略"为"适当的宣传";"曲解"、"误解"和"诋毁"国民党的主义、政纲、政策和决议的被看作"谬误的宣传";"宣传共产主义及鼓动阶级斗争者","宣传无政府主义,国家主义,及其他主义,而有危害党国之言论者","诋毁"国民党的"主义,政纲,政策,及决议","政府之设施",以及"淆乱人心"等都被当作"反动的宣传"。并且规定"谬误者纠正或训斥之","反动者查禁查封或究办之"[①]。国民党的政治专制逐渐扩散到对整个文化思想领域的控制,进步文学、左翼文学受到了国民党专制政策的严密监视和查禁。1930年12月15日,南京国民政府又颁布了《出版法》,分"总则"、"新闻纸及杂志"、"书籍及其他出版品"、"出版品登载事项之限制"、"行政处分"和"罚则"共六章,它加强了对文化出版的

---

① 张之华:《中国新闻事业史文选》,中国人民大学出版社,1999年,第524页。

登记、审查和限制，并规定了严厉的处罚措施，如行政"处分"、经济"罚款"和"拘役"等①。

有了所谓的"出版法"，文学就有了被禁止、被审查的可能，文学家就有了被拘役的危险。同时，文学家也在审查中发明和创造了文学生存与发展的策略和智慧。鲁迅曾说过："现在，在中国，无产阶级的革命的文艺运动，其实就是惟一的文艺运动。因为这乃是荒野中的萌芽，除此之外，中国已经毫无其他文艺。属于统治阶级的所谓'文艺家'，早已腐烂到连所谓'为艺术的艺术'以至'颓废'的作品也不能生产，现在来抵制左翼文艺的，只有污蔑，压迫，囚禁和杀戮；来和左翼作家对立的，也只有流氓，侦探，走狗，刽子手了。"②"禁期刊，禁书籍，不但内容略有革命性的，而且连书面用红字的，作者是俄国的……也都在禁止之列。"③ 1947 年，光未然在《蒋介石绞杀新闻出版事业的真象》一文里，把国民党的文化审查制度描述为七道"关卡"："残酷的登记制度"；"野蛮的审查制度"（"压""扣""删""改"）；"严密的印刷统制"；"刻毒的纸张统制"；"横暴的发行统制"；"奸险的邮运统制"；"罪恶的阅读统制"。如果适当抛开作者在特定时代使用的情感修饰语，会发现国民党的文化审查制度已经对现代中国文化，包括文学，产生了强大的文化专制和威慑作用，织成

---

① 陈铁健等：《中国年鉴》第四卷，团结出版社，1998 年，第 3142—3144 页。

② 鲁迅：《黑暗中国的文艺界的现状》，《鲁迅全集》第 4 卷，人民文学出版社，2005 年，第 292 页。

③ 同上书，第 293 页。

了一张严密的控制网,文学和文化都成了网中的鱼。在这样的文化"统制"之下,"出版物的质量只能日益低落,作家的写作欲望只能一天天地枯萎,读者大众只能得到贫乏的,甚而是有毒的精神食粮"①。它规定:"凡民间出版的新闻纸、杂志、期刊、图画等,都必须事先把文稿送到一定的审查机关去审查,经审查盖章或发给审查证后,方得付印和发卖。如果是报纸上的电讯和稿件,便送到新闻审查处去审查,如果是图书杂志一类的稿件,便送到图书杂志审查处去审查,如果是剧本,还要由戏剧审查委员会和图书杂志审查处共同审查。这些审查机关都直属于国民党中央宣传部,在各省市都有分处或分会。"②真可谓是层层关卡,层层屏障,新闻、文化和文学的生存空间也就非常逼仄了。这不仅限制了文化和文学的创造,也剥夺了读者自由阅读的权利。"内战时期,青年们因阅读新文化读物,或者仅仅因了被发现一本红封皮的小说,便被指为赤党而丧了性命,是很常有的事。抗战以后直到现在,青年们阅读进步书报还是有罪的。在学校、机关、部队、工厂,在特务势力统制所及的机构里,青年因偷阅书报而被警告,被告发,被申斥,被禁闭,被开除,被殴打,被送往集中营受苦,乃是习见不怪的事。色情的,神怪的,荒唐的读物可以读,正当的书报被禁止,怕的青年们一旦睁开眼来看世界。"③说

---

① 光未然:《蒋介石绞杀新闻出版事业的真象》,载张静庐:《中国现代出版史料》丙编,中华书局,1956年,第93—94页。

② 同上书,第92页。

③ 同上书,第99页。

到底，一切文化检查都是控制读者对社会环境和生存世界的熟悉和了解，统制出版也就控制了信息的流通，控制了读者，从而达到控制社会、控制文化的目的。

这也就是现代中国文学的生存状态。

茅盾曾就"一九三四年的文化'围剿'和反'围剿'"做过翔实的记录和回忆，描述了30年代进步文学在国民党文化审查制度下的生存智慧。国民党上海市党部要查禁生活书店出版的《生活》周刊和《文学》月刊，提出如果要继续出版的条件，一是不采用左翼作品，二是为民族文艺努力，三是稿件送审。《文学》从第2卷开始不得不把稿件送审，"每期稿子要经过他们特派的审查员的检查通过，才能排印"，果然，《文学》第2卷第1期在送审过程中就被抽去了巴金的小说《雪》、欧阳山的《要我们歇歇也好》和夏征农的《恐慌》，并把巴金在"新年试笔"栏中的一篇文章的署名改为"比金"。茅盾自己以笔名"惕若"发表的一篇文章则没有看出来，冰心一篇文章也没有被查出来。由此可见，"检查老爷对文学其实一窍不通，他检查的本领就是辨认作者的姓名，凡犯忌的名字，不管文章内容如何，一律抽去"。第2期第一批送审10篇，又被抽去一半。《文学》杂志编辑改被动为主动，采取不断变换笔名的策略，同时策划连续出版了"翻译""创作""弱小民族文学"和"中国文学研究"等四期专号，用外国文学和传统文学的翻译和研究，逃避国民党的文化审查，同时也可借他人酒杯浇自己心中块垒，说出不能直接说的话。

1934年被称为"杂志年"，恰恰在这一年，国民党的文化审查更加严密。该年的 2 月，国民党上海市党部奉国民党中宣部之命查禁了进步文学 149 种，牵涉到作家 28 人，如鲁迅、郭沫若、陈望道、茅盾、田汉、沈端先、柔石、丁玲、胡也频、周起应、华汉、冯雪峰、钱杏邨、巴金、高语罕、蒋光慈等，凡是名单中作者的著作、翻译，一律禁止。后由开明书店领衔 20 多家书店联名请愿，后解禁了 59 种，对作品进行删改后可重新出版。"禁书"使进步书籍和文艺作品无法在社会读者中得到传播，也让作家们生活受到影响，因为大多数作家都以卖文为生。从 1929 年到 1936 年间，国民党中央宣传部断断续续还查禁了文学作品 309 种，有蒋光赤的作品 12 部，几乎包括他出版的所有小说，有鲁迅作品 8 部（包括翻译），有郭沫若作品 11 部，其中，也包括张资平的《时代与爱的歧路》、穆时英的《南北集》等。生活的压力、国民党的审查，使作家们"既要革命，又要吃饭，逼得大家开动脑筋，对抗敌人的文化'围剿'，于是，有各种办法想了出来：化名写文章；纷纷出版新刊物；探讨学术问题；展开大众语、拉丁化问题的讨论；再就是翻译介绍外国文学"[①]。变着法子找对策，国民党的图书杂志审查委员会在威风一阵子后，逐渐变得黔驴技穷，成了"过街老鼠"，在"《新生》事件"后被撤职。

1932 年 12 月 1 日，《申报》副刊《自由谈》改版，由从法国巴黎回国的黎烈文做编辑。他把在中国上流社会和小市民手里的"必备之物"抢了过来，变成了左翼作家的杂文阵地，被鲁迅称

---

① 茅盾：《我走过的道路》（中），人民文学出版社，1984 年，第 235 页。

为"从敌人那里夺过一个阵地来"①,鲁迅和茅盾曾在一段时间长期给它提供稿件。茅盾回忆道:"从一九三二年十二月二十七日起,我以平均每月六篇的数目,向《自由谈》供稿,到一九三三年五月十六日,已经写了二十九篇。"②鲁迅和茅盾的文章引起了国民党的警觉,1934 年 11 月,《自由谈》老板史量才被国民党暗杀。延续两年的《自由谈》革新,被茅盾认为"在中国现代文学史上应当大书一笔",他也把它称为夺来的"阵地","大胆运用了公开合法的斗争方式","推动了杂文的发展","引来了杂文的全盛时期"③。

在 1927—1936 年约 10 年的时间里,计有约 1800 种书籍或杂志被查禁④。另据 1939 年国民党中宣部的图书审查工作报告统计,1938 年 1 月至 1939 年 8 月间,国民党通过中央图书杂志审查委员会、军委会政治部等机构禁毁书刊 253 种,其中 90%以上都是所谓触犯"异党问题处理办法"的共产党的宣传品⑤。从1926 年到 1933 年,邹韬奋主编七年的《生活》杂志,发行量达15.5 万份,创下了当时我国杂志发行的最高纪录。1932 年 7 月,国民党下令邮局对《生活》实行"禁邮"。蒋介石把《生活》合订

①　茅盾:《我走过的道路》(中),人民文学出版社,1984 年,第 180 页。

②　同上书,第 179 页。

③　同上书,第 189 页。

④　(美)易劳逸:《1927—1937 年国民统治下的中国流产的革命》,中国青年出版社,1992 年,第 38 页。

⑤　中国第二历史档案馆:《中华民国史档案资料汇编》第五辑第二编"文化"(一),江苏古籍出版社,1998 年,第 713 页。

本上批评政府的地方都用红笔画了出来，说："批评政府就是反对政府，绝对没有商量的余地！"邹韬奋则表示："我的态度是头可杀，而我的良心主张，我的言论自由，我的编辑主权，是断然不受任何方面任何个人所屈服的。"10月22日，他在《生活》周刊上说："所要保全的是本刊在言论上的独立精神——本刊的生命所靠托的唯一的要素。倘本刊在言论上的独立精神无法维持，那末生不如死，不如听其关门大吉，无丝毫保全的价值，在记者亦不再作丝毫的留恋。"1933年12月8日，国民党政府以"言论反动，思想过激，毁谤党国"的罪名下令封闭《生活》周刊。12月16日，最后一期《生活》(第8卷第50期)发表了邹韬奋一年多前就写好的《与读者诸君告别》。现摘录下来，由此可见当时进步杂志的抗争精神：

> 记者所始终认为绝对不容侵犯的是本刊在言论上的独立精神，也就是所谓报格。倘须屈服于干涉言论的附带条件，无论出于何种方式，记者为自己的人格计，为本刊报格计，都抱有宁为玉碎，不为瓦全的决心。记者原不愿和我所敬爱的读者遽尔诀别，故如能在不伤及人格及报格的范围内保全本刊的生命，固所大愿，但经三个月的挣扎，知道事实上如不愿抛弃人格报格便毫无保全本刊的可能，如此保全本刊实等于自杀政策，决非记者所愿为，也不是热心赞助本刊的读者诸君所希望于记者的行为，故毅然决然听任本刊之横遭封闭，义无返顾，不欲苟全。

总之本刊同人自痛遭无理压迫以来,所始终自勉者:一为必挣扎奋斗至最后一步;二为宁为保全人格报格而绝不为不义屈。现在所受压迫已至封闭地步,已无继续进行之可能,我们为保全人格报格计,只有听其封闭,决无迁就屈服之余地。①

20世纪40年代的文化出版因社会时局的大变化而显得更为活跃,同时受到的文化审查和人身迫害更加残酷、可怕。武汉沦陷的前后,国民党政府还适当放宽了稿件送审制度。1941年1月,国民党政府在重庆成立了一个中央图书杂志审查委员会,主任委员是国民党中央宣传部副部长潘公展,专门负责审查国统区出版发行的图书杂志。在仅仅半年多时间里,他们就查禁了961种书刊②。邹韬奋在自传《经历》里叙述了与审查老爷们的纠缠,并对审查老爷们对文学和社会科学的"贡献"有过分析和说明。审查老爷们他们"高兴怎么办"就"怎么办",他们巧立名目,任意扣留、删改稿件,你还必须"绝对服从""法令"。如与他们讲理,他们说:"你和我讲理没有用! 只有处于平等地位的彼此才可以讲理,我是主管机关,我说怎么办就要怎么办。你和我是不平等的,你不能和我讲理!"③当然,也有意外情况发生。

---

① 邹韬奋:《与读者诸君告别》,《中国新闻事业史文选》,中国人民大学出版社,1999年,第400页。
② 张静庐:《中国现代出版史料》丙编,中华书局,1956年,第173—238页。
③ 邹韬奋:《经历》,生活·读书·新知三联书店,1978年,第192页。

胡绍轩就说过一件事,他曾在重庆市戏剧审查委员会有过短暂的工作经历,在审查曹禺戏剧《蜕变》时,他就向曹禺通风报信,让作品仅作了小修改,在上演时却轰动山城①。文化审查不仅仅是一种文化制度,而是如福柯所说的政治权力。邹韬奋称图书杂志审查委员是"整个政治未改善的情况下的寄生虫",审查者对送审内容可以任意采取"删除"、"修改"和"扣留",这也并不是什么文字或文学问题,而反映了"政治上的意义"②。

对文学的审查,在方法上多采取"删除"和"瞎改",这也闹出不少笑话。他们"看到文艺作品中用到'前进'字样,必须把它涂抹!有用到'顽固'字样时,也必须把它涂抹!有时候他们看见'黑暗'两个字要赶紧涂抹,看见'光明'两字也要赶紧涂抹,都不许用!他们把文艺作品'修改'以后,往往和原作者的意思完全相反!改后他们在批示中常有洋洋洒洒五六百字的'指示',发挥他们的'文艺理论',虽然文艺家看了要作三日呕。或头痛三个月,但是审查老爷'说怎么办就怎么办',谁敢不'绝对服从'老爷们的'法令'呢?"③至于具体作品,欧阳山的小说《农民的智慧》中凡有"地主"的字眼都被涂掉,沙汀的小说《老烟的故事》也被删改了多处,其中有"现在救国无罪,你怕什么呢?"被审查者删改后,换成"这里又不是租界,你怕什么呢?"由

---

① 胡绍轩:《审查〈蜕变〉,我向曹禺通风报信》,《现代文坛风云录》,重庆出版社,1991年,第50—51页。
② 邹韬奋:《经历》,生活·读书·新知三联书店,1978年,第204页。
③ 同上书,第197页。

此,邹韬奋为中国文学而深感哀痛,"好的文艺创作是多么辛勤培成的,但却遭到这样残酷的蹂躏,真可为中国文艺一哭!"①1949 年后的沙汀把被删掉的又还原为"'现在怕什么哇?'他回答道。'老子救国! ……'"②曹禺的戏剧《蜕变》最初在重庆的《国民公报》上发表时也遭到检查机构的任意删改。夏衍的戏剧《法西斯细菌》虽被国民党"戏剧检查处"允许上演,却被"书报检查处"禁止出版单行本,但他自 1942 年 6 月就开始给《新华日报》副刊写文章,"有被扣被删的,也有好运气登出来的",认为"还是大有空子可钻的"③。

禁书、焚书在历史上有过,国外也不例外。菲舍尔·科勒克认为:"书报检查制度的存在本身就已经改变了创作、书价和读者社会结构。"④尽管茅盾感到"人为的取缔刊物是徒劳的"⑤,但不得不承认,报刊检查与统制对社会信息的交流与共享、对文化的创造与建设、对文学的创作与阅读都有着明显的压制和阻遏作用,对读者的阅读也有相当的控制作用。现代文学在一个充满文学检查的世界里不断寻求生长和发展的可能性,不断创造意义的合法性。国民党的书报检查采用了禁止写作、禁止出版、

---

① 邹韬奋:《经历》,生活·读书·新知三联书店,1978 年,第 198 页。

② 《沙汀短篇小说选》,人民文学出版社,1978 年,第 130 页。

③ 夏衍:《懒寻旧梦录》(增补本),生活·读书·新知三联书店,2000 年,第 329—330 页。

④ (德)菲舍尔·科勒克:《文学社会学》,载张英进、于沛:《现当代西方文艺社会学探索》,海峡文艺出版社,1987 年,第 37 页。

⑤ 茅盾:《我走过的道路》(中),人民文学出版社,1984 年,第 179 页。

强令改写、逮捕和暗杀等手段,对带有明显政治倾向的左翼作家,更是从文学检查上升到对作家的逮捕和暗杀,让作家闭口,失去自由乃至生命,这对整个中国现代文学都产生了相当大的影响。

沈从文有些书生气地认为:"禁书问题"是"国人把文学对于社会的用处,以及文学本身的能力,似乎皆看得过于重大了些"①,"似乎是太缺乏一点儿理性,对国事太近于'大题小做',对文学言又像太近于'小题大做'了。"②事实上,禁书本身并不是对文学看轻看重的问题,而是知识与权力、文学与政治的关系问题。出版审查是政治专制和精神专制的产物,"有这个制度在,有所谓标准与尺度在,编书作稿的人去送一回审,盖个'审讫'的图记,精神上就受着极严重的迫害"③。有压制就有反抗,有禁止就有对自由的向往,有审查也就有反审查。事物往往相伴而生。1932 年,商务印书馆、中华书局、开明书店等 49 家出版单位向国民党政府发出废除《出版法》的"请愿书",他们以"尊人权而裨文化"的眼光,认为检查、禁止、扣押和处罚出版物的《出版法》,为"束缚出版自由,阻遏文化事业之法令"④。1945年,昆明文化界发表争取出版自由"宣言",要求国民党当局宣布在 10 月 1 日起"废除新闻检查制度",取消"新闻垄断政策",

---

① 沈从文:《禁书问题》,《沈从文全集》第 17 卷,北岳文艺出版社,2002 年,第 62 页。

② 同上书,第 68 页。

③ 叶圣陶:《我们不要图书杂志审查制度》,载张静庐:《中国现代出版史料》丙编,中华书局,1956 年,第 75 页。

④ 张静庐:《中国现代出版史料》丁编(上、下),中华书局 1959 年,第 413 页。

"取消邮电书报检查"，"尊重文化人的人身自由，言论自由，保障人民有批评以及反对政府的权利"①。1946 年，北平、上海、广州、成都杂志界联谊会也发表了为抗议摧残言论出版发行的"自由宣言"和"紧急呼吁"。在 1946 年的政治协商会议召开前夕，重庆陪都文艺界、上海杂志界、华北解放区文化界和华中华北文化界和开明书店、大学印书局等 35 家出版单位纷纷发表了"致政治协商会议电"，要求"实现思想、创作、言论、出版的自由，废除一切检查、送审制度，不得有任何威逼、利诱、恐吓、迫害行为"②。难能可贵的是，在这个文化的专制时代，文学始终以反叛和抗争姿态争得了自己的生存地位，尽可能地创造了自由的精神空间。现代的文化审查制度为我们考察和理解文学意义的发生机制提供了一个独特视角，如果没有这样的文化专制与规约，现代中国文学会不会出现另一番景象？历史不能改变，只能设身处地去理解和解释。黄裳曾谈到禁书是一种非常丑恶的历史现象，无论采取什么手段、什么规模，其结果都是没有用，"往往却是相反的宣传"③，"禁书者，不论是有着无上威权的封建统治头子还是别的什么聪明人，也不论他们用尽了怎样的心机，到头来也终于是无效的。书是禁不绝的，因为有无数正直、公平的读者的保护"④。

———————

① 张静庐：《中国现代出版史料》丙编，中华书局，1956 年，第 71—72 页。
② 《华北解放区文化界致政治协商会议电》，载张静庐：《中国现代出版史料》丙编，中华书局，1956 年，第 130 页。
③ 黄裳：《笔祸史谈丛》，北京出版社，2004 年，第 126 页。
④ 同上书，第 118 页。

三、文学的奖励机制

文学奖励是一项文化政策,也是文学生长、发展的制度性力量,会对文学产生激励机制。文学奖励的形式多种多样,有政府奖励和民间奖励,有杂志社同仁的奖励和个人的奖励,等等。严格说来,现代中国对文学的奖励机制还没有真正建立起来,既不成形,也不完善。在上一节,我们讨论了现代文学所受到的严密审查和监督,但是,可以说现代文学并没有完全纳入现代国家的控制,文学是现代中国最活跃的一股文化力量。因此,文学的国家奖励机制还没有建立起来,社会的经济处境也相当困难,社会对文学的关心与奖励还没有形成力量。但是,以杂志社为代表的民间奖励机制的形成却对文学产生了相当的影响。

创造社 1927 年 9 月发起设立"文学奖",奖励六万字以上的长篇小说。计划一年举行一次或多次,意在引导青年"从生活的烦闷中狂吼疾呼,打破这种阴气侵人的消沉,努力与万恶的社会奋斗",要求征文"以能表现时代精神者为合格"①。奖项是一等奖一名,奖金 200 元;二等奖一名,奖金 100 元;三等奖两名,奖金各 50 元。得奖各作由本社出版版税抽 20%。已经成功"转向"的第 2 卷第 3 期《创造月刊》上登出了这次文学奖的《悬赏征文审查报告》,应征者 13 部,一等奖空缺,二等奖、三等奖各 1

---

① 《创造社第一次文学奖缘起》,《洪水》半月刊第 3 卷第 34 期,1927 年 9 月 16 日。

名。汪锡鹏的《结局》和周阆风的《农夫李三麻子》分获二、三等奖。

1936年，良友图书公司举办了"良友文学奖金"奖励活动，目的是征集优秀的小说作品，以繁荣出版和奖励小说创作。1936年1月，在《良友》画报刊登启事，12月15日在《申报》揭晓获奖名单，获奖作品是两部长篇小说，左兵的《天下太平》和陈涉的《像样的人》，分获300元和200元奖金。参与工作的评委是蔡元培、郁达夫、叶绍钧、王统照、郑伯奇等。1937年4月30日，两部获奖作品正式出版。

1936年，《大公报》设立"文学奖"。它为了纪念复刊10周年而举办了"大公报文艺奖金"，同时还举办了"大公报科学奖金"。《大公报》创刊于1902年6月，在经营上属于民间性质，办刊理念信奉自由主义，以"公平、理性，尊重大众，容纳异己"①为思想原则。"文学奖金"由萧乾主持，他出面邀请了杨振声、沈从文、朱自清、巴金、靳以、李健吾、朱光潜、叶圣陶、林徽因和凌叔华等人担任评奖委员会，评委们没有在一起碰头开会，都是由萧乾以通信方式联系，根据各个评委的意见，从中协调处理。经过评委初评，小说奖是萧军的《八月的乡村》，戏剧奖为曹禺的《日出》，散文奖为何其芳的《画梦录》。但萧军认为自己是左翼作家，拒绝接受有自由主义倾向的《大公报》的奖励。1937年5

① 萧乾：《自由主义者的信念》，《1949以前的〈大公报〉》，山东画报出版社，2002年，第206页。

月,公布了最终评奖结果,小说奖是芦焚的《谷》,散文奖是何其芳的《画梦录》,戏剧奖为曹禺的《日出》。

评委们对三个作品和作者做了一个概括性的评价,认为曹禺和《日出》的贡献是:"他由我们腐烂的社会层里雕塑出那么些有血有肉的人物,贬斥继之以抚爱,直像我们这个时代突然来了一位摄魂者。在题材的选择,剧情的支配以及背景的运用上,都显示他浩大的气魄。这一切都因为他是一位自觉的艺术者:不尚热闹,却精于调遣,能透视舞台的效果。"《谷》和作者芦焚的成就是:"他和农村有着深厚的关系。用那管糅合了纤细与简约的笔,生动地描出这时代的种种骚动。他的题材大都鲜明亲切,不发凡俗,的确创造了不少真挚确切的人型。"《画梦录》和作者何其芳的创造性表现在:"在过去,混杂于小品中间,散文一向给我们的印象多是信手拈来的即景文章而已。在市场上虽曾走过红运,在文学部门中,却常为人轻视。《画梦录》是一种独立的艺术制作,有它超达深渊的情趣。"①这些评价非常精练、准确,偏重于对作家和作品艺术性的审美分析。这与评委们的思想倾向和审美爱好是一致的,也合乎《大公报》的自由主义思想立场。

在评奖以后,《大公报》还组织了社会力量对三位作家的其他作品进行了评论。这次"文学奖"的奖金并不多,三人平分1000元,但事情却办得持重而严肃,善始善终,扩大了文学奖在

① 冯并:《中国文艺副刊史》,华文出版社,2001 年,第 337 页。

社会上的影响,对三位青年作家而言,更是激励了他们的写作,提升了他们在社会上的知名度。作为评奖的尾声,林徽因还编选了一本《大公报小说选》,并为它写了"题记",称这些小说在艺术上已达到相当高的水准,"通篇的连贯,文字的经济,着重点的安排,颜色图画的鲜明","作品最主要处是诚实。诚实的重要还在题材的新鲜,结构的完整,文字的流丽之上"①。

1940 年 3 月 8 日,新生活运动促进总会妇女指导委员会以宋美龄名义创办"蒋夫人文学奖金",并发起征文竞赛。随后,湖南、贵州两省相继创办"薛夫人②湖南妇女文学奖金"、"吴夫人③贵州妇女文学奖金"。经过充分征稿与匿名评审,各地妇女指导委员会公布了获奖名单并对获奖者进行表彰,获奖作品以"夫人文学奖金专号"出版。在"夫人文学奖"中,"蒋夫人文学奖"的级别高、影响大,它的奖金总额 3200 元,分论文和文艺创作组,各颁 10 名获奖者。因征文宗旨为"选拔新进妇女作家",所以参赛作者限于"三十岁以内未曾出版单行本著作之女性"。1940 年 5 月征文,论文组经由陈衡哲、吴贻芳、钱用和、陈布雷及罗家伦评阅,文艺组由郭沫若、杨振声、朱光潜、苏雪林和冰心审阅。7 月,公布评选结果,共 19 名获奖者,其中论文组 11 名,文艺组 8 名。文艺组第一名空缺。9 月,获奖作品以"蒋夫人文学

---

① 林徽因:《文艺丛刊小说选题记》,《二十世纪中国小说理论资料》第 3 卷,北京大学出版社,1997 年,第 404 页。

② 时任湖南省政府主席薛岳之夫人方少文。

③ 时任贵州省政府主席吴鼎昌夫人陈适云。

奖金征文专号",在《妇女新运》第3卷第3期出版。卷首为宋美龄所作《告参与新运妇女指导委员会文艺竞赛诸君》,卷末刊冰心所作《评阅述感》。从创办到"专号"出版,历时一年半。

1941年,陈铨的四幕剧《野玫瑰》获得国民党政府教育部学术审议会奖励。国民政府教育部学术奖是由国民政府教育部创办的学术(含文学)奖项。从1941年至1947年,共颁发了6届,获奖总数为272项,另有26项为等外奖。其中文学奖34项,等外奖5项,朱光潜的《诗论》获文学二等奖,曹禺的《北京人》、陈铨的《野玫瑰》、王力的《中国语法理论》获文学三等奖。《野玫瑰》从一个独特的角度表现了抗日战争时期特务与汉奸、暗杀与情仇的复杂斗争;在艺术上,也吸收了西方佳构剧方法,剧情和人物有传奇色彩和浪漫情调。在40年代的重庆、昆明和桂林等城市多次公演,以后还被改编成了电影《天字第一号》,在社会上产生了一定的影响,却遭到了重庆戏剧界进步作家联名致函抗议。

老舍和赵清阁合作的《桃李春风》1943年10月30日上演,11月4日,国民党中央文化运动委员会以其合于提倡教育的宗旨,艺术造诣亦深,奖励作者、导演、演出者各4000元。

抗战时期,还有解放区的"鲁迅文艺奖""七七七文艺奖""五月文艺奖",沦陷区的伪"华北文艺奖金"、"《西风》悬赏征文"和"《万象》学生文艺奖金征文"等。总的说来,现代文学设置的文学奖,数量不少,质量却不是很高,在作家和读者心目中,文学奖的地位也没有树立起来。加上社会政治原因,国民党政府的文学奖励带有鲜明的政治意识色彩,几乎都被文学史忽略了,即使获奖了也不被作者提及。《北京人》获得过国民政府奖,曹禺很少提到这件事。《野玫瑰》获奖闹出不小风波,影响到了陈铨的人生命运。

现代文学还建立了一种独特的文学奖励机制,那就是为作家举办生日。古代文人也有为生日写诗,应酬唱和,但大都限于亲朋好友之间的自娱自乐,带有私人性质。有能力将生日做成大事乃至全国性事件的大概只有皇帝一人。除皇帝以外,将生日作为社会事件加以利用炒作的多半是政客之士。他们利用个人的生日,达到拉帮结派、扶植亲信、操纵政局、扩大影响的目的。

在现代中国,社会媒介和团体为作家举办生日则有相当特殊的意义。以《小说月报》、《晨报》副刊和《语丝》为调查对象,在 1932 年以前,在这三本刊物上,几乎没有对现代作家生日的介绍,更不用说借生日做文章了。在这之后,作家的生日则逐渐浮出地表,像政治家的生日一样,被当作一个文学事件来看待,脱离了古代文人生日的私人性,而走向了社会公共性。这里,我们仅以 1941—1945 年间的重庆文艺界为郭沫若、老舍和茅盾三位作家的生日及其创作周年所举办的纪念活动为例,讨论在文学家的生日活动背后所隐含的制度性意义及其奖励机制。

1941 年 11 月 16 日,郭沫若五十寿辰,从事文学创作生活 25 周年;1944 年,老舍从事文学创作 20 周年;1945 年 12 月 4 日,茅盾五十寿辰,从事文学工作 25 周年。围绕他们三个人的生日和创作周年,当时的重庆文艺界举行了种种纪念性活动,仅在《抗战文艺》上就发表了 20 篇文章,在《新华日报》等报刊上也发表了许多纪念性文章。此外,还举办了茶话会、纪念会、纪念专刊等各种各样的纪念活动,参与人员涉及党政机关代表和几乎所有在渝的进步作家。以如此庞大的宣传阵势公开介入作家的生日和创作周年纪念活动,个人私事成了社会公事。显然有谋事者的意图在里面,在现代文学史上,除鲁迅的"周年祭"外,还没有其他人享受这样的待遇。

就事件本身而言,是为了纪念三位作家的创作生涯,但从发表的纪念文章来看,则未必如此。它们大都从非创作角度来评价他们的成就,更偏重于对他们做政治定位和道德总结。从纪念文章的题目就可见一斑,如《振聋发聩的雷霆》(鹿地亘)、《火之颂》(潘孑农)、《我所认识的沫若先生》(冶秋)、《茅盾先生印象记》(陈白尘)、《感谢和期待》(邵荃麟)、《我与老舍与酒》(台静农)、《光辉工作二十年的老舍先生》(茅盾)等。

对于郭沫若,冯玉祥用一句话点了题,那就是"纪念郭沫若,要学习郭先生"。"第一是郭先生的革命精神","第二是郭先生的忠心为国","第三是郭先生永远的和青年们在一起,他不失'赤子之心',永远领导着青年们为祖国的解放事业奋斗不息"①。潘公展则说了勉励和希望,"郭先生还要多写些反映劳

---

① 杨庚:《诗笔灿烂的二十五年:郭沫若先生创造生活二十五年茶会记》,《新华日报》1941 年 11 月 17 日。

苦人民生活的诗篇,也要郭先生在当前蓬勃的民主运动中,发出有力的民主号角"①。周恩来认为郭沫若与鲁迅不同,"既没有在满清时代做过事,也没有在北洋政府下任过职,一出手他已经在'五四'前后"。所以他们有着"异常不同的比重"②。两相对照,"郭先生在革命的文化生活中最值得提出的三点":"丰富的革命热情"、"深邃的研究精神"和"勇敢的战斗生活"。

对于老舍,茅盾以评论家的身份指出:"在老舍先生的嬉笑怒骂的笔墨后边,我感得了他对于生活的态度的严肃,他的正义感和温暖的心,以及对于祖国的挚爱和热望。"并号召大家"对于老舍先生的为文艺为民族的神圣解放事业而献身的努力,表示无上的敬意"③。关于茅盾的创作纪念,《新华日报》发表社论认为,"反封建、反帝国主义——争民主、争自由便成了这一个时代的中国知识分子的中心思想和斗争目标。而茅盾先生辛勤工作了二十五年的心血也就集注在这个伟大的任务上面"④。柳亚子也直言不讳地宣称:"作为文艺家,要的是政治认识。'有所为'是对政治的认识,'有所不为'是对政治的操守。没有操守,思想就反动落后,对民族无一点好处。茅盾先生就是'有所

① 杨庚:《诗笔灿烂的二十五年:郭沫若先生创造生活二十五年茶会记》,《新华日报》1941 年 11 月 17 日。

② 周恩来:《在重庆郭沫若五十寿辰和创作生活二十五周年庆祝会上的讲话》,《新华日报》1941 年 11 月 16 日。

③ 茅盾:《光辉工作二十年的老舍先生》,《抗战文艺》1944 年 9 月第 9 卷第 3、4 期合刊。

④ 《中国文艺工作者的路程》,《新华日报》1945 年 6 月 24 日。

为'与'有所不为'的作家。"①

不论是生日纪念,还是创作周年纪念,都是对"过去"的回忆和总结。对郭沫若、老舍和茅盾的纪念活动,其用意除了对三位作家进行文学定位和道德评价外,更主要的是为了确立新文学的精神血脉和传统,把他们作为文学和道德楷模,在现实中产生指导性意义。如说郭沫若,"当七七的炮声一响,郭先生便抛了妻儿,和十年研究的宝贵成果返国。这种对民族、对祖国的热爱,是特别值得青年们效法的"②。说老舍,"一个作家能够长期坚持他的工作,不因利诱而改行,不因畏难而搁笔,始终为着发扬与追求真理、正义而努力,在任何情况下,总要尽可能说出自己要说的话——这样的作家是应该获得全社会的尊重的,老舍先生正是这样的一个作家"③。"如果没有老舍先生的任劳任怨,这一件大事——抗战的文艺家的大团结,恐怕不能那样顺利迅速地完成,而且恐怕也不能艰难困苦地支撑到今天了。"④"在舍予自己,甚至在创作本身上也是愿意为了大的目的而委曲地趋附的。"⑤

---

① 《中国文艺工作者的路程》,《新华日报》1945年6月24日。

② 杨庚:《诗笔灿烂的二十五年:郭沫若先生创造生活二十五年茶会记》,《新华日报》1941年11月17日。

③ 《作家的创作生命:贺老舍先生创作二十周年》,《新华日报》1944年4月17日。

④ 茅盾:《光辉工作二十年的老舍先生》,《抗战文艺》1944年9月第9卷第3、4期合刊。

⑤ 胡风:《祝老舍先生创作二十周年:在文协第六届年会上的时候》,《抗战文艺》1944年9月第9卷第3、4期合刊。

中国自古就有道德文章并重的传统，对作家进行政治定性实际上也是变相的一种道德分析，普罗文学和左翼文学出于文学观念而对作家进行"政治评议"，也有集团利益的需要。以作家生日和创作周年纪念活动的形式做政治定性分析，并不出于集团利益，也不是文学观念差异。参与者有军界和政界，左翼人士与非左翼人士，写实派与非写实派，可谓五花八门。他们或出于私人交谊，或出于社会政治同谋，或出于艺术的真诚，积极参与到这场"生日大宴"，将个人生日变成具有社会公共性质的文化事件，将原本最具个人性的文学变为可以操作的文学活动，文学进入意识形态的控制之下，代表文学传统的"典型形象"也就被创造出来。

中国传统创造了一套生日文化，它包涵着丰富的道德哲学和生命哲学。现代文学中的作家生日和创作周年纪念活动，则主要是为了塑造文学家形象，形成了文学舆论导向，从而达到引导作家创作和文学生产的目的。

第八章 |

文学读者的接受与反应

文学是什么？作家为谁写作？这是文学理论中的重大问题，也是非常实际的问题。说它重大，它牵涉到文学与人和社会的关系；说它具体，也就是文学与读者的接受问题。因为"任何作家在写作时，脑海里总浮现着一群读者，哪怕读者就是他自己本人"，"在文学创作活动之始，就存在着一个读者—对话者。在这个读者—对话者跟出版界出版这部著作的读者对象之间，可能有极大的距离"①。作家写作动机就是感动、说服、告诉、安

---

① （法）罗布尔·埃斯卡皮：《文学社会学》，浙江文艺出版社，1987 年，第 75 页。

慰、鼓励阅读者,由此形成作者与读者的共生关系,这样,"凡文学事实都必须有作者、书籍和读者",并"产生了一种交流圈"①,它反过来影响到作家创作,包括作家形象,"读者心目中也会创造一个作家的形象"②,乃至文学语言、文学体裁、文学风格、文学趣味都与文学读者有一定关联。当然,并非所有作者与读者的关系都是清晰的,多数时候是迷糊、不确定的。就文学与读者的关系,朱光潜的《作者与读者》最有理论眼光,沈从文的《论中国创作小说》最具实践案例特点。朱光潜反思"作者心目中应不应该有读者呢?他对于读者应该持怎样一种态度呢?"他认为:"文艺上许多技巧,都是为打动读者而设",源于"感动和说服的力量。""艺术就是一种语言,语言有说者就必有听者,而说者之所以要说,就存心要得到人听。作者之于读者,正如说者之于听者,要话说得中听,眼睛不得不望着听众。说的目的本在于作者读者之中成立一种情感思想上的交流默契;这目的能否达到,就看作者之所给与是否为读者之所能接受或所愿接受。写作的成功与失败一方面固然要看所传达的情感思想本身的价值,一方面也要看传达技巧的好坏。传达技巧的好坏大半要靠作者对于读者所取的态度是否适宜。"③他认为作者对读者的态度主要有四种:不视、仰视、俯视和平视。不视,像是自言自语,

---

① (法)罗布尔·埃斯卡皮:《文学社会学》,浙江文艺出版社,1987年,第1页。

② 同上书,第120页。

③ 朱光潜:《作者与读者》,《朱光潜全集》第4卷,安徽教育出版社,1988年,第256页。

也可以说是"普视",有着很高的艺术境界。平视,有着人与人之间的友谊和默契。"一个作者需要读者,就不能不看重读者,但是如果完全让读者牵着鼻子走,他对于艺术也决不能有伟大的成就。"[①]在《论小品文》里,他认为文章只有三种,最上乘的是"自言自语",其次是"向一个人说话",再其次是"向许多人说话"。第一种主要是诗和大部分文学,作者是为了发泄自己心中所不能发泄的,有"真诚朴素"的风格;第二种包含书信和对话,是向知心朋友说话,"家常而亲切";第三种包含公文、讲义,"他原来要向一切人说话,结果是向虚空说话,没有一个听者觉得话是向他自己说的"[②]。

一、从作家本位到读者本位

读者的接受与反应是文学生产过程中重要的一环,现代接受美学和阐释学对它的意义做了充分的分析和肯定。文学读者也是文学史叙述的一条重要线索,它对作家创作和文学形式都有独特的影响。朱光潜认为,中国文学从传统到现代的演变,其中一大变化就是,"读者群变了,作者的对象和态度也随之而变了。二千年来,中国文学在大体上是宫廷文学,叫得好听一点是庙堂文学。它是一个进身之阶,读书人都借此以取禄获宠。所

---

① 朱光潜:《作者与读者》,《朱光潜全集》第 4 卷,安徽教育出版社,1988 年,第 260 页。

② 朱光潜:《论小品文》,《朱光潜全集》第 3 卷,安徽教育出版社,1987 年,第 426 页。

以写作的对象是皇帝和达官贵人,而写作的态度也就不免要逢迎当时朝廷的习尚","如今,作者的写作对象不是达官贵人,而是一般看报章杂志的民众。作者与读者是平辈人,彼此对面说话,从前那些'行上'和'行下'的态度和口吻都用不着了。这个变迁是非常重要的。文学从此可以脱离官场的虚骄和馋媚,变得比较家常亲切,不摆空架子;尤其重要的是,它从此可以在全民族的生活中吸取滋养与生命力"①。从带有贵族性质的读书人到社会的普通民众,中国文学的读者发生了变化,它与中国作家的身份和文学形式的变化都是相互有关联的。

现代作家有着鲜明的读者本位意识,重视读者的反应和读者群的变化。鲁迅说过:"文学,原是以懂得文字的读者为对象的,懂得文字的多少有不同,文章当然要有深浅。"②可以说,鲁迅的写作拥有一定的自娱成分,但是读者的接受一直是鲁迅写作的出发点和前提,他对为何写作、为谁写作有着非常清醒的认识。在他看来,"文学虽然有普遍性,但因读者的体验的不同而有变化,读者倘使没有类似的体验,它也就失去了效力"。文学作品"因读者的社会体验而生变化","一有变化,即非永久","说文学独有仙骨,是做梦的人们的梦话"③。他提醒读者注意,"偏爱我的作品的读者,有时批评说,我的文字是说真话的。这

---

① 朱光潜:《现代中国文学》,《朱光潜批评文集》,珠海出版社,1998 年,第 165 页。
② 鲁迅:《"彻底"的底子》,《鲁迅全集》第 5 卷,人民文学出版社,2005 年,第537 页。
③ 鲁迅:《看书琐记》,《鲁迅全集》第 5 卷,人民文学出版社,2005 年,第 560 页。

其实是过誉，那原因就因为他偏爱。我自然不想太欺骗人，但未尝将心里的话照样说尽，大约只要看得可以交卷就算完"①。鲁迅很在意自己作品对社会和读者所造成的影响，他说话有所保留，采用话不说尽的写作方式。对鲁迅而言，"毫无顾忌地说话的日子"只是一种文学理想，读者的接受与社会的宽容难以达到与他同样的高度。

在理论上，他赞同文学的"大众化"，文学应该被社会大众阅读。但中国有着不同的文学环境，文学读者是分层而多样的。他认为，一个读者应该具备三个条件，"读者也应该有相当的程度。首先是识字，其次是有普通的大体的知识，而思想和情感，也须大抵达到相当的水平线。否则，和文艺即不能发生关系。若文艺设法俯就，就很容易流为迎合大众，媚俗大众。迎合和媚俗，是不会于大众有益的"。在中国受教育的机会不平等，读者的文学欣赏水平参差不齐，自然就出现了"有种种难易不同的文艺，以应各种程度的读者之需"，现在可以为"大众能鉴赏文艺的时代"做"准备"，但"要全部大众化，只是空谈"②。能"识字"是文学阅读的前提，具备"普通的大体的知识"则是理解文学的关键，具有相当的"思想和情感"则是产生文学共鸣的条件。文学读者一般不可能是一字不识的农民，也不可能是那些虽然认识字却缺乏普通的社会常识和思想情感的大多数人。在这样的

① 鲁迅：《写在〈坟〉后面》，《鲁迅全集》第 1 卷，人民文学出版社，2005 年，第 299 页。

② 鲁迅：《文艺的大众化》，《鲁迅全集》第 7 卷，人民文学出版社，2005 年，第 367 页。

认知背景之下,于是,鲁迅的写作就少了迷狂,少了自大,多了自觉,多了一份认真。可是,现代中国自晚清开始就出现了对文学做虚拟化的拔高设计,如提倡文学救国论、文学大众化,都带有相当多的想象性成分。鲁迅对待文学则有一份难得的清醒。

茅盾也考虑到了读者的接受。在《从牯岭到东京》里,他认为:"一种新形式新精神的文艺而如果没有相对的读者界,则此文艺非萎枯便只能成为历史上的奇迹,不能成为推动时代的精神产物。"他认为,革命文艺把读者对象定位在"被压迫的劳苦群众",不过是虚拟的想象的产物,事实是,劳苦大众不能懂得革命文艺的"欧化或文言的白话"。于是,出现了虚拟的读者与真实读者的结果。"你的'为劳苦群众而作'的新文学是只有'不劳苦'的小资产阶级知识分子来阅读了。你的作品的对象是甲,而接受你的作品的不得不是乙;这便是最可痛心的矛盾现象。"他提出,"我们也该有些作品是为了文学现在事实上的读者对象而作的"。在文学读者层面,使文学还原为真实。文学读者有二重性,理想的与真实的,虚拟的与事实的,一个出于作者的想象,一个存在于社会空间。茅盾认为,20年代文学读者主要是"小资产阶级",准确地说,五四"新文艺"的读者主要还是"青年学生","革命文艺"则需要从"青年学生中间出来走入小资产阶级","走到小资产阶级市民的队伍去","在这小资产阶级群众中植立了脚跟"。并在文学方法上应有所改变,"不要太欧化,不要多用新术语,不要太多了象征色彩,不要从正面说教似的宣传新思想"①。这里,茅盾从文学读者对象的变化,认为从"新文艺"到"革命文艺"的转变,实际上就是从"学生"读者到"市民"读者的变化。因为读者的不同,文学创作方法,包括语言技巧都有变化。

巴金心目中的读者地位很高。他明确认识到,"我的文章是直接诉于读者的,我愿它们广阔地被人阅读,引起人对光明爱惜,对黑暗憎恨。我不愿意我的文章被少数人珍藏鉴赏"②。这也是所有作家创作的愿望。他有过一句名言——"把心交给读者"。他说:"读者的信就是我的养料","绝不能由我自己一个人说了算,离开了读者,我能够做什么呢?我怎么知道我做对了或者做错了呢?我的作品是不是和读者的期望符合呢?是不是对我们社会的进步有贡献呢?只有读者才有发言权。"③读者既是作品的发言人,也是作家在物质上的支撑者,"作家靠读者养活","作为作家,养活我的是读者"④。

叶圣陶的文学观相信文学是人心的交流。他认为:"文艺有一种极大的势力,就是打破人与人的隔膜,团众心而为大心","文艺如流水,最易普及,人们接近文艺最为便利。有真切动人的文艺,则作者与读者之心,读者与读者之心,因此而融合。或

---

① 茅盾:《从牯岭到东京》,《小说月报》第 19 卷第 10 号,1928 年 10 月 10 日。
② 巴金:《灵魂的呼号》,《大陆杂志》第 1 卷第 5 期。
③ 巴金:《把心交给读者》,《巴金论创作》,上海文艺出版社,1983 年,第 530 页。
④ 巴金:《作家靠读者养活》,《巴金全集》第 14 卷,人民文学出版社,1990 年,第435 页。

在天之涯,或在地之角,行迹隔离,曾不足以阻精神之交流。"①沈从文也有同样的看法:"今古相去那么远,世界面积那么宽,人心与人心的沟通与连接,原是依赖文学的。"②他感到"现在的读者对象和从前不同了。从前的作者写东西,或者想藏之名山,传之于人,或者给同道的文人看看。现在是要给更广大的群众看了。为顾到读者起见,就得写纯粹的语体"③。因此,他觉得新文学的读者面太窄、数量太少,"照现在的情形,新文学运动止限于一部分杂志和报纸。以中国人民之众,而和那些杂志报纸接触的人止是个很小的数目,此外能读书报而不愿和那些接触的一定远过于接触的。而不能读书报,天然不会接触的,更是个最大的数目,只差不到全数。若长此以往,则创作译述的人无论如何努力,产生的文学无论如何高尚完美,结果还是一小部分人的事,就全体而言,终不得成为爱好文学的民族。全民族的人生活动要进化,丰富,高尚,愉快……文学就是重要原力之一"④。沈从文希望中国能成为"爱好文学的民族",不过是文人一厢情愿的想象而已。即使达到了,那又会怎样?成为人们所说的"文学中国"?中国传统文化本身就含有相当多的"文学""道德"成分,它使中国文化越来越趋向个人化和内心化,失去了向外发展

---

① 叶圣陶:《文艺谈·26》,《叶圣陶论创作》,上海文艺出版社,1982年,第50页。
② 沈从文:《给志在写作者》,《沈从文文集》第12卷,花城出版社,1992年,第109页。
③ 叶圣陶:《写作漫谈》,《叶圣陶论创作》,上海文艺出版社,1982年,第164页。
④ 叶圣陶:《文艺谈·38》,《叶圣陶论创作》,上海文艺出版社,1982年,第68页。

的张力。当然,沈从文以文学代替经典的意图,则令人肃然起敬。

他还认为"中国现代诗正面临一道关隘:即传递与欣赏"①,在作者的表达、传递和读者的阅读、欣赏之间出现了相互脱节的困难,如何在表达的"浅"与"晦"、通俗和晦涩里,实现诗的传递和读者欣赏的统一。于是,他建议新文学应该追求文学的通俗化、浅明化,文学形式的多样化。无论怎样,沈从文高度重视新文学读者与作家作品的密切关系,在他看来,"一个有成就的作家,所能引起读者给予的敬意和同情,若从过去历史追溯,竟可说是空前的!就拿来和当前社会上一般事业成功比较,也可以说是无与比肩的"②。换句话说,是社会读者建立了新文学作家作品的社会地位,没有读者需求也就没有新文学的发生和发展。

现代作家把文学读者纳入了创作欲求,具有自觉而清醒的文学读者意识。现代报刊更加重视社会读者,建立了"文学与读者"的紧密关系。文学与读者的关系问题实际上是文学与社会的关系问题,它们的关系越紧密,表明文学与社会关系越密切。传统文论的"发乎情,止于礼义"、"载道"、"言志"和"意境"等诗论,它们多从作者、文本角度立论,对读者的接受机制却有些忽略了。传统文学强调文学的语言学和伦理学意义,却缺乏从

---

① 沈从文:《新废邮存底·27》,《沈从文文集》第12卷,花城出版社,1992年,第78页。

② 沈从文:《小说与社会》,《沈从文全集》第17卷,北岳文艺出版社,2002年,第303—304页。

文学与社会市场角度建立文学的接受机制和运行市场。现代中国文学则从文学与社会、文学与审美角度确立文学的运行机制，建立文学制度。读者的接受机制也是其中重要的一个环节。

现代报纸和杂志时时考虑到社会的需求和读者的反应，文学期刊也设立了读者信息反馈专栏。现代传媒扩大了文学读者面，文学的专业性质被逐渐淡化，文学工作不再需要专业培训，现代作家的教育背景大都不是文学专业，文学读者也可以成为文学的写作者，文学成了全社会的公共财富。文学生产者与接受者之间的界限也会变得越来越模糊不清。

《小说月报》就设立了"读者来信"栏目，负责刊登读者来信及摘要，并做出答复。来信涉及文学创作、编辑风格和文坛现象诸种情况。文学研究会的编辑沈雁冰、郑振铎等给来信做了回答，在编辑与读者、刊物与读者之间进行坦率的交流、真诚的对话，确立了一种平等对话、真诚关怀的联系。《新青年》从创刊到1922年的第9卷第6号也辟有"通信"栏或"读者论坛"，有通信和议论360余封（篇），平均每期有读者来信4封（篇）①。读者来信多讨论社会问题和思想文化问题，也讨论文学问题。对文学革命中的途径、方法、措施提出了不同的看法，如有读者提出文学革命与伦理革命应相伴而行，"文学革命当与道德革命双方并进，盖国人之道德既趋于诚实之途，则对于种种花言巧语自

---

① 唐沅等：《中国现代文学期刊目录汇编》（上），天津人民出版社，1988年，第1—33页。

认于道德有亏,必力避之,人人有此自觉心,则文学革命可收事半功倍之效矣"①。也有人就语言变革提出了看法:"欲改革文学,莫若提倡文史分途,以文言表美术之文,以白话表实用之文。"②并且还提出教育体制与语言改革应该同步,"改革的起点,当在大学。大学里招考的时候,当然说一律要做白话文字(或者先从理工两科改起,文科暂缓),那么中等学校有革新的动机,也就可以放胆进行了。那岂不是如'顺风行舟'很便利的法子么?"③在教育改革中实现文学语言变革,使文学变革具有社会体制的支持,可以保证文学变革更为有效。

设立"通信"和"读者论坛",加强了刊物和读者的联系,重要的是扩大了刊物在社会上的影响,使刊物上的论题得到社会的积极响应,无论是反对还是赞同,只要读者有反馈,刊物的意图也就达到了。鲁迅为此还提出建议:"《新青年》里的通信,现在颇觉发达。读者也都喜看。但据我个人意见,以为还可酌减:只须将诚恳切实的讨论,按期登载;其他不负责任的随口批评,没有常识的问难,至多只要答他一回,此后便不必多说,省出纸墨,移作别用。"④

20 世纪 30 年代,《开明》杂志也开辟有"读者的意见"专栏。《大公报》的副刊《文艺》也设立有占半版篇幅的《读者与编者》,

---

① 张护兰:《致陈独秀》,《新青年》第 3 卷第 3 号,1917 年 5 月 1 日。
② 常乃惠:《致独秀》,《新青年》第 2 卷第 4 号,1916 年 12 月 1 日。
③ 盛兆雄:《致胡适》,《新青年》第 4 卷 5 号,1918 年 5 月 15 日。
④ 鲁迅:《渡河与引路》,《鲁迅全集》第 7 卷,人民文学出版社,2005 年,第 37 页。

萧乾把它作为讨论问题的"圆桌"。读者来信多,影响也很大。1933年7月创刊的《文学》,从第3卷第1号起也开设了"读者之声"专栏,读者分别就《文学》所刊载的创作和翻译的作品发表自己的看法。《文学》的编者由衷地感到:"我们很欣喜我们的读者当中有这样奋斗着求智识的青年,并且希望这样的读者一天天的增多,使我们这刊物能够多给他们一点帮助。"①

新文学作家之所以如此看重读者,其原因有二:一是重视新文学的作用,以文学重造社会大众;二是依靠读者谋取生活,激发创作激情,获得社会认同。后者在作家职业化议题中已有讨论,前者也是老话题。总的说来,新文学的力量和价值有被过高想象和估计的成分,《文学旬刊》的创刊宣言就是:"我们确信文学的重要与能力。我们以为文学不仅是一个时代,一个地方,或是一个人的反映,并且也是超于时与地与人的;是常常立在时代的前面,为人与地的改造的原动力的。在所有的人们的纪录里,惟有他能曲曲的将人们的思想与感情,悲哀与喜乐,痛苦与愤怒,恋爱与怨憎,轻轻的在最感动最美丽的形式里传达而出;惟有他能有力的使异时异地的人们,深深的受作者的同化,把作者的感情重生在心里。"它可以实现"人们的最高精神的联锁"②。文学是社会时代的镜像,也是精神感情的桥梁。他们相信"文学的感化力是极为巨大的,深入的;文学的影响,虽然是不易立刻

---

① 《文学》第3卷第1号。
② 郑振铎:《〈文学旬刊〉宣言》,《郑振铎全集》第3集,花山文艺出版社,1998年,第388页。

见到,却是无形的普遍与久远。一首诗的权威,可以压迫得一个人完全变动了他的人生观;一篇小说的势力,可以感动得一个人整个的改换了他的生活的方式。文学在人的思想上的影响,要比哲学不知高到多少倍"①。这里显然藏有文学的乌托邦愿望,有信仰也就有希望,有希望也就有力量。茅盾曾经在确立中国文学的身份问题时说:"附属品装饰物,便是我国自来文学者的身份了!"不知"人类的共同情感",这样的文学"是和人类隔绝的,是和时代隔绝的,不知有人类,不知有时代!"②他为新文学重新确定身份,那就是"综合地表现人生","扩大人类的喜悦和同情","为人类服务","沟通人类情感代全人类呼吁的唯一工具","创造国民文学"等,并且说:"这是最新的福音。"③茅盾重新赋能新文学,"迷信文学的力量,故敢作此奢望",并且深切感受到,"在现在我们这样的社会里,最大的急务是改造人们使他们象个人"④。

有这样的"奢望",抬高了文学,给予作家责任,寄望读者反响。文学作品应读者而生,顺应读者而动,不断迎合读者的需要,文学日益世俗化和平民化,当然也就难免粗制滥造。

---

① 郑振铎:《我们所需要的文学》,《郑振铎全集》第 5 集,花山文艺出版社,1998年,第 330 页。

② 茅盾:《文学和人的关系及中国古来对于文学者身份的误认》,《茅盾文艺杂论集》上集,上海文艺出版社,1981 年,第 23 页。

③ 同上书,第 26 页。

④ 茅盾:《介绍外国文学作品的目的》,《茅盾文艺杂论集》上集,上海文艺出版社,1981 年,第 105 页。

二、青年学生与中国现代文学

现代作家的职业化与读者的大众化是现代文学的两大特点。关于"大众化",现代文学曾有过多次讨论。大众传播媒介就以社会大众为目标,现代白话文的推行也体现了文学的大众化。就文学大众化读者,现代文学常有想象成分,事实上,现代文学读者主要还是社会市民和青年学生两大读者群。大众读者不过是作家的理想,并不是一种文学现实,尽管现代文学发生过多次关于"大众化"的讨论,每当人们反思和检讨文学作用,常不自觉地回到文学大众化的讨论,从五四文学的"文学的国语,国语的文学"到三四十年代对文学大众化的价值诉求,落脚点都在文学如何能被社会大众读者所接受,发挥更大的作用。

新文学读者的数量少,来源面狭窄,这也是新文学作家焦心的事。茅盾清醒地意识到了这一点,新文学读者"正当的文艺鉴赏力,至少要迟十年始得养成。文艺的普遍发达,一要有作者,二要有读者;中国目下果然缺乏作者,而尤缺乏读者。中国的作者界就是读者界。'不过他们自己做这些东西的,买几本看看',这句虽是反动派讥笑的话,但是颇有几分近乎实情。中国今日一般民众,毫无文艺的鉴赏力,所以新文学尚没有广大的读者界;要养成一般群众的正则的欣赏力,本来不是一朝一夕所可成功,或者要比产生一个大作家还困难"①。新文学有过"作者界就是读者界"的实情,这让我们对新文学影响力的估计应该有所保留。培养文学读者需要 10 年时间,甚至比培养作家还困难,这也表明新文学读者的普及与扩大也是 30 年代的事了。并且,读者的多少还导致新文学文体的不均衡。沈从文在评价五四文学各文体时,认为新诗热闹,但大部分是否算诗却成了问题;戏剧谈论社会问题,有问题无艺术;小说平常规矩,"在极短期间中却已经得到读者认可继续下去。先从学生方面取得读者,随即从社会方面取得更多的读者,因此奠定了新文学基础,并奠定了新出版业的基础",他认为在这些文体中,"作者多,读者多,影响大,成就好,实应当推短篇小说"②。

事实上,新文学读者的主体还是青年学生和市民大众,主要还是青年学生。1915 年,陈独秀创办《新青年》,如同梁启超1900 年发表《少年中国说》一样,"青年"作为独立角色得以确立和定位,青年是自主、进步、进取、世界、实利和科学的代名词。《新青年》杂志发刊时仅 1000 册,自 1918 年 1 月第 4 卷第 1 期改版,采用白话和新式标点,很快就增加到 15000 册,"销数也大了,最多一个月可以印一万五六千本了(起初每期只印一千本)"③,表明当时许多学生和年轻知识分子已逐渐认同《新青

---

① 茅盾:《文学界的反动运动》,《茅盾文艺杂论集》上集,上海文艺出版社,1981年,第 168—169 页。

② 沈从文:《短篇小说》,《沈从文全集》第 16 卷,北岳文艺出版社,2002 年,第496—497 页。

③ 汪原放:《回忆亚东图书馆》,学林出版社,1983 年,第 32 页。

年》之"青年"身份,那就是肩负时代使命和先锋角色,自觉个人权利,投身社会文化运动,反叛传统束缚和社会专制。作为当事人的杨振声也认为:"象春雷初动一般,《新青年》杂志惊醒了整个时代的青年。他们首先发现了自己是青年,又粗略地认识了自己的时代,再来看旧道德、旧文学,心中就生出了叛逆的种子。逐渐地以至于突然地,一些青年打碎了身上的枷锁,歌唱着冲出了封建的堡垒,确实感到自己是那时代的新青年了。当时在北大学生中曾出版了《新潮》《国民》两个杂志,作为青年进军的旗帜,来与《新青年》相呼应。"①

实际上,新青年读者群体的形成有其背景条件,如科举制度的废除、新教育的普及、留洋学生群体的出现和内外交通的便利以及通信技术的发展等。在内外危机之中,新的知识群体开始了自发的社会文化运动。这些运动主要不是针对封建王朝,所以不同于反对旧王朝的民族革命,而是在共和出现危机时的有组织运动。五四新文化运动是一场反传统运动,但不是去中国化的运动。五四新文化运动的载体,除了报刊等媒体,也包括各种社团,如觉悟社、平民教育社、工读互助团、各种各样的学生团体、无政府主义团体等。这些团体也是新文化运动的一部分,是其运动的载体。文化运动作为一种方法,既为知识分子和青年运动所继承,也为后来的政治运动所吸纳。在这场运动中,知识分子是创造主体,青年学生是接受主体,包括新文化和新文学。

---

① 杨振声:《回忆五四》,《杨振声选集》,人民文学出版社,1987年,第246—247页。

对此，茅盾也有真切感受，"新文艺已经有了十多年的历史，十年以来，新文艺的作品出产了不少，读者也一年一年在增多，但是新文艺的读者依然只是知识分子和青年学生，新文艺还不能多深入大众群中"。他感到："我们的作品，只能传达到知识分子，这也就是我们文艺工作者最大的失败。"①尽管茅盾与其他作家一样，都把新文学只对青年学生产生了影响而深感不足，认为新文学应该发挥更大的社会作用。对此，鲁迅的看法比较客观，在他看来，"中国文字如此之难，工农何从看起，所以新的文学，只能希望于好的青年"②。"我们的劳苦大众历来只被最剧烈的压迫和榨取，连识字教育的布施也得不到，惟有默默地身受着宰割和灭亡。繁难的象形字，又使他们不能有自修的机会。智识的青年们意识到自己的前驱的使命，便首先发出战叫。"③在一定意义上，可以说新文学的思想启蒙之所以能够实现，就是因为它能够准确地把文学读者定位在青年学生和知识分子身上，这既合乎客观实际又恰如其分，它使新文学发挥了所能发挥的作用。鲁迅自己的作品也都属于青年学生，他为"青年"而写作，有关他写作的"黑屋子"寓言就是证明。茅盾也认为："现在热心于新文学的，自然多半是青年，新思想要求他们注意社会问

---

①　茅盾：《文艺大众化问题》，《茅盾文艺杂论集》下集，上海文艺出版社，1981年，第694页。

②　鲁迅：《致曹聚仁》，《鲁迅全集》第12卷，人民文学出版社，1981年，第184页。

③　鲁迅：《中国无产阶级革命文学和前驱的血》，《鲁迅全集》第4卷，人民文学出版社，1981年，第282页。

题,同情于'被损害者与被侮辱者'。"①他的《蚀》《虹》等小说探讨了青年人的命运和出路,显然也是为青年人而创作的。

沈从文对新文学如何迎合青年读者也有清晰的描述。他说:"《小说月报》与《创造》,乃支配了国内一般青年人文学兴味。""张资平贡献给读者的是若干恋爱故事;郁达夫用一种崭新的形式,将作品注入颓废的病的情绪,嵌进每一个年青人心中后,使年青人皆感到一种同情的动摇。"②他在评价焦菊隐1926年出版的诗集《夜哭》时,也从青年读者与作品的关系讨论,认为"凡属于一个年青的心所能感受到的,凡属于一个年青人的口所不能说出的,焦先生是比一般人皆为小心的把那些文字攫到,而又谨慎又大胆的安置到诗歌中的"③,"凡是青年人所认为美丽的文字,在这诗里完全没有缺少"④,"青年人对人生朦胧的眼,看一切,天真的心,想一切,由于年轻的初入世的眼与心,爱情的方向,悲剧与喜剧的姿态,焦菊隐先生的《夜哭》,是一本表现年青人欲望最好的诗"⑤。在他看来,"在'读者是年轻人'的

① 茅盾:《自然主义与中国现代小说》,《茅盾文艺杂论集》(上),上海文艺出版社,1981年,第90—91页。
② 沈从文:《我们怎样去读新诗》,《沈从文全集》第16卷,北岳文艺出版社,2002年,第458页。
③ 沈从文:《论焦菊隐的〈夜哭〉》,《沈从文全集》第16卷,北岳文艺出版社,2002年,第115页。
④ 同上书,第118页。
⑤ 同上书,第117页。

时代里,焦菊隐的诗,是一定能比鲁迅小说还受人爱悦而存在的"①。

晚清以来,传统士农工商社会结构发生了极大变化。在中国的被殖民化过程中,商人阶层和知识分子阶层逐渐成为社会的两大重要力量,传统知识分子被边缘化。在传统社会被边缘化的知识分子却积极参与现代思想文化重建,新兴知识分子——青年学生群体逐渐成为现代中国思想启蒙和社会革命的新生力量。毛泽东同志认为:"数十年来,中国已出现了一个很大的知识分子群和青年学生群。在这一群人中间,除去一部分接近帝国主义和大资产阶级并为其服务而反对民众的知识分子外,一般地是受帝国主义、封建主义和大资产阶级的压迫,遭受着失业和失学的威胁。因此,他们有很大的革命性。他们或多或少地有了资本主义的科学知识,富于政治感觉,他们在现阶段的中国革命中常常起着先锋的和桥梁的作用。"②青年学生既是现代社会革命的先锋和桥梁,也是现代文学读者的重要力量。

中国教育制度的改革,新式学校教育的规模化和制度化,培养了大量的青年学生(包括国外留学生)。青年学生是现代中国最活跃的力量,他们是现代文明和进步、青春和激情的代表,既有鲜明的精英意识和先锋意识,也有强烈的历史感和社会责

---

① 沈从文:《论焦菊隐的〈夜哭〉》,《沈从文全集》第 16 卷,北岳文艺出版社,2002年,第 117 页。

② 毛泽东:《中国革命与中国共产党》,《毛泽东著作选读》(上),人民出版社,1986 年,第 332—333 页。

任感,偏爱一切新鲜的、时髦的、刺激的事物,对社会和传统始终抱有不断变革的思想,崇尚反叛与革命。因此,青年学生的阅读一般倾向于:(1)批判社会、反思历史的智慧读物;(2)倾诉的、情感的、剖析性的文学读物;(3)新鲜的、时髦的流行读物。

新文学的诞生以青年学生作为接受对象,它成为新文学变革的重要力量,并形成了新文学追求个性和创新、关怀社会和感伤抒情的艺术风格。从文体看,现代新诗和现代话剧主要是以青年学生为读者群。沈从文认为:"正在中学或大学读书,年纪青,幻想多(尤其是政治幻想与男女幻想特别多),因小说总不外革命恋爱两件事,于是接受一个新的文学观,以为文学作品可以教育他,需要文学作品教育他,(事实上倒是文学作品可以娱乐他满足他青年期某种不安定情绪),这种读者情感富余而兴趣实在不高,然而在数量上倒顶多。"[1]并且说:"唯有年龄自十五岁到二十四岁之间,把新文学作家看成思想家,社会改革者,艺员明星,三种人格的混合物,充满热诚和兴趣,来与新作品对面的,实在是个最多数。这种多数读者的好处,是能够接受一切作品,消化一切作品。坏处是因年龄限制,照例不可免在市侩与小政客相互控制的文学运动情形中,兴趣易集中虽流行却并不怎么高明的作品。"[2]青年人的冲动、热情和对社会、政治的敏感,以及容易接受新生事物,追逐社会时尚和流行读物,于是像郭沫

---

① 沈从文:《小说作者和读者》,《沈从文全集》第12卷,北岳文艺出版社,2002年,第76页。

② 同上书,第76—77页。

若、徐志摩的诗歌,郁达夫、蒋光慈的小说,很容易在青年人中拥有读者。"郭沫若诗以非常速度占领过国内青年的心上的空间。徐志摩则以另一意义,支配到若干青年男女的多感的心,每日有若干年青人为那些热情的句子使心跳跃,使血奔窜。"①从文学社团看,创造社、湖畔诗社、弥洒社、浅草社、象征诗派、太阳社、九叶诗人等社团,它们的文学观念、文学活动都带有鲜明的青年文化特点②。

创造社是其中的代表,它的文学活动和文学创作都是以青年学生为中心,并创造了现代青年文化③。创造社的创作受到了五四青年学生的喜爱,"当时所标榜的种种改革社会的纲领到处都是碰壁。青年的智识分子不出于绝望逃避,便是反抗斗争。这两种倾向都是启蒙文学所没有预想到的。创造社几个作家的作品和行动正适合这些青年的要求。创造社所以能够获得多数的拥护者也是这个缘故"④。创造社成员本身就是一帮青年,他们在作品里表现青年人的苦闷、感伤和反抗情绪,他们的作品出版以后被多次重印。倪贻德的《东海之滨》,1926 年 3 月初版至1931 年 5 月也出了 5 版,共印 9500 册(光华书局);《灵凤小说

---

① 沈从文:《论闻一多的〈死水〉》,《沈从文文集》第 11 卷,花城出版社,1992 年,第 147 页。

② 杨洪承:《文学社群文化形态论》,安徽文艺出版社,1998 年,第 45 页。

③ 王富仁:《创造社与中国现代社会的青年文化》,《灵魂的挣扎》,时代文艺出版社,1993 年,第 170—200 页。

④ 郑伯奇:《〈中国新文学大系〉小说三集导言》,《中国新文学大系导论集》,上海书店出版社,1982 年,第 159 页。

集》，1931 年 6 月初版，到 1934 年 4 月，已出 4 版，共印 7000 册（现代书局）；张资平的《爱之焦点》也多次被再版。郭沫若、田汉和宗白华的《三叶集》论诗、爱情和人生，1920 年 5 月由上海亚东图书馆出版，立即在青年读者中引起强烈反响，多次再版，成了当时的畅销书。

"创造社丛书"也一炮打响，他们在广告里宣称："本丛书自发行以来，一时如狂飙突起，颇为南北文人所推重，新文学史上因此而不得不划一个时代。"①"《创造周报》一经发表出来，马上就轰动了全社会，每逢星期天的下午，四马路泰东书局的门口，常常被一群一群的青年所挤满，从印刷所刚搬运来的油墨未干的周报，一堆又一堆地为读者抢购净尽，订户和函购的读者也陡然增加，书局添人专管这些事。"②1925 年 9 月，创造社把《洪水》周刊改为《洪水》半月刊。周全平在《这一周年的洪水》里说，《洪水》虽然没有一个标准的主义，但却遵奉了一贯的原则，那就是"倾向社会主义和尊重青年的热情"。《洪水》的发行量日渐猛增，从第 1 卷第 1 期到第 12 期，订户从 50 户增到 600 户，印数从 1000 册增到 3000 册。《洪水》第 1 卷 30 多万字，第 2 卷 40 多万字，读者来稿在 100 万字以上。后来《洪水》被泰东书局以军阀战起、经济紧张为由停刊，这使创造社同仁开始筹办出版部，1926 年 3 月，读者和著作者等筹集股金创办了创造社出

① 《创造》季刊第 1 卷第 4 期，1923 年 2 月 1 日。
② 郑伯奇：《二十年代的一面》，重庆《文坛》1942—1943 年第 1—2 卷。

版部。

创造社之所以能产生那么大的轰动效应,是因为它满足了青年学生的愿望。"当时的青年们刚从旧礼教的旗帜下解放出来,正都深刻地感觉性的苦闷,对于郁达夫、张资平等充满浪漫气息的恋爱小说,可谓投其所好,遂都表示热烈的欢迎,同时他们也欢迎郭沫若、王独清的热情横溢的诗歌,成仿吾的大胆泼辣的批评。创造社拥有这样多受青年欢迎的作家,所以他们声势凌驾同时的各种团体以上,实在也是无怪其然的。"①

茅盾也认为:"创造社的主张颇有些从者",并进一步分析其原因,"何以故? 因为那时期正是'彷徨苦闷'的时期,因为那时候'五卅'的时代尚未到临,因为那时期创造社诸君是住在象牙塔里! 因为'苦闷彷徨'的青年的变态心理是需要一些感情主义,个人主义,享乐主义,唯美主义,权当一醉。'五卅'时代的尚未到临,创造社诸君之尚住在象牙塔里,也说明了当时宣传着感情主义,个人主义,享乐主义,唯美主义的创造社诸君实在也是分有了当时普遍的'彷徨苦闷'的心情"②。沈从文也认为创造社"在作品方向上,影响较后的中国作者写作的兴味极大,同时,解放了读者的阅读兴味"③。"张资平的作品,给了年青人兴奋和满足,用作品揪着了年青人的感情,张资平的成就,也可

---

① 史潭:《记创造社》,《文友》半月刊第 1 卷第 2 期,1943 年 6 月 1 日。
② 茅盾:《读〈倪焕之〉》,《茅盾选集》第 5 卷,四川人民出版社,1985 年,第 130 页。
③ 沈从文:《论中国创作小说》,《沈从文文集》第 1 卷,花城出版社,1992 年,第 170 页。

说成为空前的成就。俨然为读者而有所制作,故事的内容,文字的幽默,给予读者以非常喜悦,张资平的作品,得到的'大众',比鲁迅作品还多。"同样,郁达夫的作品所传达的感伤和苦闷,也"存在于中国多数年青人生活里,一时不会抹去"①。

青年学生成为不同文学势力争夺的对象。20 世纪 30 年代,国民党政府先后发布了《宣传品审查条例》《出版法》《出版法施行细则》《宣传审查标准》等,尤其是 1934 年所召开的国民党宣传会议,则具体研究了如何在文艺上"对付共产党"的方针、政策。大会通过的《请确定本党文艺统制政策案》,决定从"积极的"和"消极的"两个方面,以彻底扑灭普罗文艺运动。所谓"消极"的方面,是指加强对文化艺术领域的控制,即通过书报检查制度、查封书店以及对左翼作家的捕杀,来打击、封杀左翼文学力量;所谓"积极的"方面,指努力培植自己的文学力量,即以少数国民党作家为核心拉拢、团结一批中间派作家,与左翼文学进行正面的交战。1934 年之后,"左联"进入相对沉寂阶段,中国共产党在如此艰难的情况下,充分利用了对自己有用的和可能有用的条件,如出版业的民营化、租界相对自由的舆论空间、蒋介石的势力不能到达的省份等,达到意识形态传播的目的,用文艺作品抓住青年人的心。

---

① 沈从文:《论中国创作小说》,《沈从文文集》第 1 卷,花城出版社,1992 年,第 171 页。

三、社会市民与中国现代文学

市民阶层是中国文学的老读者,中国小说拥有自己的市民读者传统。中国的市民群体与西方不同,中国市民有独立的欣赏口味,也有浓厚的传统气息,他们与传统宗法文化有着千丝万缕的血缘联系。由于商业利益的驱使,报刊与书籍为了适应市民周末、周日休息和娱乐的阅读需求,就大量刊登通俗连载小说,关心市民生活,在形式上力求通俗化,内容趣味化。市民大众读者也决定着现代通俗文学的走向。

市民大众也是现代中国文学主要的读者群。晚清小说中的侠客、妓女和官场故事是中国市民久看不厌的故事,四大谴责小说所写官场与商场的交易,也是社会市民十分关注的热点。鸳鸯蝴蝶派更是"大众趣味的制造者"[①],培养了自己的市民读者群。它的文学观以"游戏"、"消遣"和"娱乐"为创作宗旨,追求"雅俗共赏,凡闺秀学生商界工人无不咸宜"[②]。鸳鸯蝴蝶派小说以言情、武侠、黑幕和历史等为题材,以章回小说为基本形式,迎合了社会市民的普遍心理和欣赏习惯。鸳鸯蝴蝶派的机关刊物《礼拜六》派主办、编辑的各种杂志与小报以及副刊,仅上海就有 340 种。据不完全统计,晚清出版了长篇言情小说和社会

---

① 沈从文:《郁达夫张资平及其影响》,《沈从文文集》第 11 卷,花城出版社,1992年,第 142 页。
② 《〈小说画报〉短引》,《小说画报》第 1 号,1917 年 1 月。

小说 949 部,武侠、侦探小说 818 部,加上历史、宫闱、滑稽小说以及根据民间传说改编的作品,总数在 2000 部以上,散见于各种报纸杂志的短篇小说更是不可胜数。如果从读者角度看,晚清小说达到了前所未有的成功。鸳鸯蝴蝶派的读者量大,"《啼笑因缘》《江湖奇侠传》的广销远不是《呐喊》《子夜》所能比拟"①。《玉梨魂》和《断鸿零雁记》的风行还带动了一批作者的竞相效仿。张恨水曾是鸳鸯蝴蝶派代表作家之一,他的创作就带有鲜明的市民特点。他了解市民大众的文化趣味、艺术爱好和接受水准,采用讲故事的传统笔法和章回小说技巧,关注人的伦理道德问题,结合文学副刊特点和市民读者心理,满足读者的阅读趣味。他的《啼笑因缘》在《新闻报》的副刊《快活林》上连载,影响很大,以后被六次改编为电影。

一般情况下,社会结构发生变化,社会的主流意识也随之发生变化,但社会普通大众的心理结构却常保持相对的稳定,人们的心理兴趣仍保持着相当浓厚的传统记忆。鸳鸯蝴蝶派就投合了社会市民读者的阅读心理,充分利用现代都市的生活空间,让文学成为满足人们的消遣心理的手段。文学成为社会大众的消费品。哈贝马斯说过:"随着文化批判的公众转变成文化消费的公众,以往区分于政治公共领域的文学公共领域失去了其独有的特性。大众传媒普及'文化'其实是一种整合文化:它不仅整合了信息和批判,将新闻形式和心理文学的文学形式整合成以

---

① 徐文滢:《民国以来的章回小说》,《万象》第 1 卷第 6 期,1941 年。

人情味为指导原则的娱乐和'生活忠告'。"①哈贝马斯这里所说的大众文化有着工业社会或后工业社会背景,鸳鸯蝴蝶派显然没有这样的社会背景,它把文学的贵族化和道德化下降为平民化和世俗化,实现文学的娱乐性功能。

20世纪40年代,上海的文学刊物的读者主要是市民阶层。无论是作品的美学追求,还是刊物的栏目编排,都体现了浓厚的市民意识。刊物刊载的内容,除了文学作品以外,还有鸟兽虫鱼、幕后风光、科学小品、医学解剖、地方通讯、风俗猎奇、史地常识、人生信箱等。栏目驳杂,应时而变,前所未有。这说明40年代社会市场对文学起了重要作用。

张爱玲的创作建立有稳定的市民读者群,她的写作从题材、主题到表现方式都顾虑到对社会市民的接近。她的小说,读者主要是社会市民,与她所处的那个轰轰烈烈的时代保持着相当距离。她的作品没有启蒙与革命、民族与国家等宏大主题,多的是乱世中普通男女的小恩小怨,旧式家庭内部的纠葛纷争,小市民琐碎平凡的日常生活。她的眼光始终投向世俗生活的方方面面,不厌其烦地描述人们的衣食住行。这些恰恰是张爱玲自己的追求,她认为:"时代的纪念碑那样的作品,我是写不出来的,也不打算尝试","我发现弄文学的人向来是注重人生飞扬的一面而忽视人生安稳的一面,其实,后者正是前者的底子","我甚至只是写男女间的小事情,我的作品里没有战争也没有革命,我

---

① (德)哈贝马斯:《公共领域的结构转型》,学林出版社,1999年,第200页。

以为人在恋爱的时候是比在战争或革命的时候更素朴也更放恣的。"①

她把文学定位在"俗"上,"我对于通俗小说一直有一种难言的爱好;那些不用多加解释的人物,他们的悲欢离合"②,"我一直从小就是小报的忠实读者,它有非常浓厚的生活情趣,可以代表我们这里的都市文明"③,"我是熟读《红楼梦》,但是我同时也曾熟读《老残游记》、《醒世姻缘》、《金瓶梅》、《海上花列传》、《歇浦潮》、《二马》、《离婚》、《日出》"④。可以说,张爱玲的创作经验主要就来自她对传统市民文学和通俗小说的阅读,但她并不完全是为了迎合读者而炮制一个个已被嚼烂了的通俗故事,她的目的非常明确,那就是"将自己归入读者群中去,要什么就给他们什么,此外再多给他们一点别的,作者可以尽量给他们所能给的,读者尽量拿他们所能拿的"⑤。她深信读者的理解力,因此,她把自己所能给的都毫不吝惜地倾倒了出来,于是,她的小说成了谁都可以读懂的小说,尽管懂得的深度不同,不同的"深度"便来自她所说的那"一点别的"。她"喜欢素朴",喜欢

---

① 张爱玲:《自己的文章》,《张爱玲文集》第 4 卷,安徽文艺出版社,1992 年,第 175 页。

② 张爱玲:《多少恨》,《张爱玲文集》第 2 卷,安徽文艺出版社,1992 年,第 265 页。

③ 张爱玲:《纳凉会记》,《张爱玲与苏青》,安徽文艺出版社,1994 年,第 40 页。

④ 张爱玲:《女作家座谈会》,《张爱玲与苏青》,安徽文艺出版社,1994 年,第 12 页。

⑤ 张爱玲:《论写作》,《张爱玲文集》第 4 卷,安徽文艺出版社,1992 年,第 82 页。

"从描写现代人的机智与装饰中去衬出人生的素朴的底子"①。这"素朴的底子"就是普遍而永恒的人性,就是"饮食男女",就是人最基本的生存欲望和本能需求。

小说《倾城之恋》写离了婚的白流苏在娘家受着家人的欺负与嫌弃,为了改变自己的生存环境,她找到一个安全而稳妥的依靠——婚姻,她主动抓住范柳原这个富家公子,表面上不动声色地,依然保持着一个淑女形象,与范柳原做着文雅的调情游戏。但是作者透过白流苏无意识的动作窥视到了她内心自私的动机,就是对人的"饮食"需求。《红玫瑰与白玫瑰》则对"男女"两性原始关系的解剖达到了惊世骇俗的地步。张爱玲以日常生活的普通人为观察视角,由此扩展到对整个人类生存状态的审视,把生命个体具体可感的日常生活情状抽离出来,成为带普遍性的、基本的生存状态的缩影或象征。日常生活作为其叙事视角,不仅仅是她揭露人性丑恶面的一个切入点,更是她洞悉人的存在状态的一个窗口。小说《封锁》也深刻地揭示了日常生活的悖论。在一辆封锁的电车里,日常生活的河流暂时被阻断,吕宗桢和吴翠远这两个日常世界里的好人却意外地碰撞出了"爱"的火花,在有形的封锁下,人性的另一面却被开启,当封锁被解除,他们又恢复到了日常状态,日常的河流载着他们继续向前走去,敞开的人性也就自动关闭。一切都像"做了一个不近情

---

① 张爱玲:《自己的文章》,《张爱玲文集》第4卷,安徽文艺出版社,1992年,第176页。

理的梦"，瞬间就消失了。张爱玲却在这极为短暂的一瞬里发现了日常生活的"深意"，在封锁中，人性开放了，日常生活的开放，却带来了人性的无形封锁。但是，在日常生活突然停滞的状态下，人性真的就自行开放了吗？吕宗桢与吴翠远之间发生的这段"艳遇"值得再次回味。吕宗桢为了躲避董培芝不得不换个座位，他的行为却引起了吴翠远的误解，她以为他是有所企图，吕宗桢不过为了气气太太，将计就计对身边这个并无性别魅力的女人展开了调情，他的行为加深了吴翠远的误解，让她仿佛真正进入了恋爱状态。吕宗桢从吴翠远的脸红和微笑中发现了他自己的男性魅力，于是，他开始倾诉苦衷，倾吐爱意，其实，他内心知道自己根本不可能爱上吴翠远这样的女人。因此，他的行为都充满了表演性质，一种自说自话的表演，以至于后来，封锁解除后，当他回到日常生活状态，"她的脸已经有些模糊，那是天生使人忘记的脸"，反而记起她曾经说过的话。他和她的"恋爱"就在喜剧中展开，又平淡地结束了。张爱玲以切断日常生活的方式书写，卸下面具实现沟通，但依然是各说各的、各想各的，沟通和交流不过是一场表演，人依然生活在封闭的孤独世界里。该小说让我们感受到一个可怕的事实：社会生活对人造成了强大而无形的约束和压抑，让人丧失了相互交流和理解的能力，即使交流也是一场自我表演罢了。

在张爱玲看来，文明与生命相对立，文明规范着人的种种行为，使一切合理化，创造出光鲜整洁的社会秩序；同时，文明又对人之本真面目带来巨大的压抑，人为了"适应过高的人性的标准",而在"做"字上"摹拟,扮演",在"里面有吃力的感觉"①。究其实质,文明是对人的提升和陶冶,经过了训练之后,毕竟不再是它本身,而人性则是人之生命本性,因此,文明认同之"好"不一定就是人性之"真"。小说《封锁》里的吕宗桢和吴翠远都是好人,却不是真的人,他们与真实的人性和生命隔着一层。张爱玲曾经说道:"生命像《圣经》,从希伯莱文译成希腊文,从希腊文译成拉丁文,从拉丁文译成英文,从英文译成国语。翠远读它的时候,国语又在她脑子里译成上海话,那未免有点隔膜。"②"希伯莱文""希腊文""拉丁文""英文""国语"和"上海话"都是文明的符号,也是文明的组成内容,在相互转换中必然带来理解的隔膜和意义的损耗。

日常生活不仅压抑人性,而且还出现历史循环的怪圈。小说《等》写一群乱世中的太太们在诊所等待就诊,太太们谈论的无非是丈夫、孩子、媳妇、公婆以及如何治脱发、算命等琐碎而庸俗的内容,在无聊的等待中说着无聊的话,"生命已经自顾自走过去了"。她们的人生也如同在这种盲目的等待中消磨掉。张爱玲截取生活中的一个小片段,将"等"的平庸无聊描写成人生的象征。如同《封锁》中"开电车的人开电车。在大太阳底下,电车轨道像两条光莹莹的、水里转出来的曲蟮,抽长了,又缩短了;抽长了,又缩短了,就这样往前移——柔滑的、老长老长的曲

① 张爱玲:《中国人的宗教》,《张爱玲文集》第4卷,安徽文艺出版社,1992年,第122页。

② 张爱玲:《封锁》,《张爱玲文集》第1卷,安徽文艺出版社,1992年,第100页。

蟢,没有完,没有完……开电车的人眼睛盯住了这两条轨道,然而他不发疯"。这看似多余的废话,却别有深意。开电车的人只能开电车,而不能做点别的事,每个人被社会位置所固化,在不变的工作中做着重复单调的事情。电车轨道就像人生轨道,人也像电车一样,始终沿着预定的轨道行驶着,"没有完,没有完",磨去了思想,耗掉了热情,逐渐变得麻木迟钝,却并不发疯。平庸无聊成为人的日常状态。书写世俗,表现市井,表达金钱欲望,最符合市民的口味,但她的思想却并不世俗,书写日常社会,却有非常的发现。这就是张爱玲的"俗"与"不俗"。"俗"在故事选材,"俗"在符合读者口味,"不俗"在主题、在文学史的定位。

潘予且抗战时期的小说也借小故事讲述小市民的情感和欲望。如《君子契约》叙述单身女子陆女士主动向独居的大学生"我"租房子,请求"同居"。虽有"君子契约"——只发生精神关系,不发生肉体关系,但日久生情,以游戏人生为目标的陆女士悄然退出,留下大学生怅然莫名。小说《秋》写"没有男人的女人"阿毛嫂与"没有女人的男人"张老大在打情骂俏中走向结合。《微波》中妹妹与姊姊为姐夫的感情争风吃醋,发生矛盾,真正的第三者用人阿香直到小说结尾才露端倪。潘予且小说关注日常生活的凡人琐事和情感纠葛,没有大喜大悲,适合市民口味。

不仅是作家拥有市民读者,就是文体也有市民化倾向,通俗小说自不待言,现代散文也有市民定位,如《申报》"自由谈"散文栏目,就为市民而写。1917 年 10 月 6 日,《自由谈》发表了济航的《游戏文章论》,提出:"自来滑稽讽世之文,其感人深于正论,正论一而已,滑稽之文,固多端也。盖其吐词也,隽而谐;其寓意也,隐而讽,能以谕言中人之弊,妙语解人之颐,使世人皆闻而戒之。""故民风吏治日益坏,则游戏文章日益多,而报纸之价值日益高,则阅者之心日益切,而流行者日益广。"①《自由谈》创立"游戏文章"副刊栏目,满足了市民读者需要。它追求趣味性和知识性,无论写世态人情,写掌故风物,还是写观感游记,都力求生动有趣,力争趣而不俗,为市民读者提供茶余饭后的消遣。当然,文章有趣味才有读者,有读者就能产生影响,这是文学接受和传播定律。这也构成了《申报》"自由谈"散文特点。

文学读者有不可测性,它变化不定,只能说出群体和趋势,不可能完全做到数量化。事实上,一个作品被众多社会读者所阅读,一个作家的读者来自多个阶层。比如,老舍作品的读者有青年学生,也有社会市民。比如钱锺书的小说《围城》,青年学生喜爱它,社会市民也能从中看见自己的生活。中国现代文学在作者、文本和读者的关系上,常以社会读者为本位,现代作家的历史经验、生命感受与精神欲求都受到了读者兴趣的抑制。一个显著的事实是,只关心读者的作家,如果忽视对自我生命、历史现实和文化意味的沉潜把玩,最终也要失去真正的文学读者。现代文学读者无论是其数量还是质量都存在问题:读者面

---

① 济航:《游戏文章论》,《申报·自由谈》1917 年 10 月 6 日。

相对狭窄,读者新文学素养缺乏,中国现代读物构成种类繁多,文学并不占中心地位,社会读者兴趣变化大,缺乏长期稳定的读者群。文学读者有不确定性,对它的过分依赖也在一定程度上限制了作家精神的独立性和想象的自由。

这里,还需要提到新文学的"大众""群众"和"工农兵"等读者概念。1931年通过的"左联"《决议》,要求左联成员必须组织工农兵贫民通信员运动、壁报运动,组织工农兵大众的文艺研究会读书班等,使广大工农劳苦群众成为无产阶级革命文学的主要读者和拥护者,并且从中产生出无产阶级革命的作家及指导者。工农群众被塑造成左翼文学读者。1942年5月,毛泽东发动延安文艺整风运动。在《讲话》中,毛泽东对作家与群众(读者)的关系作了政策性阐述,"为工农兵"和"如何为工农兵"成为《讲话》的核心论题。他认为,革命根据地群众主要是工农兵以及革命的干部,是革命文学读者。他还特别提醒作家,"同志们很多是从上海亭子间来的;从亭子间到革命根据地,不但是经历了两种地区,而且是经历了两个历史时代。一个是大地主大资产阶级统治的半封建半殖民地的社会,一个是无产阶级领导的革命的新民主主义的社会。到了革命根据地,就是到了中国历史几千年来空前未有的人民当权的时代。我们周围的人物,我们宣传的对象,完全不同了。过去的时代,已经一去不复返了。由此,我们必须和新的群众相结合,不能有任何迟疑"①。《讲话》公开后,知识分子认真学习,承认群众读者的重要性。艾青说,要"把诗送到街头,使诗成为新的社会的每个构成员的日常需要。假如大众不需要诗,诗是没有前途的"②。刘白羽说:"一种作品,一定是从群众中来的,再回到群众中间去,才会被群众所欢迎。""一个秧歌剧演出后,一个农民出身的战士就说了这样的话:'你们的秧歌,是老百姓批准了的。'"因此,革命作家应"最正确的把群众生活表现出来","从群众的感受来认识问题"③。后来,"群众"又与"人民"读者组合,"人民群众"成为一个复合词。这样,"群众"和"人民"读者只是"预设"读者,它真实的文学接受或文学读者并不一致,也没有"青年学生"和"社会市民"读者内涵那么具体明确,所以,也就没有单列出来。

---

①　毛泽东:《在延安文艺座谈会上的讲话》,《毛泽东著作选读》(下),人民出版社,1986年,第554页。
②　艾青:《展开街头诗运动》,《解放日报》1942年9月27日。
③　刘白羽:《新的艺术,新的群众》,《群众》1944年第9卷第18期。

第九章 │

文学制度与白话文变革

众所周知,自晚清到五四,中国社会开始了一场白话文变革运动,从倡导白话文,到以白话取代文言,从白话文到新文学的演进和变化,其中交织着语言的死与活,文学的雅与俗,思想的新与旧,思维的严密与模糊等辨析和选择,牵涉到社会政治、民族国家、自由平等等社会思想,涉及报刊出版、思想论战、社会反应等运作机制。可以说,白话文变革既不是纯粹的语言变革,更不是单一的文学变革,也不只是观念的思想变革,而是集合了语言表达、思想价值、社会要素等多方面因素形成的结构性变化,所以,其复杂性和丰富性值得审视和分析。

一、白话文变革的社会背景

过去学术界多从语言革新、文化运动和文学革命等方面讨论白话文变革,肯定其历史贡献,反思其激进和仓促之处。无论怎样,白话文变革的意义无法抹杀,因为它影响深远,已成历史事实。陈旭麓认为:"以白话取代文言,并不仅仅是反对文言文的文化运动,而且还是一场深刻的双重意义上的语言革命:一方面改变了传统的书面语,使书面语与口语统一起来,从而克服了传统语言的内在分裂;另一方面,重建了全新的文学语言,使文学内容与形式之间获得了内在的和谐统一。语言的变革并不仅仅是形式的变革,它与思维相联系,因而又是一种思维层次上的变革。以清晰、精确的白话取代言约义丰的文言,其实质乃是以精确性、严密性为特征的近代思维方式取代带有模糊性特点的传统运思方式。这种取代既是文学语言的重建,也是思维的重建。正是在这个意义上,人们常把新文化运动径称为白话运动或文学革命。"①这主要从语言变革立论。沈从文也说过,"单从白话文种种试验来说,在中国文学史上所得的成就,便可说是异常庄严而伟大的"②。这里说的是文学史问题。周策纵曾认为:

---

① 陈旭麓:《近代中国社会的新陈代谢》,上海社会科学院出版社,2006年,第396页。

② 沈从文:《"文艺政策"检讨》,《沈从文全集》第17卷,北岳文艺出版社,2002年,第275页。

"从'五四'时代起,白话文不但在文学上成了正宗,在一切写作文件上都成了正宗。这件事在中国思想、学术、社会和政治等方面都有绝大的重要性,对中国人的思想言行都有巨大的影响。在某些方面看来,也可以说是中国历史的一个分水岭。"①这就上升到文化思想问题去了。诸如此类,多为不刊之论,他们都充分肯定了白话文变革的重大转折性意义。在这里,还想讨论文学制度参与白话文变革的运作过程及其关联。

白话文运动并不是独立的运动,在其后面蕴涵着中国社会的现代化变革和民族国家想象。可以说,正是王朝崩溃,科举废除,现代教育制度、现代报纸杂志、现代政治与律法、西方思想范型的引进,这些社会历史条件和机遇,才使白话文运动一路通关,转正升级,渐成大势。说具体点,如甲午战争、戊戌变法、庚子国变的相继发生,社会的剧烈动荡,都不断刺激着国人神经、震撼世人心灵,也为白话创作提供了极为丰富的素材。中国自晚清以来的语言变革主要包含了两个方面:一是言文合一的白话文运动;二是规范与统一汉语语音的国语运动。在国语运动中,方言是被克服的对象。而西方民族语言的建立,则是语言的分化过程,它在不同民族内部实现语言的统一,造成了在语言共同体内不同民族之间的分离。因为西方的语言变革在追求通俗化之外,还追求民族身份的认同。而中国的语言变革主要追求

①　周策纵:《胡适对于中国文化的批判与贡献》,《胡适与近代中国》,时报文化出版公司,1991年,第36页。

语言交流的便利以及书写与言说的统一，这表明它拥有不同于西方的社会历史背景。

毋庸置疑，中国文明的进步发展、国家的统一稳定，语言文字发挥了重要作用。瑞典语言学家高本汉说过："这个大国里，各处地方都能彼此结合，是由于中国的文言，一种书写上的世界语，做了维系的工具。假使采取音标文字，那这种维系的能力就要摧破了。"①文言书写是中国政治、社会和文化的标志符号，它确立了中国的士大夫传统和文人政治。只不过，文言书写主要成了士大夫阶层的特权，造成了社会文化的分流和对立。鲁迅说："我们中国的文字，对于大众，除了身份，经济这些限制之外，却还要加上一条高门槛：难。跨过了的，就是士大夫，而这些士大夫，又竭力的要使这些文字更加难起来，因为这样可以使他特别的尊严。"②文言文是士大夫阶层利益的维护者，让他们享受了尊严，拥有语言的家园。布鲁斯特也说，"古典的汉字"，"必然发展了一种特殊利益阶级。不管哪个国家，如果诵读和书写的能力只限于知识阶级的时候，那么，这个阶级的人们就必然获得政权，而且永远掌握着它"③。黎锦熙也认为："中国两千年来的文字统一，实在不过少数智识阶级的文字统一，实在不过少数智识阶级的人们闹的玩意儿，说的面子话。纵然他们彼此共喻，

---

① （瑞典）高本汉：《中国语与中国文》，山西人民出版社，2015年，第49页。

② 鲁迅：《门外文谈》，《鲁迅全集》第6卷，人民文学出版社，2005年，第95页。

③ （英）威廉·N.布鲁斯特：《中国的知识底奴役性及其解放方法》，转引自邢公畹：《重提拉丁化运动》，载杜子劲编《一九四九年中国文字改革论文集》，大众书店，1950年，第28页。

似乎得了文字统一的好处；也只算统一了上层阶级，民众实在被屏除在统一之外。"①加拿大传播学者伊尼斯也曾指出："中文里保留着象形文字，虽然大多数的汉字还是形声字"，"中国的文字就能够以非凡的能力，成为表现许多方言的媒介。但是，其复杂性突出了读书人的重要地位，舆论的有限影响、政治宗教制度的持久性，也突显出来。"②由此，文言文成了士大夫的语言，是知识阶级的工具，是实施政治制度的手段。

晚清以降的白话文变革，最大推手还是社会变革，由民族危机带来的社会变革。文言文与社会大众脱节，这已不能适应民族自救和社会发展的需要，必然受到维新知识分子的批评，那么，打破士大夫与普通大众的壁垒、文言文与生活口语的隔绝，就成为首当其冲的事了，白话文变革就顺时而生，因为"语言作为一种社会现象，是与社会结构和社会的价值系统紧密联系在一起的"③。社会的发展变化必然带来语言的发展与变化，语言的发展变化又会成为社会进一步发展与变化的前提。从晚清到五四的语言变革运动，从废文言倡白话、统一国语读音、推行注音字母，直至提出废除汉语汉字，改用世界语或拼音文字，它们都有社会变革的历史依据。如裘廷梁撰文指出"愚天下之具，莫

---

① 黎锦熙：《全国国语运动大会宣言》，《国语周刊》第 29 期，1925 年 12 月 27 日。

② （加）哈罗德·伊尼斯：《传播的偏向》，中国人民大学出版社，2003 年，第 14 页。

③ （英）彼得·特鲁基尔：《社会语言学：语言与社会导论》，陕西人民出版社，1990 年，第 10 页。

文言若;智天下之具,莫白话若",宣称"白话为维新之本"①,这与梁启超"欲新一国之民,不可不先新一国之小说"的文学主张都是同一个逻辑,都是在民族危亡现实中对社会现代化变革的追求。

中国古代的文言和白话并存,文言占据主导地位,经晚清的白话文变革,才逐渐被白话文所挤兑和取代。这也与晚清民族主义的兴起和印刷技术的发展有关。甲午战争以后,瓜分之祸,迫在眉睫,摆在人们面前的已不是发奋图强,而是救亡图存,于是,天演学说、君主立宪、教育救国、科学救国,各种民族主义思想竞相提出,成为晚清以后的主要思潮之一。因为民族主义的目标是实现民族国家的统一,语言统一是其重要手段。白话文是民族主义的主要内容,它可消除社会阶层的分离,最大限度地实现言文合一的社会大众化和普遍性目标。因为"二十世纪之舞台,一切新制度,新理想,新器械之发明,无不借语言文字之媒介"②。刘师培也认为:"全国语言杂糅,本于国民相互之爱力大有障碍","欲统一全国语言,不能不对各省方言歧出之人而悉进以官话。欲进以官话,不可无教科书。今即以白话报为教科书,而省会之人为教师,求材甚易,责效不难,因以统一一省之语

---

① 裴廷梁:《论白话为维新之本》,载王运熙主编《中国文论选·近代卷》下册,江苏文艺出版社,1996年,第30页。

② 李文源:《〈形声通〉跋》,《清末文字改革文集》,北京文字改革出版社,1958年,第50页。

言,而后又进而去其各省会微异之音,以驯致全国语言之统一"①。国语运动与白话文运动在目标上是相通的,只是途径和方式不同。

在这一过程中,印刷术的兴起也是普及白话文的前提和条件。文言文是雕版印刷术的产物,白话文是机械活字印刷术的结果。雕版印刷术的传播能力和技术有限,它支撑着文言文的正统地位,晚清以来广泛使用机械活字印刷术,具有强大的生产力,满足了广大读者对传播内容更新、传递速度及时的需求。文言文、白话文与传播技术、物质条件有着密切的互动关系。中国古代的传播技术主要经历了甲骨钟鼎时期、简牍时期、抄本时期、雕版印刷时期。甲骨钟鼎的文字刻在龟甲兽骨上,难度之大可想而知,简牍改用竹木为载体,虽有改进,也颇不容易。史传墨子南游,载书五车;东方朔上书,竹简有几千斤重,汉武帝翻了一个月才读完。雕版印刷术是一大进步,但也要耗费时力,它需要将汉字反文雕刻在木板上,费工不少,雕好的书版也会占用相当空间。宋太祖时,雕刻《大藏经》5048 卷,前后费时 12 年,共雕版 13 万块。与这样的传播技术相适应的则是精简的文言,是基于不变或少变动的稳定性印刷方式,白话文取代文言文,是以机械活字印刷术为前提和基础的。晚清印刷术主要是机械运用和活字印刷术的推广。商务印书馆是现代出版业技术革新的先锋,1907 年,《东方杂志》刊登了一条"专售各种印书机器"的广

---

① 刘师培:《论白话报与中国前途之关系》,《警钟日报》1904 年 4 月 25、26 日。

告:"敝馆建设十年,知中国教育前途日益发达,所有赖于印刷术者甚亟,因向外洋运入各种纸墨及印书机器等件,以应全国之需。""机器有英、德、美各厂所制之不同,或铅印或石印,各随所宜。大号摇架,可印如《申报》者,每日万张。二号摇架,可印如《中外日报》者,每日万张。自来墨架,可印连史纸半张。又有打样架等。至电镀照相铜版,大小铜模铅子,选料精制,无不物美价廉。"①快速的机械生产提高了白话报刊的传播能力和影响。再就是活字印刷术的推广。活字印刷不同于雕版印刷,雕版一经雕成,基本不变,活字可反复排版;雕版印刷既可多印,也可少印,活字排好版之后,需要一次性印刷大量成品,然后再拆版。活字印刷显然优于雕版印刷,它能大批量生产,满足白话报刊出版的大批量生产和社会读者的快速需求。因有机械活字印刷技术的支持,从 1897 年 11 月《演义白话报》在上海诞生,到1911 年辛亥革命前,就出版了白话报刊 130 多种,白话教科书50 多种,白话小说 1500 多种。白话文的提出和推进有社会大背景,也有物质小技术,一个思想观念,哪怕是一个小动议,真要实践起来,都需要社会物质和制度力量的支持和参与,不然,就可能会流于纸上谈兵,坐而论道。由此,也就可以理解白话文变革所具有的多方面社会背景。

---

① 宋原放、李白坚:《中国出版史》,中国书籍出版社,1991 年,第 190 页。

二、文白之争与白话文的确立

1898 年,裘廷梁发表《论白话为维新之本》,认为"文与言判然为二,一人之身,而手口异国,实为二千年文字一大厄"①,它窒息了社会发展。同时,狄平子也在《论文学上小说之位置》中提倡"俗语问题",主张以白话为文学正宗。它们还只是个人主张,还没有在社会上产生广泛影响,还没有进入文学制度的流程。白话文之所以成为社会广泛关注的焦点,还得益于《新青年》的倡导,得益于新文化运动展开过程中的文白之争。1917年 1 月,胡适在《新青年》上发表《文学改良刍议》,认为文言文已经丧失活力,中国文学为适应现代社会,就必须进行语体革新,须废文言而倡白话。一石激起千层浪,由此引发了著名的文白之争,也是新旧文学论争的焦点之一。同年 5 月,胡适作《历史的文学观念论》,认为白话并非今人发明,而是早已有之,今之白话不过是对以往的继承和发展而已,白话文取替文言文有历史的必然性,"纵观古今文学变迁之趋势,以为白话之文学种子已伏于唐人之小诗短词。及宋而语录体大盛,诗词亦多用白话者(放翁之七律七绝,多用白话体。宋词用白话者更不可胜计。南宋学者往往用白话通信,又不但以白话作语录也)。元代小说

---

① 裘廷梁:《论白话为维新之本》,《中国文论选·近代卷》下册,江苏文艺出版社,1996 年,第 27 页。

戏曲则更不待论矣。此白话文学之趋势,虽为明代所截断,而实不曾截断。语录之体,明清之宋学家多沿用之。词曲如《牡丹亭》《桃花扇》,已不如元人杂剧之通俗矣。然昆曲卒至废绝,而今之俗剧(吾徽之'徽调'与今日'京调''高腔'皆是也)乃起而代之。今后之戏剧,或将全废唱本而归于说白,亦未可知。此亦由文言趋于白话之一例也。小说则明清之有名小说,皆白话也。近人之小说,其可以传后者,亦皆白话也(笔记短篇如《聊斋志异》之类不在此例)。故白话之文学,自宋以来,虽见屏于古文家,而终一脉相承,至今不绝"①。由此可见,白话文并非为五四新文学所独有,其变革之功也不能为五四新文化运动所独占。胡适的白话传统之论,使白话文变革有了历史合法性,给人以白话文从来如此的印象,自然,面临的现实压力和阻力就减轻多了。

接下来,陈独秀给胡适回信说:"改良中国文学,当以白话为文学正宗之说,其是非甚明,必不容反对者有讨论之余地;必以吾辈所主张者为绝对之是,而不容他人之匡正也。其何故哉?盖以吾国文化,倘已至文言一致地步,则以国语为文,达意状物,岂非天经地义,尚有何种疑义必待讨论乎?其必欲摒弃国语文学,而悍然以古文为文学正宗者,犹之清初历家排斥西法,乾嘉

---

① 胡适:《历史的文学观念论》,《胡适文集》第 3 卷,人民文学出版社,1998 年,第 32—33 页。

畴人非难地球绕日之说,吾辈实无余闲与之作此无谓之讨论也!"①白话文登堂入正室,不容许讨论,也没有时间讨论,可见其占理即霸道心理,也是对白话文之坚信。紧接着,陈独秀就在《新青年》上发表《文学革命论》,提出"三大主义"作为文学革命的征战目标:"曰推倒雕琢的阿谀的贵族文学,建设平易的抒情的国民文学;曰推倒陈腐的铺张的古典文学,建设新鲜的立诚的写实文学;曰推倒迂晦的艰涩的山林文学,建设明了的通俗的社会文学。"②在这里,虽没有出现白话文三个字,但从内容到形式,它对封建旧文学均持批判否定的立场,且以二极对立思维立论,措辞严厉,虽然起到了对胡适白话文主张最有力的支持,但也留下了现代决断论的话语思维逻辑。

白话文主张提出后,很快便得到了钱玄同、刘半农等人的积极响应。钱玄同是章门弟子,语言文字学专家,他在致《新青年》的信中,从语言文字进化角度说明白话文取替文言文势在必行:"语录以白话说理,词曲以白话为美文,此为文章之进化,实今后言文一致的起点。此等白话文章,其价值远在所谓'桐城派之文''江西派之诗'之上。"③还指斥拟古的骈文和散文是"选学妖孽,桐城谬种",成了后人常常引用为反传统的口号和证据,由

①　陈独秀:《答胡适之》,《陈独秀文章选读》(上),生活・读书・新知三联书店,1984 年,第 208 页。

②　陈独秀:《文学革命论》,《陈独秀文章选读》(上),生活・读书・新知三联书店,1984 年,第 172 页。

③　钱玄同:《反对用典及其他》,《钱玄同文集》第 1 卷,中国人民大学出版社,1999 年,第 7 页。

此也可见其态度之决绝。他还直接表白对新文学的主张："现在我们认定白话是文学的正宗;正是要用质朴的文章,去铲除阶级制度里的野蛮款式;正是要用老实的文章,去表明文章是人人会做的,做文章是直写自己脑筋里的思想,或直叙外面的事物,并没有什么一定的格式。对于那些腐臭的旧文学,应该极端驱除,淘汰净尽,才能使新基础稳固。"①行为"质朴""老实",表达"自我",不拘形式就是钱玄同拟定的新文学目标。刘半农则发表了《我之文学改良观》,提出改革韵文和散文、使用标点符号等建设性意见。在对待白话文的问题上,刘半农认为:"文言白话可暂处于对待的地位……以二者各有所长、各有不相及处,未能偏废故。"又说:"今既认定白话为文学之正宗与文章之进化,则将来之期望,非做到'言文合一',或'废文言而用白话'之地位不止。此种地位,既非一蹴可几,则吾辈目下应为之事,惟有列文言与白话于对待之地,而同时于两方面力求进行之策。进行之策如何? 曰,于文言一方面,则力求其浅显使与白话相近。于白话一方面,除竭力发达其固有之优点外,更当使其吸收文言所具之优点,至文言之优点尽为白话所具,则文言必归于淘汰,而文学之名词,遂为白话所独据,固不仅正宗而已也。"②刘半农比陈独秀、胡适和钱玄同的态度温和,但仍是赞成以白话取代文言,只是时候还未到,尚需多多努力。然而,胡适、陈独秀等人的白

---

① 钱玄同:《〈尝试集〉序》,《钱玄同文集》第 1 卷,中国人民大学出版社,1999 年,第 90 页。

② 刘半农:《我之文学改良观》,《新青年》第 3 卷第 3 号,1917 年 5 月 1 日。

话文主张，一时并没有引起社会反响，如鲁迅所说，他们感受到了寂寞。于是，钱玄同和刘半农在《新青年》上发表了"双簧信"，由钱玄同化名王敬轩给《新青年》写信，模仿旧文人口吻，将他们反对新文学与白话文的种种观点汇集起来，一股脑儿倒出来，然后由刘半农写复信，加以一一辩驳，由此引起了广泛的社会关注，俗称白话文运动中的"引蛇出洞"。

1918 年 4 月，胡适再发表《建设的文学革命论》，"以国语的文学，文学的国语"来概括新文学革命内容，强调白话文与新文学的依存关系，以及建设的紧迫性和重要性。他说："我们所提倡的文学革命，只是要替中国创造一种国语的文学。有了国语的文学，方才可有文学的国语。有了文学的国语，我们的国语才可算得真正国语。国语没有文学，便没有生命，便没有价值，便不能成立，便不能发达。这是我这一篇文字的大旨。"又说："中国这二千年何以没有真的价值真有生命的'文言的文学?'""这都因为这二千年的文人所做的文学都是死的，都是用已经死了的语言文字做的。死文字决不能产生出活文学。所以中国这二千年只有些死文学，只有些没有价值的死文学。"[1]因此，"中国若想有活文学，必须用白话，必须用国语，必须做国语的文学"[2]。将白话文称为活文字，由它创造的文学就是鲜活的，有生命，有价值的文学。实际上，语言文字有"死活"，消失的文字

---

[1]　胡适：《建设的文学革命论》，《胡适文集》第 3 卷，人民文学出版社，1998 年，第 61 页。

[2]　同上书，第 63 页。

或语言可谓死文字,但文学本身并无死活之说,传统的、历史中的文学虽然在时间上属于过去,甚至它的语言也不再使用,但它依然具有生命力。

紧接着到了1918年冬天,陈独秀、李大钊创办了《每周评论》杂志,同时,北京大学学生傅斯年、罗家伦等也创办了《新潮》月刊,共同致力于提倡白话文。不仅如此,傅斯年还就如何做白话文提出了自己的设想,他说:"文学的妙用,仅仅是入人心深,住人心久。想把这层办到,唯有凭藉说话里自然的简截的活泼的手段。所以我说,想把白话文做好,须得留神自己和别人的说话,竟用说话的快利清白,——一切精神,一切质素,——到作文上。"然而这只是其一,仅仅是做成现代语的白话文而已,要想做成"独到的白话文,有创造精神的白话文,与西洋文同流的白话文",还需要"直用西洋文的款式,文法,词法,句法,章法,词枝(figure of speech)……一切修词学上的方法,造成一种超于现在的国语,因而成就一种欧化国语的文学"①。傅斯年理想的白话文是"欧化的白话文",到底该怎样去做呢?概括起来就是:一、留心说话;二、直用西洋词法。"说话"是口语表达,"西洋词法"是西方逻辑。显然,傅斯年心目中的白话文是现实口语与西方语法的融合或化合,至于"怎样做",就是"留心"和引用,是"用心"与"思维"的统一。新文学的特点就是用"心"去感受和观察,用"脑"去思考和表达,心脑都通向了创作主体,心脑合一

---

① 傅斯年:《怎样做白话文?》,《新潮》第1卷第2号,1919年2月1日。

才可创造白话文。这对白话文的建设也就有了更深入的思考，特别是转向了白话文创作主体的建设。

白话文运动通过媒体的传播，声势浩大，甚至说得上是轰轰烈烈的了。然而，它也并非一帆风顺。新文学很快就遭到了旧文学势力的反驳和抵抗。最初由林纾出面迎击新文学革命。林纾是古文家、翻译家，在晚清翻译过大量外国小说，影响和贡献很大，到了新文学时期，他却极力反对以白话文取代文言文，在《论古文白话之消长》中以历史事实说明"即谓古文者白话之根柢，无古文安有白话"，并且还发出感叹："吾辈已老，不能为正其非，悠悠百年，自有能辩之者。请诸君拭目俟之。"[1]1919年3月，他还写信给北大校长蔡元培，对白话文运动大张挞伐，攻击北京大学新派人物"覆孔孟，铲伦常"，"尽反常轨，侈为不经之谈"[2]。蔡元培以书答之。林纾在信中说："且天下惟有真学术、真道德，始足独树一帜，使人景从。若尽废古书，行用土语为文字，则都下引车卖浆之徒，所操之语，按之皆有文法，不类闽广人无文法之啁啾，据此，则凡京津之稗贩，均可用为教授矣。若云《水浒》《红楼》皆白话之圣，并足为教科之书，不知《水浒》中辞吻，多采岳珂之《金陀萃编》；《红楼》亦不止为一人手笔，作者均博极群书之人。总之，非读破万卷，不能为古文，亦并不能为

---

① 林纾：《论古文白话之消长》，《林纾集》第1册，福建人民出版社，2020年，第378页。

② 林纾：《答大学堂校长蔡鹤卿太史书》，《林纾集》第1册，福建人民出版社，2020年，第217页。

白话。若化古子之言为白话演说，亦未尝不是。按《说文》，'演，长流也。'亦有延之、广之义，法当以短演长，不能以古子之长，演为白话之短。""大凡为士林表率，须圆通广大，据中而立，方能率由无弊。若凭位分势力，而施趋怪走奇之教育，则惟穆罕默德左执刀而右传教，始可知其愿望。今全国父老以子弟托公，愿公留意以守常为是。"①他所举的白话文例证，与胡适相似，但结论却不同。胡适认为白话古已有之，白话文言皆兄弟也；林纾却证明作白话者，均需博通文言，文言乃白话之父也。有其父，才有其子矣。对文言白话的历史关系看法不同，结论也就不一样，由此可见，历史是在阐释中完成的，没有阐释也就没有历史的意义。

蔡元培复信反驳，重申"对于学说，仿世界各大学通例，循'思想自由'原则，取兼容并包主义"②。他自己也很赞成用白话作文，他说，"我想将来白话派一定占优胜的"③。这无形之中增强了白话文倡导者的信心，鼓励了白话文践行者的勇气。反对者中除林纾外，还有严复，他们都是旧式知识分子推崇的人物。在白话文运动如火如荼开展的过程中，严复先是沉默，没有直接发表文章表达意见，过了一阵子，在 1919 年，他在一封书信中说："北京大学陈、胡诸教员主张文白合一，在京久已闻之，彼之

---

① 林纾：《答大学堂校长蔡鹤卿太史书》，《林纾集》第 1 册，福建人民出版社，2020年，第 218 页。

② 蔡元培：《致〈公言报〉并答林琴南函》，《蔡元培全集》第 3 卷，中华书局，1984年，第 271 页。

③ 蔡元培：《国文之将来》，《蔡元培全集》第 3 卷，中华书局，1984 年，第 357 页。

为此,意谓西国然也。不知西国为此,乃以语言合之文字,而彼则反是,以文字合之语言。今夫文字语言之所以为优美者,以其名辞富有,著之手口,有以导达要妙精深之理想,壮写奇异美丽之物态耳。如刘勰云:'情在词外曰隐,状溢目前曰秀。'梅圣俞云:'含不尽之意,见于言外,状难写之景,如在目前。'又沈隐侯云:'相如工为形似之言,二班长于情理之说。'今试问欲为此者,将于文言求之乎?抑于白话求之乎?诗之善述情者,无若杜子美之《北征》;能状物者,无若韩吏部之《南山》。设用白话,则高者不过《水浒》、《红楼》;下者将同戏曲中簧皮之脚本。就令以此教育,易于普及,而斡弃周鼎,宝此康瓠,正无如退化何耳。须知此事,全属天演,革命时代,学说万千,然而施之人间,优者自存,劣者自败,虽千陈独秀,万胡适、钱玄同,岂能劫持其柄,则亦如春鸟秋虫,听其自鸣自止可耳。林琴南辈与之较论,亦可笑也。"①严复各打五十大板,心态平和,任其自然,有点近似第三者,这实是反对者举旗投降的声调了。

接着,爆发了震动全国的五四运动,新文学借助五四运动,获得了社会的积极支持,也扩大了它的影响。在社会运动面前,传统知识分子再也没有出头露脸的勇气了。如同鲁迅在杂文中所说,如要改革,倡导者和反对者无法协商和调和,哪怕动一张桌子也要流血,最终在改革者怒而发出烧房子的时候,反对者才

---

① 严复:《与熊育锡·八十三》,《严复全集》第 8 卷,福建教育出版社,2014 年,第 372—373 页。

偃旗息鼓,接受事实。

但在之后的几年里,白话文运动仍旧遭遇到反对者的诘难,最有名的就是与"学衡派"和"甲寅派"的论争,这两次论争从学理和现实层面辨析了白话文的价值,白话文不但没有停下前进的步伐,反而得到社会更多的关注,有了更大的发展。

白话文倡导者与"学衡派"的论争发生在 1922 年。1922 年9 月,梅光迪、胡先骕、吴宓在南京东南大学创刊了大型学术杂志《学衡》,他们都曾留学美国,学习西洋文学,受白璧德新人文主义思想的影响,不认同五四新文化和新文学的反传统主张。梅光迪在《评提倡新文化者》中贬斥新文学提倡者,无非是"政客诡辩家与夫功名之士","标袭喧嚷,侥幸尝试","提倡方始,衰相毕露"①。提倡白话文,不过是追赶潮流罢了,"今之'世界潮流''时势需要',在社会主义白话文学之类,故彼等皆言社会主义白话文学,使彼等生数十年前,必且竭力于八股与'黄帝尧舜'之馆阁文章,以应当时之潮流与需要矣"②。将白话文学与社会主义扯上联系,的确有些跨度大,白话文运动除了"大众""民众"与社会主义有点近似之外,其他均为无关内容。当然,《新青年》的"左"倾,以及中国共产党在 1921 年的成立,与白话文虽说有些关系,但绝对不是最为直接的关系。吴宓则作了《论

---

① 梅光迪:《评提倡新文化者》,《梅光迪文录》,辽宁教育出版社,2001 年,第 6—7 页。

② 梅光迪:《评今人学术之方法》,《梅光迪文录》,辽宁教育出版社,2001 年,第13 页。

新文化运动》，胡先骕也有《评〈尝试集〉》，都对新文化运动提出了不少质疑。对此，罗家伦以《驳胡先骕君的"中国文学改良论"》回答，重点在"解答几种对于白话文学的疑难"，对胡先骕"决不可以作白话"观点进行逐一批驳，最后点出白话文的好处，"白话文是最能有想象，感情，体性，以表现和批评人生的，最能传布最好的思想而无阻碍的。何以故呢？因为我们人生日日所用的都是白话，我们日日所流露的所发生的种种感情，都是先从日用的白话里表现出来的。所以用白话来做文学，格外亲切，格外可以表现得出，批评得真。文言做的文学，无论写什么人，或为大总统，或为叫化子，都是一样的腔调，一个模形；而白话做的文学，则一字一句之间，都可以写得入微。写大总统说话的口吻，决不会变叫化子，叫化子不同大总统一样，口里文绉绉的。其余无论写什么人、什么事、什么情、什么境，都可运用自由，不生阻碍，并且可以为各人各事保存他们的个性"①。这说到了白话文的核心实质了，它是新文化思想解放运动的产物，是民主化、个性化的文学。

在赞成者和支持者中，还得提到鲁迅。鲁迅是最深刻反思传统论者，他大力支持白话文，将白话文融入现代思想和现代生命，并积极开展白话小说和杂文创作，使其成为白话文学经典之作，这对白话文运动无疑是最大的支持，特别是在文言文论者一

---

① 罗家伦：《驳胡先骕君的"中国文学改良论"》，《中国近代思想家文库·罗家伦卷》，中国人民大学出版社，2015年，第46页。

直质疑白话文拿不出成绩的时候,鲁迅的身体力行,不仅是立场态度,更是货真价实的支援。鲁迅曾发表文章《随感录五十七》,谴责古文家的历史倒退行为,称阻止白话文者是"现在的屠杀者"①。他的《估学衡》一文,既嬉笑怒骂,举重若轻,又说理透彻,要言不烦,他说:"诸公的说理,便没有指正的必要,文且未亨,理将安托,穷乡僻壤的中学生的成绩,恐怕也不至于至此的了。""诸公掊击新文化而张皇旧学问,倘不自相矛盾,倒也不失为一种主张。可惜的是于旧学无门径,并主张也还不配。倘使字句未通的人也算是国粹的知己,则国粹更要惭惶煞人!'衡'了一顿,仅仅'衡'出了自己的铢两来,于新文化无伤,于国粹也差得远。"②鲁迅对白话文,是何等自信,可见一斑。

1925 年发生了与"甲寅派"的论争。当时任北洋政府司法与教育总长的章士钊复刊《甲寅》周刊,标明"文字须求雅驯,白话恕不刊布"。所持理论和"学衡派"差不多,不过多了些忧虑和失意罢了,他说:"计自白话文体盛行而后,髦士以俚语为自足,小生求不学而名家,文事之鄙陋干枯,迥出寻常拟议之外。黄茅白苇,一往无余,诲盗诲淫,无所不至;此诚国命之大创,而学术之深忧。"③他还发表了《评新文化运动》一文,试图从逻辑学、语言学、文化史等角度,论证白话文不能取代文言文,说"吾

---

① 鲁迅:《现在的屠杀者》,《鲁迅全集》第 1 卷,人民文学出版社,2005 年,第 366 页。
② 鲁迅:《估〈学衡〉》,《鲁迅全集》第 1 卷,人民文学出版社,2005 年,第 399 页。
③ 章士钊:《创办国立编译馆呈文》,《章士钊全集》第 5 卷,文汇出版社,2000 年,第 147 页。

之国性群德,悉存文言,国苟不亡,理不可弃"①,甚至断定"白话文学"已成强弩之末,需要提倡"读经救国"。此文一出,立刻遭到了新文学阵线的全力反击。成仿吾作《读章氏〈评新文学运动〉》,徐志摩作《守旧与玩旧》,分别对保守势力的"维护传统,反对白话"主张给予了严厉批驳。高一涵的《新文化运动的批评》一文,更是抓住章士钊反对白话文的实质,批驳道:"章先生说他自己是'做白话文最早的一个人'——'二十年前就做白话文,但是因做不好,所以不敢做'。由此可见白话文作得好,作不好,是一个问题;白话文体到底简单不简单,又是一个问题。现在作白话文的作不出好文字,只能归罪于白话文学家的手段太低,却不能归罪于白话文的文体。"②他将章士钊踢出的皮球又狠狠地踢回去了,并且,一球进门,又刁又钻,还击中了章士钊的软肋。

此时,文言白话之争已经过去了,白话文的地位已经确立下来,但文言白话的优劣短长依然困扰着新文学。鲁迅在《答 KS 君》一文中指出:"即使真如你所说,将有文言白话之争,我以为也该是争的终结,而非争的开头,因为《甲寅》不足称为对手,也无所谓战斗。"③作为思想界战士的鲁迅,如要与他搏斗,要有与他相等的对手。不然,也让鲁迅深感无聊和无趣。在与守旧派

---

① 章士钊:《评新文学运动》,《章士钊全集》第 5 卷,文汇出版社,2000 年,第 366 页。

② 高一涵:《新文化运动的批评》,《中国新文学大系·文学论争集》,上海文艺出版社,2003 年,第 227 页。

③ 鲁迅:《答 KS 君》,《鲁迅全集》第 3 卷,人民文学出版社,2005 年,第 120 页。

的较量之后,白话文也日趋成熟,得到了社会的认同,新文学本身也在文学社团的纷纷成立后有了更强有力的支撑。

沈从文在1940年将五四白话文变革称为"一场战争",说文言文是"愚昧与顽固、虚伪与陈腐的混合物"①。语言即思想。朱光潜也有同样的看法,"在现代中国,我们一提到文艺,就要追问到思想",因为"语言是思想的外现","口里乱说,心里也就乱想;口里不说,心里也就不想"②。这样说起来,那就很难一时半会儿可以消除文言背后的思想了。这虽是白话文变革的逻辑,也是其困境。新文化运动选择白话文作为思想文化的突破口,在其背后的逻辑是,语言方式即思想方式,文言文是传统思想的巢穴,反传统必须要建设新的语言方式。于是,胡适提出新文学必须"要有新思想做里子","先要做到文字体裁的大解放,方才可以用来做新思想新精神的运输品"③。白话要有新思想,那就需要一定程度的欧化,这也是朱希祖和傅斯年等人的观点。朱希祖说过,"新文学有新文学的思想系统,旧文学有旧文学的思想系统,断断调和不来"④。傅斯年也认为,"新思想必须放在新文学的里面",新文学才有"感动力",才能"动人必速,入人心

① 沈从文:《白话文问题》,《沈从文全集》第12卷,北岳文艺出版社,2002年,第54页。
② 朱光潜:《理想的文学刊物》,《朱光潜全集》第3卷,安徽教育出版社,1987年,第436页。
③ 胡适:《〈尝试集〉自序》,《胡适文集》第3卷,人民文学出版社,1998年,第128页。
④ 朱希祖:《非"折中派的文学"》,《朱希祖文存》,上海古籍出版社,2006年,第77页。

深,住人心久"①。但是,白话文一旦走向欧化,又脱离了社会现实,也必然会遭到质疑和反思。20世纪30年代,瞿秋白在大众语运动中对五四白话文运动的批判就是例证,他认为,五四白话文和新文学革命以后,出现了一种"风气","不顾口头上的中国言语的习惯",所谓白话"读不出来",也"听不懂"②。于是,主张重建"真正现代普通话的新中国文"③。

三、报刊出版与白话文的播散

近现代的白话文变革,报刊出版是其重要推手。白话文倡导者也充分利用了报刊来实现自己的主张。胡适"文学改良"主张先是在朋友间的辩论,彼此都难以说服对方,于是想到借助报刊媒介来讨论。胡适在给陈独秀的信中说,文学改良主张"或有过激之处,然心所谓是,不敢不言。倘蒙揭之贵报,或可供当世人士之讨论。此一问题关系甚大,当有直言不讳之讨论,始可定是非"④。这显然有想利用媒介化解纷争的意图。白话文运动倡导者为了引起人们关注,借助报刊媒介制造舆论,"双簧

---

① 傅斯年:《白话文学与心理的改革》,《傅斯年选集》,天津人民出版社,1996年,第47页。

② 瞿秋白:《大众语的问题》,《瞿秋白文集文学编》第3卷,人民文学出版社,1989年,第14页。

③ 瞿秋白:《鬼门关以外的战争》,《瞿秋白文集文学编》第3卷,人民文学出版社,1989年,第152页。

④ 胡适:《寄陈独秀》,《新青年》第2卷第2号,1916年10月1日。

信"就是典型例证,或故意说一些极端性的话,"故为矫枉过直之言",也是一法。如钱玄同发表《中国今后之文字问题》,提出:"欲使中国不亡,欲使中国民族为二十世纪文明之民族,必以废孔学、灭道教为根本之解决;而废记载孔门学说及道教妖言之汉文,尤为根本解决之根本解决。"①观点非常尖锐极端,即便《新青年》同人,也未必赞同他的主张,却能引起社会反响,他的目的便达到了。

中国近代报刊主要是西方传教士和一些有识之士创设的,他们也是希望借助报纸传播新思想,表达社情民意。传播是一种意图,要以社会大众为定位,这就需要语言变革。所以,当时主张语言变革者很大一部分来自近代报人和报刊,如王韬、郑观应、黄遵宪、裘廷梁、梁启超等都是近代报人。从最初的"新文体",到倡导白话文,主要都在近代报刊上展开。到了 20 世纪初,已形成了白话报刊的创办热潮,不仅上海、北京等大城市有白话报刊出现,河南、山西以至黑龙江、蒙古、新疆、西藏等地区也有白话报刊出现。其中像《杭州白话报》《京话日报》《安徽俗话报》《中国白话报》等白话报刊,在非中心城市创办,却在全国都有影响力。可以说,如果没有白话报刊的支持,白话文运动也就不可能迅速获得社会反响。

近代报刊本身为了扩大读者面,增加发行量,对白话文拥有极大的热情。到 1908 年,在各地刊行的白话报刊近 40 种。如

① 钱玄同:《寄陈独秀》,《新青年》第 4 卷第 4 号,1918 年 4 月 15 日。

1897 年 11 月 7 日在上海创刊的《演义白话报》，1898 年相继问世的《无锡白话报》、《通俗报》(四川)、《女学报》(上海) 等。接着，以北京、上海及苏浙地区为中心，创办了多种白话报刊，如北京的《京话报》(1901)、《北京女报》(1905)，上海的《觉民报》(1900)、《中国白话报》(1903)，江苏的《苏州白话报》(1901)、《镇江白话报》(1908)，浙江的《杭州白话报》(1901)、《图画演说报》(1902)、《绍兴白话报》(1903)、《宁波白话报》(1903)。甚至在一些相对边远的地区，也出现了白话报刊，如《桂林白话报》(1907)、《西藏白话报》(1907)、《黑龙江白话报》(1908)，等等。其中，陈独秀主编的《安徽俗话报》(1904)、秋瑾创办的《白话》(日本东京,1904) 等最为著名，在 1909—1918 年的 10 年间，白话报刊更是风行一时，据不完全统计，在各地刊行的白话报刊 130 余种。另外，在 20 世纪初，还有白话教科书 50 多种，白话小说 1500 多种。

近代白话报基本上都使用通俗明了的白话。1876 年 3 月 30 日，《民报》创刊，它是申报馆出版的一份通俗报纸。上海《字林西报》也用白话风格为它作介绍，"我们已看到申报馆新出版的一种报纸的创刊号，名字叫做民报，卖五个小钱一份，它的特点是在用白话写的，可以帮助读者容易懂得它的内容。每一句的末尾都空着一格，人名和地名的旁边均以竖线号和点线号（……）表明之，并且只售半个铜板一份，是使它可以达到申报所不能及于的阶级，譬如匠人，工人，和很小的商店里的店员等。

它将每天刊行"①。1897年,在上海出版的《演义白话报》,其创刊号刊载了《白话报小引》,它介绍道:"中国人要想发愤立志,不吃人亏,必须讲究外洋情形、天下大势;要想讲究外洋情形、天下大势,必须看报;要想看报,必须从白话起头,方才明明白白。"②1898年,裘廷梁、裘毓芳创办《无锡白话报》,裘廷梁在第一期刊出的《无锡白话报序》,也是俗中含雅,容易看懂。1904年,苏州《吴郡白话报》和北京《京话日报》同时创刊,前者说要"把各种粗浅的道理学问,现在的时势,慢慢的讲给你们知道"③。后者声称:"本报为输进文明,改良风俗,以开通社会多数人智识为宗旨。故通幅概用京话,以浅显之笔,达朴实之理,纪紧要之事,务令雅俗共赏,妇稚咸宜。"④目标是一致的,都是走通俗易懂路线。

1904年,陈独秀创办的《安徽俗话报》,提出了办报的"两个主义"和三大好处。他说:"我开办这报,是有两个主义,索性老老实实的说出来,好叫大家放心。第一是要把各处的事体,说给我们安徽人听听,免得大家躲在鼓里,外边事体一件都不知道。况且现在东三省的事,一天紧似一天,若有什么好歹的消息,就可以登在这报上,告诉大家,大家也好有个防备。我们做报的

---

① 《六十年前的白话报》,《上海研究资料续集》,上海书店出版社,1984年,第321页。
② 陈玉申:《晚清报业史》,山东画报出版社,2003年,第109页。
③ 《〈吴郡白话报〉注释》,《中国近代期刊篇目汇录》第2卷(中),上海人民出版社,1981年,第1178页。
④ 陈玉申:《晚清报业史》,山东画报出版社,2003年,第152页。

人,就算是大家打听信息的人,这话不好吗?第二是要把各项浅近的学问,用通行的俗话讲出来,好教我们安徽人无钱多读书的,看了这俗话报,也可以长点见识。我这两种主义,想大家都是喜欢的,大家只管放心来买看看。不是我自己夸口的话,这报的好处,一是门类分得多,各项人看着都有益处。二是做报的都是安徽人,所说的话,大家可以懂得。三是价钱便宜,穷人也可以买得起。"①通信息,长见识,买得起,最重要的是"用通行的俗话讲出来"。

从形式上,当时的白话报更像"刊",多为 32 开本,多旬刊、半月刊和月刊者,少日刊。从目录上,有"演说""要闻"和"杂俎"三大版块,犹如现代报纸的"社论""新闻"和"副刊"。晚清白话报主要是采用通俗语言刊行,不可能提出以白话代文言的主张,与当时的文言大报比起来,白话报并不是主流报刊,仍是敲边鼓的,却形成了一种依存报纸的白话文体。特别是在白话报刊支持下,白话文在社会上产生了影响,而且有了良好的发展势头。

不但是白话报刊使用白话,在晚清已时有采用白话作翻译和文学创作。据钱锺书考证,林纾所翻译的 170 多部外国小说,并没有"用'古文'译小说,而且也不可能用'古文'译小说"。他说:"林纾译书所用文体是他心目中认为较通俗、较随便、富于弹

---

① 陈独秀:《开办〈安徽俗话报〉的缘故》,《陈独秀文章选读》(上),生活·读书·新知三联书店,1984 年,第 16 页。

性的文言。它虽然保留若干'古文'成分，但比'古文'自由得多；在词汇和句法上，规矩不严密，收容量很宽大。因此，'古文'里绝不容许的文言'隽语''佻巧语'像'梁上君子''五朵云''土馒头''夜度娘'等形形色色地出现了。口语像'小宝贝''爸爸''天杀之伯林伯'等也经常掺进去了。流行的外来新名词——林纾自己所谓'一见之字里行间便觉不韵'的'东人新名词'——像'普通''程度''热度''幸福''社会''个人''团体''脑筋''脑球''脑气''反动之力''梦境甜蜜''活泼之精神'等应有尽有了。还沾染当时的译音习气，'马丹''密司脱''安琪儿''苦力''俱乐部'之类不用说，甚至毫不必要地来一个'列底（尊闺门之称也）'，或者'此所谓'德武忙'耳（犹华言为朋友尽力也）'。意想不到的是，译文里包含很大的'欧化'成分。"①钱锺书对林纾译文采用白话情况作了具体细致的检索，它们主要来自口语和外来语，数量不多，却非常突出，效果鲜明。正是白话词汇的进入，为文言表达增加了弹性，且逐渐通向通俗易懂。

1903 年，晚清四大谴责小说几乎同时采用白话在报刊上陆续刊出，虽时有文言夹杂，但因小说读者多，对白话普及很有帮助。一个有意思的现象是，在都市，还是存在文言白话双轨制，为了让老百姓看得懂，就写白话；为得到传统知识分子认可，仍使用文言。即使写作白话，也有周作人提及的情形，如为《女诫注释》（《白话丛书》之一）作序者，行文的起承转合，"仍然是古

---

① 钱锺书：《林纾的翻译》，《旧文四篇》，上海古籍出版社，1979 年，第 83—84 页。

文里的格调，可见那时的白话，是作者用古文想出之后，又翻作白话写出来的"①。朱自清也说过，晚清小说仍然是"文言，语录夹杂在一块儿。是在清末的小说家手里写定的。它比文言近于现在中国大部分人的口语，可是并非真正的口语"②。当时的公文、书信、正规文章还是采用文言。有学者将晚清白话称为"过渡的白话"，认为"晚清'过渡的白话'为'五四'白话直接创造了样本"③。既然是"过渡"状态，自然就是文白兼容或是文白并行的了。如林纾"在尝试，在摸索，在摇摆"，"一会儿放下，一会儿又摆出'古文'的架子"，在《黑奴吁天录》里，将原文中一段211个字，意译为12个字："女接所欢，姑，而其母下之，遂病。"④严复把《论自由》（*On Liberty*）译成《群己权界论》，又把"社会学"（sociology）译成"群学"，沿用荀子"人而能群"中"群"的概念。

可以说，晚清报刊的发展，为白话文变革提供了坚实的条件和基础，翻译文学和新创白话小说的出版，又为白话文实践进行了有益探索。到了五四时期，《新青年》1918 年 5 月全部改为白话，白话文运动势不可挡。从 1919 年至 1920 年间，出现了白话刊物 400 多种，如《每周评论》（1918.12）、《国民》（1919.1）、《新潮》（1919.1）、《晨报副刊》（1919.2 改组的第十版）、《湘江评论》

---

① 周作人：《中国新文学的源流》，岳麓书社，1989 年，第 52 页。
② 朱自清：《论白话：读〈南北极〉与〈小彼得〉的感想》，《朱自清全集》第 4 卷，江苏教育出版社，1988 年，第 267 页。
③ 吴福辉：《"五四"白话之前的多元准备》，《中国现代文学研究丛刊》2006 年第 1 期。
④ 钱锺书：《林纾的翻译》，《旧文四篇》，上海古籍出版社，1979 年，第 86 页。

（1919.7）、《星期评论》（1919.6）、《觉悟》（上海《民国日报》副刊，1919.6.16）、《建设》（1919.8）、《少年中国》（1919.7）、《星期日》（1919.7）、《新生活》（1919.8）、《曙光》（1919.11）、《新社会》（1919.11）、《人道》（1920.8）、《觉悟》（1920.1）、《解放与改造》（1919.9）等，它们相继问世，既传播新思想，又采用白话文。这样，白话报刊成了白话文的载体和实训基地，推进了白话文的播散和影响。报刊白话还被作为人们学习和训练写作的对象，胡适就说："几十期的《竞业旬报》，不但给了我一个发表思想和整理思想的机会，还给了我一年多作白话文的训练。清朝末年出了不少的白话报"，"《国民白话日报》，李莘伯办的《安徽白话报》都有我的文字，但这两个报都只有几个月的寿命。《竞业旬报》出到 40 期，要算最长寿的白话报了。我从第一期投稿起，直到它停办时止，中间不过有短时期没有我的文字。""我不知道我那几十篇文章在当时有什么影响，但我知道这一年多的训练给了我自己绝大的好处。白话文从此成了我的一种工具。七八年之后，这件工具使我能够在中国文学革命的运动里做一个开路的工人。"① 由此可见，胡适写作白话的起步来自对报刊白话的模仿，也自然有"报刊文体"的基因。如胡适和陈独秀都发表过有关地理学的通俗文章《地理学》和《扬子江形势略论》，胡适用了白话，陈独秀则用文言。1906 年，胡适发表了《地理学》，开篇即是："诸君呀！你们可晓得俗语中有'见多识广'四个字么？

---

① 胡适：《四十自述》，《胡适文集》第 2 卷，人民文学出版社，1998 年，第 429 页。

这四个字可不是人生最难做到的么？为什么呢？因为那'见识'二字，是没有一定的。比方我们内地人到了上海，见了许多奇怪的东西，见了无数的外国人，哈哈！这个人回到内地，可不是一个见多识广的人么！但是照兄弟看起来，这还算不得什么呢！若真要做一个见多识广的人，一定要晓得天下的大势，各国的内情、各色人种的强弱兴亡，各国物产的多少、商务的盛衰，这种人方才可以叫做见多识广呢！"①行文朴实、明白如话，开口一个"诸君"，闭口一个"兄弟"，完全是一副口语化的腔调，虽是书面文章，也完全可以读出来，如同一篇讲稿。

四、读者接受与白话文的影响

五四白话文变革的推行与成功，也依赖于社会读者的认同和反响。《新青年》在倡导白话文的过程中，不仅借助了文学论争，还利用了读者反馈来扩大白话文的影响。在《新青年》第2卷第6号，就有读者针锋相对地提出："左右所提倡文学写实主义，一扫亘古浮夸之积习，开中国文学之一大新纪元，无任钦佩。""足下既不主理想主义，又不主言之有物。究竟言之无物，与理想主义有何分解？仆愚昧无似愈不了解，请左右有以教之。"②还有社会读者对胡适的"八事"主张，颇不以为然，说："足

---

① 胡适:《地理学》,《胡适文集》第9卷,北京大学出版社,2013年,第405页。
② 陈丹崖:《通信》,《新青年》第2卷第6号,1917年2月1日。

下所列八事,均系消极的,不知有积极的否?此八事条条精锐,良能发人猛省。惟第六第七不用典不讲对仗两款,确有矫枉过正之弊。"①有读者对文学革命提出自己的设想:"仆以为处今日而言,文学革命当与道德革命双方并进,盖国人之道德既趋于诚实之途,则对于种种花言巧语自认于道德有亏,必力避之,人人有此自觉心,则文学革命可收事半功倍之效矣。"②另有人提出:"文学改良,当先普行俗语。益中国文字之繁难极矣,从其事者尽毕生之力,始克有成","惟用俗语,庶足以挽回斯弊。"③俗语进入文学,用白话表现作者的观点,能引起读者的广泛注意,有读者就建议:"应用之文,必须用俗语;文学之文亦可用俗语,固为吾人之所公认;惟其为文之性质不同,故其用字之范围广狭,亦宜因之而有区别。"④《新青年》策划的双簧戏,也是为了吸引读者,为了营造声势,扩大白话文影响。"王敬轩"文章刊出后,就引起了不同反响。第4卷第6号有署名"崇拜王敬轩先生者"的来信:"读《新青年》见奇怪之言论,每欲通信辩驳,而苦于词不达意。今见王敬轩先生所论,不禁浮一大白。王先生之崇论宏议,鄙人极为佩服;贵志记者对于王君议论肆口侮骂,自由讨论学理,固应又是乎?"⑤也有人认为:"半农君复王敬轩君之言,则尤为狂妄","大昌厥词,肆意而骂之,何哉?……亦足见记者

---

① 李濂堂:《通信》,《新青年》第3卷第2号,1917年4月1日。
② 张护兰:《通信》,《新青年》第3卷第3号,1917年5月1日。
③ 易明:《改良文学之第一步》,《新青年》第3卷第5号,1917年7月1日。
④ 沈兼士:《通信》,《新青年》第4卷第2号,1918年2月15日。
⑤ 《通信》,《新青年》第4卷第6号,1918年6月15日。

度量之隘矣。"①不明就里的读者哪能识破真假,只好跟着报刊将假戏真演了。

随着白话文运动讨论规模的扩大,越来越吸引社会读者的参与,提出的意见也越来越具体。如有人提出"白话诗应该立几条规则"②。有人说:"用白话可做好诗,文言又何尝不可做好诗呢?"③有人提出,不能用"纯白话",文学语言可分为"应用的、美术的两种"④。也有人主张古文、白话"是否可以相容并存?"⑤也有些人对维护白话文提出了一些具体建议。第 4 卷第 5 号上有人称:"改革的起点,当在大学。大学里招考的时候,当然说一律要做白话文字(或者先从理工两科改起,文科暂缓),那么中等学校里自然要注重白话文字了。小学校里又因为中等学校有革新的动机,也就可以放胆进行了。那岂不是如'顺风行舟'很便利的法子么?"⑥还有读者希望"贵记者对于此间的谬论,驳得清楚,骂得爽快;尚且有糊涂的'崇拜王敬轩者'等出现,实在奇怪得很,愿你们再加努力,使这种人不再做梦"⑦。

一个有意味的现象是,在整个白话文运动中,并没有多少传统卫道者出来反对,反而是有不少社会读者积极参与意见,提出

---

① 戴主一:《驳王敬轩君信之反动》,《新青年》第 5 卷第 1 号,1918 年 7 月 15 日。
② 朱经白:《通信》,《新青年》第 5 卷第 2 号,1918 年 8 月 15 日。
③ 任鸿隽:《通信》,《新青年》第 5 卷第 2 号,1918 年 8 月 15 日。
④ 慕楼:《通信》,《新青年》第 5 卷第 3 号,1918 年 9 月 15 日。
⑤ 张效敏:《通信》,《新青年》第 5 卷第 5 号,1918 年 10 月 15 日。
⑥ 盛兆雄:《通信》,《新青年》第 4 卷第 5 号,1918 年 5 月 15 日。
⑦ 《通信》,《新青年》第 5 卷第 3 号,1918 年 9 月 15 日。

了不少建议。可以说，由读者的广而告之，扩大了白话的社会知名度和美誉度。白话文为顺应社会读者而发生，白话读者反过来也激活了白话文运动中的新文学创作，特别是白话报刊的运作。如陈独秀主编的《安徽俗话报》，它设有 13 个栏目，其中论说栏目，"是就着眼面前的事体和道理，讲给大家听听"。历史栏目"是把从古到今的国政民情，圣贤豪杰，细细说来给大家做个榜样，比那《三国演义》《说唐》《说宋》还要有趣"。地理栏目，"凡是本省的、外省的、本国的、外国的、山川城镇、风俗物产，都要样样写出，但不是什么看坟山、谋风水的地理，大家别要认错了"。闲谈栏目，"无论古时的、现在的、本国的、外国的，凡是奇怪的事，好笑的事，随便写出几条，大家闲来无事看看，倒也开心哩"①，等等。可以说，遵照了大众读者的阅读趣味。不仅是栏目，包括内容和表达都要考虑读者兴趣。陈独秀以"三爱"笔名在"论说"栏里发表了大量的白话文章，如《瓜分中国》《论安徽的矿务》等，表达都是大白话，如呼吁安徽人每人凑五毛钱，将洋人占据的矿山赎回来，"列位呀！要晓得矿山是地下的宝贝，全国的精华。无论那一个，都是要自家开采，不肯让别人家来开的"②。"况且开矿还是赚钱的事，并不像拿钱做好事有去无来的。唉！有钱的人现在不肯出钱，办全省的正经事，定要叫利权

---

① 陈独秀：《开办〈安徽俗话报〉的缘故》，《陈独秀文章选读》（上），生活·读书·新知三联书店，1984 年，第 17—18 页。

② 陈独秀：《论安徽的矿务》，《陈独秀文章选读》（上），生活·读书·新知三联书店，1984 年，第 22 页。

落在洋人手里,闹得后来和东三省一样,那时众人受苦不了,就是剐守财奴的肉做元子吃,也是不济事的了。"①这也是"就着眼面前的事体和道理讲给大家听听"的直白表述,能够引起大众读者的阅读兴趣。

1918 年 10 月,胡适在《新青年》开辟"什么话"专栏,辑引当时报刊上令人发笑或发怒的材料,再加上几句画龙点睛式的评语,直斥为"什么话",这也被全国各地报刊所纷纷效仿。毛泽东曾对美国记者斯诺说:"《新青年》是有名的新文化运动的杂志,由陈独秀主编。我还在师范学校做学生的时候,我就开始读这一本杂志。我特别喜欢胡适和陈独秀的文章。他们代替了梁启超和康有为做了我的崇拜人物。"②在新文学运动发动之时,"举国趋之若狂","天下悦胡君之言而响之者众",青年们纷纷"以适之为大帝,绩溪为上京"③。胡适之所以拥有这么多粉丝,除了思想启蒙以外,还与顺应白话报刊读者形成的报刊文体有关系。梁漱溟曾说,胡适的"才能是擅长写文章,讲演浅而明,对社会很有启发性"④。新文化运动中的胡适之所以能博得大名,原因在于他拥有不少白话读者。朱光潜曾对白话与文言作过比

① 陈独秀:《论安徽的矿务》,《陈独秀文章选读》(上),生活·读书·新知三联书店,1984 年,第 24 页。
② (美)埃德加·斯诺:《西行漫记》,生活·读书·新知三联书店,1979 年,第125 页。
③ 章士钊:《评新文化运动》,《章士钊全集》第 4 卷,文汇出版社,2000 年,第 212 页。
④ 梁漱溟:《略谈胡适之》,《梁漱溟全集》第 7 卷,山东人民出版社,2005 年,第625 页。

较,认为:"就表现力说,白话和文言各有所长,如果要写得简练,有含蓄,富于伸缩性,宜于用文言;如果要写得生动、直率,切合于现实生活,宜于用白话。"他个人比较爱写白话,在他看来,"语文的重要功用是传达,传达是作者与读者中间的交际,必须作者说得痛快,读者听得痛快,传达才能收到最大的效果";"为读者着想,白话却远比文言方便"①。比较而言,文言需要挑选读者,白话就不挑读者,或者说读者面广、数量大。

白话文读者也是逐渐培养起来的。在白话文运动提出"白话文为正宗"的过程中,胡适的"八不主义",陈独秀的"三大主义",钱玄同废除汉文的"彻底解决",五四运动走向社会政治,"把一个文化运动转变成为一项政治运动",但"对传播白话文来说,五四运动倒是功不可没的"②。1919 年 11 月,胡适、周作人、钱玄同、刘半农等向当时教育部提出了《请颁行新式标点符号议案(修正案)》。第二年春天,教育部通令采用新式标点符号文。至此,新式标点符号以法令形式公布与施行。1920 年,教育部又正式通令全国,从当年秋季开始,所有国民小学中第一、二年级的教材,必须完全用白话文。改"国文"为"国语",白话文运动与国语运动实现了合流。当时还规定,小学一、二年级原用的文言文老教材,从今以后一律废除。小学三年级的老教材限用到民国十年(1921),四年级老教材用至民国十一年

①　朱光潜:《从我怎样学国文说起》,《我与文学及其他》,广西师范大学出版社,2004 年,第 102—103 页。
②　唐德刚:《胡适口述自传》,广西师范大学出版社,2015 年,第 193 页。

（1922）。到此，白话文取得了全面胜利，占领了最难攻破的教育碉堡——教材变革。胡适后来说："这个命令是几十年来第一件大事。他的影响和结果，我们现在很难预先计算。但我们可以说：这一道命令，把中国教育的革新，至少提早了二十年。"[①]这样，白话文就可以培养和占有全社会的读者了，并且是从娃娃就开始培养。

但是，到了20世纪30年代，林语堂发现，在中学实施白话教育过程中，依然存在种种"奇怪"现象，如"今日中国学生学白话，毕业做事学文言，此一奇。白话文人作文用白话，笔记小札私人函牍用文言（参见刘半农遗札），此二奇。报章小品用白话，新闻社论用文言，此三奇。林语堂心好白话与英文，却在拼命看文言，此四奇。学校教书用白话，公文布告用文言，此五奇。白话文人请帖还有'谨詹'、'治茗'、'洁樽'、'届时'、'命驾'，此六奇。古文愈不通者，愈好主张文言，维持风化，此七奇。文人主张白话，武夫偏好文言，此八奇。这是今日文白分野对垒的现象"[②]。20世纪40年代，朱自清也坦白承认："现在报纸上一般文言实在已经变得跟白话差不多，因为记录现代的生活，不由得要用许多新的词汇和新的表现方式；白话也还是用的这些词

---

① 胡适：《国语讲习所同学录序》，《胡适教育论著选》，人民教育出版社，1994年，第122页。

② 林语堂：《与徐君论白话文言书》，《林语堂全集》第17卷，东北师范大学出版社，1994年，第279页。

汇和表现方式。这种情形下从一方面看,也许可称为文言的白话化。"[1]"白话文的发展还偏在文学一面,应用的白话文进步得很缓。"[2]这样的事实或情形,说怪也不怪,只能表明白话文变革的艰难程度,即使它拥有历史情势、社会报刊、理论倡导、文学实践以及社会读者,如要得到全社会普及和实践,则将是一个曲折艰难的过程,就是实现了这一目标,人们也会时不时地怀念起文言文的优势和长处,逝去的或许是美好的,现在在怀念"过去"之中成为"现在",当人们意识到现实的种种好处时,它已成为历史了。

---

① 朱自清:《论教本与写作》,《朱自清全集》第 2 卷,江苏教育出版社,1996 年,第 42 页。

② 同上书,第 43 页。

第十章 |

整理国故与新文学秩序

一、从文学革命到整理国故

从文学革命到整理国故,其间的转变换来了一场关于传统与现代意义关系的论争。有意思的是,它发生在 20 世纪 20 年代新文化阵营内部。还在新文学与守旧派之间就文言与白话论战正酣的 1919 年,胡适就连续发表了《新思潮的意义》《论国故学——答毛子水》《清代学者的治学方法》等文,举起了"整理国故"的大旗。胡适的主张受到了章太炎的影响。顾颉刚认为:"整理国故的呼声倡始于太炎先生,而上轨道的进行则发轫于适之先生的具体的计划。"①章氏是近代国学大师，著有《国故论衡》，主持过国学讲习所和国学振兴社，属于傅斯年心目中的"忘了理性，忘了自己"的"追慕国故"论者②。胡适的立场显然不同，他是为了"化神奇为臭腐"，去"捉妖"和"打鬼"③。

当时的守旧派倡导"浸淫于古籍"，学衡派力主"昌明国粹"，甲寅派也在高喊"读经"。新文学面临着"复古"的压力，不得不保持对传统的高度警惕。新文学刚站稳脚跟，打开局面，但立足并不牢固，文学秩序也没有完全确立起来。整理国故却在这个时候被提了出来，它对新文学的秩序和格局显然会产生相当的冲击作用，也必然会引起一场论争，由论争而走向对文学秩序的重构和话语权力的争夺。

五四文学革命以"破坏"立场，从语言工具入手，提出了"活的文学"和"人的文学"主张。"破坏"来自他们的"历史的文学观念"，相信"一时代有一时代之文学"④。历史的主客观条件又使他们选择了从语言入手，科举制度废除，文言失去权力的支撑，白话开始盛行。胡适也提到了这一点，"科举一日不废，古文的尊严一日不倒"，"倘使科举制度至今还存在，白话文学的运

---

① 顾颉刚：《自序》，《古史辨》第一册，上海古籍出版社，1982年，第78页。
② 参见毛子水《国故和科学的精神》注释中的"斯年附识"，载《五四前后东西文化问题论战文选》，中国社会科学出版社，1989年，第140页。
③ 胡适：《整理国故与"打鬼"》，《现代评论》第5卷第119期，1927年3月。
④ 胡适：《历史的文学观念论》，《胡适说文学变迁》，上海古籍出版社，1999年，第39页。

动决不会有这样容易的胜利"①。更重要的是,他们主观上也认为语言工具为文学变革之利器:"文字是文学的基础,故文学革命的第一步就是文字问题的解决。我们认定'死文字决不能产生活文学',故我们主张若要造一种活的文学,必须用白话来做文学的工具。我们也知道单有白话未必就能造出新文学;我们也知道新文学必须要有新思想做里子。但是我们认定文学革命须有先后的程序:先要做到文学体裁的大解放,方才可以用来做新思想新精神的运输品。我们认定白话实在有文学的可能,实在是新文学的唯一利器。"②任何革命在逻辑上都要追求"破除",文学革命也必然要以"破坏"作为精神基础,反传统是一种必然的策略。陈独秀提出的文学革命的"三大主义",也是以"推倒"与"建设"的基本句式立论的,传统属于被推倒之列。有意思的是,他们提倡白话文,并确认白话文学在中国文学里的正宗地位,而中国的白话文学恰恰又是传统文学的一部分,这使他们不得不又回到传统,重新发现中国文学的新传统。中国文学也就有了大传统和小传统③,这同时也说明五四文学革命并没有切断与传统的联系,最多与大传统有一定的分离,但却完全背靠了小传统。由胡适的《文学改良刍议》可以看到,在它主张的字里行间,都是有所指的,所列举的大量例证都来自传统俗文学。

---

① 胡适:《五十年来中国之文学》,《胡适说文学变迁》,上海古籍出版社,1999年,第143页。

② 胡适:《〈尝试集〉自序》,《尝试集》,人民文学出版社,1998年,第150页。

③ 余英时:《大传统与小传统》,《论士衡史》,上海文艺出版社,1999年,第88页。

如"惟以施耐庵、曹雪芹、吴趼人为文学正宗,故有'不避俗字俗语'之论"①,才有"不摹仿古人""不用典"的立论。相对说来,陈独秀的《文学革命论》的例证更多取自西方,而胡适立论则取自传统俗文学。

因此,我们也不难理解,当胡适在《新青年》杂志上连续发表《文学改良刍议》(1917)、《历史的文学观念论》(1917)和《建设的文学革命论》(1918)三篇倡导文学改良和革命文章之后,紧接着就在1919年提出"整理国故"。相隔时间之短,虽让人有些不可理解,但细想也会发现其内在理路。从提出文学改良的"八不主义",到"历史的文学观念",再到"国语的文学,文学的国语",其中有三个关键词:文学进化论、国语的文学、文学的国语。它们背后有这样的思路,中国文学存在一条从文言到白话的演化之路,国语与文学相伴而生,它曾经既是中国文学的"小传统",也将成为中国文学的"大传统"。整理国故就是对传统做梳理、考辨和阐释,重建新"传统",尤其是中国文学的"小传统"。

"国故",有的称之为"国学",有的称为旧有历史材料。整理国故倡导的科学精神和民间化价值取向,对新文学的建设很有启发和帮助。相对于新文学运动中的其他思潮,"整理国故"有一套完美而系统的理论设计。胡适是"整理国故"的始作俑者,"整理国故"成了建设"新思潮的意义"的一个环节。他认

---

① 胡适:《文学改良刍议》,《胡适说文学变迁》,上海古籍出版社,1999年,第24页。

为:"新思潮的根本意义只是一种新态度。这种新态度可叫做'评判的态度'。评判的态度,简单说来,只是凡事要重新分别一个好与不好。"①他引用尼采的"重新估定一切价值",作为评判的态度的注释。他还提出"评判的态度"的两种基本方法:"研究问题"和"输入学理"。这样,他有了全面的逻辑思路,对于"旧有的学术思想",以"整理"的眼光,"从乱七八糟里面寻出一个条理脉络来;从无头脑里面寻出一个前因后果来;从胡说谬解里面寻出个真意义来;从武断迷信里面寻出一个真价值来"②。"整理"就是寻求事实、意义和价值的"真",就是回到历史中去,还原历史,"把唐诗还给唐,把词还给五代两宋,把小曲杂剧还给元朝,把明清的小说还给明清"③。对于西方思潮要"输入学理",对于社会现象要"研究问题",最后实现"再造文明",概而言之,就是他在文章题词中的四句话——"研究问题,输入学理,整理国故,再造文明"。这样,从历史到现实,从西方到中国,不能不说是非常完备的。

整理国故还有可操作性的方法论,提出了怀疑、实证的科学方法。毛子水主张研究国故要有"科学的精神","'科学的精神'这个名词,包括许多意义,大旨就是从前人所说的'求是'。凡立一说,须有证据,证据完备,才可以下判断。对于一种事实,

① 胡适:《新思潮的意义》,《疑古与开新:胡适文选》,上海远东出版社,1995年,第232页。

② 同上书,第237页。

③ 胡适:《〈国学季刊〉发刊宣言》,《疑古与开新:胡适文选》,上海远东出版社,1995年,第72页。

有一个精确的、公平的解析；不盲从他人的说话，不固守自己的意思，择善而从。这都是科学的精神"①。胡适认为："科学的方法，说来其实很简单，只不过'尊重事实，尊重证据'。在应用上，科学的方法只不过'大胆的假设，小心的求证'。"②科学讲究扎实的证据和材料，讲究理性的评判。拿出证据来是科学最基础的要求。如郑振铎所说："整理国故的新精神，便是'无证不信'。以科学的方法来研究前人未开发的文学园地。我们怀疑，我们超出一切传统的观念——汉宋儒乃至孔子及其同时人——但我们的言论，必须立在极稳固的根据地上。"③当然，"大胆的假设"的做出则需要熟悉问题现状及背景，并不是自由无边的胡思乱想，而是善于怀疑的精神和方法。

整理国故倡导"科学的精神"，与传统学术划出了界线。但胡适也认为，"中国旧有的学术，只有清代的'朴学'确有'科学'的精神"，有"假设"和"实验"的科学方法④。应该说，在多数人眼里，整理国故的科学精神更多来自西方传统。西方的科学观念就是理性和秩序，科学的本质是理性，"在人类社会中，科学的幼芽扎根于人类那根深蒂固的、永不停息的尝试之中，试图靠运

---

① 毛子水：《国故和科学的精神》，《五四前后东西文化问题论战文选》，中国社会科学出版社，1989 年，第 133 页。

② 胡适：《治学的方法与材料》，《读书与治学》，生活·读书·新知三联书店，1999 年，第 212 页。

③ 郑振铎：《新文学之建设与国故之新研究》，载张若英编《中国新文学运动史资料》，上海书店出版社，1982 年影印，第 209—210 页。

④ 胡适：《清代学者的治学方法》，《读书与治学》，生活·读书·新知三联书店，1999 年，第 173 页。

用理性的思考和活动来理解和支配他生活在其中的这个世界"①。科学又是理解自然和社会的秩序,是对事物做出逻辑的分析。"我们如果没有一种本能的信念,相信事物之中存在着一定的秩序,尤其是相信自然界中存在着秩序,那么,现代科学就不可能存在。"②科学就是以理性方法,探究事物存在的秩序。整理国故、倡导科学精神也是用理性眼光发掘传统之于现代的意义,重建传统与现代秩序。

整理国故取民间化立场,眼光从贵族转向平民,从精致转向通俗。胡适所理解的"国故"内容广泛,"包括一切过去的文化历史。历史是多方面的:单记朝代兴亡,固不是历史;单有一宗一派,也不成历史。过去种种,上自思想学术之大,下至一个字,一支山歌之细,都是历史,属于国学研究的范围"③。北京大学曾发起对民俗、民谣、民间文学的整理,搜集歌谣、传说、故事和信仰、习俗材料。1918 年还在北京大学成立了歌谣征集处,1923年又成立"风俗调查会","征集关于风俗之器物,筹设一风俗博物馆"。它以现代精神和历史主义态度清理传统,考辨历史,推出了一系列学术成果,如胡适的《白话文学史》、鲁迅的《中国小说史略》、周作人的民俗研究、郑振铎的《插图本中国文学史》、沈雁冰的《神话研究》都或多或少与整理国故思潮相关,它标志

---

① (美)巴伯:《科学与社会秩序》,生活·读书·新知三联书店,1991 年,第 6 页。
② (英)怀特海:《科学与近代世界》,商务印书馆,1997 年,第 4 页。
③ 胡适:《〈国学季刊〉发刊宣言》,《疑古与开新:胡适文选》,上海远东出版社,1995 年,第 72—73 页。

着"新文化人把工作重点从文化批判转为学术研究"①。北京大学曾搜集了10000多首歌谣和众多的民间文学故事,并对它们做了具体深入的研究,如顾颉刚的《孟姜女故事研究》和董作宾的《一首歌谣整理研究的尝试》。无论是材料的收集,还是立论的视角和分析问题的方法,都有独特的发现和贡献,给了后来者以示范作用。

整理国故对传统小说和戏曲,更是多有收获。从中国社会科学院历史所资料室和北京大学历史系合编的《中国史学论文索引》可以看到,从五四前后到20世纪20年代末的中国古典文学论文中,白话文学、平民文学、戏曲、小说、民间文艺方面就占内容的一半以上。民俗、民谣、白话小说和戏曲在历史上属于生长于社会底层的边缘文学,一向被人所忽略和轻视,人们很少对它们做系统的整理和研究。对民间的、边缘的文学的重视,民间化取向成为整理国故的重要特点,它使新文学拥有了传统的合法性资源。从这个意义上说,整理国故支持了白话文和文学革命。

二、整理国故与新文学秩序

整理国故成为新文学运动的一部分,它不仅仅是学术研究的学理问题,更是关系到新文学意义和秩序的重建。传统国故

---

① 陈平原:《中国现代学术之建立》,北京大学出版社,1998年,第222页。

与外国文学都被看作"新文学的基础",二者有着同等的价值和地位。在理论上,它校正了新文化运动对待传统的偏激态度,重建传统与现代的理性关系。当然,彻底反传统也是新文化选择的一种策略,并取得了相对调和的成果。如同鲁迅所说:"中国人的性情是总喜欢调和,折中的。譬如你说,这屋子太暗,须在这里开一个窗,大家一定不允许的。但如果你主张拆掉屋顶,他们就来调和,愿意开窗了。没有更激烈的主张,他们总连平和的改革也不肯行。"对传统取彻底决裂的态度,不过是通过"拆屋顶"而达到"开窗子"的效果。事实上,传统的东西有多种层面,物质的、制度的和语言符号的,物质传统容易破毁,制度传统也可以促使变革,但文化符号里的传统则渗透有人的生命、情感和思维方式,要实行彻底反叛,恐怕也是心比天高,力比纸薄,口气比力气大。作为传统物化形式的"辫子"说剪就能剪掉,传统一夫多妻的制度也可以改为一夫一妻制,但隐藏在心中的"辫子"和"男权"心理,并不是一时半载就能改变的。传统时时制约着反传统,反叛来自传统的压力,作用力与反作用力则多有联系和依赖之处。

大凡成熟的文明或社会,都有相应的文化秩序,有"与一定的生产力水准相联系的人类行为的规则链"。人们的生活方式、思维方式和观念意识都与文化秩序有着相当紧密的联系。"文化秩序是稳定的,每个民族的根性即深藏其中,并通过理性的网络形成社会的表面张力,使盘根错节的社会机体达成完形,不致于突然之间失去平衡。文化秩序的变异,只能是渐变,不应该是突变。"①传统也是文化秩序的组成部分,它不断参与社会现实的运作,规范着人们的行为、思维和观念,并最终成为现实秩序的一部分。整理国故的提出和开展,也证明传统最终成为新文学的意义资源,进入新文学秩序的重新安排。

说穿了,整理国故牵涉到的还是一个新与旧的意义和方法问题。文学革命从语言入手,由此牵出了白话与文言的矛盾,也带出了文学与语言的复杂关系。林纾反对白话文,认为"民国新立,士皆剿窃新学,行文亦绎之以新名词。夫学不新,而唯词之新,匪特不得新,且举其故者而尽亡之。吾甚虞古学之绝也"②。他批评文学革命的语言化倾向,忽略了文学意义的创造。这也是事实,连当时的胡适也寄希望于未来,"要在三五十年内替中国创造出一派新中国的活文学"③。郑振铎也承认:"现在中国文学界的成绩还一点没有呢!做创作的不少,但是成功的,却没有什么人。"④文学革命首先在语言上取得了成功,为了推广白话而不得不借助文学。茅盾认为:"新文学运动也带着一个国语文学运动的性质","中国的国语运动此时为发始试验的时候,实在极需要文学来帮忙;我相信新文学运动最终的目的虽不在

---

① 刘梦溪:《社会变革中的文化制衡》,《传统的误读》,河北教育出版社,1996年。
② 林纾:《论古文之不宜废》,《民国日报》1917年2月8日。
③ 胡适:《建设的文学革命论》,《胡适说文学变迁》,上海古籍出版社,1999年,第43页。
④ 郑振铎:《平凡与纤巧》,《郑振铎文集》第4卷,人民文学出版社,1985年,第329页。

此,却是最初的成功一定是文学的国语。"①胡适曾说:"我的'建设的新文学论'的唯一宗旨只有十个大字:'国语的文学,文学的国语'。我们提倡的文学革命,只是要替中国创造一种国语的文学。有了国语的文学,方才可有文学的国语。有了文学的国语,我们的国语才可算得真正国语。"②可以说,新文学运动首先是一场国语运动,接着才是文学运动。

周作人是新文学运动的主力干将,他发表的《人的文学》、《新文学的要求》和《平民文学》等理论文章,为新文学提供强大的理论支撑。在这些文章里,材料和眼光几乎都来自西方文学对他的启示,这说明当时他对传统文学,即使是胡适推崇的白话文学也并不十分看重。但后来他的态度却逐渐发生改变,如认为"古书绝对的可读,只要读的人是'通'的","第一要紧是把自己弄'通',随后什么书都可以读"③。他对待文言与白话的态度也更为理性,对于"古文的文字是死的,所以是死文字学","国语白话文是活的,所以是活文学"的说法,他有自己的见解,认为:"不见得古文都是死的,也有活的,不见得白话文都是活的,也有死的。"④1932 年,他在辅仁大学讲授《中国新文学源流》,

① 茅盾:《新文学研究者的责任与努力》,《茅盾文艺杂论集》上集,上海文艺出版社,1981 年,第 28 页。

② 胡适:《建设的文学革命论》,《胡适说文学变迁》,上海古籍出版社,1999 年,第 45 页。

③ 周作人:《古书可读否的问题》,《谈虎集》,河北教育出版社,2002 年,第 101 页。

④ 周作人:《死文学与活文学》,《周作人集外文》下集,海南国际新闻出版中心,1995 年,第 210 页。

把新文学的源流追溯到明末的公安、竟陵派,认为:"那一次的文学运动,和民国以来的这次文学革命运动,很有些相像的地方。两次的主张和趋势,几乎都很相同。"①并认为:"文学的死活只因它的排列法而不同,其古与不古,死与活,在文学的本身并没有明了的界限。"②周作人的转变,有传统阴魂的缠绕,也与新文学对传统资源的重新发掘与整理相关。传统与现代、古文与白话文并不是截然对立,它们之间也可以实现交流和沟通。

当然,发生在周作人身上的静悄悄的转变,有纯粹的个人原因。文学研究会对待传统的态度更能说明问题。文学研究会在发起的"宣言"和"简章"里,明确提出"本会以研究介绍世界文学,整理中国旧文学,创造新文学为宗旨"。③《小说月报》同时改版,茅盾起草了《改革宣言》,他也认为"中国文学变迁之过程则有急待整理之必要",他把介绍西洋文学与整理中国旧文学并列为《小说月报》的"研究"栏目,并确信"中国旧有文学不仅在过去时代有相当之地位而已,即对于将来亦有几分之贡献"④。事隔一年,他们并没有多少动作,受到了读者来信质疑。"先生辈所组织之文学研究会,章程上所定宗旨,谓创造新文学,介绍西洋文学,整理中国固有文学;两年来贵会对于宗旨之实行如前两项,可谓尽创造与介绍之能事,此可于《小说月报》中觇之,至

---

① 周作人:《中国新文学源流》,河北教育出版社,2002 年,第 26 页。
② 同上书,第 55 页。
③ 《文学研究会简章》,《小说月报》第 12 卷第 1 号,1921 年月 10 日。
④ 《〈小说月报〉的改革宣言》,《小说月报》第 12 卷第 1 号,1921 年月 10 日。

于整理中国固有文学一项，迄今未见有何表现，想尚在考虑中，不欲邃行发表，否则章程等于具文，贤者决不为也。"沈雁冰对来信做了回答，他说："文学研究会章程上之'整理中国固有文学'，自然是同志日夜在念的；一年来尚无意见发表的缘故，别人我不知道，就我自己说，确是未曾下过这样的研究工夫，不敢乱说，免得把非'粹'的反认为'粹'。"①他们不是做不了，而是担心做不好。又隔了一年，在郑振铎的主持下，《小说月报》第14卷第1号专门设置了"整理国故与新文学运动"专栏，并发表了七篇文章。它们是《整理国故与新文学运动的发端》（西谛）、《新文学之建设与国故之新研究》（郑振铎）、《我们对于国故应取的态度》（顾颉刚）、《国故的地位》（王伯祥）、《整理国故与新文学运动》（余祥森）、《韵文及诗歌之整理》（严既澄）、《心理上的障碍》（玄珠）等。

文学研究会对整理国故做了积极的回应。他们注意到，"现在研究文学的人，往往把'整理国故'和'新文学运动'看作两件绝不相涉的事情，并且甚至于看作不能并立的仇敌。其实这是绝大的冤屈！因为他们俩在实际上还是各有各的位置，各有各的真价，尽有相互取证、相互助益的地方"。它们二者"在学术研究上的地位，实在同样的重要"，前者是"历史的观念"，后者是"现代的精神"，"这两件事在今日，都是不可偏废的。我们既是现代的人，自然要过现代的生活，决不应'高希皇古'，'游心

---

① 万良浚、沈雁冰：《通讯》，《小说月报》第13卷第7号，1922年7月10日。

太初';但无论什么事物,必有他历史上的过程,我们在历史上寻究他的来源,观察他的流变,当然也是分所应为的事,决不致一做这些工夫,生活便会倒向退步,仍旧回到从前的老路的"。所以,"历史观念非但不会损害现代精神,而且可以明了现代精神所由来,确定他在今日的价值"①。以"现代的人""过现代的生活"为前提,去追溯国故,明晰历史,才不会泥古不化,沉醉其间。也如周作人所主张的"我们要整理国故,也必须凭借现代的新学说新方法,才能有点成就。譬如研究文学,我们不可不依外国文学批评的新说,倘若照中国的旧说讲来,那么载道之文当然为文学正宗,小说戏曲都是玩物丧志,至少也是文学的未入流罢了"②。价值参照系不变,整理也只能停留在收集、考辨材料上,无法作出更有现代价值的分析研究。余祥森也认为,"旧文学底实质,和新文学底实际是一样的;因为他们同是文学,同是普遍的真理表现;所以凡是真正的文学作品,都有永久的价值。……所以新文学的基础,不当单建在外国旧文学上面,也不当单建在国故上面,须当建在外国旧文学和国故的混合物上面。这种的新文学,才算是真正的新文学"。因此,"整理国故就是新文学运动当中一种任务,他的地位正和介绍外国文学相等"③。《小说月报》从第 15 卷第 1 号(1924 年 1 月)开始,连续登载了七期由郑振铎撰写的《中国文学者生卒考》。1927 年 6 月,《小说月

---

① 王伯祥:《国故的地位》,《小说月报》第 14 卷第 1 号,1923 年 1 月。

② 周作人:《思想界的倾向》,《谈虎集》,河北教育出版社,2002 年,第 88 页。

③ 余祥森:《整理国故与新文学运动》,《小说月报》第 14 卷第 1 号,1923 年 1 月。

报》第 17 卷作为"中国文学研究"专号,以"号外"形式刊出。这也可以说是新文学杂志参与整理国故规模最大的一次,它分上下两册,80 余万字。作者阵容集中了当时的精兵强将,除国学大师梁启超、陈垣外,大部分都是文学新锐,如郑振铎、沈雁冰、郭绍虞、俞平伯、朱湘、刘大白、台静农、滕固、陆侃如、许地山、胡梦华、谢无量和钟敬文等,还翻译了日本学者盐谷温、仓石武四郎研究中国小说和戏曲的论文。

文学研究会对整理国故的积极态度,有郑振铎个人偏爱古典文学的原因,尤其对传统俗文学,郑振铎与胡适有着同样的兴趣。郑振铎明确提出过:"我主张在新文学运动的热潮里,应有整理国故的一种举动。"他的理由有两个,第一,"新文学的运动不仅要在创作与翻译方面努力,而对于一般社会的文艺观念,尤须彻底的把他们改革过,因为旧的文艺观念不打翻,则他们对于新的文艺,必定要持反对的态度,或是竟把新文学误解了"。这也是人们常说的"温故而知新",为了打翻它而去了解它。第二,"新文学运动并不是要完全推翻一切中国固有的文艺作品。这种运动的真意义,一方面在建设我们的新文学观,创作新的作品,一方面,却要重新估定或发现中国文学的价值,把金石从瓦砾堆中搜找出来,把传统的灰尘,从光润的镜子上拂拭下去"①。对新文学运动而言,整理国故是为了熟悉而警惕,是为了重新发

---

① 郑振铎:《新文学之建设与国故之新研究》,载张若英编《中国新文学运动史资料》,上海书店出版社,1982 年影印,第 207—208 页。

现和估价,两方面都离不开传统文学,它既是新文学的镜子,也是新文学的肥料。郑振铎曾把新文学运动过程分为两个时期,一是新文化运动和白话文运动时期;二是新文学的建设时代,也就是文学研究会和创造社的时代。在这个时期,新文学"不完全是攻击旧的,而且也在建设新的。不完全是在反抗,破坏,打倒,而也在介绍,创作,整理"。"已知道所走的路线是决不能笼统的用'欧化'两个字来代表一切的新的倾向的了。"[①]这样,在传统与现代之间,中国新文学不断寻找秩序的平衡,"整理国故"起到了推波助澜的作用。

三、整理国故与新文学论战

整理国故并不是一帆风顺,而是受到左右夹击。五四时期,对待传统基本上有三种态度:疑古派、守旧派和释古派。守旧派抱残守缺,盲从迷信;疑古派对传统以怀疑为旗,什么都不相信;释古派以阐释、理解的眼光重释传统,整理国故就是代表。在新文化人提倡整理国故思潮期间,文化复古依然属于强势力量,章太炎还给社会公众"讲国学","甲寅派"提出"六经以外无文",推行读经救国。20世纪20年代,西方制度的弊端也随世界大战的爆发而逐渐显露出来,西方哲学家杜威、罗素相继来华,为东

---

① 郑振铎:《〈中国新文学大系·文学论争集〉导言》,《中国新文学大系导论集》,上海书店出版社,1982年影印,第77页。

方文明大唱赞歌，为文化复古添火加薪，也催生了"二梁"（梁启超、梁漱溟）的东方文化论调。大大小小的声音，汇成了"一个国粹主义勃兴的局面"①。不可否认，有意无意之间，整理国故被文化复古借了"光"，让其反对新文学运动有了更多的口实，至少，它也瓦解了社会对新文学反传统的注意，分散了新文学联合阵线的力量②。

这不得不引起新文学界的高度警惕和质疑。在新文化运动中，可以算是胡适的"同胞兄弟"的陈独秀，对整理国故也多有讥讽。他赞成把国故当作历史材料研究，如把国故当国学，就出现两个流弊："一是格致古微之化身，一是东方文化圣人之徒的嫌疑犯；前者还不过是在粪秽里寻找香水（如适之、行严辛辛苦苦的研究墨经与名学，所得仍为西洋逻辑所有，真是何苦！），后者更是在粪秽里寻找毒药了！"③他把国故、孔教和帝制称作是"三位一体"④。茅盾认为，整理国故在理论上有一定的合理性，属于新文学运动题内的"应有之事"，但在现实意义上，他们忘记了新文学的历史使命，"把后一代人的事业夺到自己手里来完成，结果弄成了事实上的'进一步退两步'，促成了这一年来旧

---

① 周作人：《思想界的倾向》，《谈虎集》，河北教育出版社，2002年，第88页。

② 茅盾：《文学界的反动运动》《进一步退两步》，《茅盾文艺杂论集》上集，上海文艺出版社，1981年。

③ 陈独秀：《寸铁》，《德赛二先生与社会主义：陈独秀文选》，上海远东出版社，1994年，第248页。

④ 陈独秀：《三位一体的国故、孔教、帝制》，《陈独秀教育论著选》，人民教育出版社，1995年，第350页。

势力反攻的局面,爆发为反动运动"。也让"三五年来新文学运动出死力以争而得的结果,都在动摇中了"①。

从现实层面考虑问题,这也是现代知识分子的基本思路。鲁迅认为,在新思潮来到中国,还未尝变得"有力"的时候,老头子和年轻人都来讲国故是"抬出祖宗来说法",虽"极威严",但他不相信"在旧马褂未曾洗净叠好之前,便不能做一件新马褂"。"就现状而言,做事本来还随各人的自便,老先生要整理国故,当然不妨去埋在南窗下读死书,至于青年,却自有他们的活学问和新艺术,各干各事,也还没有大妨害的,但若拿了这面旗子来号召,那就是要中国永远与世界隔绝了。倘以为大家非此不可,那更是荒谬绝伦!"②无论在理论上,还是在现实层面,鲁迅对待整理国故有感性的紧张和理性的反思态度。

陈独秀、鲁迅和茅盾对整理国故的反思与批判,让新文学界有了不同的声音。要知道,他们与胡适曾经都是新文化阵营的主将。创造社的郭沫若和成仿吾对整理国故也持批判态度。郭沫若本着"分工易事"的社会原则,"各就性之所近,各尽力之所能,以贡献于社会",国学研究也是研究者的分内之事,不必干涉。但他们向社会宣讲,并把国学看作"人生中和社会上唯一的要事",那就超越了自己的本分,侵犯了他人。退一步说,国学也有"可取的地方",需要以"科学精神",在"有了心得之后"去做

① 茅盾:《进一步退两步》,《《茅盾文艺杂论集》上集,上海文艺出版社,1981年,第171页。
② 鲁迅:《未有天才之前》,《鲁迅全集》第1卷,人民文学出版社,1981年,第167页。

"整理"。当然,"这种整理事业的评价,我们尤不可估之过高。……充其量只是一种报告,是一种旧价值的重新估评,并不是一种新价值的从新创造,它在一个时代的文化的进展上,所效的贡献殊属微末"①。郭沫若与鲁迅有一致的地方,他并不反对有一部分人在学术领域里整理国故,但不能让它成为全社会的"群众意识"。事实上,他们与整理国故论者在思想与学术领域,在青年学生之间,争地盘,争位置,争影响,争读者市场。以陈独秀、鲁迅、郭沫若、茅盾等为代表的五四新文化思想界依然以现代思想为旗帜,坚持现代立场,反对传统,反对复古,力图使现代价值,如白话文、个人主义等发扬光大,成为全社会的共同思想,拥有更大的社会空间和影响。整理国故有从学术进入社会,有侵占新文化地盘的企图和可能,所以,他们做出一定的防范和反应,给整理国故划出一定的区域——学术研究,并自作主张给整理国故者确立身份,鲁迅说他们是"一群老头子";郭沫若说他们是"名人教授";成仿吾更是把整理国故论者具体划分为三种人:"1.学者名人而所学有限,乃不得不据国学为孤城者。2.老儒宿学及除国学外别无能事乃乘机倡和者。3.盲从派,这是一切运动所必需之物。"②"学者名人"属于学术权威,"老儒宿学"属于传统守旧派,"盲从者"又缺乏独立主见。这三种人在五四

---

① 郭沫若:《整理国故的评价》,《郭沫若全集·文学编》第 15 卷,人民文学出版社,1990 年,第 160—161 页。

② 成仿吾:《国学运动的我见》,《文学运动史料选》第 1 册,上海教育出版社,1979 年,第 330 页。

时期都不是非常光彩的身份，与他们相对的恰恰是启蒙者、革命家和追求独立意识的青年。人以群分，物以类聚，整理国故论者与新文化启蒙者、革命家和有独立意识的青年学生分属于两大不同阵营，新文化战线自此发生了分裂。整理国故会将青年人的兴趣和注意力转移到传统中去，而从社会现实和现代科学中移开。于是，成仿吾发出希望："我愿从事这种运动的人能够反省，我尤切愿他们不再勾诱青年学子去狂舐这数千年的枯骨，好好让他们暂且把根基打稳，至于遗老逸少借此消闲，那也是他们的自由，不是我愿意说及。"①这有一点各走各的路的味道，你走你的独木桥，我走我的阳关道。他们为"整理国故"的态度、对象和方法发生争论，更为各自的思想和观念在社会的影响和读者市场而发生争论。后者更为隐蔽，也更为持久。在现代中国的文学和思想的"场"里，这样的争论，表象的和实质的，以后还会多次出现。

青年学生成了双方争夺的对象。胡适忙着给"普通青年人"开了一个"最低限度的国学书目"，计有工具书 15 种，思想史 94 种，文学史 79 种，共计 188 种②。思想史中有佛教书籍 23 种，文学史中有明清小说 13 种。1929 年，郑振铎发表《且慢谈所谓"国学"》，认为提倡国学、整理国故是盲目的举动，贻害了

---

① 成仿吾：《国学运动的我见》，《文学运动史料选》第 1 册，上海教育出版社，1979年，第 331 页。

② 胡适：《一个最低限度的国学书目》，《读书与治学》，生活·读书·新知三联书店，1999 年。

青年。"一般志趣不坚定的少年受了梅毒似的古书的诱害","沉醉于""破旧古物,却忘记了他们自己是一位现代的人,有他们的现代的使命与工作,有他们的现代的需要与努力,有他们的现代的精神与思想。"如果"我们失去了一部分有作为的青年,便是失去了社会上的一部分的工作能力","青年们要是人人都去整理,研究,保存所谓'国故''国学',则恐怕国将不国,'故'与'学'也将'皮之不存,毛将焉附'了"。"我们如果提倡'国学'、保存'国故',其结果便会使我们的社会充满了复古的空气而拒却一切外来的影响。这种的阻拒,在文化与国家的生长上是极有妨害的。"而"我们的生路是西方科学与文化的输入与追求,我们的工作是西方科学与文化的介绍与研究",所以,应集中精力"全盘输入、采用西方的事物名理,以建设新的中国、新的社会以及改造个人的生活",而不是去整理国故。他甚至说:"古书少了几个人谈谈,并不是什么损失。古书不于现在加以整理,研究,也不算什么一回事。现在我们不去研究,不去整理,等到一百年一千年后再加以整理,研究,也并没有什么关系。宋版元版的精本,流入异国,由他们代为保存,也并不是什么可叹息的事。在今日的中国而不去获得世界的知识,研究现代的科学,做一个现代的人,有工作能力的人,那才是可叹息的事。"①这样的观点与他 20 年代初期的说法完全不同,也许是受时代氛围变化的影响,在 1925 年,他还担心"影印《四库全书》的消息,已宣传

---

① 郑振铎:《且慢谈所谓"国学"》,《小说月报》第 20 卷第 1 号,1929 年 1 月。

了好几年了","我为中国文化前途计,我祷祝《四库全书》印行的计划能够早日实现"①。1929年的郑振铎则主张"用印行四部什么,四部什么的印刷力,来翻译或译印科学的基本要籍与名著"②。真是此一时也,彼一时也。1929年的郑振铎与1922年的郑振铎不同。就是曾经提出过"谁无国渣,谁无国粹"的何炳松,原来也是倾向于整理国故的,到了1929年,也号召"推翻乌烟瘴气的国学!"并提出四大理由:"来历不明","界限不清","违反现代科学的分析精神","以一团糟的态度对待本国的学术"③。

学术研究与思想启蒙在其出发点、性质和对象上都有很大的差异,它们是两种不同的思想范型。学术研究是专业化的知识,追求知识的积累和研究的深入;思想启蒙则关注社会现实的改造与发展。对现代中国追求现代化而言,思想启蒙是其最重要的工作,学术研究也不是不需要,它也应该实现学术的现代转化。但在不同时间阶段,会有不同的时代命题,有不同的社会需要。五四时期是一个盛行各种思想和主义的时代,学术研究也需要配合思想的启蒙与传播。整理国故试图从单纯的学术圈而进入社会知识的播散,显然有些逆潮流而动。让学者专注于国故的整理,这会为传统守旧者提供口实,何况国故中尚混杂有不少落后陈腐的东西,会拖住人们前进的步伐,所以"国故"是思

---

① 郑振铎:《四库全书中的北宋人别集》,《时事新报》1925年10月10日双十增刊。
② 郑振铎:《且慢谈所谓"国学"》,《小说月报》第20卷第1号,1929年1月。
③ 何炳松:《论所谓"国学"》,《小说月报》第20卷第1号,1929年1月。

想启蒙者时时防范的对象,传统之于现代的阻碍和压力,使新文化人一直保持高度的警惕。连胡适自己在1928年也意识到整理国故的弊端,"我们的三百年最高的成绩终不过几部古书的整理,于人生有何宜处? 于国家的治乱安危有何裨补? 虽然做学问的人不应该用太狭义的实利主义来评判学术的价值,然而学问若完全抛弃了功用的标准,便会走上很荒谬的路上去,变成枉费精力的废物"①。他又敏锐地感觉到整理国故对青年人所造成的危害:"现在一班少年人跟着我们向故纸堆去乱钻,这是最可悲叹的现状。我们希望他们及早回头,多学一点自然科学的知识与技术:那条路是活路,这条故纸的路是死路。三百年的第一流的聪明才智消磨在这故纸堆里,还没有什么好成绩。我们应该换条路走走了。"②他对晚清三百年学术的评价也低得可怜,"只不过文字的学术,三百年的光明也只不过故纸堆的火焰而已!"③胡适的幡然醒悟,让我们感受到了整理国故结局的凄凉,也让我们真切感受到那个时代,乃至这个世纪学术生存空间的逼仄。

在现代中国,思想、学术、文学都在努力争得自己的位置,都在实现从传统到现代的转变。"整理国故"之争,是现代思想与学术之间的论战,也是学术和文学的论战,更是在传统与现代之

① 胡适:《治学的方法与材料》,《读书与治学》,生活·读书·新知三联书店,1999年,第220页。

② 同上书,第220页。

③ 同上书,第214页。

间的挣扎。最后，思想和文学结合，把整理国故划定在学术和历史领域。现代文学在离开学术资源背景之后，走入日常生活，走向社会大众。龟缩在学术领域的国故整理在以后也没有得到多少出头的日子，到了 20 世纪 90 年代，人们才对它有了客观公正的评价①。

---

① 秦弓:《"整理国故"的历史意义及当代启示》,《文学评论》2001 年第 6 期;罗志田:《新旧能否两立？——二十年代〈小说月报〉对于整理国故的态度转变》,《历史研究》2001 年 3 期。

第十一章 ┃

文学制度与左翼文学生产

　　五四新文学革命重建了中国文学观,认为文学应"通人类的感情之邮","文学就是文学,不是为娱乐的目的而作之而读之,也不是为宣传,为教训的目的而作之,而读之",是"以真挚的情感来引起读者的同情"①。它拥有"思想之高超与情感之深微","文字的美丽与精切"②。显然,新文学被做了理想化、崇高化和

---

　　① 郑振铎:《新文学观的建设》,《郑振铎全集》第 3 集,花山文艺出版社,1998 年,第 436 页。

　　② 郑振铎:《文学的定义》,《郑振铎全集》第 3 卷,花山文艺出版社,1998 年,第392 页。

浪漫化设计，文学被看作"最伟大的人类精神的花朵"①，有着伟大的"使命"，那就是"扩大或深邃人们的同情与慰藉，并提高人们的精神"，可拯救现代人的精神"堕落"，能以"情绪"感化人，"文学所以能感动人，能使人歌哭忘形，心入其中，而受其溶化的，完全是情绪的感化力"②，同时，还能"把现在中国青年的革命之火燃着"③，这也是现代中国文学最重要、最伟大的责任，包括职业作家，更是受到"社会的鼓励"和"督促"，转而"为'职业'的作家"④，他们永远"憧憬着一个理想的社会，一个永是春天的世界，他们决不会以现状为满足的。他们决不会苟安于黑暗的地狱里，他们大声的呼喊，他们憎恨，悲愤，反抗。他们永远是一个先驱者；他们常是'正义'的化身"⑤。新文学本身和新文学作者都不断被形塑，被重建，被重新定义，新文学观念与文学制度相伴而行，在文学观念指导下不断生成新的文学制度，文学制度又不断改造文学观念。

　　新文学求变追"新"，成为新文学运动最为基本的特征。这

<hr>

① 郑振铎:《文学的危机》,《郑振铎全集》第 3 卷, 花山文艺出版社, 1998 年, 第 395 页。

② 郑振铎:《文学的使命》,《郑振铎全集》第 3 卷, 花山文艺出版社, 1998 年, 第 402 页。

③ 郑振铎:《文学与革命》,《郑振铎全集》第 3 卷, 花山文艺出版社, 1998 年, 第 422 页。

④ 郑振铎:《致文学青年》,《郑振铎全集》第 3 卷, 花山文艺出版社, 1998 年, 第 476 页。

⑤ 郑振铎:《"文人"的面目》,《郑振铎全集》第 3 卷, 花山文艺出版社, 1998 年, 第 517 页。

也被现代中国文学一次又一次地反思和追问。1926年，梁实秋就提出："我以为中国文学之最应改革的乃是文学思想，换言之，即是文学的基本观念。文学是什么？文学的任务是什么？中国过去对这些问题是怎样解答的？我们现在对于以前的解答是否满意？如不满意应如何修正？这些问题我以为应该是新文学运动的中心问题。"①到了20世纪30年代，随着中国左翼文学的诞生及其文学阶级性和普遍性观念的争论，他们更"不以现状为满足"，不再"苟安于黑暗的地狱里"，而是不断发出呼喊、憎恨、悲愤和反抗，将文学变革作为社会革命的"先驱者"和"正义"的化身，这也成为中国现代文学制度追问和修正文学观念，不断催生新的文学运动的重要举措。

一、人性之争与文学阶级观念

20世纪30年代文学思想和观念的生长，无法绕开文学阶级性和人性的论争。这还得从新月派与左翼作家之争说起。1928年3月，徐志摩、梁实秋等人创办《新月》，提倡自由主义的政治思想与文艺观点，在政治上，他们宣传西方的民主自由思想；在文艺上，主张文艺自由，反对普罗文学。于是，从20世纪20年代末到30年代初，新月派与左翼文学之间就发生了激烈的论争，主要是新月派与创造社的论争、梁实秋与鲁迅的论争。

---

① 梁实秋：《现代文学论》，《梁实秋批评文集》，珠海出版社，1998年，第156页。

1928 年 3 月 10 日,徐志摩在《新月》创刊号上发表《〈新月〉的态度》,提出健康与尊严两大原则,希望用理性约束不纯正的文学思想,使文学摆脱政治和商业的干涉而走向独立发展之路。彭康对此进行了反驳,认为徐志摩所标榜的文学的"健康"和"尊严"阻挠了文学新兴势力的发展和进步,认为:"在现在这样的'混乱的年头',旧支配势力是注定了要消灭的运命,他们的'尊严'与'健康'是无论怎样都保持不住的。不但如此!'折辱'了他们的'尊严',即是新兴的革命阶级获得了尊严,'妨害'了他们的'健康',即是新兴的革命阶级增进了健康。"①1930 年1 月,彭康还发表了《新文化运动与人权运动》,批判胡适的自由主义思想,认为:"我们要思想言论的自由,第一决不是胡适等的从资产阶级自由主义的立场所要求个人的思想言论的自由,而是从阶级的立场主张无产阶级对统治阶级批判的自由。第二决不是摇尾乞怜来讨自由,而是以斗争的方式来夺取自由。""要有批判的自由,便要斗争,但还要更进一步的推翻钳制自由的政权,要这样才能获得彻底的自由。"②要实现革命的理想,就要打倒帝国主义、买办阶级和封建阶级的残余势力。采用文学斗争概念推进新文学运动,它的火药味就更浓了。

　　1928 年,梁实秋还发表了《文学与革命》一文,认为"在文学

---

　　①　彭康:《什么是"健康"与"尊严":〈新月〉的态度的批评》,《"革命文学"论争资料选编》(上),知识产权出版社,2010 年,第 391 页。
　　②　彭康:《新文化运动与人权运动》,载孔范今主编《百年潮汐:20 世纪思想解放运动文录》中卷,泰山出版社,1999 年,第 672 页。

上讲,'革命的文学'这个名词根本的就不能成立。在文学上,只有'革命时期中的文学',并无所谓'革命的文学'"①。并认为:"文学家的心目当中并不含有固定的阶级观念,更不含有为某一阶级谋利益的成见。文学家永远不失掉他的独立。"②"无论是文学或是革命,其中心均是个人主义的,均是崇拜英雄的,均是尊重天才的,与所谓'大多数'不发生任何关系。"③他认为,文学是天才的产物,是没有阶级性的,伟大的文学是基于固定普遍的人性,人性是衡量文学的唯一标准,革命文学只是一句没有意义的空话,对此,需要保持冷静的头脑。冯乃超立即作出回应,指出文学具有阶级性,革命是顺应某种社会需求而发生的变革,革命文学具有历史的必然性。"无产阶级文学是根据于无产阶级的艺术的憧憬,同时,无产阶级若没有自身的文学,也不能算是完成阶级的革命。"④"它若是新兴阶级所需要的文学,必然地是革命阶级的思想,感情,意欲的代言人。"⑤梁实秋是就文学谈文学,革命文学则就文学谈社会革命,或就社会革命谈文学,文学与社会革命再次结合在一起,从文学革命到革命文学,其逻辑并没有发生多大的变化,只是文学革命背后的文学与社会、文

---

① 梁实秋:《文学与革命》,《梁实秋批评文集》,珠海出版社,1998 年,第 131—132 页。

② 同上书,第 133 页。

③ 同上书,第 135 页。

④ 冯乃超:《冷静的头脑:评驳梁实秋的〈文学与革命〉》,《"革命文学"论争资料选编》(上),知识产权出版社,2010 年,第 419 页。

⑤ 同上书,第 418 页。

学与民族国家的关系,没有革命文学与社会阶级那么更为直接和便捷。

梁实秋似乎感觉到问题还没有说清楚,1929 年 9 月,他再次发表《文学是有阶级性的吗?》,继续否认文学的阶级性,认为无产阶级文学理论是错误的,它的"错误在把阶级的束缚加在文学上面。错误在把文学当作阶级争斗的工具而否认其本身的价值"①,"攻击资产阶级文学是没有理由的,等于攻击无产阶级文学一样的无理由,因为文学根本没有阶级的区别"②。他认为,当时宣传无产阶级文学理论的著述文法艰涩,句法繁复,连作为宣传品的资格都不够,何况是文学! 接着,他还陆续发表了《人性与阶级性》《所谓"普罗文学运动"》《所谓"文艺政策"者》等文,对左翼文学的艺术价值依然提出质疑。这也引起左翼文学的持续反驳。冯乃超在《阶级社会的艺术》中指出:"人性离开指定的社会及时代,就变成抽象的概念。梁实秋的错误在乎把人性普遍化永远化,而不能从特定的社会及历史形态中去具体的认识它,因此表现这种最基本的人性之文学也是永远的普遍的,就是超乎时代的,'超于阶级的'。"③他认为,社会阶级和文学艺术有密切关系,社会阶级不同,对待同一种文学艺术的态度和立场就会不同。

① 梁实秋:《文学是有阶级性的吗?》,《梁实秋批评文集》,珠海出版社,1998 年,第 141 页。

② 同上书,第 147—148 页。

③ 冯乃超:《阶级社会的艺术》,《冯乃超文集》下卷,中山大学出版社,1991 年,第 128—129 页。

在这场论争之中,需要提到鲁迅的一锤定音。1930年,鲁迅发表《"硬译"与"文学的阶级性"》一文。该文是鲁迅杂文中少有的理论分析长文,他逐一批驳了梁实秋的观点,对文学的人性和阶级性作了深刻论述。他认为:"文学不借人,也无以表示'性',一用人,而且还在阶级社会里,即断不能免掉所属的阶级性,无需加以'束缚',实乃处于必然。自然,'喜怒哀乐,人之情也',然而穷人决无开交易所折本的烦恼,煤油大王那会知道北京捡煤渣老婆子深受的酸辛,饥区的灾民,大约总不去种兰花,像阔人的老太爷一样,贾府上的焦大,也不爱林妹妹的。"①这一鲜活生动的举证,也成为文学阶级性的经典论断,几乎可以与他所创造的众多典型人物形象相比拟,都是文学史和文学理论分析的必备例证。他说:"文学有阶级性,在阶级社会中,文学家虽自以为'自由',自以为超了阶级,而无意识底地,也终受本阶级的阶级意识所支配,那些创作,并非别阶级的文化罢了。"梁实秋的文章,"原意是在取消文学上的阶级性,张扬真理的。但以资产为文明的祖宗,指穷人为劣败的渣滓,只要一瞥,就知道是资产家的斗争的'武器',——不,'文章'了。无产文学理论家以主张'全人类''超阶级'的文学理论为帮助有产阶级的东西,这里就给了一个极分明的例证"②。于是,鲁迅就以最为直白的语言表达道:"倘说,因为我们是人,所以以表现人性为限,那么,无

① 鲁迅:《"硬译"与"文学的阶级性"》,《鲁迅全集》第4卷,人民文学出版社,2005年,第208页。
② 同上书,第210页。

产者就因为是无产阶级，所以要做无产文学。"①文学是什么主要与作者是谁有关。相对于其他革命文学倡导者，鲁迅算是文坛老将，既有社会人生经验，又在论争之前经过了与后期创造社、太阳社的论战，逼迫他阅读了大量的革命文学著述，并对文学的人性和阶级性、文学与政治、文学与宣传等问题有着非常深入直接的思考，可谓视野开阔，理论通透，经验丰富，信笔写来，不但是认识深刻、独到，而且行文老辣，思维缜密。梁实秋岂是鲁迅的对手？另外，鲁迅在思考文学阶级性和人性论的同时，对左翼文学阵营提出的"生活意志"和"组织生活"论也有不同看法，他在《文艺与社会》《文艺与政治的歧途》等文章里，依然坚持艺术"不过是一种社会现象，是时代人生的记录"观点。

关于文学阶级性观念，左翼文学在与"自由人""第三种人"的论战中，也得到了进一步的申述和延展。1931 年 12 月 25 日，胡秋原在上海创办《文化评论》旬刊，在创刊号上他发表了《真理之檄》《阿狗文艺论》，自称是自由的智识阶级，没有一定的党见。苏汶也认为"我们现在不必空空地讨论文学有没有阶级性"，他也承认文学有阶级性，但他也存在不少疑问："(A)，所谓阶级性是否单指那种有目的意识的斗争作用？(B)，反映某一阶级的生活的文学是否必然是赞助某一阶级的斗争？(C)，是

① 鲁迅：《"硬译"与"文学的阶级性"》，《鲁迅全集》第 4 卷，人民文学出版社，2005 年，第 208 页。

否一切非无产阶级的文学即是拥护资产阶级的文学?"①他认为,在阶级社会里的文学有阶级性,但不是文学所有方面都有阶级性,另外,一切非无产阶级的文学,也未必一定是拥护资产阶级的文学,作家也绝不是只有革命和反革命两条路可走。因此,他自称"第三种人",并且认为左翼文学在反驳他人观点时,除采用理论限制人,还借助革命压服人,有意曲解别人,且因曲解而诡辩和武断。他在理论上说不过别人,就说别人在方法上有问题。

胡秋原也在《关于文艺之阶级性》一文中提出了自己的观点,认为文学作为阶级心理之反映的艺术,它的阶级性问题不是一个简单方程式似的问题,而是受多种因素影响的复杂问题。特别是"文学与中间阶级之关系",他所说的"中间阶级",也就是小资产阶级,他认为:"在大多数情形下,因他们经济基础之薄弱与阶级利益不似绝对对立阶级之严重,他们常在动摇彷徨的状态中","历史上的文化阶级以至文艺家者,便大部分地出身于此阶级",他们创作的"文学阶级性似乎很稀微者,实际上就是他们的中间性"②。后来,胡秋原以《浪费的论争》作结,反驳左翼文学批评的政治化、独断化和偏执化,强调"对于文艺之社

① 苏汶:《"第三种人"的出路:论作家的不自由并答复易嘉先生》,《三十年代"文艺自由论辩"资料》,上海文艺出版社,1990年,第154页。

② 胡秋原:《关于文艺之阶级性》,《三十年代"文艺自由论辩"资料》,上海文艺出版社,1990年,第89—90页。

会机能,不能估计过高,正如不能估计过低一样"①。在一定程度上,胡秋原和苏汶的观点丰富了文学阶级性内涵的多样性,也存在不合时宜的地方。在左翼文学与新月派争论正酣或即将获胜之时,他们出来提出自己的观点,哪怕是有见地之论,在左翼文学看来,他们纯属是搅局和砸场子的行为,何况他们的观点还存在部分移植普罗汉诺夫等的理论,在方法路径上与20世纪20年代末后期创造社、太阳社之论有相似之处,也有囫囵吞枣的现象,这就难免不给人以又来了两个愣头青的印象。"自由人"和"第三种人"在文学阶级性和人性论战中,虽然也出力了,却落得个不讨好的结局。

左翼文学批评苏汶、胡秋原,认为胡秋原的文学阶级性说只是一个抽象名词,陷入了客观主义的文艺消极论,掩盖了文学阶级斗争的积极作用,他们认为:"艺术现象自身就是一种阶级斗争的现象","艺术本身就是政治的一定的形式。"②胡风提出:"艺术之价值是作品的历史内容决定的。换言之,伟大的艺术作品是以阶级的主观作用和历史的必然相一致的阶级底需要和必要为内容的。"③话说得比较缠绕,但意思还是明白的。瞿秋白认为:"文艺——广泛的说起来——都是煽动和宣传,有意的无

① 胡秋原:《浪费的论争:对于批判者的若干答辩》,《三十年代"文艺自由论辩"资料》,上海文艺出版社,1990年,第225页。

② 周扬:《自由人文学理论检讨》,《三十年代"文艺自由论辩"资料》,上海文艺出版社,1990年,第252页。

③ 胡风:《现阶段上的文艺批评之几个紧要问题》,《胡风全集补遗》,湖北人民出版社,2014年,第128页。

意的都是宣传。文艺也永远是,到处是政治的'留声机'。问题在于做那一个阶级的'留声机',并且做得巧妙不巧妙。总之,文艺只是煽动之中的一种,而并不是一切煽动都是文艺。"① 并表示,"每一个文学家,不论他们有意的,无意的,不论他是在动笔,或者是沉默着,他始终是某一阶级的意识形态的代表。在这天罗地网的阶级社会里你逃不到什么地方去,也就做不成什么'第三种人'"②。鲁迅也发言了,他给"第三种人"发了身份证,即"生在有阶级的社会里而要做超阶级的作家,生在战斗的时代而要离开战斗而独立,生在现在而要做给与将来的作品,这样的人,实在也是一个心造的幻影,在现实世界是没有的。要做这样的人,恰如用自己的手拔着头发,要离开地球一样"③。"心造的幻影"和想拔着头发上天,是对他们形象化的写照。

1930 年前后,左翼文学与新月派和"自由人""第三种人"围绕文学阶级性和普遍性、文学阶级性的复杂性展开了持续论战,问题主要集中在文学与政治、文学工具性和独立性上。就社会时代与文学艺术关系,五四文学传统和新兴阶级觉醒的继承与创新,在新文学事业、文学运动与国民党政府的文化专制等方面而言,左翼文学与新月派、"自由人"等之间的文学论战,既是文学观念之辩、文学主张之争,更是文学时代性、主体性和艺术性

---

① 瞿秋白:《文艺的自由和文学家的不自由》,《瞿秋白文集》第 3 卷,人民文学出版社,1989 年,第 67 页。

② 同上书,第 70 页。

③ 鲁迅:《论"第三种人"》,《鲁迅全集》第 4 卷,人民文学出版社,2005 年,第 208 页。

之战，反映了 20 世纪 30 年代的文学现实，即文学政治化和商业化日益凸显，文学传统性逐渐回归，文学现代性也迅速展开，文学阶级性、普遍性和自由性等问题的提出和论争，既为新兴阶级的文学争得了社会地位和话语权力，争得了生存空间和社会影响，也为整个新文学增添了现实资源和发展助力。应该说，这场文学论争推动了文学界和社会对无产阶级文学的关注，文学阶级性被建构为新文学的一个重要观念。虽然在理论上，它不如文学人性论和文学普遍性那么容易让人理解，但文学阶级性所指向的左翼文学，确在论争中取得了身份的合法性，如同潘汉年所说："中国普罗文学运动发展到现在，其形态根据着理论的展开而逐渐被大众所认识。过去多少沉迷在为艺术而艺术，为文学而文学的人们，曾经狂吠热嘲，把普罗文学当做洪水猛兽一般的攻击，而现在呢，中国的无产阶级文学运动，因为客观的必然性不可避免与阻难很迅速的发展，形成了冲破旧文坛的巨浪，那些曾经诅咒与攻击无产阶级文学的人们，也不得不背转身子掉过头追随着无产阶级文学运动的巨浪而前进。"①显然，它在客观上推动了无产阶级文学的社会传播和影响。梁实秋在《文学是有阶级性的吗?》一文中说过，"无产阶级文学理论方面的书翻成中文的我已经看见约十种了，专门宣传这种东西的杂志，我

① 潘汉年：《普罗文学运动与自我批判》，《"革命文学"论争资料选编》(下)，知识产权出版社，2010 年，第 699 页。

也看了两三种。我是想尽我的力量去懂他们的意思"①。为了论争,至少需要知道对方在说什么,了解对方的理论和说辞,与鲁迅在革命文学论战中一样,可算不是收获的收获。

另外,左翼文学对文学阶级性的固化和强调,也在一定程度上禁锢了左翼文学思想的丰富与发展,并且,它还使新文学脱离客观现实而取抽象的教条说教,将丰富的生活和社会现象以及复杂的人性简单化,让文学失去了多样性和生命感。冯雪峰就曾对此有过个人的反思:"比如对于文艺的阶级性和党派性问题,一方面的态度是所谓过左的,将阶级性与党派性从人民性和阶级社会的错综复杂的矛盾关系中脱离出来了;另一方面的态度便是相反,虽然承认文艺有阶级性和党派性,但并不认识在阶级斗争热烈的社会中正是穿过阶级性和党派性在反映着更广阔的人民性和复杂而矛盾的阶级关系。"②由此可见,文学阶级性虽是左翼文学思想的核心,的确也存在一些负面因素,特别是当文学远离论战硝烟,时过境迁,人们的心态也会变得平和一些,也会逐渐认识到不同立场差异的合理性因素。至于在这场论争之后,新月派文学被左翼文学敌对化,其价值和思想的合理性受到了一定排斥,胡适、梁实秋、徐志摩、胡秋原等人的文艺思想被严重低估了,这不能怪罪当事方,问题出在文学史,出在如何理

---

① 梁实秋:《文学是有阶级性的吗?》,《梁实秋批评文集》,珠海出版社,1998年,第140页。

② 冯雪峰:《论民主革命的文艺运动》,《冯雪峰论文集》(中),人民文学出版社,1981年。

解文学和文学的历史。

二、报刊出版与左翼文学生产

左联成立以后,为了能使左翼文学获得一席之地,产生广泛影响力,他们组织了庞大的报刊出版阵营,为左翼文学的兴起营造声势,夺取话语权。创造社先以《创造月刊》《文化批判》为阵地,举起左翼文学大旗,又相继创办《流沙》《畸形》等为左翼文学摇旗呐喊。太阳社也以《太阳月刊》为阵地提倡左翼文学,随后又创办了《时代文艺》《海风周报》《新流月报》《拓荒者》,为左翼文学鸣锣开道。据统计,左翼文学先后创办的刊物有《拓荒者》《萌芽月刊》《北斗》《文学周报》《文学导报》《文学》半月刊等。另外,接办和改组的刊物还有《大众文艺》《现代小说》《文艺新闻》等期刊。此外,《文艺研究》《南国月刊》《艺术月刊》《文艺讲座》《巴尔底山》《沙仑月刊》《世界文化》《文学月报》《文艺月报》《无名文艺》《文艺》《译文》《文学新地》《文艺讲座》《杂文》《海燕》《夜莺》《文学丛报》《作家》《文学界》、《光明》(半月刊)、《现实文学》《中流》《小说家》《文艺科学》等也是左翼刊物①。

在左翼文学的带动下,一些小型的左翼文学团体也相继成

_____

① 马良春、张大明:《三十年代左翼文艺资料选编》,四川人民出版社,1980 年,第223 页。

立，并纷纷创办了自己的刊物，如我们社创办了《我们月刊》，思想社创办了《思想月刊》等。另外，一些旧刊物也开始发生转变，如《泰东月刊》1928年4月登出《九期刷新征文启事》，征文内容是："(1)代表无产阶级苦痛的作品。(2)代表时代反抗精神的作品。(3)代表新旧势力的冲突及其支配下现象的作品。"并且表示："至于个人主义的温情的、享乐的、厌世的一切从不彻底、不健全的意识而产生的文艺，我们总要使之绝迹本刊，这是本刊生命的转变。"①除此而外，《新文艺》月刊、《现代小说》也发生了转变，"商务印书馆所办的《东方杂志》、《小说月报》开始刊载辩证唯物或倾向无产阵营的作品。甚至连标榜唯美主义的《金屋月刊》也来了个急转弯"，"躲在《金屋》里的唯美派也追趋新潮，翻译左倾的《一万二千万》来招揽读者"②。

20世纪30年代，左翼文学杂志深受广大读者的欢迎。左翼文学成了一面旗帜，可算是1930年代的先锋文学。鲁迅曾在信中说道："近来颇流行无产文学，出版物不立此为旗帜，世间便以为落伍。"杂志中"销行颇多者，为《拓荒者》、《现代小说》、《大众文艺》、《萌芽》等"③。据一位30年代的读者回忆："正当我耽读俄罗斯和其他外国作家的作品时，也受到了左翼文艺运动的猛烈冲击。""鲁迅主编的《萌芽》和蒋光慈、钱杏邨主编的《拓荒

---

① 泰东编辑部：《九期刷新征文启事》，《泰东月刊》第1卷第8期，1928年4月。
② 林伟民：《中国左翼文学思潮》，华东师范大学出版社，2005年，第118页。
③ 鲁迅：《300503·致李秉中》，《鲁迅全集》第12卷，人民文学出版社，2005年，第233页。

者》"以及"一大批发表革命文学作品的刊物,如《北斗》、《大众文艺》、《文学月刊》等等"都是很受欢迎的①。在编辑一批图书失败之后,良友图书公司编辑赵家璧吸取了教训,在编"一角丛书"时约了大批左联、"社联""剧联"的作家,陆续给丛书写稿,此举取得了巨大的成功。"一角丛书"1932年下半年续出30种,总数销到50万册;1933年又续出30种②。因为这次的成功,于是他很快便策划出版了"中篇创作新集丛书",作者为清一色的左联青年作家③。不仅如此,30年代出版的"新文艺丛书""良友文学丛书""现代文学丛刊""开明文学新刊""创作文库"等,都对左翼革命作家的书籍采取开放政策,收录左翼或进步作家的作品。

左翼文学期刊和作品深受读者欢迎。左联书刊读者众多,波及面广,不少左翼期刊刚一出版即告售罄。1929年,《红黑》创刊号在上海四马路书店一上市,就引起读者的抢购风潮,一星期内便卖掉1000册,北京、厦门、武昌不断有读者来信要求邮购。胡也频还手舞足蹈地说,下期我们印它5000册!《文艺新闻》发行半年,销量就突破1万份。《北斗》一版再版。《海燕》创刊号首印2000册当日即售完。丁玲的《母亲》1933年5月20日印刷2000册,又在该年6月20日、10月1日、12月1日分别

① 王西彦:《船儿摇出大江》,《新文学史料》1984年第2期。
② 赵家璧:《我编的一部成套书》,《编辑忆旧》,生活·读书·新知三联书店,1984年,第27—28页。
③ 赵家璧:《三十年代革命新苗:专为左联青年作家编印的〈中篇创作新集〉》,生活·读书·新知三联书店,1984年,第245—250页。

再版 2000 册,1936 年 4 月 24 日还印了 2000 册,总销量超过 1 万册。蒋光慈继《少年漂泊者》以后的《鸭绿江上》《短裤党》和《冲出云围的月亮》,在青年学生中简直风靡一时[①]。可以说,1928 至 1930 年间,蒋光慈的作品成为青年的圣经。其作品也一版再版,一年之内就重印了好几次。他的书被改头换面不断盗版,别人的作品也会被印上蒋光慈的大名而畅销。比如邹枋的短篇小说集《一对爱人儿》出版不到一年,就被换上蒋光慈的名字出版。甚至茅盾出版于 1929 年 7 月的短篇小说集《野蔷薇》中的作品,1930 年 1 月也被包装成蒋光慈的创作,以《一个女性》为名出版。蒋光慈的作品确实写出了当时青年人的苦闷。陈荒煤曾谈到他青年时代阅读蒋光慈作品时的感受:"蒋光慈的《少年漂泊者》使我感动得落下泪来。"[②]蒋光慈作品的热销持续了相当长的一段时间,郁达夫在《光慈的晚年》中说:"在 1928、1929 年以后,普罗文坛就执了中国文坛的牛耳。光慈的读者崇拜者,也在两年里突然增加了起来","他的那部《冲出云围的月亮》在出版的当年,就重版到了 6 次","蒋光慈的小说,接连又出了五六种之多,销路的迅速,依旧和 1929 年末期一样。"[③]茅盾的"《子夜》出版后三个月内,重版四次;初版三千部,此后重版各为五千部;此在当时,实为少见"[④]。在《子夜》遭删后,更有

---

① 王西彦:《船儿摇出大江》,《新文学史料》1984 年第 2 期。

② 陈荒煤:《伟大的历程和片断的回忆》,《人民文学》1980 年第 3 期。

③ 郁达夫:《光慈的晚年》,《郁达夫全集》第 3 卷,浙江大学出版社,2007 年,第 166—167 页。

④ 茅盾:《〈子夜〉写作的前前后后》,人民文学出版社,1997 年,第 516 页。

进步华侨以"救国出版社"名义，"特搜求未遭删削的《子夜》原本从新翻印"①。

1928 年，受革命文学论争的影响，以新型文艺为主要内容的小书店在上海街头也纷纷出现。在《国民党文艺宣传会议录》中有记载："共产党所利用的书店，计有湖风、现代、光华三家"，"至于国家主义派所利用之出版机构，唯一中华书局耳。""开明书局除出版教科书外"，"出版茅盾（沈雁冰）之著作也，计有蚀（包括动摇、幻灭、追求三种）、虹、三人行、子夜等，销路甚佳。""北新书局靠鲁迅发财，由五百元之小资本发展成五万元之大商店。"现代书局"其书籍一般在水平线下，唯郭沫若偶像已成其书籍销路殊佳，而现代亦赖以维持"②。中国左翼文学思潮的兴起与 20 世纪 30 年代上海社会的商业化也有密切关系。左翼文学借助上海成熟的文化市场、生产方式和传播方式，在短时间比较大的范围内扩大了自己的影响，实现了左翼文学和商业文化的双赢局面。社会市场借助左翼文学提高了销售利润，左翼文学又传播了左翼思想，宣传了无产阶级革命。并且，在商业化的背景中，左翼文学还可规避文学检查制度，确保文学意识形态得到有效传播，报刊、书店、出版公司都获得了经济利润。

左翼文学甚至被作为出版销售的招牌，成为创办期刊时的一种姿态。1933 年 7 月，《文学》在上海生活书店创刊，由郑振

---

① 肖进：《救国出版社与〈子夜〉翻印本》，《上海对外经贸大学学报》2015 年第 2 期。
② 唐纪如：《国民党 1934 年〈文艺宣传会议录〉评述》，《南京师大学报》1986 年第 3 期。

铎、傅东华主编。傅东华撰写了发刊词《一张菜单》，他说："我们这杂志的内容确实是'杂'的。……读者只消一看本杂志负责编辑人和特约撰稿人的名单，便知端的。但是这个'杂'，并不就暗示我们这杂志是'第三种人'的杂志。我们只相信人人都是时代的产儿，无论谁的作品，只要是诚实由衷的发抒，只要是生活实感的纪录，就莫不是这时代一部分的反映，因而莫不是值得留下的一个印痕。"发刊词还说，我们"当然有一个共同的憧憬——到光明之路。凡是足以障碍达光明之路的一切，无论是个人，是集团，是制度，是主义，我们都要认作我们的仇敌……我们要诅咒它，诛伐它，扫除它。至于诅咒、诛伐、扫除的手段，我们认为或用创作，或用批评，或用考证，效果上并无两样。此所以我们这杂拌儿似的杂志里面，仍旧有点不'杂'的地方。"①相对于左翼文学，《文学》还不算激进的刊物，但它所宣扬的"到光明之路"，诅咒阻碍它的"集团"、"制度"和"主义"，从这些语词表述，不得不也显露出一定的"左翼"倾向，也存在借台唱戏的运作策略。

在出版策略上，左翼文学常常采取联合有实力、有背景的出版社和大书店，集中推出左联作家的作品，既规避国民党的图书审查，又能获取相当可观的经济利益。或以图书单行本出版，或以"××文丛""××文库"方式出版，或利用特殊人际关系，与有背

①　傅东华：《一张菜单》，载杨义等：《中国新文学图志》（下），人民文学出版社，1997年，第430页。

景的书店、出版社合作出版。如鲁迅的不少著作就由内山书店出版。左联的书刊出版、传播和接受被认为"创造了传奇"①。

在社会贫富差距明显、阶级对抗日趋激烈之时,20世纪30年代的文学阶级性思想在论争和扩张过程中,也引起了国民党政府的警惕和对抗,他们加强了对左翼文学的检查和控制。1929年8月和9月,国民党政府在南京、上海、北平、天津、汉口、广州等重要城市设立了邮件检查所,对违反《宣传品审查条例》的邮件立即扣押,并送当地党部宣传部依例处理。仅1929年一年,国民党中央宣传部所查禁的各类刊物即达270种之多,其中包括《创造月刊》《幻洲》《无轨列车》等文学刊物。与此同时,国民党也提出三民主义文艺,鼓吹三民主义,抨击普罗文学,比较有影响的是,由上海《民国日报》副刊《青白之园》和《觉悟》以及南京《中央日报》两个副刊《大道》和《青白》,发表了不少有关言论和主张。为了对抗成立不久的中国左翼作家联盟,1930年6月1日,国民党政府也成立了上海"前锋社",发表《民族主义文艺运动宣言》,正式提倡民族主义文艺,还先后推出了《前锋周报》《前锋月刊》《现代文学评论》等刊物。此外,前锋社还得到了一些文学社团和刊物的支持,如"草野社",出版《草野周刊》《草野年刊》、"草野丛书",以及《当代文艺》月刊、《南风月刊》等。1930年7月成立的"中国文艺社",也是由国民党中宣部直

---

① 张元珂:《论左联书刊的出版策略与传播效果》,《中国现代文学研究丛刊》2014年第2期。

接领导,主要成员有王平陵、左恭、钟天心、缪崇群、周子亚等,它的刊物有《文艺月刊》和《文艺周刊》。"开展文艺社"则是另一个比较重要的文学社团,主要有《开展》月刊、周刊和《青年文艺》三种。此外还有"初阳社"的《初阳旬刊》,"青萍社"的《青萍月刊》,1932年创刊、由国民党浙江省党部直接策划领导的《黄钟》杂志。

三、文艺组织化与左翼文学运动

左翼文学不同于其他文学运动,它有独立的文学思想,成员身份复杂,有不断探索的文学创作,还有丰富的文学活动,它在文学领域之外,还与社会政治保持着密切联系,表现出显著的政治化和组织性特点。阳翰笙认为,"左翼文艺是在特殊的历史背景和社会环境之下发生发展的,它有现代文学的一般规律,更有不可忽视的特性","普罗文学的倡导和创作实践,无论如何,是现代文学发展的一种新开拓、一种显著的某种质的变化。开初,它是幼稚的,可以说,简直幼稚到了可笑的程度",但"幼稚的作品"却产生了"意想不到的社会效果","能启发千万青年人走上革命道路,是现代文学从来没有起过的作用",只有"亲身经历过的人"才能对它"体会得更真切"。于是,他提出研究左翼文学,要"把社会学和文艺学结合起来,左翼文学的分量才称得准"①。

中国左翼作家联盟更是带有鲜明的组织化特征。夏志清在《中国现代小说史》中曾提到，"'左联'是一个战斗性的组织，执行委员会权利极大，另外还有好几个委员会分掌文化、社会和宣传任务。它与共产党的工、农、学组织有密切的联系，基金很充足"②。后期创造社、太阳社是左联的发端，相对于创造社、太阳社，左联对自己有着更明确、清晰的组织定位和目标定位。《中国左翼作家联盟的成立》确定了行动总纲领，"我们文学运动的目的在求新兴阶级的解放"，"从事产生新兴阶级文学作品"，强调"我们的艺术是反封建阶级的，反资产阶级的，又反对'稳固社会地位'的小资产阶级的倾向。我们不能不援助而且从事无产阶级艺术的产生"③。在它后来的《无产阶级文学运动新的情势及我们的任务》《中国无产阶级革命文学的新任务》中也有规定，"'左联'这个文学的组织在领导中国无产阶级文学运动上，不允许它是单纯的作家同业组合，而应该是领导文学斗争的广大群众的组织"④。它强调"中国左翼作家联盟，无疑地是中国无产阶级革命文学运动的干部，是有一定而且一致的政治观点

① 阳翰笙：《〈风雨五十年〉序》，人民文学出版社，1986年，第4—5页。
② 夏志清：《中国现代小说史》，复旦大学出版社，2005年，第87页。
③ 《中国左翼作家联盟的成立》，《拓荒者》第1卷第3期，1930年3月10日。
④ 《无产阶级文学运动新的情势及我们的任务》，《文化斗争》第1卷第1期，1930年8月15日。

的行动斗争的团体,而不是作家的自由组合"①。所以,左联文学从理论、批评、出版、创作等方面积极阐述和运用文学阶级观念和马克思主义理论。这种系统而又全面的文学活动,再加上中国共产党的领导,为了配合中国社会客观存在的阶级矛盾和社会矛盾,左联文学成功地将文学阶级性观念运作成为重要的文学理论,并成为左翼作家创作的灵魂和生命,成为他们剖析社会现状、划分文学性质与作家类别的价值尺度。

显然,从创造社、太阳社到中国左翼作家联盟,这些文学社团的组织机制都与中国共产党有着莫大联系。比如,在当时党内担任要职的秦邦宪等人就曾积极帮助创造社募集筹办出版部资金,"1928 年初,经党中央主要负责人周恩来同意,郭沫若邀请共产党员李一氓和阳翰笙加入创造社,并和潘汉年共同组成创造社内的党小组。1928 年 5 月从日本回国的彭康、朱镜我、李初梨、冯乃超、李铁声、王学文等人先后加入共产党"②。后期创造社已成了共产党领导下的革命文化组织。太阳社的成员都是清一色的党员,"党中央很重视太阳社","总书记瞿秋白本人应蒋光慈邀请参加太阳社","当时法南区委将太阳社中二十余名党员分为两个党小组,和创造社的一个党小组合编为'第三街道支部'"③。左联的创建也是党中央在贯彻执行党的"六中"全会

---

① 《中国无产阶级革命文学的新任务》,《文学导报》第 1 卷第 8 期,1931 年 11 月 15 日。

② 林伟民:《中国左翼文学思潮》,华东师范大学出版社,2005 年,第 95 页。

③ 同上。

决议过程中经过酝酿后所实施的重大举措。据冯雪峰回忆，"1929年10月至11月间，文委书记潘汉年要冯雪峰去同鲁迅商谈成立左联的问题，并传达两条意见：一是中央希望创造社、太阳社和鲁迅及在鲁迅影响下的人们联合起来，以这三方面的人士为基础，成立一个革命文学团体。二是团体的名称拟定为'中国左翼作家联盟'，看鲁迅有什么意见。"①在左联筹建阶段，中国共产党极其关注其进展，1930年2月26日，潘汉年还召集左联成立之前的一次预备会议，传达党中央的重要指示。所以，左翼文学社团在组织、宣传等方面都与中国共产党有着千丝万缕的关系，其运行机制带有半政党性质的组织特点。左翼文学是一个文化文学现象，左翼作家虽是一个知识分子群体，但在组织形态上，确属于中共"同路人"，是一批不甘妥协和寂寞、积极投身反抗国民党政治文化专制主义的知识分子联盟。鲁迅曾说，文艺与政治有矛盾，"政治想维系现状使它统一，文艺催促社会进化使它渐渐分离；文艺虽使社会分裂，但是社会这样才进步起来。文艺既然是政治家的眼中钉，那就不免被挤出去"②。左翼文学的成立是对国民党政府的反抗和斗争，这一点是明确的，但它并不是直接从属于中国共产党领导的政治革命组织，而有其复杂性。

左翼文学的创作也带有组织化特点。左联的成立，将有共

---

① 林伟民：《中国左翼文学思潮》，华东师范大学出版社，2005年，第98页。
② 鲁迅：《文艺与政治的歧途》，《鲁迅全集》第7卷，人民文学出版社，2005年，第116页。

同政治理想和政治目标的职业作家的文学活动和创作,借助一系列纲领加以规范化、组织化管理,使其直接参与社会时代的发展进步。尽管它的文学创作存在着概念化、教条化倾向,但左翼文学并不缺乏有名的、优秀的文学作家,如茅盾、丁玲等小说作家,还有胡也频、柔石、魏金芝、叶紫、欧阳山等作家,其作品多为可圈可点之作。茅盾的《子夜》、《林家铺子》和"农村三部曲",丁玲的长篇小说《水》,胡也频的《光明在我们的前面》,萧军的《八月的乡村》,吴组湘的《一千八百担》等都是名家名作。杨义认为:"左翼文学以'左联'发祥地上海为大本营,汇萃了大批重要作家,组成了强大的中坚阵容。同时,它的影响是遍及全国的,放射出一批作家群体,分支机构和兄弟组织,它们与上海的左翼主阵容相呼应,形成了激浪千迭、烟波万顷之势。"①除了上海作家群体以外,左翼文学还有四川作家群、东北作家群、南京作家群。而左联的分支机构(兄弟组织)还有 1930 年与 1931 年之交在北平成立的北方"左联",它的主要成员有潘漠华、孙席珍、谢冰莹、杨冈、刘尊棋、杨纤如、陈沂、陆万美等;有 1933 年成立的东京"左联"分盟,主要成员有林焕平、林为梁、欧阳凡海、林林等。有着如此强大的作家群体,左翼文学的阶级论思想就可得到强而有力的表达和推行。

左翼文学批评也是被组织起来的,特别是它所热衷的文学论战,更带有文学组织化特点。总体上,左翼文学批评对左翼文

---

① 杨义:《中国现代小说史》第二卷,人民文学出版社,1993 年,第 350 页。

学发展起到了重要作用,它推动了左翼文学观念的传播,形成了左翼文学的系统化理论。同时,它也是一把双刃剑,它也规范、制约着左翼文学的发展,文学阶级性被看作左翼文学"关门主义"的重要体现。在左联早期,较为引人注目的文学评论家有冯雪峰、茅盾、瞿秋白等人,中后期有周扬、胡风等。尽管左联内部也存在观念分歧,左翼文学批评仍是有组织、守纪律的,除了以上人员外,还有洪深、田汉、夏衍、巴人、以群、王淑明、张庚、周立波等。左翼文学批评也是被组织化的文学生产。茅盾曾说:"我们知道文学的作品与批评常相生相成的,某一派文学之完成与发展,固需要批评以为指导;但是反过来,亦必先有了多了某一派的文学作品,然后该派的文学批评才建设得起来。"①他还认为:"批评论对于艺术发展的关系,或把它看得太重要,或把它看得毫不相干,以我想来都不中肯。批评论也象'社会的选择',常能生杀新文艺运动,不过它的权威不是绝对的。自来文学家对于批评论的本体及功用有多种不同的说法;在功用这一点,他们有一个比较的通行的说头,乃谓批评论的职能有两方面:一为抉出艺术的真相而加以疏解,使人知道怎样去欣赏;一为指出艺术的趋向与范畴,使作家从无意的创造进至有意的创造。"同时,他还指出:"批评论是站在一阶级的立点上为本阶级的利益而立论的","我们应该承认文艺批评确是建立在一阶级的立点上为

---

① 茅盾:《论无产阶级艺术》,《茅盾文艺杂论集》上集,上海文艺出版社,1981年,第186页。

本阶级的利益而立论的;所以无产阶级艺术的批评论将自居于拥护无产阶级利益的地位而尽其批评的职能,是当然无疑的。"①由此,左翼文学批评的组织和参与,有助于文学阶级性观念的传播,也规范着左翼作家的创作,成了左翼意识形态的代言人。

左翼文学生产是多种文学要素共同努力的结果,就其文学阶级性观念而言,文学论争彰显了它的思想内涵,文学报刊出版扩大了它的社会影响,文学创作、文学批评以及文学活动的组织化,进一步强化了左翼文学的阶级标识和运动机制。可以说,左翼文学制度是特定时代的文学生产方式,具有某种探索性、实验性,以及偏激性和排他性特征。

---

① 茅盾:《论无产阶级艺术》,《茅盾文艺杂论集》上集,上海文艺出版社,1981年,第188页。

第十二章 |

鲁迅与新文学社团的离合

　　文学社团和文学论争参与并推动了中国新文学的发生和发展。作为文学形态与活动方式的文学社团,既是新文学运动的"重要历史特色"和"文学力量",在文坛上造成了不小的"影响和声势"①,也体现着中国现代文学文派制衡的历史特点②。刘纳曾以"打架"和"论战"讨论创造社的运作方式③。陈思和将中

---

① 贾植芳:《中国现代文学社团流派》上卷,江苏教育出版社,1989年,第1页。

② 朱寿桐:《中国现代文学社团文学史》,人民文学出版社,2004年,第93页。

③ 刘纳:《社团、势力及其它:从一个角度介入五四文学史》,《中国现代文学研究丛刊》1999年第3期;《"打架","杀开了一条血路":重评创造社"异军苍头突起"》,《中国现代文学研究丛刊》2000年第2期。

国现代文学社团的运作模式划分为传统文人、现代知识分子,同人刊物和文人小团体等模式,认为文学社团研究重在人事关系,文学流派研究则偏重创作风格①。文学社团拥有文学观念主张、文学活动和创作追求,有组织的聚散离合,对它的研究可以取文学思潮、文学制度和文学艺术等不同视角。鲁迅与新文学社团中的南社、《新青年》社团、语丝社、莽原社、未名社、奔流社、朝花社、中国左翼作家联盟等有着直接的联系,也与学衡派、创造社、太阳社和新月社等有过文学论战和人事纠葛。鲁迅与新文学社团的关系,涉及创作个性、文学行为以及精神空间等问题。

一、社团之中:寻找同道

晚清以降,国门被打开,科举制度被废除,士绅社会解体了,出现了新的知识阶层。不同于传统乡绅,他们积极创建学会社团,以文化群体力量参与社会改造。五四新文学的倡导和实践之所以能在短时间发生作用和影响,自然与文学社团的构想和运作有关。五四新文学作家的成长、作品的发表,或多或少都与文学社团有关,文学不再是个人世界,而有了计划性和组织性,因刊物因社团而不同。新文学社团,有的组织严密,有的自由松散。自由松散者如新月社,"新月一伙人,除了共同愿意办一个

---

① 陈思和:《中国现代文学社团史研究书系总序》,载咸立强:《寻找归宿的流浪者:创造社研究》,东方出版中心,2006年,第1—4页。

刊物之外,并没有多少相同的地方,相反的,各有各的思想路数,各有各的研究范围,各有各的生活方式,各有各的职业技能。彼此不需标榜,更没有依赖,办刊物不为谋利,更没有别的用心,只是一时兴之所至"①。组织严密者如 20 世纪 30 年代的"中国左翼作家联盟",拥有明确的政治结构和组织形态。

鲁迅非常看重新文学社团的作用,特别是在新文学布不成势、文学青年没有创作阵地的情势下,他非常关注文学社团和刊物。他在给《新潮》社傅斯年的回信中说:"大约是夜间飞禽都归巢睡觉,所以单见蝙蝠能干了。我自己知道实在不是作家,现在的乱嚷,是想闹出几个新的创作家来,——我想中国总该有天才,被社会挤倒在底下,——破破中国的寂寞。"他高度肯定《新潮》刊物上的《雪夜》《这也是一个人》《是爱情还是苦痛》等作品,认为"都是好的","这样下去,创作很有点希望"②。鲁迅与文学社团的直接关系,主要体现在社团刊物和人事关系上。从《〈呐喊〉自序》可见,鲁迅对《新青年》有从迟疑到积极支持的转变。1918 年 1 月,自《新青年》第 4 卷第 1 号改组,鲁迅参与编务工作。1919 年《新青年》第 6 卷又改为轮流主编制,鲁迅不再参与编辑事务,但仍作为主要撰稿人,一直在刊物上发表作品,包括小说、新诗、杂感、论文、翻译和通信等近 50 篇,其中,小说和随感录等极具文体开创性。1924 年,鲁迅参与创办语丝社,并

---

① 梁实秋:《梁实秋自传》,江苏文艺出版社,1996 年,第 144 页。

② 鲁迅:《对于〈新潮〉一部分的意见》,《鲁迅全集》第 7 卷,人民文学出版社,2005年,第 236 页。

作为刊物《语丝》长期撰稿人之一，他的《华盖集》《华盖集续编》《而已集》《三闲集》等集子中大部分文章都刊于《语丝》，显示了鲁迅杂文创作的自觉和艺术风格的成熟。刊于《语丝》的《野草》后来还成了新文学经典之作，可见鲁迅对《语丝》的充分信任和大力支持。尽管章廷谦回忆时说，《语丝》社是"由几个人凑起来办一个小型刊物，理论上不标榜一种主义，也没有一致的主张与严密的组织形式，甚至组织形式也没有，在创刊号上登一篇不甚明确的《发刊辞》，刊物上登载一些互不相识的外稿，大家冲击一阵，摸索一阵，彼此的倾向与发展道路并不相同，之后便各奔前程，刊物则无影无踪的消灭，有的被封禁。几乎可以说是'五四'以后几百种刊物的普遍现象与共同命运，是反映了当时小资产阶级知识分子自由散漫缺乏组织的特点的"①。考虑到他写此文的时间是1962年，所以采用"小资产阶级知识分子"说法，文章所述内容确也大致不差。《语丝》社的组织形式、理论主张和活动方式自由松散，但有比较接近的学识、见识和文章趣味，鲁迅自己并不承认是《语丝》主将，但也认同"关系较为长久的，要算《语丝》了"②，特别是"《语丝》中所讲的话，有好些是别的刊物所不肯说，不敢说，不能说的"③。总之，虽没有严密的"组织形式"，也说不上有什么派别，但《语丝》"无论是内容还是

---

① 川岛：《和鲁迅相处的日子》，四川人民出版社，1979年，第45页。

② 鲁迅：《我和〈语丝〉的始终》，《鲁迅全集》第4卷，人民文学出版社，2005年，第168页。

③ 鲁迅：《270817·致章廷谦》，《鲁迅全集》第12卷，人民文学出版社，2005年，第65页。

形式,都体现了鲁迅先生的这种战斗精神"①,鲁迅自始至终都"站在《语丝》的最前线,以战斗者的姿态,严肃地、不屈不挠地和黑暗作殊死的斗争"②。

相对于文学社团复杂的人事纠缠,鲁迅更偏爱文学刊物,更愿意回到因刊物而生的社团本分和本色。在某种程度上,鲁迅的结社主要是创办刊物,因刊物而与社团发生联系。1924 年 4 月,鲁迅在北京创办《莽原》周刊,1925 年出至第 32 期后停刊,1926 年再复刊,鲁迅仍为编辑。1926 年 8 月,鲁迅离开北京前往厦门,由韦素园接编。到了厦门,1926 年 12 月前后,他又指导学生创办《波艇》月刊,1927 年出第 2 期后停刊。尽管鲁迅有抱怨,说"我先前在北京为文学青年打杂,耗去生命不少,自己是知道的。但到这里,又有几个学生办了一种月刊,叫做《波艇》,我却仍然去打杂"③,但想到"学生方面"的"好","他们想出一种文艺刊物",仍然为他们"看稿",即便"大抵尚幼稚,然而初学的人,也只能如此"④。后来,他感叹道:"此地无甚可为。近来组织了一种期刊,而作者不过寥寥数人,或则受创造社影响,过于颓唐,或则像狂飙社嘴脸,大言无实;又在日报上添了一种文艺

① 川岛:《和鲁迅相处的日子》,四川人民出版社,1979 年,第 43 页。
② 同上书,第 35 页。
③ 鲁迅:《两地书·七三》,《鲁迅全集》第 11 卷,人民文学出版社,2005 年,第 202 页。
④ 鲁迅:《两地书·五八》,《鲁迅全集》第 11 卷,人民文学出版社,2005 年,第 167 页。

周刊,可怕也不见得有什么好结果。"①一个刊物的质量需要用作品来说话,不能只拉大旗,喊口号,而应扎扎实实做事。正因为如此,明知"不见得有什么好结果"的鲁迅,仍然"拼命地做,忘记吃饭,减少睡眠,吃了药来编辑,校对,作文"②。1928 年,《未名》半月刊在北京创刊,1930 年出至第 2 卷第 9~12 期合刊号终刊。鲁迅为刊物的停办甚感"可惜",并提出"倘由我在沪编印,转为攻击态度(对于文艺界),不知在京诸友,以为妥当否?因为文坛大须一扫,但多造敌人,则亦势所必至"③。1928 年,鲁迅在上海又与郁达夫合作主编《奔流》月刊,1929 年第 2 卷第 5 期终刊,共出版 15 期。在郁达夫眼里,"鲁迅不仅是一个只会舞文弄墨的空头文学家,对于实务,他原是也具有实际才干的。说到了实务,我又不得不想起我们合编的那一个杂志《奔流》——名义上,虽则是我和他合编的刊物,但关于校对,集稿,算发稿费等琐碎的事务,完全是鲁迅一个人效的劳"④。后来,鲁迅还主编或参与编辑了系列刊物,如与柔石合编的《朝花周刊》《朝花旬刊》。左联时期,鲁迅参与的刊物更多,如《萌芽月刊》《文艺研究》《巴尔底山》《拓荒者》《世界文化》《前哨》《十字

---

① 鲁迅:《两地书·八三》,《鲁迅全集》第 11 卷,人民文学出版社,2005 年,第 226 页。

② 鲁迅:《两地书·六二》,《鲁迅全集》第 11 卷,人民文学出版社,2005 年,第 179 页。

③ 鲁迅:《290708·致李霁野》,《鲁迅全集》第 12 卷,人民文学出版社,2005 年,第 194 页。

④ 郁达夫:《回忆鲁迅》,《郁达夫全集》第 3 卷,浙江大学出版社,2007 年,第 328 页。

街头》《文学》《太白》《译文》和《海燕》,等等。唐弢说:"鲁迅先生一生编过许多刊物,十分重视编辑工作。刊物是他针砭时事、批评社会的阵地,也是他联系群众,'造出大群新的战士'的场所。"①这虽点出了鲁迅支持社团和刊物的真正意图,但被当作联系群众,显然是话中有话。郁达夫曾说:"鲁迅的对于后进的提拔,可以说是无微不至。《语丝》发刊以后,有些新人的稿子,差不多都是鲁迅推荐的。他对于高长虹他们的一集团,对于沉钟社的几位,对于未名社的诸子,都一例地在为说项。就是对于沈从文氏,虽则已有人在孙伏园去后的《晨报副刊》上在替吹嘘了,他也时时提到,惟恐诸编辑的埋没了他。还有当时在北大念书的王品青氏,也是他所属望的青年之一。"②一般沈从文评传总会描述沈从文离开湘西到北京从事文学创作时的艰辛和曲折,也会提到郁达夫对他的帮助,特别是写给沈从文的那封鼓励有加的信;殊不知,这里面还有鲁迅对沈从文的提携和关爱。在鲁迅看来,青年作者是否加入文学团体,倒不显得十分紧迫和重要,反而是文学刊物,更有助于新文学阵营的壮大和新文学青年的成长,由此也可理解鲁迅之所以热衷于主编或参与编辑文学刊物的动机,因为青年作者需要扶持,需要有文学阵地。

鲁迅一直留心并寻找同道者。对新文学,他寄希望于青年,因此格外关注文学青年的创作和成长,"我现在还要找寻生力

① 唐弢:《"编辑"三事》,《编辑生涯忆鲁迅》,河北教育出版社,2000年,第194页。
② 郁达夫:《回忆鲁迅》,《郁达夫全集》第3卷,浙江大学出版社,2007年,第319页。

军,加多破坏论者",在他眼里,北京的几家刊物虽比先前多,但好的却少,《现代评论》"显得灰色",《语丝》也"时时有疲劳的颜色"①。他理想的生力军是"思想革命"的战士,理想的刊物也是高举"思想革命"的大旗:"现在的办法,首先还得用那几年以前《新青年》上已经说过的'思想革命'……而且还是准备'思想革命'的战士,和目下的社会无关。待到战士养成了,于是再决胜负。"②一旦见到这样的刊物或者作者,他是喜不自胜:"昨天收到两份《豫报》,使我非常快活,尤其是见了那《副刊》。因为它那蓬勃的朝气,实在是在我先前的豫想之上。你想:从有着很古的历史的中州,传来了青年的声音,仿佛在豫告这古国将要复活,这是如何可喜的事呢?"③。所以,他创办《莽原》,他的《故事新编》也以总题目"旧事重提"刊发在《莽原》上,他更希望中国的青年"站出来",以"文明批评"和"社会批评",将《莽原》作为"发言之地","对于中国的社会,文明,都毫无忌惮地加以批评"④,"撕去旧社会的假面"⑤。在左联成立大会上,鲁迅提出"应当造出大群的新的战士",并说他自己"倒是一向就注意新的青年战士底养成的,曾经弄过好几个文学团体,不过效果也很

---

① 鲁迅:《两地书》,《鲁迅全集》第 11 卷,人民文学出版社,2005 年,第 33 页。
② 鲁迅:《通讯》,《鲁迅全集》第 3 卷,人民文学出版社,2005 年,第 23 页。
③ 鲁迅:《北京通讯》,《鲁迅全集》第 3 卷,人民文学出版社,2005 年,第 54 页。
④ 鲁迅:《〈华盖集〉题记》,《鲁迅全集》第 3 卷,人民文学出版社,2005 年,第 4 页。
⑤ 鲁迅:《两地书》,《鲁迅全集》第 11 卷,人民文学出版社,2005 年,第 64 页。

小"①。当有人臆断,以鲁迅的地位可能不便于参加文学团体的战斗,鲁迅却严肃地指出,这样的判断和观察不准确,他毫不讳言:"我和青年们合作过许多回,虽然都没有好结果,但事实上却曾参加过。不过那都是文学团体,我比较的知道一点。"②"没有好结果"只是鲁迅过于自谦的说法,他所参加的文学社团,尽管没有完全遂其所愿,也没有善始善终,但无论是"起哄"发声,还是布不成阵势,却都有显而易见的成效。

二、社团之争:置身事外

鲁迅与不少文学社团有过交往。如与新潮社、文学研究会、浅草—沉钟社、春光社等都有非常密切的联系,他或将作品刊于这些社团的刊物,或关注这些社团的活动和创作,并对部分社团给予热情的评价。如对浅草—沉钟社,他就有很高的评价,认为:"一九二四年中发祥于上海的浅草社,其实也是'为艺术而艺术'的作家团体,但他们的季刊,每一期都显示着努力:向外,在摄取异域的营养,向内,在挖掘自己的灵魂,要发见心灵的眼睛和喉舌,来凝视这世界,将真和美歌唱给寂寞的人们。"③这里

① 鲁迅:《对于左翼作家联盟的意见》,《鲁迅全集》第 4 卷,人民文学出版社,2005 年,第 241—242 页。

② 鲁迅:《通信》,《鲁迅全集》第 8 卷,人民文学出版社,2005 年,第 378 页。

③ 鲁迅:《〈中国新文学大系〉小说二集序》,《鲁迅著译编年全集》第 18 卷,人民出版社,2009 年,第 102 页。

提到"浅草"季刊的每一期都"显示"着"内""外"并进的艺术特点，表明鲁迅是非常熟悉《浅草》的，且高度赞赏浅草社的创作风格。后来，当"浅草"成为"沉钟"，鲁迅依然说它是"中国的最坚韧，最诚实，挣扎得最久的团体"，即使是"死"，也要"敲出洪大的钟声"，即使"听者却有的睡眠，有的槁死，有的流散"，他们也要"歌唱"，直至"眼前只剩下一片茫茫白地"，他们"只好在风尘涨洞中"，"悲哀孤寂地放下了他们的箜篌"①。这番"挣扎"于"荒野"的景象，很容易让人想起鲁迅《野草》所描绘的种种意境。鲁迅也充分肯定莽原社、未名社实地劳作，不尚叫嚣，但也卷入了两个社团的人事纠缠。他在给许广平的信中说："便是小小的《莽原》，我一走也就闹架"，"我实在有些愤愤了"，他想将刊物停办，"没有了刊物，看大家还争持些什么"②。当他到了南方以后，时常注意的也是文学刊物和社团情形，"创造社和我们，现在感情似乎很好。他们在南方颇受迫压了，可叹。看现在文艺方面用力的，仍只有创造，未名，沉钟三社，别的没有，这三社若沉默，中国全国真成了沙漠了。南方没有希望"③。1928年以后出现的奔流社和朝花社与鲁迅也有联系，因是未名社的延续，也出于支持青年作者，特别是对木刻的介绍，鲁迅积极参与他们

---

① 鲁迅：《〈中国新文学大系〉小说二集序》，《鲁迅著译编年全集》第18卷，人民出版社，2009年，第103页。

② 鲁迅：《两地书·六二》，《鲁迅全集》第11卷，人民文学出版社，2005年，第179页。

③ 鲁迅：《270925·致李霁野》，《鲁迅全集》第12卷，人民文学出版社，2005年，第76页。

的活动。1930年,中国左翼作家联盟成立。鲁迅与左联的关系非常复杂,从筹备到成立都有参与。鲁迅在成立大会上发表了演讲,还被选为常务委员。鲁迅与前期左联是相知相通的,拥有相同的社会认知和相通的愿望和想法,如对专制社会的反抗、对文化权利的抗争,以及在战斗中的挣扎体验。后来,鲁迅与左联愈行愈远,个中原因也比较复杂。有意思的是,当鲁迅与作为文学团体的左联出现勃谿的同时,他却积极参与一些社会政治团体如中国民权保障同盟和中国自由运动大同盟的活动,其活动甚至比参加左联的活动还多。1936年,左联解散,鲁迅拒绝参与周扬等人领导的由"中国作家协会"更名的"中国文艺家协会",却在巴金等起草的"中国文艺工作者宣言"上签上了自己的名字。他在给他人的信中说:"曾经加入过集团",但又不知所终,对新的组织"决定不加入","签名虽不难,但挂名却无聊之至"①。他非常厌倦左联内部传出的种种"是非"和"谣言",也不希望由自己再"引起一点纠纷",明确表示:"我希望这已是我最后一封信,旧公事全部从此结束了。"②由此可见,鲁迅对文学社团特别是左翼文学团体的灰心绝望和决绝立场。

鲁迅对文学社团还曾有过一个精彩比喻。1935年,他在为《〈中国新文学大系〉小说二集》作序时说:"文学团体不是豆荚,

① 鲁迅:《360424·致何家槐》,《鲁迅全集》第14卷,人民文学出版社,2005年,第82页。

② 鲁迅:《360502·致徐懋庸》,《鲁迅全集》第14卷,人民文学出版社,2005年,第85页。

包含在里面的,始终都是豆。大约集成时本已各个不同,后来更各有种种的变化。"①文学团体和文学个体存在规范和超越、统摄和个性的关系,同一文学社团中的作家其作品并不完全是单一同质的,作家本人也不完全受社团所束缚,他拥有自己的创作个性或创作变化。如五四时期的许地山就有不同于文学研究会中冰心和王统照等人的创作特点,20世纪30年代的萧红在左翼作家中也是一个异数。对此,沈从文很有感触,他认为:"好作品不一定能从团体产生","一个作家支持他的地位,是他个人的作品,不是团体","把一群年青作家放在一个团体里,受一二人领导指挥,他的好处我们得承认,可是他的坏处或许会更多。"②尽管沈从文也属于30年代京派文学的代表人物,但并非他有意为之,而是由左翼文学、海派文学和朱光潜的批评理论等诸多合力创造的结果。

鲁迅也一样,他参与了不少新文学社团活动,但他并不十分积极,他不喜欢社团的人事纠葛和利益之争。李长之认为,鲁迅"在性格上是内倾的,他不善于如通常人之处理生活。他宁愿孤独,而不欢喜'群'"③。鲁迅自己也说过,"我在群集里面,是向来坐不久的"④,在生活中,"离开了那些无聊人,亦不必一同吃

---

① 鲁迅:《〈中国新文学大系〉小说二集序》,《鲁迅著译编年全集》第18卷,人民出版社,2009年,第112页。

② 沈从文:《新废邮存底·12》,《沈从文文集》第12卷,花城出版社,1992年,第40页。

③ 李长之:《鲁迅批判》,北京出版社,2011年,第150页。

④ 鲁迅:《两地书》,《鲁迅全集》第11卷,人民文学出版社,2005年,第31页。

饭,听些无聊话了,这就很舒服"①。所以,"他和群愚是立于一种不能相安的地步"②,带有内倾型性格,因为"一个人的环境限制一个人的事业。但一个人的性格却选择一个人的环境"③。由此,在李长之看来,因有《新青年》,鲁迅才献身于新文化运动,因出现了女师大风潮,鲁迅与新月派才有斗争,因到了南方上海,才受到左翼作家的批评而不得不阅读和吸取新理论,由此可见"环境的力量有多大!"④但他又认为:"因为他是鲁迅","他不妥协,他反抗",他"始终没脱离了做战士"⑤,所以,他最终完成了自己。从个性方面理解鲁迅与群体的关系,虽不失为一种说法,但我认为,应首先放在鲁迅主体性上阐释,有关社会环境如何决定人,自然是第一位的,但在同样的环境之下,为何却出现不同的选择,这就显示出精神主体的力量。

在新文学尚处于寂寞和零散状态之下,文学结社,同声相求,其作用不可低估。但鲁迅不为社团所束缚,拒绝团体的压迫和利用,而选择自己的文学方式,追求精神的从容自然。可以说,鲁迅在文学社团中存在,但又不属于任何一个文学社团。中国新文学史上任何一个文学社团都无法涵盖或拥有鲁迅的思想和创作,如郭沫若属于创造社,茅盾归于文学研究会,胡风与七

① 鲁迅:《两地书》,《鲁迅全集》第 11 卷,人民文学出版社,2005 年,第 129 页。
② 李长之:《鲁迅批判》,北京出版社,2011 年,第 153 页。
③ 同上书,第 50 页。
④ 同上书,第 51 页。
⑤ 同上书,第 53 页。

月派相伴而生。鲁迅与《新青年》有关，但《新青年》内部也是驳杂的，他与胡适并不处在同一个频道。鲁迅遵命《新青年》，为其呐喊助威，直到"后来《新青年》的团体散掉了，有的高升，有的退隐，有的前进"，鲁迅感到"又经历了一回同一战阵中的伙伴还是会这么变化，并且落得一个'作家'的头衔，依然在沙漠中走来走去"①。从《呐喊·自序》中鲁迅与钱玄同的对话里，可见他开始对《新青年》存有质疑，但后来一旦参与，却对其抱有殷切而急迫的希望，只是到说这话的时候，鲁迅已不无抱怨且陷入深深的失望了。有一个很有意思的文学现象，每当鲁迅描述他自己的人生状态，特别是不得不面临孤独寂寞时，他常不自觉地提及文学刊物的停办和文学团体的解散，乃至到了晚年，他还说："在北京这地方，——北京虽然是'五四运动'的策源地，但自从支持着《新青年》和《新潮》的人们，风流云散以来，一九二〇至二二年这三年间，倒显着寂寞荒凉的古战场的情景。"②所以，在他心里始终存有一个文学群体之梦。

鲁迅与语丝社接近，但语丝社的总体格局过于狭小，他们更多在文体上同处一个战壕。鲁迅对左联寄予厚望，但很快他就发现，左联已不是他想要的左联，过于趋"左"而弱于个人之"联"。鲁迅与新文学社团是一种存在而不属于关系，处于在与

---

① 鲁迅:《〈自选集〉自序》,《鲁迅全集》第 4 卷,人民文学出版社,2005 年,第 469 页。

② 鲁迅:《〈中国新文学大系〉小说二集序》,《鲁迅全集》第 6 卷,人民文学出版社, 2005 年,第 253 页。

不在之间。他喜欢"各人自己的实践。有人赞成,自然很以为幸,不过并不用联络手段,有什么招揽扩大的野心,有人反对,那当然也是他们的自由,不问它怎么一回事"[①]。这样的文学社团尊重了个人自主性,拥有团体的多样性,并且,它没有文学之外的"野心",不限制作家个性。显然,晚年鲁迅对"中国文艺工作者宣言"的肯定,也暗示出他与"左联"离散的部分原因。

鲁迅不愿意陷入小团体的宗派之争,但又与一些文学社团发生过激烈论争,如与学衡派、创造社、新月社和现代评论派的论战。这些论战往大的方面说推动了新文学的重组和自觉,如鲁迅与后期创造社、太阳社的论争,与新月派的交锋,与后期左联的分歧,既推动了新文化新思想之"真理"和"道理"的明晰化,也反过来促进了鲁迅思想的深化和反思,与此同时,也彰显了鲁迅的精神个性和生存状态。当新文学出现激烈论战而内卷化的时代,鲁迅并没有躺平,而是直直地站立起来,成了一个孤独无畏的文学战士。这样,鲁迅与文学社团的关系,不只是简单的文学个体和群体关系,而是认识和反思鲁迅精神和文学创作的透视镜,是思考新文学运作方式及与现代社会关系的重要视角。比如,鲁迅的文学创作和思想革命主张都与《新青年》有关,受到《新青年》团体的影响,具有鲜明的思想革命痕迹。可以说,鲁迅的小说《呐喊》《彷徨》和杂文《热风》《坟》为《新青

---

① 鲁迅:《360806·致时玳》,《鲁迅全集》第 14 卷,人民文学出版社,2005 年,第 123 页。

年》代言,将其倡导的新文化运动从理论主张转变成了文学实践,真正显示了五四新文化运动特别是《新青年》社团的文学实绩。

鲁迅与文学团体的分歧,有情感纠葛,有观念差异,也有思想与权利冲突。在新文学发轫时期,鲁迅与《新青年》、语丝社、未名社、莽原社的介入和离散,多出于作家个性和创作自由的不同选择。鲁迅与后期创造社、太阳社之间出现的革命文学论争,以及与"新月派"梁实秋关于人性论与阶级论论战,焕发了新文学的生机与活力,呈现了新文学的多样与丰富,也推动了新文学的转变和升级。鲁迅就说过这样一段话:"我有一件事要感谢创造社的,是他们'挤'我看了几种科学底文艺论,明白了先前的文学史家们说了一大堆,还是纠缠不清的疑问。并且因此译了一本浦力汗诺夫的《艺术论》,以救正我——还因我而及于别人——的只信进化论的偏颇。"①创造社推动了鲁迅思想发生转变。鲁迅与现代评论派的论战超出了单纯的文学社团范畴,所经受的却是新文学的分化和重组。鲁迅走出《新青年》解体的文化阴影和兄弟失和的情感创伤过程中,却遭遇到社会现实的快速变异,各种社会矛盾的激化凸显,公理面具与现实真相的混杂纠缠,他不得不应战,哪怕是一个人的战斗,哪怕是徒手相搏!鲁迅通过揭露这些"大学教授"们"言行不符,名实不副,前后矛

---

① 鲁迅:《〈三闲集〉序言》,《鲁迅全集》第4卷,人民文学出版社,2005年,第6页。

盾,撒诳造谣,蝇营狗苟"①等种种行径,撕掉他们的"尊号"和"招牌",而呈现出一个真实的世界、一个悲哀的"人间"。他说:"丑态,我说,倒还没有什么丢人,丑态而蒙着公正的皮,这才催人呕吐。但终于使我觉得有趣的是蒙着公正的皮的丑态,又自己开出帐来发表了。仿佛世界上还有光明,所以即便费尽心机,结果仍然是一个瞒不住。"②他还劝导青年,"不要高帽皮袍,装腔作势的导师;要并无伪饰,——倘没有,也得少有伪饰的导师。倘有戴着假面,以导师自居的,就得叫他除下来,否则,便将它撕下来,互相撕下来。撕得鲜血淋漓,臭架子打得粉碎",即使这时候"只值半文钱,却是真价值;即使丑得要使人'恶心',却是真面目"③。在这里,它已不是文学问题,不是文学社团关系,而是社会现实问题,是社会与书斋、现实与观念、不同生存方式及其价值的分途。不同社团的论战虽为新文学之常态,但在一定程度上也消耗了新文学的原动力,成为为论争而论战的负能量。正如有研究者所说:"凡文学流派或社团,总有各自的言论阵地(杂志、副刊、出版社等),有随时发表自己的主张和作品的自由,也有随时批评别人的主张和创作的自由。这样,在流派、社

---

① 鲁迅:《十四年的"读经"》,《鲁迅全集》第 3 卷,人民文学出版社,2005 年,第 139 页。

② 鲁迅:《答 KS 君》,《鲁迅全集》第 3 卷,人民文学出版社,2005 年,第 119 页。

③ 鲁迅:《我还不能"带住"》,《鲁迅全集》第 3 卷,人民文学出版社,2005 年,第 259 页。

团之间乃至整个文坛，大大小小的摩擦、碰撞、论战，便时有发生。"①鲁迅曾说过，有文坛，"便不免有斗争，甚而至于谩骂，诬陷的"，"无论中外古今，文坛上是总归有些混乱"，但这并不让人"悲观"，因为有论战，文坛"倒是反而越加清楚，越加分明起来了"，"历史决不倒退，文坛是无须悲观的。悲观的由来，是在置身事外不辨是非，而偏要关心于文坛，或者竟是自己坐在没落的营盘里"②。作为公共空间的文坛，论争和论战、谩骂和诬陷虽不足为怪，但毕竟是一种内耗，特别是面临不同团体不同力量，事关利益和权力，原本想借助"论战"而使事理分明，却难免出现事与愿违的结果。——这结果自然是鲁迅也不愿意看到的。

三、社团之外：进退自如

从五四时期到 30 年代，新文学社团聚散频繁，鲁迅时而参与，时而游弋在外。这与新文学的发生发展方式有关，也与文学社团的运作方式有关，还与鲁迅的社团意识和精神人格、主体意志有关。也就是说，在鲁迅与文学社团背后，则牵涉到鲁迅的思想观念、精神人格和文学创作的身份问题。在中国文学进入社团时代，鲁迅的文学活动也就不可能绕开社团。在日本留学时

---

① 吴立昌：《文学的消解与反消解：中国现代文学派别论争史论》，复旦大学出版社，2004 年，第 4 页。

② 鲁迅：《"中国文坛的悲观"》，《鲁迅全集》第 5 卷，人民文学出版社，2005 年，第263—264 页。

期,鲁迅就有团体意识,他先是加入同乡会,继而结识《浙江潮》编辑,后来创办《新生》杂志。当时,他就"有一种茫漠的希望:以为文艺是可以转移性情,改造社会的",于是便自然而然地想到介绍外国新文学这件事,"但做这事业,一要学问,二要同志,三要工夫,四要资本,五要读者"①。这里的"做这事业"所需要的五个条件之一的"同志"即同仁、同道,显然,鲁迅已意识到组织社团的必要。在经历《新生》失败后,鲁迅参与了《新青年》活动,成为新文学的开创者和新文坛的筑造者。鲁迅最讨厌权威,憎恨奴性,但他并不是离群索居的人。创办《新生》和出版《域外小说集》成为鲁迅最早的文化实践。鲁迅曾经有一段人们耳熟能详的描述:"这一学年没有完毕,我已经到了东京了,因为从那一回以后,我便觉得医学并非一件紧要事,凡是愚弱的国民,即使体格如何健全,如何茁壮,也只能做毫无意义的示众的材料和看客,病死多少是不必以为不幸的。所以我们的第一要著,是在改变他们的精神,而善于改变精神的是,我那时以为当然要推文艺,于是想提倡文艺运动了。在东京的留学生很有学法政理化以至警察工业的,但没有人治文学和美术;可是在冷淡的空气中,也幸而寻到几个同志了,此外又邀集了必须的几个人,商量之后,第一步当然是出杂志,名目是取'新的生命'的意思,因为我们那时大抵带些复古的倾向,所以只谓之《新生》。"②鲁迅已

① 鲁迅:《域外小说集序》,《鲁迅著译编年全集》第 3 卷,人民出版社,2009 年,第 416 页。

② 鲁迅:《呐喊·自序》,《鲁迅全集》第 1 卷,人民文学出版社,2005 年,第 438 页。

充分意识到,思想启蒙首先需要创办杂志,"在冷淡的空气中,也幸而寻到几个同志了,此外又邀集了必须的几个人,商量之后,第一步当然是出杂志"。寻到"几个同志","邀集""必须的几个人",创办刊物需有编辑,还需撰稿者。在《新生》前后,鲁迅已是《浙江潮》和《河南》杂志的撰稿人,但他有意忽略或"忘记"这一事件,却对《新生》念念不忘。这表明作为文化实践主体的《新生》的创办及其失败都给他留下极深的创伤和印象,这让他有了"无端的悲哀"经验,也使他自我反省,"看见自己了:就是我决不是一个振臂一呼应者云集的英雄"①。自己不是"英雄",做不到"振臂一呼应者云集",而创办刊物,既要有人手,也要有财力,还要借时势。有人,有钱,还要有"势",才能办成一个刊物。这样的自我认知特别是刊物认知,为他以后的文学活动提供了经验,形成人手、财力和时势的刊物意识。鲁迅一生都在为这样的认知开展文学活动。

后来,鲁迅也认识到"各种文学,都是应环境而产生的"②,"想有乔木,想看好花,一定要有好土;没有土,便没有花木了;所以土实在较花木还重要。"③并且说:"做土要扩大了精神,就是收纳新潮,脱离旧套,能够容纳,了解那将来产生的天才;又要不怕做小事业,就是能创作的自然是创作,否则翻译,介绍,欣赏,

---

① 鲁迅:《呐喊·自序》,《鲁迅全集》第1卷,人民文学出版社,2005年,第439页。

② 鲁迅:《现今的新文学的概况》,《鲁迅全集》第4卷,人民文学出版社,2005年,第137页。

③ 鲁迅:《未有天才之前》,《鲁迅全集》第1卷,人民文学出版社,2005年,第174—175页。

读,看,消闲都可以。以文艺来消闲,说来似乎有些可笑,但究竟较胜于戕贼他。"①文学需要土壤,天才需要环境。鲁迅这里提到的"创作,翻译,欣赏,读,看"等,都应该是文学和作家成长的泥土,它们主要都以刊物作为载体,文学创作、文学翻译、文学欣赏、作者和读者的"读"和"看"主要都借助于文学杂志和文学出版,而新文学杂志和出版主要又借助于文学社团,所以鲁迅对文学社团特别是文学刊物的重视,就有更为敏锐和深邃的思考。当然,由此将鲁迅视作一位对报刊书籍拥有极大热忱的编辑,虽说不上大错特错,至少是皮毛之论。在周作人、许广平和赵家璧的回忆文章里,都对鲁迅的编辑工作给予了不少赞誉之辞。但鲁迅毕竟不是职业编辑,也不是出版家,他只是借助刊物出版和编辑来实现他的思想之梦和文学之梦。因文学期刊才会形成文学社团,由文学社团才能显示新文学运动的力量。周策纵曾认为,新式知识分子的社会活动主要有两个方向,"一方面是新思想出版物的增加和伴随而来的新观念的流行;另一方面则是各种社会团体和社会服务的建立与扩张"②。出版物和社会组织就是中国社会现代化的重要标志,文学报刊和文学社团,也是中国文学现代化的特征。文学报刊担负着组织、引导文学的生产、传播和接受的使命。本雅明就认为:"日常的文学生活是以期刊

---

① 鲁迅:《未有天才之前》,《鲁迅全集》第1卷,人民文学出版社,2005年,第177页。
② 周策纵:《五四运动史》,岳麓书社,1999年,第259页。

为中心开展的。"①沈从文也认为，"报纸分布面积广，二三年中当可形成一种特别良好空气，有助于现代知识的流注广布，人民自信自尊新的生长，国际关系的认识……这一切都必然因之而加强。在文学方面，则更有助于新作家的培养，与文学上自由竞争传统制度的继续。这个制度在过去，已有过良好贡献"②。但是，报纸杂志和社团组织一旦创办和成立，它就会有自己的命运和运行机制，不会完全由得自己，会出现"杂志办人"和"社团套人"的情形。茅盾有过这样的感叹："开始'人办杂志'的时候，各种计划、建议都很美妙，等到真正办起来了，就变成了'杂志办人'。"③"人办杂志的时候是有话要说，杂志办人的时候是没有话也得勉强说。"④梁实秋在编辑《新月》时，也有过同样的体会，他曾说："办杂志是稀松平常的事。哪个喜欢摇摇笔杆的人不想办个杂志？起初是人办杂志，后来是杂志办人，其中甘苦谁都晓得。"⑤杂志一旦创办起来，就如同搭建了一个舞台，唱戏的就不完全由得自己。

但是，鲁迅并没有受到文学刊物和文学社团的束缚，而是进退自如，全由自己。他采取的策略就是不满就争，不合则退，不

---

① 本雅明：《发达资本主义时代的抒情诗人》，生活·读书·新知三联书店，1992年，第44页。

② 沈从文：《新废邮存底·22》，《沈从文文集》第12卷，花城出版社，1992年，第65页。

③ 茅盾：《我走过的道路》（中），人民文学出版社，1984年，第199—200页。

④ 茅盾：《"杂志办人"》，《茅盾文艺杂论集》上集，上海文艺出版社，1981年，第376—377页。

⑤ 梁实秋：《梁实秋自传》，江苏文艺出版社，1996年，第141页。

断创办新杂志,取代旧刊物,成立新社团,置换旧团体,以不断变换、流动的方式,实现自己的文学意图。鲁迅不愿意受制于任何一个文学刊物或社团,当一个文学刊物面临人事纷争,一个文学社团出现利益分割,他即抽身而出,别立新宗,另建组织,以时间换空间,不同时期出版不同刊物,不同时期建立或参与不同文学组织,由此获得文学生活的自如和精神生活的自由。鲁迅与左联的聚散离合就是一个典型个案。20世纪30年代,鲁迅加入中国左翼作家联盟。这是社会时代的召唤,是新文学发展的必然,也是鲁迅的个人追求。但鲁迅很快就感觉到左联内部出现了不同名目的划分,如革命与反革命;左联本身也从文学社团逐渐向政治团体发生转变,一些青年作者遭受无辜迫害,或被杀害,左联的文学性和多样性空间被压缩或被排斥。对此,鲁迅不免有了诸多困惑,有了批评和抱怨之声。1932年底,鲁迅虽自称是"左翼作家联盟中之一人"①,表明他有着强烈而明确的身份认同,但到了左联后期,鲁迅却感受到来自"战友""口是心非"的"防不慎防",他"为了防后方","就得横站,不能正对敌人,而且瞻前顾后,格外费力"②。他感到被同战壕的战友"从背后"打了"一鞭","恶意"地拿他"做玩具"③。在去世前一个月,鲁迅称所谓的左翼文学家为"青皮","专用造谣、恫吓,播弄手段张网,

①　鲁迅:《〈两地书〉序言》,《鲁迅全集》第11卷,人民文学出版社,2005年,第5页。
②　鲁迅:《341218·致杨霁云》,《鲁迅全集》第13卷,人民文学出版社,2005年,第301页。
③　鲁迅:《350207·致曹靖华》,《鲁迅全集》第13卷,人民文学出版社,2005年,第375页。

以罗致不知底细的文学青年,给自己造地位;作品呢,却并没有。真是惟以嗡嗡营营为能事","自有一伙,狼狈为奸,把持着文学界,弄得乌烟瘴气"①。"青皮"是方言,即无赖的俗称。他在逝世前三天,还以文言给友人回信说,在自己重病卧床期间,一些曾"畏祸隐去之小丑,竟乘风潮,相率出现,乘我危难,大肆攻击"②。鲁迅将刊物和社团作为传布思想、表达声音的阵地,他常称之为"战阵",但"战阵"并不完全只是对外的,也时有利益和权力之争。20世纪30年代的左翼文学,从理论到实践都存在不少问题。如把敌人看得过低,对资本主义与现代社会的内在性理解能力不足。反之,它却将自己看得过高,对历史主体之阶级和政党过于美化,而显得自我批判性不够。更进一步,他们对左翼内部所存在的不平等现象也缺少清醒认识,对民族国家的区域性和现代社会的世界性也缺乏未来眼光;并且,这些问题或因社会现实危机而被排挤靠后,或受到左翼理论影响而被掩藏忽略。

无论怎样,文学刊物和文学社团仍是中国新文学融入现代社会、参与社会改造的重要手段和方式。鲁迅入其内,但又出其外。他从文学刊物和文学社团中获取了充分的文学空间,但他始终保持着个人的独立身份和自由意志,他有组织无团体,有战场无居所,是一位真正的思想大师和文学大家。

①　鲁迅:《360915·致王冶秋》,《鲁迅全集》第14卷,人民文学出版社,2005年,第148—149页。

②　鲁迅:《361015·致台静农》,《鲁迅全集》第14卷,人民文学出版社,2005年,第170页。

第十三章 |

沈从文与文学制度的重建

沈从文虽自称是乡下人,但作为作家的沈从文也与文学制度生产密切相关。没有现代文学制度也就没有沈从文。当然,沈从文也超越了现代文学制度,他既在文学制度之中,又在文学制度之外,他比许多人要清醒得多。沈从文与现代文学制度的关系,是承受与反思、参与和批判的关系。有关沈从文如何在文学制度中成为新文学名家,创造出不少新文学经典,在此不作过多讨论。我想讨论的主要问题是,已经在文学制度中得到认同和成功了的沈从文,如何看待文学制度,特别是对新文学运动、文学社团和刊物、文学作家和读者关系所提出的重造和重建性反思,因为它关系到中国现代文学制度的合理性与有限性。

一、新文学运动的重造

当五四新文化和新文学运动如火如荼开展之时,沈从文还在湘西的山山水水间奔走,在文学运动退潮之后,他即进入由文学运动所建构起来的文学场域,拿起笔来尝试着写作,在新文学刊物上纷纷发表作品,并逐渐得到文学界的认同。后来,他又进入新文化的另一场域——在大学教书,于是,写作、编刊、教书成了沈从文参与的主要文学活动。就他个人而言,他并不是新文化和新文学运动的发起者和参与者,他只是独立的文学个体,可谓文坛边缘人,但他对新文化和新文学运动了如指掌,有着执着的思考和呼吁,体现出过来人和旁观者的清醒判断。他曾经这样描述新文学运动的历史变化,说"有两件事值得我们特别注意:第一是民国十五年后,这个运动同上海商业结了缘,作品成为大老板商品之一种。第二是民国十八年后,这个运动又与国内政治不可分,成为在朝在野政策工具之一部。因此一来,若从表面观察,必以为活泼热闹,实在值得乐观。可是细加分析,也就看出一点堕落倾向,远不如'五四'初期勇敢天真,令人敬重。原因是作者的创造力一面既得迎合商人,一面又得傅会政策,目的既集中在商业作用与政治效果两件事情上,它的堕落是必然的,不可避免的。作品成为商品之一种,用同一意义分布,投资者当然即不免从生意经上着眼,趣味日益低下,影响再坏也不以为意"①。他对新文学运动转向政治和商业,都持否定态度。后来,他也发表了不少类似的意见,且将新文学转向商品和政治看作文学"堕落"的体现,说它在写作态度上,"从无报偿的玩票身份,转而为职业和事业,自然也不能再保持那点原来的诚实。几个业有成就的作者,在新的环境中,不习惯于'商业竞买''政治争宠'方式的,不能不搁笔"②。文学转向商业化和政治化,被沈从文作为新文学运动转向的标志。

在沈从文看来,"文运与上海商场和各地官场有了因缘,作家忽然多起来了,书店多起来了,社团多起来了,争夺也多起来了。一切都好像在发展,在膨胀,只是那点五四运动,却在慢慢的萎缩,从作者与读者两方面萎缩,末后只剩余一个零"③。构成文学制度的相关作家、书店、社团、论战虽然多起来了,但文学作品却变得萎缩、凋零得很,因为"文学运动也就在商人、作家、票友、贩子、革命者、投机者以及打哈哈者共同支撑下,发展成像如今情形"④。文学与商场和官场走在一起,商场的主人是商人,追逐的是金钱利益,文学被利益化和商品化,文学出版与发

① 沈从文:《新的文学运动与新的文学观》,《沈从文全集》第 12 卷,北岳文艺出版社,2002 年,第 46 页。

② 沈从文:《文学运动的重造》,《沈从文全集》第 17 卷,北岳文艺出版社,2002 年,第 289—290 页。

③ 沈从文:《文运的重建》,《沈从文全集》第 12 卷,北岳文艺出版社,2002 年,第 81 页。

④ 沈从文:《白话文问题》,《沈从文全集》第 12 卷,北岳文艺出版社,2002 年,第 62 页。

行所考虑的都是经济利益,是为了满足商场的需求,满足社会大众的趣味,而不完全是文学创作和文学作品本身。

实际上,这种情形自晚清以来早已存在,还非常普遍,而沈从文自己也是依靠文学市场而成长起来的,依靠卖文为生而得以在城市里生存下来。他迫于生计,或为了养活家人,甚至以自残方式写作,损坏了身体,而出现吐血的情形。他在完成《柏子》后写道:"在北平汉园公寓作成,时年民国十六年。写成后同《雨后》先后寄交上海《小说月报》,编者叶绍钧,即为用甲辰署名发表。两篇似乎皆为一下午写成,写时非常顺利。写成后拿到另一个房间里去,对到正吐过一口血,想把血用什么东西去遮掩的母亲行为,十分难受,就装着快乐的神气说:'今天不坏,我做了一篇文章,他们至少应送我十块钱!'到后当真就得了十块钱。"如《某夫妇》:"在上海萨坡赛路写成,发表于《中央日报》之《红与黑》周刊,得七块钱稿费。"①他因赶着写作而常流鼻血,也多次向友人报告病情,还想到了死,"我流鼻血太多,身体不成样子,对于生活,总觉得勉强在支持。我常常总想就是那样死了也好,实在说我并不发现我活的意义"②。"几天来一连流了两次鼻血,心中惨得很,心想若是方便,就死了也好。事情也不愿

① 沈从文:《题〈雨后及其他〉》,《沈从文全集》第 14 卷,北岳文艺出版社,2002年,第 435—436 页。

② 沈从文:《19291019 致王际真》,《沈从文全集》第 18 卷,北岳文艺出版社,2002年,第 21—22 页。

意作了,但仍然每天作事情。"①"打针失效,吃药不灵,昨天来流了三回,非常吓人,正像喷出。"他自己解释原因,"为什么缘故血又流了?是因为做文章,两天写了些小说,不歇息,疲倦到无法支持,所以倒了"②。在上海的几年时间里,沈从文像现代机器一样疯狂地创作,成了名副其实的"多产"作家。

沈从文深受文学商业化之苦,但又不得不如此,因为他要依靠文学创作来生活。这也是在中国现代文学制度背景下,文学创作不同于古代的地方,《晨报副镌》曾有文章比较古今读书人写作的区别,"古人著书为传世,今人著书为卖钱"③。当然,文学市场化,自然会影响到新文学的发展。对此,沈从文深有体会,"年来的商人,对于新诗的不尊敬处,反映出读者对于新诗的缺少兴味,略举小例:《梦家的诗》,是由自己花钱印行才可出版的。邵冠华的诗也是自己花钱印行。《君山》作者想把《君山》版权卖去,一时就无一个商人愿意承受。我为许多朋友,把诗集送到各处书店去问过,告他这诗白给书店印行也可以,书店主人似乎很聪明的打算了一下,结果还是奉还"④。为什么书店不印行诗集?主要是读者太少,不挣钱,因为"经营出版事业的,全是

---

① 沈从文:《19300426 致王际真》,《沈从文全集》第 18 卷,北岳文艺出版社,2002年,第 62 页。

② 同上书,第 72 页。

③ 见臧启芳《出版与文化》第三节"我国出版界之现状",《晨报副镌》1923 年 8 月9 日第 1 版。

④ 沈从文:《〈刘宇诗选〉序》,《沈从文全集》第 16 卷,北岳文艺出版社,2002 年,第 322 页。

在赚钱上巧于打算的人。一本书影响大小估价好坏,商人看来全在销行的意义上"。"并且还有这样的一种事实,便是从十三年后,中国新文学的势力,由北平转到上海以后,一个不可避免的变迁,是在出版业中,为新出版物起了一种商业的竞卖。一切趣味的俯就,使中国新的文学,与为时稍前低级趣味的海派文学,有了许多混淆的机会。因此,影响创作方向与创作态度非常之大。从这混淆的结果上来看,创作的精神,是完全堕落了的。"①反过来,符合大众趣味的,就成了流行文学,"现在说礼拜六派,大家所得的概念是暧昧的,不会比属于政治趣味的改组派,以及其他什么派为容易明白。或者说这是盘踞在上海各报纸附张上作文的一般作品而言,或者说像现在小报的趣味,或者……其实,礼拜六派所造成的趣味,是并不比某一种新文化运动者所造成的趣味为两样的。当年的礼拜六派,是大众的趣味所在的制造者。"②文学的制度化生产,自有其利和弊。

并且,20 世纪 30 年代的文学生产与五四文学生产也有分别,沈从文将分界线划在了北伐时期,包括文学报刊的衰落、职业作家的出现:"北伐成功却使副刊衰落,结束了它的全盛时代。原因是新的'马上治天下'意识抬头,思想运动中缺少对于这个不祥之物的否定性,欲补救已来不及。商业资本复起始看中了

① 沈从文:《论中国创作小说》,《沈从文全集》第 16 卷,北岳文艺出版社,2002 年,第 196 页。

② 沈从文:《郁达夫张资平及其影响》,《沈从文全集》第 16 卷,北岳文艺出版社,2002 年,第 191 页。

文学,在一个不健全制度下形成一个新出版业。作家与商业结合,产生了一批职业作家。作家与政治结合,产生了个政治文学。经营文学运动,为办杂志和死丧庆吊的集会,两者所作成的新的变化,即共同结束了副刊的生命。表面上即存在,也失去了本来的重要作用。何况事实上副刊由不足重视已慢慢消失。"①北伐战争是一场国民革命,它制造了另一种革命文学,却被沈从文看作新文学生产方式的临界点。

这个时候的沈从文在上海,成了职业作家。他以每册 100 元价格将小说出售给上海街头小书店。仅在 1928—1929 年间,他的作品就遍布了上海所有的杂志和书店。现代、新月、光华、北新、人间、春潮、中华、华光、神州国光等书店都出版了他的作品集。1930 年,沈从文以自己九妹的口吻所写《我的二哥》一文提到,到 1929 年底,沈从文创作了单独印行的作品"约计有三十七种,其中有十六种尚未出版"②。对 27 岁的沈从文来说,这么大的创作量,不能不说是一个奇迹。他收到了"天才""名家"等称号,却自称"文丐"。

新文学与官场的结合,带来了文学的工具化。"至于作家被政治看中,作品成为政策工具后,很明显的变动是:表面上作品能支配政治,改造社会,教育群众,事实上不过是政客从此可以畜养作家,来作打手,这种打手产生的文学作品,可作政治点缀

① 沈从文:《编者言》,《沈从文全集》第 16 卷,北岳文艺出版社,2002 年,第 448 页。
② 沈从文:《我的二哥》,《沈从文全集》第 16 卷,北岳文艺出版社,2002 年,第 183 页。

物罢了。"①文学受政治束缚,成了政治的工具和点缀,"说文学。在人人为一种新旧思想冲突中,有那感着政治的嗜好普遍形势时代,谈艺术也得附属于政治下面,(这艺术假若我们又认为不是应当受什么小小拘束的东西,)这结果,纵有好东西,也不过是艺术的宣传品罢了……文学的结果,若是真在走到真与美的一条路上去的,则我们也应相信文学的思路至少应当把它放在与政治行为上平列"②。一句话,在沈从文心里,新文学的发展离不开中国的社会现实,社会现实推动了新文学的发生和发展,又限制了它向更高处发展,新文学面临着一个没有伟大文学的时代,"近二十年中国的社会发展,与中国新文学运动不可分,因此一来小说作家有了一个很特别的地位。这地位也有利也有害,也帮助推进新文学的发展,也妨碍伟大作品产生"③。

并且,文学与商业和政治的联姻,还引起不少文学论争,实际上也是不同利益之争。"所谓文学运动,最近一个热闹时期,据说就是去年。怎么运动?骂。'战士'与'同志',为'正宗''旁门''有闲''革命'之争持,各人都好不吝惜时间与精力,极天真烂漫在自己所有杂志上辱骂敌人。为方便起见,还有新时代文学运动的战士,专以提出属于各人私事来作嘲弄张本的战

① 沈从文:《新的文学运动与新的文学观》,《沈从文全集》第 12 卷,北岳文艺出版社,2002 年,第 47—48 页。

② 沈从文:《杂谈 六》,《沈从文全集》第 14 卷,北岳文艺出版社,2002 年,第 25—26 页。

③ 沈从文:《小说作者与读者》,《沈从文全集》第 12 卷,北岳文艺出版社,2002 年,第 69 页。

术。所骂越与本题相远，则人皆以体裁别致抚掌同情的越多。"①这让沈从文甚感不适，他眼里的文学论战是文学观念之战，多出于个人兴趣，什么新旧，什么派别，与文学本身无伤，属于文学的"浪费"，"自从新文学运动以来，虽有不少会社成立，这些会社有的组织极散漫，有的甚至于毫无组织，较重要的如文学研究会，新月社，就并不曾充分显示出会社的积极性。大多数都以友谊为基础，相互合作，尤其是大多数作者向各刊物投稿的情形，与其谓为'派别'，不如谓'就方便'。常常在这个刊物上发表作品，就叫作'语丝派'，间或在那个刊物上写文章，又叫作'论语派'。人在上海容易被目成'海派'，若在北京照例又是'京派'。个人兴趣或态度既不同，所标榜的所爱好的当然常常不同，因此有所谓'战争'，如创造社对文学研究会，《语丝》对《现代评论》，《萌芽》对《新月》，这种战争虽好像总是'前进'对'保守'加以攻击，事实上经过一点点时间，也就可以把'前进'和'保守'位置互换。且所谓战始终不过是三五人的对垒，这种战争结果，除了使读者觉得谁暂时被骂倒以外，于文学作家倾向或作品成绩竟无多大的影响"②。要改变文坛内战局面，刊物放下偏见，"不分作家派别新旧和亲疏，惟以作品为主，一例找来帮

① 沈从文：《〈轮盘〉的序》，《沈从文全集》第 16 卷，北岳文艺出版社，2002 年，第 177 页。

② 沈从文：《文坛的"团结"与"联合"》，《沈从文全集》第 17 卷，北岳文艺出版社，2002 年，第 115—116 页。

忙"，作者专心"制作他的作品"，读者自有良好印象①。这不过是沈从文的良好愿望而已。文学论争或论战并不纯粹出于个人兴趣，也并非出自文学本身，而有着文学的团体利益和社会政治力量的参与。

当然，文学批评和论争不乏个人和政治的偏见。如郭沫若斥责沈从文作品为反动文艺就不无政治偏见。郭沫若认为沈从文属于"桃红色的红"作家，他的《摘星录》《看云录》"作文字上的裸体画，甚至写文字上的春宫"，"存心不良，意在蛊惑读者，软化人们的斗争情绪，是毫无疑问的。特别是沈从文，他一直是有意识地作为反动派而活动着。在抗战初期全民族对日寇争生死存亡的时候，他高唱着'与抗战无关'论；在抗战后期作家们正加强团结，争取民主的时候，他又喊出'反对作家从政'。今天人民正用'革命战争反对反革命战争'，也正是凤凰毁灭自己，从火里再生的时候，他又装起一个悲天悯人的面孔，谥之为'民族自杀悲剧'，把全中国的爱国青年学生斥为'比醉人酒徒还难招架的冲撞大群中小猴儿心性的十万道童'，而企图在'报纸副刊'上进行其和革命'游离'的新第三方面，所谓'第四组织'。（这些话见所作《一种新希望》，登在去年十月二十一日的《益世报》。）这位'看云摘星'的风流小生，你看他的抱负多大，

---

① 沈从文：《文坛的"团结"与"联合"》，《沈从文全集》第17卷，北岳文艺出版社，2002年，第116—117页。

他不是存心要做一个摩登文素臣吗?"①而沈从文对郭沫若的批评,确出于文学眼光,从诗人郭沫若看他创作,而不是诗歌之外的什么东西。他说:"在诗,则有郭沫若,以英雄的、原始的夸张情绪,写成了他的《女神》"②,其"夸大豪放,缺少节制,单纯的反复喊叫,以热力为年青人所欢喜,是创造社郭沫若诗完全与徐志摩、闻一多、朱湘各诗人作品风格异途"③。可见,郭沫若的评价多为文学误判,含有政治偏见,而沈从文则是真知灼见,点中了郭沫若诗歌的要害。

针对新文学运动的缺憾,沈从文提出需要"文学运动的重造",认为"文运重造与重建,是关心它的前途或从事写作的人一件庄严的义务"④。它主要有两条路径,一是与教育携手,回归文学运动的理性之路。他提出:"把'文学'再度成为'学术'的一部门","由学校奠基,学校培养,学校着手",学术的庄严是"求真知,和自由批评与探讨精神的广泛应用"⑤,由此建立新文学的学术理路和教育空间。他还认为:"文学观既离不了读书

---

① 郭沫若:《斥反动文艺》,载张桂兴等主编《中国现代文学思潮流派史料选》,中国文史出版社,2011 年,第 494 页。

② 沈从文:《论徐志摩的诗》,《沈从文全集》第 16 卷,北岳文艺出版社,2002 年,第 95 页。

③ 沈从文:《我们怎么样去读新诗》,《沈从文全集》第 16 卷,北岳文艺出版社,2002 年,第 458 页。

④ 沈从文:《文运的重建》,《沈从文全集》第 12 卷,北岳文艺出版社,2002 年,第 83 页。

⑤ 沈从文:《文学运动的重造》,《沈从文全集》第 17 卷,北岳文艺出版社,2002 年,第 295 页。

人，所以文学运动的重建，一定还得重新由学校培养，学校奠基，学校着手。把文运从'商场'与'官场'中解放出来，再度与'学术''教育'携手，一面可防止作品过度商品化与作家纯粹清客家奴化，一面且可防止学校中保守退化腐败现象的扩大。"①沈从文没有读过大学，却非常重视大学之于新文学的价值，这主要来自他个人的理性认知。他所说的五四新文学与大学的结合，能够形成天真、勇敢、热情的文学运动，目的是重建新文学场域。"文运支持者一离开了学校，便渐渐离开了真诚，离开了热情，变成为世故，为阿谀"②，以至"萎靡、堕落，无生气"，"学校一与文运分离，也不免难（变）得保守、退化、无生气、无朝气"③。文学与教育的重新结合，教育可给新文学以勇气，新文学还给教育以朝气。他的看法是，当文学作者"一与学校离开，五四文学革命的发源地，北京大学，到民十六以后，就只好放弃了北大之所以为北大的进取精神，把师生精力向音韵训诂小学考据方面去发展"④。没有新文学的大学，也缺乏创新的生机了。

于是，沈从文深感蔡元培与新文学的密切关系，特别是蔡元培所倡导的学术自由带给新文学的营养，"因学术自由，语体文运抬了头，使中国文学从因袭、空洞、虚饰、陈腐俗套中，得到

---

① 沈从文：《新的文学运动与新的文学观》，《沈从文全集》第 12 卷，北岳文艺出版社，2002 年，第 51 页。

② 沈从文：《文运的重建》，《沈从文全集》第 12 卷，北岳文艺出版社，2002 年，第 81 页。

③ 同上书，第 82 页。

④ 同上书，第 81 页。

一个面目一新的机会,且变成廿年来这个民族向上挣扎的主力。蔡先生不幸刚好在'五四'运动二十周年,便因病死去了。死后的哀荣,并不足表现这个博大而有远见的人格。正因为此后凡用语体文制作的一切优秀作品,就中便无不有蔡先生人格的光辉照耀"。"蔡老先生虽死了,他的精神应当在此后各种新文学作品中永生。他的名字是中国新文学作者与读者永远值得尊敬的一个名字。"①蔡元培属于五四新文学,在新文学发生的场域中,他是一个不可缺少的主角,是一个永生的名字。

1917 年 1 月 4 日,蔡元培到北京大学正式就任校长。他呈请教育部任命陈独秀为北大文科学长。陈独秀主持的《新青年》杂志社由上海迁北京,与北京大学合作,倡导思想启蒙和文学革命。作为同人刊物的《新青年》与《申报》《东方杂志》不付主编费用和作者稿酬,也不考虑刊物销路与利润,也不用直接讨好读者。又不同于其他同人刊物,如晚清的《新民丛报》和《民报》,《新青年》有北京大学背景,有思想学术资源。《新青年》进入北京大学,实现了一校一刊的结合,推动了新文化和新文学运动迅速而顺利地展开。

另一条重建路径是发扬五四精神,重造文学政治。沈从文认为:"'五四'运动虽是普遍的解放与改造运动,要求的方面

① 沈从文:《白话文问题》,《沈从文全集》第 12 卷,北岳文艺出版社,2002 年,第 54 页。

多,其中最有关系一项,却是工具的改造运动。也就是文学改良运动。"①所以,他一直坚守新文学以白话为底线,强调不断练习精进,创造新文学经典。他说:"每到社会矛盾越大,纠纷越多,困难极严重,现实景象严重十分时,到了这一天,将更令人追想'过去',并期望'未来'。纪念五四的意义也就极深刻。因为'五四'二字实象征一种年青人求国家重造的热烈愿望,和表现这愿望的坦白行为。"②沈从文虽不是五四新文化运动的参与者,却是其精神的亲炙者。所以,他才有这样的印象,"照我所接触的五四学人印象而言,他们一面思想向前,对于取予都十分谨严,大多数都够得上个'君子'的称呼。即从事政治,也有所为有所不为,永远不失定向,决不用纵横捭阖权谲诡崇自见。这不仅值得称道,实在还值得后来者取法,因为这是人的根本价值"③。不失方向,不丢目标,的确是五四学人的追求,至于取舍谨严,并不一定准确,估计说这话的沈从文心中想到的是胡适,而不是陈独秀。于是,他希望新文学像五四精神所昭示的那样,保留那份天真和勇敢,继续前行。"世人常说'五四精神',五四精神的特点是'天真'和'勇敢'。我们若能保留了这分天真和勇敢精神,再加上这二十年来社会变动文运得失所获的经验,记

---

① 沈从文:《白话文问题》,《沈从文全集》第 12 卷,北岳文艺出版社,2002 年,第 60 页。

② 沈从文:《五四》,《沈从文全集》第 14 卷,北岳文艺出版社,2002 年,第 268 页。

③ 沈从文:《五四和五四人》,《沈从文全集》第 14 卷,北岳文艺出版社,2002 年,第 303 页。

着'学术自由'的意义,凡执笔有所写作的朋友,写作的动力,都能从市侩的商品与政客的政策推挽中脱出,各抱宏愿和坚信,由人类求生的庄严景象出发,来表示这个民族对于明日光明的向往,以及在向上途径中必然遭遇的挫折,承认目前牺牲俨若命定。"①沈从文自称乡下人,一直不失天真,他说:"因此私意还以为明日的中国,不仅仅是一群指导者,设计者,对于民族前途的憧憬,能善于运用文学作工具,来帮助政治,实现政治家的理想了事。尚有许多未来政治家与专家,就还比任何人更需要受伟大的文学作品所表示的人生优美原则与人性渊博知识所引导,来运用政治作工具,追求并实现文学作品所表现的理想,政治也才会有它更深更远的意义。"②他希望未来政治家能够运用政治作工具,实现新文学的伟大理想。就此而言,沈从文真是一个"天真"得十分可爱的人。

二、文学社团与刊物重建

众所周知,沈从文是京派作家,参与了多种报纸副刊的编辑,对社团和刊物感触颇多,体会也深。他借助编辑身份,熟悉了文坛情形,并且展开文学批评工作。他对海派的批评就曾引

---

① 沈从文:《"五四"二十一年》,《沈从文全集》第 14 卷,北岳文艺出版社,2002年,第 135 页。

② 沈从文:《"文艺政策"检讨》,《沈从文全集》第 17 卷,北岳文艺出版社,2002年,第 286—287 页。

出京海之争。他认为："'海派'这个名词，因为它承袭了一个带点儿历史性的恶意，一般人对于这个名词缺少尊敬是很显然的。过去的'海派'与'礼拜六派'不能分开。那是一样东西的两种称呼。'名士才情'与'商业竞买'相结合，便成立了吾人今日对于海派这个名词的概念。"①他对海派文学的"名士才情"和"商业竞买"多有贬抑，"从'道德上与文化上的卫生'观点看来，这恶风气皆不能容许它的蔓延与存在"，就南方与北方而言的，"因环境不同，两方面所造就的人材及所提倡的风气，自然稍稍不同，但毫无可疑，这些人物与习气，实全部皆适宜于归纳在'海派'一名词下而存在"②。他感觉到"上海近些日子有一件事情，值得在新文学运动发达史上记下一笔新账，就是各大报'礼拜六派'的作家，各个失去了二十年来所有原来的地盘，一群'前如散沙一盘新如把兄把弟'的新作家，占领了这些报纸的剩余篇幅。因此一来，大有影响于中国新文学方面，使它异常活动，那是毫无问题了的"③。而他却将京派文学划入人生文学，多有赞许和称道，就由此招来不少质疑和批判。让人意想不到的是，沈从文引出了这场论战，还被当作京派文学代表。在我看来，沈从文并不适合担任京派文学代言人，他也不完全认同自己的派别

<hr>

① 沈从文：《论"海派"》，《沈从文全集》第 17 卷，北岳文艺出版社，2002 年，第 54 页。

② 沈从文：《关于"海派"》，《沈从文全集》第 17 卷，北岳文艺出版社，2002 年，第 59 页。

③ 沈从文：《上海作家》，《沈从文全集》第 17 卷，北岳文艺出版社，2002 年，第 42 页。

身份。在他看来，"把一群年青作家放在一个团体里，受一二个人领导指挥，他的好处我们得承认，可说他的坏处或许会更多"①。他更看重自己对文学的执着和耐性，而相信："好作品不一定能从团体产生"，不是因为"加入了文学团体，就成为大作家"，"一个作家支持他的地位，是他个人的作品，不是团体。"②

沈从文对文学社团持有负面看法，对文学报刊却有高度评价。他认为"报刊分布面积广，二三年中当可形成一种特别良好空气，有助于现代知识的流注广布"③，"一个刊物在中国应当如一个学校，给读者的应是社会所必需的东西"④。他还认为"报纸副刊，对作者将为一个自由竞争表现新作的据点，对读者将为一个具有情感教育的机构，作者与读者间能建立那么一个新的关系"⑤。"副刊有副刊的意义"，因为它有自己的"传统"。"在中国报业史上，副刊原有它的光荣时代，即从五四到北伐。北京的'晨副'和'京副'，上海的'觉悟'和'学灯'，当时用一个综合性方式和读者对面，实支配了全国知识分子兴味和信仰。国际第一流学者罗素、杜威、太戈尔、爱因斯坦的学术讲演或思想介绍，国内第一流学者梁启超、陈独秀、胡适之、丁文江等等重要论

---

① 沈从文：《谈作家集团组织》，《沈从文全集》第17卷，北岳文艺出版社，2002年，第401页。

② 同上。

③ 沈从文：《新废邮存底·22》，《沈从文文集》第12卷，花城出版社，1984年，第65页。

④ 沈从文：《论"海派"》，《沈从文文集》第12卷，花城出版社，1984年，第161页。

⑤ 沈从文：《编者言》，《沈从文全集》第16卷，北岳文艺出版社，2002年，第450页。

著或争辩,是由副刊来刊载和读者对面的。南北知名作家鲁迅、冰心、徐志摩、叶绍钧、沈雁冰、闻一多、朱自清、俞平伯、玄庐、大白等人的创作,因从副刊登载,转载,而引起读者普遍的注意,并刺激了后来者。新作家的抬头露面,自由竞争,更必需由副刊找机会。刊物既在国内作广泛分布,因之书呆子所表现的社会理想和文学观,虽似乎并不曾摇动过当时用武力与武器统制的军阀社会,却教育了一代年青人,相信社会重造是可能的。""更显而易见的作用,也许还是将文学运动,建设在一个社会广大基础上,培育了许多优秀作家,有理想,能挣扎,不怕困难。副刊既能尽庄严的责任和义务,因之也就有它的社会地位。它直接奠定了新文学运动的磐石永固,间接还助成了北伐成功。"①文学报刊培养了新文学作家,养成了新文学趣味,影响到新文学读者,形成了新文学标准和文学尺度。

沈从文还曾对文学报刊特点与风格作一一介绍和点评,认为《沉钟》是一帮默默无闻做事的人,不同于一些出版物有一套得名、"占据读者们心上的地盘"的"法术",他们"第一是他们同类们的相互标榜,第二是同资本家握手,第三步又回到相互用夸张的动人听的话来标榜的道儿上去,第四呢,仍然是具帖子到有钱的书贩子足下去磕头"②。而"像《沉钟》上作者这类人,既不

---

① 沈从文:《编者言》,《沈从文全集》第 16 卷,北岳文艺出版社,2002 年,第 447—448 页。

② 沈从文:《北京之文艺刊物及作者》,《沈从文全集》第 17 卷,北岳文艺出版社,2002 年,第 16 页。

会自己来吹捧自己,又还更硬起脊梁骨,从各人破破烂烂的荷包里来挖铜子印自己刊物,愚不可及的书呆子行径,真可说是愚不可及,就此死下去固然是其所应得,不死下去所得的是毫无回声的沉默,这也只能说是活该啊!"①这是一群埋头做事、默默无闻的人。生活书店的《译文》和论语社的《论语》却代表着不同风格,"《译文》销路据说并不多,然而是个值得注意的刊物。它的内容纯载译文,每期总有几篇文章,读后留下一个印象。至于《论语》,编者的努力,似乎只在给读者以幽默,作者存心扮小丑,随事打趣,读者却用游戏心情去看它。它的目的在给人幽默,相去一间就是恶趣"②。至于"画报中有漫画刊物,正同杂志中有幽默杂志一样。近年来漫画杂志很多,它代表一个倾向,这是普遍的讥讽这个社会人与事。讥讽易触忌讳,因此一来,这类刊物却常常用一个小丑身分存在于读者间了。它同幽默杂志有类似处,本身原为一根小刺,常常向社会各方面那么一戳,内容有时过于轻浮,效率有时只能打趣。其中较好的为《生活漫画》"③。像"一个小丑身分存在于读者间",比喻贴切,形象生动,相当于鲁迅杂文所讽刺的"二丑艺术",夹在讽刺与幽默之间,两边不讨好,反而是两头受气,只好委屈着自己。

沈从文有美好的刊物理想和丰富的编辑实践。1933—1936

---

① 沈从文:《北京之文艺刊物及作者》,《沈从文全集》第17卷,北岳文艺出版社,2002年,第16页。

② 沈从文:《谈谈上海的刊物》,《沈从文全集》第17卷,北岳文艺出版社,2002年,第90页。

③ 同上书,第90—91页。

年,他负责《大公报》"文艺副刊"的编辑,共出 166 期和"星期特刊"。《大公报》是中国现代新闻史上办报时间比较长的中文报纸之一,1902 年创刊,既不是政党报纸,也不是商业性报纸,坚持文人议政传统,在 20 世纪三四十年代,标榜"不党、不卖、不私、不盲"的"四不"方针,认为"要使报纸有政治意识而不参加实际政治,要当营业做而不单是大家混饭吃就算了事"①,也就是论政而不参政,经营不为营利。这种与政治、商业保持适当距离的办刊立场,就与沈从文投缘,他有着自由独立、非政治化和商业化的办刊理念。沈从文曾在"文艺副刊"上发表《文学者的态度》,引起京海之争,他们还组织固定的文学聚会,谈诗论文,交流信息,联络感情,凝聚力量,提携文学新秀。1937 年 5 月,沈从文和萧乾主持了《大公报》文艺评奖活动,京派散文代表何其芳的《画梦录》获得了散文奖,显示了京派散文的艺术成就。

沈从文的刊物理念与京派文学总体上也是相通的。朱光潜就曾在他主编《文学杂志》的发刊词里,谈到他对文学刊物的理想,"一个宽大自由而严肃的文艺刊物对于现代中国新文艺运动应该负有什么样的使命呢?它应该认清时代的弊病和需要,尽一部分纠正和向导的责任;它应该集合全国作家作分途探险的工作,使人人在自由发展个性之中,仍意识到彼此都望着开发新文艺一个共同目标;它应该时常回顾到已占有的领域,给以冷静

---

① 胡政之:《在重庆对编辑工作人员的讲话》,《胡政之文集》(下),天津人民出版社,2007 年,第 1080 页。

严正的估价,看成功何在,失败何在,作前进努力的借鉴;同时,它应该是新风气的传播者,在读者群众中养成爱好纯正文艺的趣味与热诚。它不仅是一种选本,不仅是回顾的而同时是向前望的,应该维持长久生命,与时代同生展;它也不仅是一种'文艺情报',应该在陈腐枯燥的经院习气与油滑肤浅的新闻习气之中,辟一清新而严肃的境界,替经院派与新闻派作一种康健的调剂"①。文学办刊应起到纠正时弊、发展个性、严正品评、开辟新风、传递情报的功能和作用,这也应是沈从文的办刊理念。

三、作家身份与读者意识

1935 年,沈从文在《新文人与新文学》中认为:"五四以后中国多了两个新名词,一个是'新文学作家',一个是'新文学'","不过一群新文学作家,在这十年来,可真是出够了风头。'文学作家'在青年人心中已成为一个有魔术性的名词,这是我们不能否认的事实。"他将这些作家称为"新文人",认为他们"活下来比任何种人做人的权利皆特别多,做人的义务皆特别少"②。显然,沈从文对"新文人"的自私苟活、缺少做人义务的做法是持批判态度的。在他眼里,"中国目前新文人真不少了,

---

① 朱光潜:《理想的文学刊物》,《朱光潜全集》第 3 卷,安徽教育出版社,1987 年,第 438 页。
② 沈从文:《新文人与新文学》,《沈从文全集》第 17 卷,北岳文艺出版社,2002 年,第 83 页。

最缺少的也最需要的,倒是能将文学当成一种宗教,自己存心作殉教者,不逃避当前社会作人的责任,把他的工作,搁在那个俗气荒唐对未来世界有所憧憬,不怕一切很顽固单纯努力下去的人。这种人才算得是有志于'文学',不是预备作'候补新文人'的"①。逃避社会责任、目光短浅、荒唐世俗的新文人,与沈从文是完全不同的两类人,"至于我们这个社会真正所希望的文学家呢,无论如何应当与新文人是两种人。第一,他们先得承认现代文学不能同现代社会分离,文学家也是个'人',文学决不能抛开人的问题反而来谈天说鬼。第二,他们既得注意社会,当前社会组织不合理处,需重造的,需修改的,必极力在作品中表示他的意见同目的,爱憎毫不含糊。第三,他们既觉得文学作家也不过是一个人,就并无什么比别人了不起的地方,凡作人消极与积极的两种责任皆不逃避。他们从事文学,也与从事其他职业的人一样,贡献于社会的应当是一些作品,一点成绩,不能用其他东西代替"②。新文学作家也是生活中普通个人,却要担负社会责任,拥有社会情怀,不断为社会贡献作品和创作成绩。沈从文是一位老实的乡下人,也是一位实诚的作家。他对作家的底线要求只是做一个人,其成绩要用作品说话。如果有高标准,那就是"抱着个崇高理想,浸透人生经验,有计划的来将这个民族哀乐与历史得失加以表现。且在作品中铸造一种博大坚实富于生

---

① 沈从文:《新文人与新文学》,《沈从文全集》第 17 卷,北岳文艺出版社,2002 年,第 87—88 页。

② 同上书,第 85 页。

气的人格,使异世读者还可以从作品中取得一点做人的信心和热忱。使文学作品价值,从普通宣传品而变为民族百年立国的经典"①。创作文学的民族经典,当然就是高标准了,沈从文创作的经典意识非常强烈,他在不同场合,也多次表达过这样的意思。

从沈从文对鲁迅和张资平的评价,也可以看到沈从文的作家观。他认为:"几个先驱者工作中,具有实证性及奠基性的成就,鲁迅先生的贡献实明确而永久。分别说来,有三方面特别值得记忆和敬视:一、于古文学的爬梳整理工作,不作章句之儒,能把握大处。二、于否定现实社会工作,一支笔锋利如刀,用在杂文方面,能直中民族中虚伪、自大、空疏、堕落、依赖、因循种种弱点的要害。强烈憎恶中复一贯有深刻悲悯浸润流注。三、于乡土文学的发轫,作为领路者,使新作家群的笔,从教条观念拘束中脱出,贴近土地,挹取滋养,新文学的发展,进入一新的领域,而描写土地人民成为近二十年文学主流。"②他将鲁迅的成就确定为旧学整理、社会批判以及开辟乡土文学,显然比一般人的评价要低得多,甚至将传统学问看作鲁迅的贡献,则有些出人意料。如仔细琢磨沈从文的意思,因他在旧学上存在不足,他才说这样的话,也是完全可以理解的。对他人的肯定,要么是自己所失,要么是自己所长,能看得见,有比较。为什么他不将鲁迅对

---

① 沈从文:《文学运动的重造》,《沈从文全集》第 17 卷,北岳文艺出版社,2002 年,第 296—297 页。

② 沈从文:《学鲁迅》,《沈从文全集》第 16 卷,北岳文艺出版社,2002 年,第 287 页。

国民性的批判、对传统道德文化的反思,作为文学成就呢? 显然,这也有沈从文个人说不出的隐衷,因为他恰恰是赞美人性,推崇传统道德,鲁迅的批判并不为沈从文所认同。

沈从文认为张资平是"成功"的,因为"他懂'大众','把握大众',且知道'大众要什么',比提倡大众文艺的郁达夫似乎还高明,就按到那需要,造了一个卑下的低级的趣味标准。使他这样走自己的道路的,是也在'创造'上起首的几种作品发表后得到年青人的喝彩。那时的同情是空前的。也正因为有那种意料以外的同情成就,才确定了创造社一般人向前所选的路径。作者在收了'友谊的利息'以后,养成了'能生产'的作者了"①。能"生产"的作家也就是职业作家。他曾经认为职业作家难免不会是"作家与商业结合"②,职业作家这个名词,"多少包含了一点儿讽刺意味的",因为"这个职业比起其他职业来,实费力而难见好,且决不能赖以为生。即以五四文学运动的元老胡适之、陈独秀、鲁迅,或冰心作品而言,虽有个版税制度,真实收入数目是极可笑的"。"这些人就没有一个人敢大胆希望,可以从印行作品中,取得一点以上利益,能一年半载不做事也可以生活下去。"③他们的"作品受'商品'或政策'工具'的利诱威胁,对个

---

① 沈从文:《郁达夫张资平及其影响》,《沈从文全集》第 16 卷,北岳文艺出版社,2002 年,第 190 页。

② 沈从文:《编者言》,《沈从文全集》第 16 卷,北岳文艺出版社,2002 年,第 448 页。

③ 沈从文:《新书业和作家》,《沈从文全集·补遗卷》第 2 卷,北岳文艺出版社,2020 年,第 71—72 页。

人言有所得,对国家言必有所失"①。在他心里,"写作不是'职业',却是一种'事业'。这事业若包含一种国家重造的理想,与一切现有保守腐败势力的观念组织,都必然发生冲突,工作沉重与艰苦,就不是恋恋于职业上生活安定的人能办得好的!"②他将文学作为事业,自然是孤独和寂寞的,拥有坚定而执着的信仰,相信"文学还是文学,作品公正的审判人是'时间'(从每个人生命中流过的时间),作品在读者与时间中受试验,好的存在,且可能长久存在,坏的消灭,即一时间偶然侥幸,迟早间终必消灭"③。显然,张资平的读者不是长久的,时间才是最为长久的"读者"。

对读者与作家关系,沈从文也有自己的思考和判断。新文学中心从北平向上海流动,除社会革命以外,读者也是其主要因素,"读者多是年青人,人人照例活泼跳动,富于情感而容易为有刺激性的名词着迷,即或人在北方,需要杂志也常常是南方具商业意味的新刊物,有新插图和新论调刊物。一切要新,要奇,要广告上说明这是如何新,如何奇,方能吸引住眼睛和感情"。南方的上海虽能满足这些条件和要求,但在沈从文眼里,读者虽多,也并不全是好事情,从他对《论语》的评价也可看出端倪,他

---

① 沈从文:《白话文问题》,《沈从文全集》第 12 卷,北岳文艺出版社,2002 年,第 62 页。

② 沈从文:《职业与事业》,《沈从文全集》第 17 卷,北岳文艺出版社,2002 年,第 334 页。

③ 沈从文:《短篇小说》,《沈从文全集》第 16 卷,北岳文艺出版社,2002 年,第 499 页。

认为:"因北伐清党时代多禁忌,说话不易讨好,林语堂便办了一个《论语》,提倡'幽默',又以一个谐趣通俗风格,得到多数读者。读者越多,影响也就越不好。"①"作品既成为商品,职业作家越来越多,作品便不免流于滥"②,如果耐不住寂寞,只是"制作俗滥之物",只想"在短时期中即可得到多数读者",虽然"作品变成商品,也未尝无好处。正因为既具有商品意义,即产生经济学上的价值作用,生产者可以借此为生,于是方有'职业作家'。"③作家作品的商品化或清客化,如果文学只关注销量,"留心多数,再想办法争夺那个多数",并成为一种流行的文学观,"'多数'既代表一种权力的符号,得到它即可得到'利益',得到利益自然也就象征'成功'"④。创造民族的文学经典,就永远不可能,作者作品的成就不在读者的数量,而在其质量。

当然,在沈从文看来,"想得到读者本不是件坏事。一个作家拿起笔有所写作,自然需要读者。需要多数读者更是人之常情。因为写作动机之一种,而且可说是最重要的一种,超越功利思想之上,从心理学家说来,即作品需要多数的重视,方可抵补作者人格上的自卑情绪,增加他的自高情绪"。如果"一个作家

---

① 沈从文:《新的文学运动与新的文学观》,《沈从文全集》第 12 卷,北岳文艺出版社,2002 年,第 47 页。

② 沈从文:《白话文问题》,《沈从文全集》第 12 卷,北岳文艺出版社,2002 年,第 62 页。

③ 沈从文:《新的文学运动与新的文学观》,《沈从文全集》第 12 卷,北岳文艺出版社,2002 年,第 47 页。

④ 沈从文:《小说作者与读者》,《沈从文全集》第 12 卷,北岳文艺出版社,2002 年,第 69 页。

有意放弃多数,离开多数"①,这显然也不合常识。沈从文认为:
"写作是一种永生的愿望。"②如此看法,近于儒家"三不朽"中的
"立言"之论。文学需要当前的读者,更需要永远的读者。"为
读者着想,读者是更需要各方面作品来教育或娱乐的。若文学
作品真如某种人的妄想,以为只要在一个作品上说'我是真理,
信我就可得救',所有读者当真信从真理一律得救,文学与社会
关系简单到如此,那也就好办多了。事实上,文学作品对社会的
影响却有它的限度,它既受历史上那一大堆文学遗产所控制,又
被人人赖以为生的各种职业所牵制。易言之,就是大部分读者
的文学观,是建设在一切现存的文学作品上面,某种新的思想要
从文学输入,那个作品必然得达到一个较高作品的水平,才会发
生效果。大部分读者的人生观又是建设在当前贴身事业上,任
何未来的理想主义,一涉及变更他们当前生活时,照例绝不会即
刻抛下他的固有事业而去追求理想的"③。读者在多数时候是
现实的,真正的文学读者除在社会现实之中,还有看不见的未来
的读者,所以,文学创作不但始终心怀读者,而且需要不断培养
读者,更需要辨别和选择历史长远的读者,"拿笔的人自然都需
要读者,且不至于拒绝多数读者的信托和同感。可是一个有艺
术良心的作家,对于读者终有个选择,并不一例看重。他不会把

① 沈从文:《小说作者与读者》,《沈从文全集》第12卷,北岳文艺出版社,2002年,第70页。
② 同上书,第72页。
③ 沈从文:《一封信》,《沈从文全集》第17卷,北岳文艺出版社,2002年,第132页。

商业技巧与政治宣传上弄来的大群读者,认为作品成功的象征"①。借用鲁迅的话说,这样的文学读者应是无数的人们和无穷的远方。

沈从文与现代文学制度的关系,用一句通俗的话表达,就是吃了文学制度的饭,又砸了文学制度的新锅。沈从文从湘西来到北京,成为最早的自由撰稿人之一,迫不得已,以卖文为生,他说:"我算是第一个职业作家,最先的职业作家,我每个月的收入,从来不超过四十块钱。"②他依托了文学制度才成为知名作家,因为新文学及作家的产生与文学运动、文学社团、大学教育、文学报刊和出版机制的关系密切,特别是同人社团和刊物对新文学的发展就扮演着重要角色。20世纪30年代在北平,沈从文、林徽因、朱光潜等就凭借《大公报》"文艺副刊"、公园茶座、客厅沙龙和"读诗会"等形成了新文学的公共空间,培育青年作家,传播文学观念,扩大新文学的影响和再生产。

在沈从文心里,新文学的发展离不开中国的社会现实,社会现实推动了新文学的发生和发展,又限制了它向更高处发展,新文学面临一个没有伟大文学的时代,"近二十年中国的社会发展,与中国新文学运动不可分,因此一来小说作家有了一个很特别的地位。这地位也有利也有害,也帮助推进新文学的发展,也

---

① 沈从文:《一种新的文学观》,《沈从文全集》第17卷,北岳文艺出版社,2002年,第169—170页。

② (美)金介甫:《凤凰之子:沈从文传》,中国友谊出版社,2000年,第160页。

妨碍伟大作品产生"①。所以,沈从文对文学制度的反思和批判,并不是出自个人私利,而是呼唤着伟大作家和伟大作品的诞生。在他看来,20世纪30年代,依托社会政治和经济而确立的文学制度,不同于五四新文学制度,而有相当的局限性,完全不利于真正的文学读者的培养和文学经典的生产。

---

① 沈从文:《小说作者与读者》,《沈从文全集》第12卷,北岳文艺出版社,2002年,第69页。

第十四章 ┃

文学制度与现代散文

　　五四文学比较活跃的是诗歌和小说,它们是"文学中的两大主干"①,散文虽是传统文学之正宗,却受到一定的冷落。事实上,散文比起小说和诗歌来,总体上,它的文学成就最高。鲁迅认为:"散文小品的成功,几乎在小说戏曲和诗歌之上。"②朱自清也说:"最发达的,要算是小品的散文。"③在五四时期,各种文

　　① 刘半农:《我之文学改良观》,《新青年》第 3 卷第 3 号,1917 年 5 月 1 日。
　　② 鲁迅:《小品文的危机》,《鲁迅全集》第 4 卷,人民文学出版社,2005 年,第 592 页。
　　③ 朱自清:《〈背影〉序》,《朱自清全集》第 1 卷,江苏教育出版社,1996 年,第 30 页。

学体裁都"似乎是挤在一条路上"①,小说和诗歌都挤占散文的领地,散文也接受其他文体的侵占,并向其他文体发生扩张,反而有了一条开阔的路。刘半农的《我之文学改良观》最早对"散文"做出说明,他把散文看作与韵文相对的小说、杂文等不押韵的文学作品之总称。周作人的《美文》认为散文应具有"美"的特性,但又可归为"论文"之一种。郁达夫在"《中国新文学大系》散文二集"的导言里也将"没有韵的文章"、"小说戏剧之外"的文体称为散文。

中国现代散文孕育于晚清,诞生于五四,繁荣于 20 世纪三四十年代。现代散文的发生和发展有着多种因素,新思想的浸润、传统散文的滋养、西方散文的影响都是重要原因,现代报刊、文学社团以及文学论争的参与也是其重要力量。

现代散文与现代社会变迁和社会力量均有密切关系。都市社会以工业和商业为主,生活变化快,它不但影响着人们的社会关系,也影响到文学文体形式。曹聚仁就认为:"现代是以都市为中心的工业,和简单的农业时代迥不相同;一切事情都是非常复杂,决非从前那种简单的言语所能应付。现代社会的变迁,又是非常迅速,现在的十年,又是比古代百年还变化多得多,亦非朴质的语言所能形容。"②现代散文的兴盛繁荣都与现代都市有

---

① 周无:《诗的将来》,《中国新文学大系·建设理论集》,上海文艺出版社,2003年,第343页。

② 曹聚仁:《现代中国散文》,《笔端》,生活·读书·新知三联书店,2010年,第35页。

一定的关联,可以说,"现代的白话散文"是为"适应了这个现代"①而出现的。曹聚仁还从文章与生活关系上申述了现代文章文体之所以出现"枝蔓"和"冗长"的必然性,"旧时的文人,生长在乡村农业社会,过朴素的有闲生活;其所写取的对象,如大自然,小都市,都是变化很少的。着笔之初,从容考量;写成之后,从容修正;可以这样做细磨细琢的功夫,使文章显得十分简练。现代工业社会所造成的大都市,生活太繁复,变化太急剧","昔日状物之词句既穷于使用,形容词、副词之多量增加,乃是时势所必然产生的","今日大都市的文人,墨方着纸,稿已付排,全无周旋之余地;从事新闻事业的,有时连考量的余裕也没有;词句枝蔓,更为事实上所必有。"在他看来,"词句之冗长,谓为白话文的短处固可,谓为白话文的长处亦无不可,是非尚难断言也"②。将现代文章、白话语言和文体看作现代社会都市化进程的结果,它与现代人的快节奏生活和繁复的感受有着直接或间接的联系。这也是显而易见的文学事实。

一、报刊出版与现代散文

散文文体种类繁多,形式多样,一般指与诗歌、小说、戏剧相

---

① 曹聚仁:《现代中国散文》,《笔端》,生活·读书·新知三联书店,2010 年,第 35 页。

② 曹聚仁:《白话文言新论》,《笔端》,生活·读书·新知三联书店,2010 年,第 92 页。

对的杂体文章。现代散文的发展和繁荣,与现代报刊出版有关联。从晚清报纸文章的发端,到五四随感录的兴起,都为现代散文开辟了新的道路。1927 年,鲁迅的《野草》出版,标志着散文诗的成熟。《语丝》周刊主要刊载社会批评和文化批判文章,文笔幽默、泼辣,被称为"语丝文体",在现代散文发展中占有重要地位。1932 年,《申报·自由谈》成为 30 年代杂文的一个主要阵地,同时,伴随其他报纸的群起仿效和新生的以刊登杂文为主的刊物的创办,如《萌芽月刊》《前哨》《北斗》《十字街头》《文学》《海燕》《芒种》《杂文》等,出现了散文作家群,且成生机蓬勃的大好局面。

俞元桂认为:"现代报纸刊物这一传播工具的日益兴盛,给了中国现代散文的起飞以有力的羽翼。"[①]1922 年,胡适在《五十年来的中国之文学》一文里,描述了现代白话散文的历史渊源,认为其脉络大致分为五步:由严复、林纾的翻译文章到谭嗣同、梁启超的政论文章,接续章炳麟的述学文章,再到章士钊一派的政治文章,直至现代白话散文的出现。这几步都少不了现代报刊的提携,于是,出现了近代散文的报刊文体、现代散文的杂文小品。

中国现代散文孕育于晚清。清末民初,颁布了《临时约法》,其中有"人民有言论著作刊行之自由"条文,"一时报纸,风

---

① 俞元桂:《中国现代散文史》,山东文艺出版社,1988 年,第 9 页。

起云涌,蔚为大观"①。梁启超也说:"自报章兴,吾国之文体,为之一变。"②一大批新兴知识分子积极倡导政治革新运动,在政治上提出改良,在文化上呼吁革新,于是,龚自珍、魏源、王韬、康有为、章太炎、谭嗣同、章士钊等写下了大量政论文章,尤其是以梁启超为代表的"时务文章"和"新民体","至是自解放,务为平易畅达,时杂以俚语、韵语及外国语法,纵笔所至不检束。学者竞效之",并且,"其文条理明晰,笔锋常带情感,对于读者,别有一种魔力焉"③。它既适合于报纸发表,又方便于广大普通读者的需求,流传一时,影响较大。这些文章以大众报刊为载体,以社会改革和思想启蒙为宗旨,抛弃传统古文程式,直抒己见,畅所欲言,犀利畅达,通俗浅显,改变了传统散文的传播方式和社会功能,也提高了散文文体的社会地位,自然也为晚清的文体解放以及白话文运动的兴起开疆拓土,成为现代散文的萌芽。

胡适积极倡导白话文,也身体力行写作白话散文。胡适散文关注传播功能,力求通俗易懂、浅白明了,也属于报刊文体。胡适曾说,梁启超以"笔锋常带情感"的文笔,"指挥那无数的历史例证,组织成那些能使人鼓舞,使人掉泪,使人感激愤发的文章"④,给了他极大的震动和影响。他说:"我个人受了梁先生无

---

① 戈公振:《中国报学史》,生活·读书·新知三联书店,1955年,第178页。
② 梁启超:《中国各报存佚表》,《清议报》第100册,1901年12月。
③ 梁启超:《清代学术概论》,《梁启超全集》第10卷,中国人民大学出版社,2018年,第278页。
④ 胡适:《四十自述》,《胡适文集》第2卷,人民文学出版社,1998年,第416页。

穷的恩惠。"①胡适和梁启超一样,他们作文都追求畅达晓喻、明白如话,这也正是"报刊文体"的特点。现代报刊自诞生伊始便是传播思想、发表言论之工具,加之采取机械印刷,而具有数量大、读者多、发行快、周期短、时效强、篇幅受限等特点,应时而生的报刊文体,也具有社会性和大众性等特点。胡适的文章大多发表于报刊,他在少年时就主编了《竞业旬报》,成名时还主笔《新青年》,他活跃于各种报刊,尝试了适合报刊的多种文体写作,于是有了"胡适之体"。

《新青年》是新文化运动策源地,也是现代散文的摇篮。1918年4月,《新青年》第4卷第4号开设"随感录"栏目,刊登了陈独秀、陶孟和、刘半农、钱玄同、周作人的"随感录"。从1918年9月第5卷第3号起,开始刊登鲁迅的随感,标题"二十五"。鲁迅在《新青年》上一共发表了27篇"随感录",后来均收入杂文集《热风》之中。在《新青年》的影响和倡导下,五四时期不少报纸杂志,都设置了相近的"随感录"栏目,如1918年8月,《新生活》开设"随感录"专栏。1918年12月,《每周评论》辟有"随感录"。1919年2月,《晨报副刊》辟"杂感""杂谈""开心话""文艺谈"专栏。1919年6月,《民国日报》的《觉悟》副刊也刊登了"杂感""随感录"。1919年12月,《新社会》增设"随感录"。《时事新报》副刊《学灯》也开设了"随感"。到了1924年,《语丝》成为专登散文和杂文的刊物。创刊于1925年的《莽原》

---

① 胡适:《四十自述》,《胡适文集》第2卷,人民文学出版社,1998年,第414页。

也以发表议论性杂文为主。这些专栏发表了不少议论性散文，它们有明快晓畅、淋漓尽致的表达，也有鲜明的文学意味，成为现代散文中杂文的重要标志。它表明现代杂文也是由现代报刊设计和助推的，是与现代报刊合谋生长的文体。杂文之所以能成为社会现实的神经，及时敏锐，或嬉笑怒骂，痛快淋漓；或含蓄委婉，曲径通幽；它的形式短小，不拘技法，这都与报刊媒介有关。

朱自清曾评价散文"选材与表现，比较可随便些"，所谓"闲话"，"在一种意义里，便是它的很好的诠释。它不能算作纯艺术品，与诗，小说，戏剧，有高下之别"，"但就散文论散文，这三四年的发展，确是绚烂极了：有种种的样式，种种的流派，表现着，批评着，解释着人生的各面，迁流曼衍，日新月异：有中国名士风，有外国绅士风，有隐士，有叛徒，在思想上是如此。或描写，或讽刺，或委曲，或缜密，或劲健，或绮丽，或洗炼，或流动，或含蓄，在表现上是如此"①。朱自清这里所说的"闲话"即是随感和杂文。这些文体特点，与社会现实有关，也有作者的风姿，更与报刊传播有关，没有多种多样的报刊形态及其多种口味的报刊读者，就不可能创造出丰富多样的杂感随笔。所以说，"现代杂文和现代新闻出版事业的出现和发展有密切的关系。绝大多数杂文都是首先发表于报纸和刊物之上的。时代发展节奏的加

---

① 朱自清：《〈背影〉序》，《朱自清全集》第 1 卷，江苏教育出版社，1996 年，第 32—33 页。

速,要求一种能迅速反映急剧变化的现实的文体,于是现代杂文便应运而生"①。

大家知道,《语丝》是现代第一个以散文创作为主的刊物,它与后来改版后的《申报·自由谈》,都对现代散文发展发挥了重要作用。陈子展曾说:"如果要写现代文学史,从《新青年》开始提倡的杂感文不能不写;如果论述《新青年》以后杂感文的发展,黎烈文主编的《申报》副刊《自由谈》又不能不写,这样才说得清历史变化的面貌。"②梁遇春认为:"有了《晨报副刊》,有了《语丝》,才有周作人先生的小品文字,才有鲁迅先生的杂感。"③金灿然也认为:"五四以后,杂文吸收了新鲜的力,表现了勃勃的生气,《新青年》上的许多文章,都带着浓厚的杂文色彩。后来在鲁迅先生主办和支持下的一些刊物,往往登载一些出色的杂文,《语丝》与《北新》,是最显著的例证。普洛文学运动后,杂文天地更加开展,进步的刊物上大都专辟一栏,报纸副刊上则大量刊载,以登录杂文为主的刊物,也渐渐的出现了,那真是杂文的空前的繁盛的时代。"④

另外,小品文是现代散文成就最高的文体,"要说新文学有

---

① 张华:《中国现代杂文史》,西北大学出版社,1987年,第2页。

② 唐弢:《影印本〈申报自由谈〉序》,《唐弢文论选》,人民文学出版社,2009年,第223页。

③ 梁遇春:《〈小品〉文序》,载俞元桂主编《中国现代散文理论》,广西人民出版社,1983年,第28页。

④ 金灿然:《论杂文》,载俞元桂主编《中国现代散文理论》,广西人民出版社,1983年,第277页。

什么真正的成绩，小品文该是收获最多的"①，它与现代报刊也有亲属关系。梁遇春认为，小品文文笔轻松，随便，洒脱，"信手拈来，信笔写去，好像是漫不经心的，可是他们自己奇特的性格会把这些零碎的话儿熔成一气，使他们所写的篇篇小品文都仿佛是在那里对着我们拈花微笑"。同时，这样的"小品文同定期的出版物几乎可说是相依为命的"，"小品文的发达是同期出版物的盛行做正比例的。这自然是因为定期出版物篇幅有限，最宜于刊登短隽的小品文字，而小品文的冲淡闲逸也最合于定期出版物口味，因为他们多半是看倦了长而无味的正经书，才来拿定期出版物松散一下。"②他已经说得很明白了。钱歌川也表达过同样的意思，他说："使现代小品文发达的，周氏兄弟之力，当然不能埋没。几种报纸的副刊，如北平的晨报副刊，上海时事新报的学灯，民国日报的觉悟，也有很大的推动力量。民国二十年以后创刊的论语、人间世和宇宙风几种散文杂志，又助长了小品文的成就。"③这样的说法和判断也成了文学史的定论，认为："中国现代散文的兴起和其后的繁荣，是与五四时期报刊业的发达密切联系。"④朱自清曾认为："三四年来风起云涌的种种刊

---

① 曹聚仁:《文坛五十年》，东方出版中心，2006年，第159页。

② 梁遇春:《〈小品〉文序》，载俞元桂主编《中国现代散文理论》，广西人民出版社，1983年，第27页。

③ 钱歌川:《谈小品文》，载俞元桂主编《中国现代散文理论》，广西人民出版社，1983年，第153页。

④ 朱栋霖:《中国现代文学史1917—1997》上册，高等教育出版社，1999年，第112页。

物,都有意地发表了许多散文,近一年来这种刊物更多。各书店出的散文集也不少。《东方杂志》从二十二卷(1925)起,增辟'新语林'一栏,也载有许多小品散文。夏丏尊,刘薰宇两先生编的《文章作法》,于记事文,叙事文,说明文,议论文而外,有小品文的专章。去年《小说月刊》的'创刊号'(七号)也特辟小品一栏。小品散文,于是乎极一时之盛。"①

就现代散文与书籍出版方式而言,现代散文中的"绝大部分首先作为报刊文章而流通,而后才结集出版。这种生产方式,不能不影响其文章的体式与风格。时评、杂感、通讯、游记等不用说,就连空灵潇洒的小品也不例外"②。并且,版税制度对散文创作也有强劲的支持力度。我们可以北新书局与鲁迅散文创作为例,一方面,北新书局大量出版了鲁迅散文集。鲁迅杂文集《坟》《热风》《野草》《朝花夕拾》《华盖集》《华盖集续篇》《而已集》《三闲集》《伪自由书》等皆由北新书局出版。其中,《朝花夕拾》1928年8月先由未名社出版,1932年9月又改由北新书局出版。并且,鲁迅和许广平的书信集《两地书》也是由北新书局出版。另一方面,北新书局付给了鲁迅相对较高的版税,这也是是鲁迅与北新书局长期合作的一个重要因素。"当时的大书店,如商务印书馆和中华书局,版税一般是12%到15%,北新书局在出版界只能算后起之秀,为了争取稿源,版税一般是20%,给鲁

---

① 朱自清:《〈背影〉序》,《朱自清全集》第1卷,江苏教育出版社,1996年,第30页。
② 陈平原:《中国散文小说史》,上海人民出版社,2004年,第193页。

迅的版税则高达 25%。北新书局的版税成为鲁迅收入的主要来源。鲁迅到上海后,能够离开大学,成为一名职业作家,应该说是北新书局的版税提供了经济上的保障。"①

现代报刊出版事业与现代散文不仅有外在联系,更有内在与本质性的关联。"散文是一种迅速敏锐地反映现实生活的文学形式,需要有及时发表、广泛流传的条件,日报副刊和定期刊物就成为最适合的传播工具。而现代报纸杂志为了及时反映现实信息,满足读者迫切需要,也很需要各种短小敏捷的文章作品。"②现代散文创作离不开现代传播媒体的传播,它以现代报刊为载体,以社会读者为接受对象,因而,也就不可避免地具有报纸期刊的部分属性,如传播的公开性、对象的广泛性、反映的时效性、文字的简明性,这也是依存报刊和读者的现代散文的内容要求及其文体特点。

二、文学社团与现代散文

现代散文还得到了文学社团的青睐,成为不少文学社团的主打产品。在现代文学史上,以散文创作为主的文学社团并不多,主要有语丝社、骆驼草社、太白社、论语社、水星社、鲁迅风社、野草社等,它们都主攻散文。当然,还有不少社团作者和刊

---

① 陈离:《在"我"与"世界"之间:语丝社研究》,东方出版中心,2006 年,第 150 页。
② 俞元桂:《中国现代散文史》,山东文艺出版社,1988 年,第 700 页。

物也发表散文,如文学研究会、创造社、新月社和现代评论派中的不少诗人和小说家都写作散文,他们的刊物也发表散文,并且,他们的散文创作也不无鲜明的个人风格。现代文学社团有的紧密,有的松散;有的在社团理念、刊物、成员和创作上完整齐备,有着整体的构想和创作成绩,形成了文学流派;有的社团缺胳膊少腿,且多变化,难以为继。但大多数文学社团都有相对稳定的文学刊物作为发表阵地,或作为文学活动场所。如20世纪20年代初,《晨报副刊》《文学周报》和《小说月报》之于文学研究会,《创造周报》《创造日》之于创造社;20年代中期,《晨报副刊》《新月》之于新月派,《京报副刊》《语丝》之于语丝社,《太白》《新语林》《申报·自由谈》和《中华日报·动向》之于左翼作家群,《论语》《人间世》和《宇宙风》之于论语派,《大公报·文艺》《文学季刊》《水星》之于京津作家群,《文汇报·世纪风》《大美报·浅草》《正言报·草原》和《鲁迅风》之于上海"孤岛"作家群,《新华日报·新华副刊》《新蜀报·蜀道》和《野草》之于大后方杂文作家群,《国民公报·文群》《大公报·战线》《文艺杂志》之于大后方文艺散文作家群,《七月》《希望》之于七月派,《现代文艺》《东南日报·笔垒》之于东南作家群,《解放日报·文艺》之于解放区文学作家群,开明书店、文化生活出版社、生活书店、良友书店等各自都有相对稳定的作家群,它们借助报纸杂志组织、汇聚起相对稳定的作者队伍,乃至形成有文学目标和创作方法的文学社团流派①。

　　语丝社是主打散文的文学社团,也是现代散文创作根据地。《语丝》虽也刊发诗歌、小说和戏剧,但多数是散文。由《语丝》杂志形成了现代散文群体"语丝派"。它在《语丝》第3期中缝曾标出了为刊物撰稿的作者阵营,"本刊由周作人、钱玄同、江绍原、林语堂、鲁迅、川岛、斐君女士、王品清、衣萍、曙天女士、孙伏园、李小峰、淦女士、顾颉刚、春台、林兰女士等长期撰稿"。鲁迅曾说,"语丝"社员并不十分固定,上面说的16位投稿者"意见态度也各不相同","到最后固定的只剩五六人"②。其实,为《语丝》写稿的不只这些作者,其中不少作者后来都成了散文名家。1935年3月,由上海光明书局出版的《现代十六家小品》,就选入了其中的周作人、俞平伯、朱自清、钟敬文、鲁迅、林语堂等散文名家。1935年8月,由赵家璧主编出版"中国新文学大系",其中有散文两卷,分别由周作人和郁达夫选编,收录作家33人,作品202篇,与《语丝》有关联的作者占其中半数。《语丝》在社会上影响不小,在北京的几所高校,《语丝》刚出版就"一纸风行"。第一期印2000册很快就售完,外地读者仍源源不断地汇款来信要求订阅。第一期《语丝》一共再版了7次,共印了15000册,在当时,这是一个非常惊人的数量。

　　《语丝》的创刊是在五四新文化运动解体之后,由一些不甘

---

　　① 俞元桂:《中国现代散文史》,山东文艺出版社,1988年,第700—701页。
　　② 鲁迅:《我和〈语丝〉的始终》,《鲁迅全集》第4卷,人民文学出版社,2005年,第170页。

寂寞的知识分子重新聚集的产物。鲁迅曾说："在北京这地方，——北京虽然是'五四运动'的策源地，但自从支持着〈新青年〉和〈新潮〉的人们，风流云散以来，1920年至1922年这三年间，倒显着寂寞荒凉的古战场的情景。"①《新青年》的解体，让知识分子心灰意冷，孙伏园再去主持《晨报副刊》，有些补偿机制，但孙伏园的突然辞职，鲁迅"心上似乎压了一块沉重的石头"②，在20世纪20年代的中国文坛，成为一件大事。于是，鲁迅、周作人、钱玄同、孙伏园、李小峰、川岛等就筹办了《语丝》杂志，成为新文学作者新的文学阵地。"在孙伏园辞去《晨报副刊》的编辑以后，有几个常向副刊投稿的人，为便于发表自己的意见不受控制，以为不如自己来办一个刊物，想说啥就说啥。于是由伏园和几个熟朋友联系……决定出一个周刊，大家写稿，印刷费由鲁迅先生和到场的七人分担，每人每月8元。"③这样，在中国现代散文史上占有重要地位的文学社团"语丝社"就应时而生了。

《语丝》创刊及其社团的创立，标志着现代散文走向了一个自觉时代。《语丝》注重进行社会批评和文化批评，杂感是其主要文体。鲁迅在《语丝》上发表了70多篇，周作人发表了100多篇，林语堂、钱玄同、刘半农、章衣萍、川岛等也是其重要的杂文

① 鲁迅：《〈中国新文学大系〉小说二集序》，《鲁迅全集》第6卷，人民文学出版社，2005年，第253页。

② 鲁迅：《我和〈语丝〉的始终》，《鲁迅全集》第4卷，人民文学出版社，2005年，第170页。

③ 川岛：《说说语丝》，《和鲁迅相处的日子》，四川人民出版社，1979年，第43—44页。

作家。《语丝》杂文延续了《新青年》的"随感录",自创刊第 2 期到终刊前两期均设"随感录"专栏,发文 230 多篇。另外,《语丝》还设有"我们的闲话""大家的闲话""闲话集成"和"闲话拾遗"等栏目,均刊载杂感,杂文创作渐成气候。现代杂文来自晚清"报章体"政论文,主要表现作者对社会现实和人生的观察、思考和批判。《语丝》作者不同于晚清时期的梁启超,不同于五四时期的陈独秀和李大钊,他们主要不是政治家出身,而是站在作家或者说知识分子立场进行社会批评和文明批评,他们的批评主要是个体的,而不是阶级的、集团的和政治的,是知识分子的个人表达。《语丝》杂文主要有社会批评和文化批评两大类。前者主要针对社会现实的重大事件发表议论,后者侧重于思想文化的批评。其中对"三·一八"惨案制造者段祺瑞政府的批判最为集中有力,鲁迅发表了《记念刘和珍君》《无花的蔷薇之二》;周作人发表了《关于三月十八日的死者》和《新中国的女子》;林语堂发表了《悼刘和珍杨德群女士》;朱自清发表了《执政府大屠杀记》;张定璜发表了《檄告国民军》;陆晶清发表了《从刘和珍说到女子学院》等文章,纷纷揭露专制者的残暴虐杀,赞颂牺牲者的精神品格,显示了杂文的讽刺性和战斗性。《语丝》的文化批评,继承了《新青年》批判封建旧文化、旧道德的思想逻辑,最见其理性深度。如鲁迅的《论雷峰塔的倒掉》《再论雷峰塔的倒掉》《看镜有感》都是杂文名篇。

语丝社在现代散文史上形成了语丝体。杂感是语丝社的主要文体,美文也是其重要文体。1921 年 6 月,周作人在《晨报副刊》发表了《美文》，将散文中"记述的，是艺术性的"一类作品称为"美文"，认为它"可以分出叙事与抒情，但也很多两者夹杂的"，美文"须用自己的文句与思想"①。鲁迅在《语丝》上发表了20多篇散文诗，后结集为《野草》，堪称美文经典。周作人的《乌篷船》《喝茶》《鸟声》，钟敬文的《太湖游记》，石评梅的《雪夜》，徐祖正的《山中杂记》等也是美文佳作。杂文与美文有着不同的精神向度与语言形态。杂文主要是对社会文化的反思和批判，美文则是对情感心灵的自适和自省。

就社团流派与现代散文而言，还可讨论京派散文。沈从文曾这样描述："在北方，在所谓死沉沉的大城里，却慢慢的生长了一群有实力有生气的作家"，他们是"曹禺、芦焚、卞之琳、萧乾、林徽因、李健吾、何其芳、李广田"等，"提及这个扶育工作时，《大公报》对文学副刊的理想，朱光潜、闻一多、郑振铎、叶公超、朱自清诸先生主持大学文学系的态度，巴金、章靳以主持大型刊物的态度，共同作成的贡献是不可忘的。"②这"一群有实力有生气的作家"，被文学史称为"京派作家"。京派文学虽没有明确的组织机构，但有情趣相似的作家和批评家，有明确的文学主张和创作追求，由此形成了相近的美学取向、文学潮流和较大社会影响的文学流派。京派主要以小说创作见长，散文创作也是其不可忽视的品牌，代表人物主要有沈从文、何其芳、李广田、芦

---

① 周作人：《美文》，《谈虎集》，河北教育出版社，2002年，第29—30页。

② 沈从文：《从现实学习》，《沈从文文集》第10卷，花城出版社，1984年，第311—312页。

焚、废名和萧乾等,他们大都是北京大学、燕京大学等学校的师生。经营的刊物有《骆驼草》《文学月刊》《学文月刊》《水星》等。1933 年,沈从文主编的《大公报·文艺副刊》(1935 年 9 月,萧乾也参与编辑事务)成了京派散文的重要阵地。

1934 年,沈从文创作了《湘行散记》,1937 年 5 月,何其芳的《画梦录》获得《大公报》文艺奖,都是京派散文的代表作品。京派散文作家多来自乡村,在进入城市之后,常有孤独和隔膜之感,所以,他们的散文多描写城乡对立中的压抑、孤独和怀念。沈从文自称:"我实在是个乡下人。说乡下人我毫无骄傲,也不在自贬,乡下人照例有根深蒂固永远是乡巴佬的性情,爱憎和哀乐有它独特的式样,与城市人截然不同! 他保守,顽固,爱土地,也不缺少机警却不甚懂得诡诈。他对一切事照例十分认真,似乎太认真了,这认真处某一时就不免成为'傻头傻脑'。"①他们笔下的都市是堕落的、压抑的,而乡村则充满诗意和美好,犹如乌托邦的"神话"。他们用自己的价值标准和尺度来衡量这个社会,却又格格不入。沈从文说:"我是个乡下人,走到任何一处照例都带了一把尺,一把秤,和普通社会总是不合。一切来到我命运中的事事物物,我有我自己的尺寸和分量,来证实生命的价值和意义。我用不着你们名叫'社会'为制定的那个东西,我讨厌一般标准。"②沈从文的标准就是乡下人的尺度,就是以生命

---

① 沈从文:《从文小说习作选·代序》,《沈从文文集》第 11 卷,花城出版社,1984 年,第 43 页。

② 沈从文:《水云》,《沈从文文集》第 10 卷,花城出版社,1984 年,第 266 页。

的活力、人性的善良、做人的真诚为标准。在艺术创新上，沈从文的《湘行散记》将游记、散文和小说故事合而为一，有的像小说，有的似速写和报告文学。每篇都有相对的独立性，但又相互补充，首尾相连，可称之为小说体散文。它呈现了独特的自然世界和别样的生命形态，在美丽而淳朴的自然风物背后，隐含着水手和吊脚楼女人的无奈和激情，表现了命运的无常和生命的沉静。同时，在艺术方法上，它取对话与白描，语言朴拙而简练，既自然简朴又修饰而繁复，拥有沈从文独特的艺术风格。沈从文还提出了散文之"境"概念，认为："一切优秀作品的制作，离不了手与心。更重要的，也许还是培养手与心那个'境'。一个比较清虚寥廓，具有反照反省能够消化现象与意象的境。"[①]何其芳将它说成"企图以很少的文字制造出一种情调"[②]。沈从文的散文像小说，在散文中藏有情节和形象；何其芳、废名的散文像一首诗，有诗一般的艺术格调；萧乾的散文如通讯，有鲜活的现实和直观的表达。

三、文学论争与现代散文

现代散文在文学评论和论争中得到了播散和深化。在 20 世纪 20 年代，曾出现了关于"语丝体"的争论。1925 年 10 月 27

①　沈从文：《从徐志摩作品学习"抒情"》，《沈从文文集》第 11 卷，花城出版社，1984 年，第 217 页。
②　何其芳：《我和散文》，《何其芳全集》第 1 卷，河北人民出版社，2000 年，第 241 页。

日，孙伏园在《语丝》创刊一周年之时，给周作人写信，提出"语丝体"之说，该文后以《语丝的文体》为题刊于《语丝》第 52 期。孙伏园认为："《语丝》并不是在初出时有若何的规定，非怎样怎样的文体便不登载。不过同人性质相近，四五十期来形成一种《语丝》的文体"，这"是一种自然的趋势"。他并没有给出明确的语丝体内涵，而是说"我们最尊重的是文体的自由，并没有如何规定的"，"我想先生的主张一定与我是一样的。先生一定说：那一位爱谈政治，便谈政治好了，那一位爱谈社会，便谈社会好了；至于有些人以为某种文体才合于《语丝》，《语丝》不应登载某种文体，都是无理的误会"①。孙伏园明白说出来的，是自由随意，这便成了他所说的"语丝体"的特征。实际上，自由随意也是周作人在执笔《语丝》"发刊辞"里所表达的意思，他说："我们几个人发起这个周刊，并没有什么野心和奢望。我们只觉得现在中国的生活太是枯燥，思想界太是沉闷，感到一种不愉快，想说几句话，所以创刊这张小报，作自由发表的地方。我们并没有什么主义要宣传，对于政治经济问题也没有什么兴趣，我们所想做的只是想冲破一点中国的生活和思想界的昏浊停滞的空气，我们个人的思想尽自不同，但对于一切专断与卑劣之反抗则没有差异。我们这个周刊的主张是提倡自由思想，独立判断，和美的生活。"②于是，"自由思想""独立判断"和"美的生活"，

---

① 孙伏园：《〈语丝〉的文体》，《语丝》第 2 卷第 52 期，1925 年 11 月 9 日。
② 周作人：《〈语丝〉发刊辞》，《语丝》第 1 卷第 1 期，1924 年 11 月 17 日。

被作为《语丝》同人的思想理念和文体想象。

在孙伏园提出"语丝体"之后,周作人和林语堂分别作出回应。周作人回复了孙伏园的来信,并以《答伏园论"语丝"的文体》为题刊于《语丝》第 54 期上。他认为《语丝》的"目的只在让我们可以随便说话,我们的意见不同,文章也各自不同,所同者只是要不管三七二十一地乱说"。"不管三七二十一地乱说"也就回应了孙伏园的"自由随意"。周作人也没有对"语丝体"作出明确的界定,而是继续采取描述性的表达:"《语丝》还只是《语丝》,是我们这一班不伦不类的人借此发表不伦不类的文章与思想的东西,不伦不类是《语丝》的总评,倘若要给他下一个评语。""不伦不类"显然说的《语丝》文体。"不伦不类",即不符规范,随心所欲,随便说话。这强调的是《语丝》的思想精神品格,即独立、自由,"大胆与诚意"。拥有了这种思想品格,其行文自有风度和意味。

林语堂也发表了《插论〈语丝〉的文体——稳健、骂人及费厄泼赖》一文,他在文章里先引述周作人的观点,接着表达自己对"语丝体"的看法。他认为,"语丝文体"的形成主要有"二大条件",一是作者可以自由言说,同时兼容种种"偏见"。他认为:"惟有偏见乃是我们个人所有的思想,别的都是一些贩卖、借光、挪用的东西。凡人只要能把自己的偏见充分的诚意的表示都是有价值,且其价值必远在以调和折中为能事的报纸之上。"于是,他"主张《语丝》的朋友只好用此做充分表示其'私论'、'私见'的机关"。二是"绝对要打破'学者尊严'的脸孔,因为我们相信真理是第一,学者尊严不尊严是不相干的事。即以骂人一端而论,只要讲题目对象有没有该骂的性质,不必问骂者尊严不尊严"①。林语堂特别提到要容纳"偏见",相信"真理",它们的意思相近,包容"偏见",即是尊重他人,信奉每一个人的意见都是平等的,因此,打破尊严,坚守真理,也就是合乎逻辑的结论。

在《语丝》差不多将要停刊的时候,鲁迅发表了《我和〈语丝〉的始终》一文。他介绍了自己与刊物的具体情形,也谈到了《语丝》的特色,说:"这刊物本无所谓一定的目标,统一的战线;那十六个投稿者,意见态度也不相同",个别人只是出于"交情"在"敷衍",坚持写稿的有五六人,它"在不意中显了一种特色,是:任意而谈,无所顾忌,要催促新的产生,对于有害于新的旧物,则竭力加以排击,——但应该产生怎样的'新',却并无明白的表示,而一到觉得有些危急之际,也还是故意隐约其词。"②后来,文学史也就记住了鲁迅所说的"任意而谈,无所顾忌"八个字,并将其作为对"语丝体"内涵的概括。鲁迅在文章中还说道:"不愿意在有权者的刀下,颂扬他的威权,并奚落其敌人来取媚,可以说,也是'语丝派'一种几乎共同的态度。"③这实是"无所顾忌"的另一种表述。另外,鲁迅还叙述了他对《语丝》的"意

① 林语堂:《插论〈语丝〉的文体:稳健、骂人及费厄泼赖》,《林语堂名著全集》第17卷,东北师范大学出版社,1994年,第11—12页。

② 鲁迅:《我和〈语丝〉的始终》,《鲁迅全集》第4卷,人民文学出版社,2005年,第170—171页。

③ 同上书,第173页。

外"和遗憾,于是,他将自己与《语丝》的关系,概括为从"呐喊"到"彷徨"的历史。鲁迅对《语丝》特征的概括与周作人、孙伏园、林语堂的意思大致相近,"无所顾忌"近似周作人的"不管三七二十一地乱说","任意而谈"近于孙伏园的"自由随意"。只是,鲁迅并没有回应林语堂的两条意见,林语堂所说打破"学者尊严",很容易让人产生误解,好像有《语丝》作者在那里显摆"学者尊严"一样。"相信真理是第一"也是一句俗话和套话。写作回应文章的鲁迅,正是在厦门生活之后,与林语堂的关系已陷入"道不同,不相为谋"的尴尬境地。鲁迅说什么似乎都不合适,还是不提林语堂的观点为好。

这些关于对《语丝》社的批评和讨论,既对《语丝》身份有了确认,也是现代散文走向自觉的标志,并且,它也扩大了《语丝》的社会影响,确立了它在文学史上的地位。

再说说文学论争与散文的关系。最有代表性的应是 20 世纪 30 年代的小品文之争。论争主要发生在左翼作家和林语堂之间。1932 年 9 月,林语堂主编《论语》创刊,提倡小品文,认为小品文是"以自我为中心,以闲适为格调"的一种"个人笔调",他将散文分为学理文与小品文两种,学理文是"载道派",是"正经文章",谈论"廓大虚空题目",写的"陈言烂调"。小品文则是"言志派","取较闲适之笔调,语出性灵,无拘无碍"①。他还倡

---

① 林语堂:《论小品文笔调》,《林语堂名著全集》第 14 卷,东北师范大学出版社,1994 年,第 23 页。

导幽默文学,观世察物,别具洞见,"以其新颖,人遂觉其滑稽"①。此时的《论语》,泼辣锐利,富有生气,在嬉笑之中针砭时弊,不乏批判意味。1933 年 7 月 1 日,《论语》第 20 期出版了,办刊风格发生大变。这不得不提到中国民权保障同盟,该同盟于 1934 年 12 月成立,林语堂任中央执行委员。同盟旨在援助因为爱国而获罪的政治犯,为民众争取出版、集会、结社自由以及一切真正民权之利益。民权同盟成立之后,林语堂积极声援民权运动,批评当时中国政治有人治而无法治等现象。1933 年 6 月 18 日晨,中国民权保障同盟中央执行委员杨杏佛(铨)遇害,林语堂和《论语》即发生转变。历史是由偶然和必然共同构成的,一个偶然事件背后有其必然性,杨杏佛的遇害是国民党压制人权的具体表现,林语堂的转向也是其自由主义的体现。中国的自由主义多数时候还是坐而论道,难以在现实中进行具体实践。

林语堂在《论语》第 20 期上发表了《不要见怪李笠翁》,认为李笠翁在乱世选择避祸自保情有可原。从此,林语堂不再谈论政治,而是大谈养生之道和日常琐事,《论语》的风格也随之发生变化。在《论语》第 21 期,他还发表《谈女人》,表达"从此脱离清议派,走入清谈派","只求许我扫门雪,不管他妈瓦上霜",幽默变成超脱和闲适。果然,在 1934 年初《论语》第 33 和 35 期上,林语堂发表了《论幽默》一文,他将不计是非利害的人生态度称为幽默,认为幽默可以分为讽刺与闲适两种,闲适即淡

---

① 青崖、语堂:《"幽默"与"语妙"之讨论》,《论语》第 1 期,1932 年 9 月 16 日。

然自适,孤芳自赏。他所推崇的是闲适怡情的幽默。

当"幽默"成为"闲适"之后,主打闲适小品的《人间世》也在1934年4月创刊了。在创刊号上刊载了周作人的近影和《五秩自寿诗》,周作人以蛇在严冬不得不蛰伏自喻,表明自己不得不隐居,以求生活风雅的想法,以"玩骨董""种胡麻""咬大蒜""拾芝麻"等意象表述其追求隐居的生活状态。创刊号刚一出来,即招来左翼文学的批评。他们既批评周作人的隐士心态,又批评《人间世》的创作宗旨。《人间世》在《发刊词》里标榜,所登内容无所不包,"宇宙之大,苍蝇之微,皆可取材"。批评者批评它只见"苍蝇"、不见"宇宙"之感①。在左翼文学批评之后,林语堂为《人间世》作辩护。在1934年4月14日至5月9日期间,他在《申报·自由谈》连续发表了《论以白眼看苍蝇之辈》《周作人诗读法》《方巾气研究》等文章,认为《人间世》大谈"苍蝇"并无不妥,日常琐屑也有谈论价值,左翼批评则是不近人情的假道学②。关于周作人的隐逸思想,林语堂也为之辩护,认为是"世间俗人"不懂得周作人诗之真义而妄加訾议③。他还将好谈"宇宙"者,将文学置入社会国家关系的左翼文学批评,称为"方巾气的批评",认为这样的批评是"诋毁",毫无"建树"④。参加论争的

---

① 廖沫沙:《人间何世?》,《申报·自由谈》1934年4月14日。

② 林语堂:《论以白眼看苍蝇之辈》,《申报·自由谈》1934年4月16日。

③ 林语堂:《周作人诗读法》,《林语堂名著全集》第14卷,东北师范大学出版社,1994年,第178页。

④ 林语堂:《方巾气研究》,《林语堂名著全集》第14卷,东北师范大学出版社,1994年,第172页。

左翼作家主要有廖沫沙、胡风等人。在小品文论争之后，林语堂继续批判"方巾气"，提倡近情的人生观与文学观，主张捍卫人的个性、思想的自由，以情理思想对抗各种主义。认为"方巾气"压制个性，力行单轨思想，成了思想上的"缠足运动"①。于是，他反对一切主义，反对一切以主义为中心的文学。认为以主义为中心的文学，是将复杂的生活"硬塞到一种主义中去"，"把文学放到政治的仆从地位"，必然限制了"人类心智的自由创作"②。他还提出以情理对抗主义，情理即情和理的调和，这实是传统中庸哲学和自然伦理思想。

在这场论争中，鲁迅也出场了。鲁迅在《论语》上发表了不少杂文。1933 年 8 月 22 日，在《论语》创办一周年之际，鲁迅受林语堂之命，写了《"论语一年"》，谈到他对"幽默"的不同看法。8 月 27 日，鲁迅又写了《小品文的危机》。正是这篇文章，为小品文论争中的左翼立场定了调。鲁迅写作此文时，《人间世》还没有创刊，说明他并不是针对林语堂，而另有所指，一般学术界认为，它主要是针对 1932 年周作人出版的《中国新文学的源流》以及沈启无出版的《近代散文钞》所引起的小品文热。1934 年春，小品文论争却发生了。在论争期间，鲁迅写作了《小品文的生机》。他认为这场论争本属误会，论争双方并没有实质性的分

---

① 林语堂：《谈天足》，《林语堂名著全集》第 18 卷，东北师范大学出版社，1994 年，第 76 页。

② 林语堂：《米老鼠》，《林语堂名著全集》第 15 卷，东北师范大学出版社，1994 年，第 74 页。

歧,鲁迅显然是在为双方打圆场。鲁迅在与友人的通信里,颇同情《人间世》的隐逸立场①,认为左翼批评是在"攻击身边朋友"②,"与并非真正之敌寻衅"③。他还称林语堂是老朋友,"语堂是我老朋友,我应以朋友待之"④。此时的鲁迅还没有完全投入这场小品文之争,但他同时也感觉到小品文风潮"也真真可厌,一切期刊,都小品化,既小品矣,而又唠叨,又无思想,乏味之至",林语堂的学金圣叹,"似日见陷没,然颇沾沾自喜,病亦难治也"⑤。还批评林语堂"在牛角尖里,虽愤愤不平,却更钻得滋滋有味"⑥。这表明鲁迅在逐渐转向左翼青年的思想立场。

鲁迅在给郑振铎的信中说小品文"无思想,乏味之极"的前一个月,1934 年 5 月 26 日,他写作了《"……""□□□□"论补》一文,批判小品文的无聊、空洞,说:"现在是什么东西都要用钱买,自然也就都可以卖钱。但连'没有东西'也可以卖钱,却未

---

① 鲁迅:《340430·致曹聚仁》,《鲁迅全集》第 13 卷,人民文学出版社,2005 年,第 87 页。

② 鲁迅:《340621·致徐懋庸》,《鲁迅全集》第 13 卷,人民文学出版社,2005 年,第 155 页。

③ 鲁迅:《340621·致郑振铎》,《鲁迅全集》第 13 卷,人民文学出版社,2005 年,第 158 页。

④ 鲁迅:《340813·致曹聚仁》,《鲁迅全集》第 13 卷,人民文学出版社,2005 年,第 198 页。

⑤ 鲁迅:《340621·致郑振铎》,《鲁迅全集》第 13 卷,人民文学出版社,2005 年,第 158 页。

⑥ 鲁迅:《340813·致曹聚仁》,《鲁迅全集》第 13 卷,人民文学出版社,2005 年,第 198 页。

免有些出乎意表。"①6月11日,写作《零食》,讽刺把小品文当作可养生的零食之类,虽然说"味道好",但"零食也还是零食",人们喜欢它,是"因为神经衰弱的缘故",因此,"零食的前途倒是可虑的"②。接着,鲁迅又连续发表《正是时候》《点句的难》《骂杀与捧杀》《读书忌》《病后杂谈》《病后杂谈之余》等文,1935年再发表《隐士》《"招贴即扯"》《"寻开心"》《从帮忙到扯淡》《杂谈小品文》《"题未定"草(六至九)》等文章,批评小品文只是"玩玩笑笑,寻开心","说的时候本来不当真,说过也就忘记了",那么,读者也不能太老实,太忠厚,"你也认真的看,只能怪自己傻"③,必然,就会上他们的大当。他批评小品文的"独抒性灵",不过是啃前人的"一堆牛骨头",还"被生炒牛角尖骗去了"④。批评小品文宣扬古人的"雅"和"空灵",也是"要地位,也要钱",是拿钱"买雅"⑤,是"从血泊里寻出闲适来"⑥。另外,朱光潜也批评小品文,说:"我们生在二十世纪,硬要大吹大擂地捧晚明小品文,不是和归有光、方苞之流讲'古文'的人们同是闹制造假古董的把戏吗?""要雅须是生来就雅,学雅总是不脱

①　鲁迅:《"……""□□□□"论补》,《鲁迅全集》第5卷,人民文学出版社,2005年,第512页。

②　鲁迅:《零食》,《鲁迅全集》第5卷,人民文学出版社,2005年,第526页。

③　鲁迅:《"寻开心"》,《鲁迅全集》第6卷,人民文学出版社,2005年,第279页。

④　鲁迅:《杂谈小品文》,《鲁迅全集》第6卷,人民文学出版社,2005年,第432页。

⑤　鲁迅:《病后杂谈》,《鲁迅全集》第6卷,人民文学出版社,2005年,第169页。

⑥　同上。

俗。"①鲁迅也认为，小品文所追慕的"隐士"也不过是挂招牌，"揩一点'隐'油"，也是其"嘁饭之道"②。他还批评小品文采用"摘句"之法，制造出语言魔幻和精神梦境。他说："最能引读者入于迷途的，是'摘句'。它往往是衣裳上撕下来的一块绣花，经摘取者一吹嘘或附会，说是怎样超然物外，与尘浊无干，读者没有见过全体，便也被他弄得迷离惝恍。"③可以说，鲁迅洞察到小品文的手法、意图和特点，解构了他们所崇奉的陶渊明、李渔、袁中郎等人思想的实质。鲁迅是论战高手，久经沙场，在鲁迅出手后，林语堂几乎没有还手之机，也确无还手之力。小品文论争也就平静收场。

1934 年春的小品文论争，实是林语堂及《人间世》作家群与左翼文学不同思想立场和文学态度的较量，论争的发生和结局导致论争双方的对立与分化。林语堂及《人间世》作者们标举个性、主张自由、创作闲适小品，鲁迅及左翼作家心怀民族国家命运，关注社会现实疾苦，倡导发扬文学之力的价值功能。在这场小品文论争之后，在现代知识分子内部出现了第三次分化。第一次是《新青年》统一战线的解体，第二次是革命文学论战。第三次的论争双方，有着不同的人生观、美学观和文学观，论争

① 朱光潜：《论小品文（一封公开信）——给〈天地人〉编辑徐先生》，《朱光潜全集》第3卷，安徽教育出版社，1987年，第427页。

② 鲁迅：《隐士》，《鲁迅全集》第6卷，人民文学出版社，2005年，第232页。

③ 鲁迅：《"题未定"草（六至九）》，《鲁迅全集》第6卷，人民文学出版社，2005年，第439页。

结果显然有助于人们对小品文特征的认识和定位，也推动了小品文的影响和传播。有人将 1934 年称为"小品文年"，于是，小品文也成为风靡一时的散文文体。

参考文献

陈安湖:《中国现代文学社团流派史》,华中师范大学出版社,1997年。

陈宝良:《中国的社与会》(增订本),中国人民大学出版社,2011年。

陈独秀:《陈独秀教育论著选》,人民教育出版社,1995年。

陈福康:《民国文坛探隐》,上海书店出版社,1999年。

陈明远:《文化人的经济生活》,文汇出版社,2005年。

陈平原:《二十世纪中国小说史》第一卷,北京大学出版社,1989年。

陈平原:《文学史的形成与建构》,广西教育出版社,

1999 年。

陈平原:《文学的周边》,新世界出版社,2004 年。

陈平原:《"新文化"的崛起与流播》,北京大学出版社,2015 年。

陈平原、山口守:《大众传媒与现代文学》,新世界出版社,2003 年。

陈漱渝:《五四文坛鳞爪》,中国文史出版社,1998 年。

陈铁健等:《中国全鉴(1900—1949 年)》,团结出版社,1998 年。

陈万雄:《五四新文化的源流》,生活·读书·新知三联书店,1997 年。

陈望道:《陈望道文集》,上海人民出版社,1979 年。

陈旭麓:《近代中国社会的新陈代谢》,上海社会科学院出版社,2006 年。

陈玉申:《晚清报业史》,山东画报出版社,2003 年。

蔡元培:《蔡元培全集》,中华书局,1984 年。

曹聚仁:《文坛五十年》,东方出版中心,2006 年。

曹聚仁:《笔端》,生活·读书·新知三联书店,2010 年。

崔波:《清末民初媒介空间演化论》,北京大学出版社,2012 年。

戴知贤:《十年内战时期的革命文化运动》,中国人民大学出版社,1988 年。

邓集田:《中国现代文学出版平台:晚清民国时期文学出版

情况统计与分析(1902—1949)》,上海文艺出版社,2012 年。

丁文江、赵丰田:《梁启超年谱长编》,上海人民出版社, 1983 年。

董丽敏:《想像现代性:革新时期的〈小说月报〉研究》,广西师范大学出版社,2006 年。

方平:《晚清上海的公共领域(1895—1911)》,上海人民出版社,2007 年。

方维规:《文学社会学新编》,北京师范大学出版社, 2011 年。

冯并:《中国文艺副刊史》,华文出版社,2001 年。

高恒文:《京派文人:学院派的风采》,上海教育出版社, 2000 年。

戈公振:《中国报学史》,上海古籍出版社,2003 年。

郭强:《现代知识社会学》,中国社会出版社,2000 年。

郭绍虞:《照隅室古典文学论集》(上),上海古籍出版社, 1983 年。

郭延礼:《近代西学与中国文学》,百花洲文艺出版社, 2000 年。

郭延礼:《中国前现代文学的转型》,山东大学出版社, 2005 年。

何言宏:《中国书写》,中央编译出版社,2002 年。

洪九来:《宽容与理性:〈东方杂志〉的公共舆论研究 (1904—1932)》,上海人民出版社,2006 年。

胡从经:《柘园草》,湖南人民出版社,1982 年。

胡惠林、李康化:《文化经济学》,上海文艺出版社,2003 年。

胡绍轩:《现代文坛风云录》,重庆出版社,1991 年。

胡绍轩:《现代文坛追思录》,重庆出版社,2000 年。

胡适:《胡适教育论著选》,人民教育出版社,1994 年。

胡正强:《中国现代报刊活动家思想评传》,新华出版社,2003 年。

花建、于沛:《文艺社会学》,上海文艺出版社,1989 年。

季剑青:《北平的大学教育与文学生产:1928—1937》,北京大学出版社,2011 年。

贾植芳:《中国现代文学社团流派》,江苏教育出版社,1989 年。

江沛、纪亚光:《毁灭的种子:国民政府时期意识形态管理研究》,陕西人民教育出版社,2000 年。

姜德明:《姜德明书话》,北京出版社,1998 年。

姜涛:《公寓里的塔:1920 年代的文学与青年》,北京大学出版社,2015 年。

蒋梦麟:《蒋梦麟教育论著选》,人民教育出版社,1995 年。

蒋梦麟:《西潮与新潮:蒋梦麟回忆录》,浙江大学出版社,2019 年。

蒋晓丽:《中国近代大众传媒与中国近代文学》,巴蜀书社,2005 年。

孔范今:《二十世纪中国文学史》(上、下),山东文艺出版社,1997 年。

旷新年:《中国 20 世纪文艺学学术史》(第二部,下卷),上海文艺出版社,2001 年。

黎烈文:《天才与环境:黎烈文文艺谈片》,学林出版社,1997 年。

李长莉:《晚清上海社会的变迁:生活与伦理的近代化》,天津人民出版社,2002 年。

李春雨:《出版文化与中国文学的现代转型》,北京语言大学出版社,2011 年。

李华兴、吴嘉郎:《梁启超选集》,上海人民出版社,1984 年。

李康化:《漫话老上海知识阶层》,上海人民出版社,2003 年。

李良荣:《中国报纸文体发展概要》,福建人民出版社,1985 年。

李楠:《晚清、民国时期上海小报研究》,人民文学出版社,2005 年。

李明山:《中国近代版权史》,河南大学出版社,2003 年。

李明伟:《清末民初中国城市社会阶层研究(1897—1927)》,社会科学文献出版社,2005 年。

李孝悌:《清末的下层社会启蒙运动:1901—1911》,河北教育出版社,2001 年。

李杏保、顾黄初:《中国现代语文教育史》,四川教育出版社,2000 年。

李宗刚:《新式教育与五四文学的发生》,齐鲁书社,2006年。

廖超慧:《中国现代文学思潮论争史》,武汉出版社,1997年。

刘珺珺、赵万里:《知识与社会行动的结构》,天津人民出版社,2005年。

刘淑玲:《〈大公报〉与中国现代文学》,河北教育出版社,2004年。

刘小枫:《现代性社会理论》,上海三联书店,1998年。

刘炎生:《中国现代文学论争史》,广东人民出版社,1999年。

刘增人:《中国现代文学期刊史论》,新华出版社,2005年。

鲁湘元:《稿酬怎样搅动文坛:市场经济与中国近现代文学》,红旗出版社,1998年。

陆梅林:《西方马克思主义美学文选》,漓江出版社,1988年。

路英勇:《认同与互动:五四新文学出版研究》,安徽文艺出版社,2004年。

栾梅健:《前工业文明与中国文学》,广西教育出版社,2000年。

栾梅健:《二十世纪中国文学发生论》,广西师范大学出版社,2006年。

罗志田:《权势转移:近代中国的思想、社会与学术》,湖北人民出版社,1999 年。

马以鑫:《中国现代文学接受史》,华东师范大学出版社,1998 年。

马以鑫:《现代化进程中的中国人文学科(文学卷)》,上海人民出版社,2005 年。

孟兆臣:《中国近代小报史》,社会科学文献出版社,2005 年。

牟泽雄:《民族主义与国家文艺体制的形成:国民党南京政府时期(1927—1937)的文艺政策研究》,云南人民出版社,2013 年。

倪墨炎:《书边草》,浙江文艺出版社,1983 年。

倪墨炎:《现代文坛偶拾》,学林出版社,1985 年。

倪墨炎:《现代文坛随录》,上海人民出版社,1989 年。

倪墨炎:《现代文坛散记》,上海三联书店,1992 年。

倪墨炎:《现代文坛灾祸录》,上海书店出版社,1997 年。

倪墨炎:《现代文坛内外》,汉语大词典出版社,1998 年。

倪墨炎:《倪墨炎书话》,北京出版社,1998 年。

裴毅然:《中国现代文学经济生态》,河南人民出版社,2012 年。

钱竞、王飚:《中国 20 世纪文艺学学术史》第一部,上海文艺出版社,2001 年。

桑兵:《清末新知识界的社团与活动》,生活·读书·新知三联书店,1995 年。

桑兵:《晚清学堂学生与社会变迁》,广西师范大学出版社,2007年。

施龙:《新文学读者研究》,南京大学出版社,2022年。

舒新城:《中国近代教育史资料》(上、中、下),人民教育出版社,1980年。

宋原放、李白坚:《中国出版史》,中国书籍出版社,1991年。

宋原放:《中国出版史料(现代部分)》,山东教育出版社,2001年。

孙晶:《文化生活出版社与现代文学》,广西教育出版社,1999年。

孙玉蓉:《书边闲话》,天津人民出版社,1998年。

汤哲声:《中国现代通俗小说流变史》,重庆出版社,1999年。

唐沅等:《中国现代文学期刊目录汇编》(上、下),天津人民出版社,1988年。

陶亢德:《陶庵回想录》,中华书局,2022年。

卫道治主编《中外教育交流史》,湖南教育出版社,1999年。

万安伦:《二十世纪中国文学的奖励机制研究》,北京师范大学出版社,2012年。

王彬彬:《中国现代大学与中国现代文学》,上海人民出版社,2011年。

王德威:《想像中国的方法:历史·小说·叙事》,生活·读书·新知三联书店,1998年。

王尔敏:《中国近代文运之升降》,中华书局,2011年。

王建辉:《文化的商务》,商务印书馆,2000年。

王晓明:《王晓明自选集》,广西师范大学出版社,1997年。

王晓明:《批评空间的开创》,东方出版中心,1998年。

王晓渔:《知识分子的"内战":现代上海的文化场域(1927—1930)》,上海人民出版社,2007年。

王芝琛、刘自立:《1949年以前的大公报》,山东画报出版社,2002年。

汪晖、陈燕谷:《文化与公共性》,生活·读书·新知三联书店,2005年。

吴立昌:《文学的消解与反消解:中国现代文学派别论争史论》,复旦大学出版社,2004年。

吴效刚:《民国时期查禁文学史论》,中国社会科学出版社,2013年。

夏晓虹:《晚清社会与文化》,湖北教育出版社,2001年。

夏衍:《风雨故人情》,汉语大词典出版社,1996年。

夏衍:《懒寻旧梦录》(增补本),生活·读书·新知三联书店,2000年。

谢国桢:《明清之际党社运动考》,北京出版社,2014年。

熊月之:《西学东渐与晚清社会》,上海人民出版社,1995年。

谢六逸:《谢六逸文集》,商务印书馆,1995年。

谢晓霞:《〈小说月报〉1910—1920:商业、文化与未完成的现代性》,上海三联书店,2006年。

徐懋庸:《徐懋庸回忆录》,人民文学出版社,1982 年。

徐小群:《民国时期的国家与社会》,新星出版社,2007 年。

许纪霖:《近代中国知识分子的公共交往(1895—1949)》,上海人民出版社,2008 年。

许纪霖、陈达凯:《中国现代化史》(第 1 卷,1800—1949),上海三联书店,1995 年。

辛鸣:《制度论:关于制度哲学的理论建构》,人民出版社,2005 年。

忻平:《从上海发现历史:现代化进程中的上海人及其社会生活:1927—1937》,上海人民出版社,2009 年。

严昌洪:《20 世纪中国社会生活变迁史》,人民出版社,2007 年。

颜浩:《北京的舆论环境与文人团体:1920—1928》,北京大学出版社,2008 年。

姚福申:《中国编辑史》(修订本),复旦大学出版社,2004 年。

应国靖:《现代文学期刊漫话》,花城出版社,1986 年。

应国靖:《文坛边缘》,学林出版社,1987 年。

应星:《新教育场域的兴起:1895—1926》,生活·读书·新知三联书店,2017 年。

叶公超:《新月怀旧:叶公超文艺杂谈》,学林出版社,1997 年。

叶再生:《中国近现代出版通史》,华文出版社,2002 年。

叶中强:《上海社会与文人生活(1843—1945)》,上海辞书出版社,2010 年。

杨国荣:《现代化过程的人文向度》,上海古籍出版社,
2006 年。

杨洪承:《文学社群文化形态论》,安徽文艺出版社,
1998 年。

杨洪承:《"人与事"中的文学社群:现代中国文学社团和作家群体文化生态研究》,人民出版社,2014 年。

杨义等:《中国新文学图志》(上、下),人民文学出版社,
1997 年。

虞和平:《中国现代化历程》,江苏人民出版社,2001 年。

俞子林:《百年书业》,上海书店出版社,2008 年。

俞子林:《那时文坛》,上海书店出版社,2008 年。

袁进:《近代文学的突围》,上海人民出版社,2001 年。

张传敏:《民国时期的大学新文学课程研究》,人民出版社,
2010 年。

张大明:《主潮的那一面:三民主义文艺与民族主义文艺》,中国社会科学出版社,2010 年。

张静庐:《中国近现代出版史料》(1~8),上海书店出版社,
2003 年。

张静庐:《在出版界二十年》,江苏教育出版社,2005 年。

张利群:《文艺制度论》,中国社会科学出版社,2008 年。

张天星:《报刊与晚清文学现代化的发生》,凤凰出版社,
2011 年。

张向东:《清末白话报刊与文学革命》,中华书局,2022年。

张英进、于沛:《现当代西方文艺社会学探索》,海峡文艺出版社,1987年。

张允侯、殷叙彝、洪清祥、王云开:《五四时期的社团》,生活·读书·新知三联书店,1979年。

张之华:《中国新闻事业史文选》,中国人民大学出版社,1999年。

章克标:《章克标文集》,上海社会科学院出版社,2003年。

郑也夫:《城市社会学》,中国城市出版社,2002年。

朱联保:《近现代上海出版业印象记》,学林出版社,1983年。

朱寿桐:《中国现代社团文学史》,人民文学出版社,2004年。

朱英:《近代中国商人与社会》,湖北教育出版社,2002年。

邹吉忠:《自由与秩序:制度价值研究》,北京师范大学出版社,2003年。

邹韬奋:《经历》,生活·读书·新知三联书店,1978年。

周葱秀、涂明:《中国近现代文化期刊史》,山西教育出版社,1999年。

周海波、杨庆东:《传媒与现代文学之间》,中国社会科学出版社,2004年。

周海波:《文学的秩序世界:中国现代文学批评新论》,人民出版社,2013年。

周平远:《文艺社会学史纲要》,中国大百科全书出版社,2005年。

周月亮:《中国古代文化传播史》,北京广播学院出版社,2000年。

周宪、罗务恒、戴耘:《当代西方艺术文化学》,北京大学出版社,1988年。

赵家璧:《编辑忆旧》,生活·读书·新知三联书店,1984年。

赵家璧:《文坛故旧录:编辑忆旧续集》,中华书局,2008年。

赵家璧:《书比人长寿:编辑忆旧集外集》,中华书局,2008年。

赵景深:《文坛回忆》,重庆出版社,1985年。

赵景深:《我与文坛》,上海古籍出版社,1999年。

赵景深:《新文学过眼录》,广西师范大学出版社,2004年。

赵一凡,等:《西方文论关键词》,外语教学与研究出版社,2006年。

《上海研究资料》,上海书店出版社,1984年。

《上海研究资料续集》,上海书店出版社,1984年。

《文学运动史料选》,上海教育出版社,1979年。

《五四时期期刊介绍》,生活·读书·新知三联书店,1978年。

《五四运动回忆录》,中国社会科学出版社,1979年。

(美)彼德·布劳:《社会生活中的交换与权力》,华夏出版社,1988年。

(美)伯纳德·巴伯:《科学与社会秩序》,生活·读书·新知三联书店,1991 年。

（美）本杰明·史华兹:《寻求富强:严复与西方》,江苏人民出版社,1996 年。

（美）戴安娜·克兰:《文化生产:媒体与都市艺术》,译林出版社,2001 年。

（美）丹尼尔·贝尔:《资本主义文化矛盾》,生活·读书·新知三联书店,1992 年。

（美）丹尼尔·贝尔:《意识形态的终结》,江苏人民出版社,2001 年。

（美）费正清:《剑桥中国晚清史》,中国社会科学出版社,1985 年。

（美）费正清:《剑桥中华民国史》,中国社会科学出版社,1993 年。

（美）格里德:《胡适与中国的文艺复兴》,江苏人民出版社,1996 年。

（美）杰弗里·威廉斯:《文学制度》,南京大学出版社,2014 年。

（美）李欧梵:《现代性的追求》,生活·读书·新知三联书店,2000 年。

（美）李欧梵:《上海摩登:一种新都市文化在中国 1930—1945》,北京大学出版社,2001 年。

（美）利奥·洛文塔尔:《文学、投诉文化和社会》,中国人民大学出版社,2012 年。

（美）刘易斯·科塞:《理念人》,中央编译出版社,2001年。

（美）尼古拉斯·卡罗里德斯、玛格丽特·鲍尔德、唐·索瓦编著《西方历史上的100部禁书:世界文学史上的书报审查制度》,中信出版社,2006年。

（美）塞缪尔·亨廷顿:《变化社会中的政治秩序》,生活·读书·新知三联书店,1992年。

（美）张春树、骆雪伦:《明清时代之社会经济巨变与新文化:李渔时代的社会及文化及其现代性》,上海古籍出版社,2008年。

（美）周策纵:《五四运动史》,岳麓书社,1999年。

（法）布尔迪厄、(美)华康德:《反思社会学导引》,商务印书馆,2015年。

（法）路易·阿尔都塞、艾蒂安·巴里巴尔:《读〈资本论〉》,中央编译出版社,2001年。

（法）罗布尔·埃斯卡皮:《文学社会学》,浙江文艺出版社,1987年。

（法）吕西安·戈德曼:《文学社会学方法论》,工人出版社,1989年。

（法）米歇尔·福柯:《词与物:人文科学考古学》,上海三联书店,2001年。

（法）皮埃尔·布迪厄:《艺术的法则》,中央编译出版社,2001年。

（英）安东尼·吉登斯:《社会的构成》,生活·读书·新知三联书店,1998 年。

（英）彼得·伯克:《历史学与社会理论》,上海人民出版社,2001 年。

（英）迈克·费瑟通:《消费文化与后现代主义》,译林出版社,2000 年。

（德）本雅明:《发达资本主义时代的抒情诗人》,生活·读书·新知三联书店,1992 年。

（德）卡尔·曼海姆:《意识形态与乌托邦》,商务印书馆,2000 年。

（德）哈贝马斯:《公共领域的结构转型》,学林出版社,1999 年。

（德）哈贝马斯:《认识与兴趣》,学林出版社,1999 年。

（苏）里夫希茨:《马克思论艺术和社会理想》,人民文学出版社,1983 年。

（匈）阿诺德·豪泽尔:《艺术社会学》,学林出版社,1987 年。

（波兰）弗·兹纳涅茨基:《知识人的社会角色》,译林出版社,2000 年。

（奥）皮埃尔·齐马:《文学社会学批评》,广西师范大学出版社,2021 年。

（加）斯蒂文·托托西:《文学研究的合法化》,北京大学出版社,1997 年。

（荷）贺麦晓:《文体问题:现代中国的文学社团和文学杂志(1911—1937)》,北京大学出版社,2016 年。

后　记

　　人常有一种好奇心,喜爱关心事后的"故事"。讨论"文学制度"问题,没有多少故事。我曾经翻阅过陈寅恪先生的《隋唐制度渊源略论》,也零星地读到过有关西方知识社会学的译著,于是,就有了从"制度"层面考察中国现代文学的设想。事实上,文学制度问题已引起了近年学术研究界,主要是中国现代文学界的热情关注,钱理群、王晓明、旷新年、罗岗等都对文学制度问题有过开拓性的研究成果,只不过他们并不称其作"文学制度",而用了其他各种更为具体的说法。我把这些文学现象命名为一个关键词——"文学制度"。可以说,他们的学术成果或思路给了我最直接的启示,也激发我试图把文学制度问题的研究推向更加系统和深入。试图从"文学制度的现代化""制度化的文学写作"角度讨论文学制度与文学之间的复杂关系,梳理、探究现代文学制度的构成因素,以及它们分别对文学生产与再生产、文学群体与作家个人、文学观念与文学运动所产生的引导和规范性意义。

想的和做的,往往是两码事。做出来的情况到底怎样,不得而知。"文学制度"是论题的中心,但我主要还是集中在讨论中国现代文学制度的构成和意义,文学制度的整体关系及其如何向当代转换则没有涉及,只有留待以后去完成。

需要说明的是,其中"现代文学知识与文学体制"曾以"走向多元化的中国现代文学知识"之题刊于《西南师范大学学报》,感谢韩云波兄的帮助。写作中,还得到了我的硕士研究生徐茜、吴高余、贺艳和郭彩云的支持,他们为我查找了相关资料,非常感谢他们。让我心存感激的还有夫人兰友珍和儿子王博畅,他们为本书的写作也给予了我生活的关心和精神的支持。

2002 年 4 月 19 日

"增订本"后记

在写作时,我想回答中国现代文学制度的基本构成,讨论文学制度参与文学语言、文体形式和作家作品的生产和生成。文学制度作为文学生产形态和方式,是文学与现代社会之中介,或者说导体,它不是封闭的,而是开放的;不是自足的,而是有机的;不是文学内部的,而是内外结合体。这里,我还想换一个角度,说明文学制度研究的意图、意义和局限。文学制度概念的提出,意在整体性理解和阐释文学与社会、文学与作者、文学与作品、文学与读者、文学行为与文学意义的复杂关系,文学制度就是文学自身,它不是文学的外壳,不是文学的内核,而是统摄文学内外的文学结构;不是文学的肌肉和骨骼,而是文学的血液。

当然,在这里,我所说的都是指中国现代文学。正如一棵树,它的生长有种子、土壤、空气、水分、阳光、地势、杂草等多因素的渗透和参与,是树种和生态之合力的结果,制度就是对合力的解释,树种、树苗,或者树干、树叶都不是制度,空气、土壤、阳光也不是制度,但它们是制度的组成要素,是制度的血肉、经络和骨架。

我想将文学制度作为方法,重新反思和审视中国现代文学的存在方式和生产过程,它不是作家、作品和读者,或媒介、社团、批评和奖励某个单一因素产生的效果,制度研究不仅是视野或视角,也不仅是观念或方法,而是对文学要素的整合与重构。"作为方法"首创于1960年日本竹内好的"作为方法的亚洲"演讲,沟口雄三提出"作为方法的中国",后被引入中国。它主要关注主体性的形塑和内在的多样性。作为方法的文学制度研究,主要立足于现代中国文学历史,引入文学生产的社会语境,超越基于文学独立和作家作品中心论的简单化思维和艺术特殊性眼光,形成文学研究的批判性话语。认为文学制度是中国现代文学的一部分,它不仅是其召唤的对象,也是其生产的载体,以文学制度方式,重新发现,甚至创造一种新的文学世界,通过对这一世界的整理、改造和再形成,实现对现代文学研究的更新和再造。没有文学制度作为方法,这些努力就难以找到连贯的逻辑。文学制度作为一种方法,既为现代作家所创造,如对文学社团、文学报刊、文学批评、文学论争、文学读者的利用和借鉴,也为社会政治、经济和文化机构和组织所吸收和运用。文学制度研究作为一种方法,也是为了改变社会历史研究的观念化和审美形式研究的封闭性,讨论现代文学生成的主体性和复杂性,建构多元共生的文学生产研究范式,理解中国现代文学何以如此以及当代文学的资源问题,由此,推进中国现代文学的主体性和过程性讨论。

作为学科的中国现代文学研究已走向成熟和规范,在经历文学史的意识形态、审美主义、现代性反思之后,面临着重新出发前的疲惫与焦虑。这需要进行文学史观的调整和重建、文学史料的整理与发掘、文学经典的重读和解释并形成合力,需要在深化文学史的作家作品中心、文体形式及思潮研究基础上,开拓新的思路和方法。中国现代文学制度的提出就为文学史研究提供了新的可能性。

过去,文学研究主要集中在文学的社会背景和作家作品,文学制度研究的对象则被充分延伸和扩大了,并且将分崩离析的文学现象,如文学生产、文学活动、文学行为、文学生态和文学主体(作家作品)等进行重新勾连,呈现其历史图景、文学关系和意义结构。这也是文学制度研究的意义。那么,文学制度研究的局限在哪里呢?在我看来,不能将文学制度概念和文学制度研究扩大化,它只能解决文学与社会、文学生产要素及过程的历史关系和意义结构问题,不能提供判断文学的标准和尺度,不能取代文学个人阅读的真切感受和复杂体验。比如,就一个作品分析而言,有关它的思想深度、艺术高度、审美力度,文学制度研究就难以做出可靠的回答。比如,一种文体形式,它怎么形成或被建构起来,文学制度可以做出解释,但这种文体是否有审美价值,是否有艺术创新,则是文学制度研究解决不了的。

在这个意义上,文学制度研究还是属于文学的历史研究,有学者也称它是文化批评。对文学批评来说,文学的审美与历史构成了由来已久的抗衡。审美是"文学"不可替代的艺术魅力,抛弃审美的文学批评不啻舍本逐末。尽管如此,文学的审美批评并没达成共识。无论是摘录作品之优美语句,是描述对文学人物性格心理和情节内容的感受,还是分析语言符号、艺术技法和形式结构,审美批评并没有一致的理论和实践。"历史"确是社会历史批评的关键词,詹姆逊曾宣称"永远历史化!"只是庸俗社会学败坏了它的名声。"永远历史化"是根据各种具体的历史语境,分析诸多事物的历史脉络及其所依赖的社会条件,由此生成的意义。社会历史批评不否认审美的存在,它力图证明文学作为历史运动的产物,审美也是一种历史文化现象。有哪些对象进入了文学审美?是民族国家、知识教育、文化阶层、意识形态以及经济状况。它们如何成为审美的?社会历史批评主要考察文学作品所表达的社会历史以及文学所赖以生产的社会历史,以及如何成为文学生产的土壤。

文学制度研究,还涉及跨学科史料问题。文学与社会拥有广泛联系,涉及社会政治、经济、文化领域以及社会学、政治学、经济学、教育学、地理学、传播学、图像学、阅读学等多学科相关史料。它们扩大了文学史料的范围,也丰富了文学史料的种类,但也带来了文学史料的边界问题。在我看来,文学史料并不是越宽越好,它的边界是所有史料必须与文学制度有关,参与、制约或助力文学意义的发生和文学生产的完成。比如,作为文学制度的教育史料,主要是指作家接受的文学教育、文学成为教育内容,以及读者接受文学教育,凡与这三个方面有关联的就可以成为文献史料,如是一般性教育政策、教学活动、教学内容和方法都不具有文学史料价值。跨学科研究不能取消文学的主体性,跨学科史料不能没有文学关联性。

2002年4月,西南师范大学出版社出版了拙作《中国现代文学制度研究》,一晃就20多年了,真是书比人长寿。拙作率先提出"中国现代文学制度"问题,换一种眼光看世界,从整体性视角重新审视中国现代文学与现代社会历史的制约与互动关系,讨论中国现代文学制度的生成背景、历史构成及其现代意义,重新审视中国现代文学生产方式,如中国现代文学的职业作家创作机制,报纸杂志的传媒机制,读者接受的消费机制,文学社团的组织机制以及文学批评、文学审查及奖励的规约机制等。它们作为中国现代文学的制度形式,实现中国文学与社会历史的合谋共生,确立了现代文学的生产、流通和消费机制,使文学与社会、文学内部和外部要素之间完成了有效的运作,新文学审美意识及文体形式亦被现代社会所接纳,推动了中国文学从传统向现代的历史转变,也彰显了中国文学现代性的价值意义。

初版印数较少,市场早已售罄,旧书网以高价或以复印件售卖。此次增订,在总体思路、基本框架和基本观点上不做大调整,以尊重历史,保持原貌,同时又吐故纳新,丰富材料,规范表达,既保持稳定性,又有适度变化。总体上,在结构、材料和文字上均进行了比较大的增删。一是结构上的增删,将初版"文学体制内外的鲁迅写作"替换为"鲁迅与新文学社团的离合",删除"现代文学知识与文学体制",新增"文学制度与白话文变革""文学制度与左翼文学生产""沈从文与文学制度的重建"和"文学制度与现代散文"四章。二是内容增订,对初版本保留下来的章节内容和格式,包括参考文献、注释,进行了文字校对和修改,也充实了部分内容。

初版本问世以来,在学术界产生了广泛影响。2013 年 8 月,台湾秀威资讯科技股份有限公司也出版了繁体字简本,大陆读者很难见到。自初版以来,学术界多位前辈和同人发表了评论,多有鼓励和谬赞,也被学术界数百次征引,在此一并表示感谢。还要感谢西南师范大学出版社(西南大学出版社)的慧眼识材,这次修订再版,也得到了他们的支持和理解。增补订正拙作,早在 10 年前就有想法和愿望,初版内容偏单薄粗糙,需要完善充实。也在多年前开始了这项工作,却因杂事纷扰,而时断时续。这次增订之所以能够顺利完成,主要得力于九州出版社姬登杰先生的催促。他以敏锐的学术眼光和相知的真诚促成了此事,这也让我感激不已。

2023 年 8 月 20 日于筑城